Taschenbuch – Literatur - Klassiker

AF188584

Band43
Ellis Bell
Der Sturmheidhof

Ellis Bell
Der Sturmheidhof

Band 43
1.Auflage
Taschenbuch – Literatur - Klassiker
Herausgeber Frank Weber, Marburg
Bibliografische Information der Deutschen Nationalbibliothek:
Die Deutsche Nationalbibliothek verzeichnet diese Publikation in der Deutschen
Nationalbibliografie; detaillierte bibliografische Daten sind im Internet abrufbar über
http://dnb.dnb.de
© 2019 Ellis Bell
ISBN: 9783750432260
Deutsch: G. Etzel
Herstellung und Verlag: BoD – Books on Demand, Norderstedt

Inhalt

Vorwort

Ellis Bells künstlerische Persönlichkeit ist eng mit ihrer Heimaterde – mit dem Rahmen, den das Leben ihrer Jugend gab – verknüpft und mit den Ereignissen, die diese Jugend füllten – und ihr Leben war kaum mehr als eine Jugend. Ich will daher von ihrer Jugend sprechen, damit man ihr Dichten verstehen lerne.

Ellis Bell – oder sagen wir besser Emily Bronte, denn dies war des Mädchens wahrer Name, wurde 1817 oder 1818 als Tochter eines Geistlichen, des Reverend Patrick Bronte, in Thornton bei Bradford (Nord-England) geboren. Als sie etwa im dritten Lebensjahre stand, siedelte ihr Vater nach Haworth über, und kurze Zeit danach starb ihre Mutter. Die sechs Kinder – fünf Mädchen und ein Knabe – waren nun ganz sich selbst überlassen – in dem einsamen Pfarrhaus zur Seite des Kirchhofs, hinter dem sich kahl, in endlosen Hügelwellen, die stumme Heide breitete. Der kränkliche Pfarrer war reizbar und grüblerisch und exzentrisch in Denken und Tun. Auch die Dienerschaft war alt: bizarre, grobe, mürrische Menschen; sie schienen wie eine Personifikation der sie umgebenden Natur: seltsam, kraftvoll und schweigend. Die Kinder hatten nur einander, keins hatte einen gleichaltrigen Gefährten, und die kleinen Seelen, die nach Freude, nach Ereignis suchten, schufen sich eine ideale Welt. Ihre unerzogene Phantasie, aus dem Blute des Vaters geboren, vom Wesen der Heimaterde genährt, erbaute diese Welt in bunter Schaurigkeit und bevölkerte sie mit grimmen Gestalten, gierigen Unholden.

Das begabteste der Kinder Charlotte (nachmalige Verfasserin des bekannten Romans »Jane Eyre, die Waise von Lowood«), war Führerin bei diesem Spiel. Mit dreizehn Jahren verstand sie es meisterhaft, wunderliche Geschichten zu ersinnen; die anderen lauschten und taten es ihr nach. Sie glaubten an diese ihre sonderbare Welt, sie wurde ihnen wirklich – und blieb ihnen wirklich. Die zwei Meisterromane »Jane Eyre« (Currer Bell) und »Wuthering Heights« (Ellis Bell) tragen beide an dieser Last des Ungewöhnlichen und Grausigen.

Dies Gedankenspinnen, Bildermalen, in das die Kinder ihre ganze Energie legten, das ihnen lieber und naturgemäßer war als Tanz und lauter Jubel, gab ihnen allen etwas gemeinsames. Ihre Seelen glichen einander, wie später ihre Schicksale einander glichen. War es, weil sie alle den Keim desselben Leidens in sich trugen – eines Leidens, dem so viele auserlesene Menschen zum Opfer fallen, daß man fragen möchte: ist nicht dies körperliche Siechtum vielleicht für eine gewisse Erhabenheit des Geistes, für ein besonders subtiles Fühlen, extatisches Glühen, die Vorbedingung? Das Leben griff ein in die enge Gemeinsamkeit der Geschwister – und bald darauf der Tod. Die beiden ältesten Mädchen, Elisabeth und Mary, wurden aus dem Hause getan, in eine Pension. Die Schwindsucht raffte beide im folgenden Jahr dahin. Charlotte und Emily, die den älteren Schwestern ins Institut gefolgt waren, wurden nun wieder nach haus gerufen. Und von neuem lebten die Mädchen ihren Träumen, zu denen sich mit den Jahren ein starker Wissensdrang gesellte. Wie unheimlich und fremd diesen Heidekindern übrigens das Institutsleben, der Zwang, erschienen ist, beweist »Die Waise von Lowood«, in der Charlotte ihre Eindrücke aus jener Zeit wiedergibt. 1842 zogen Charlotte und Emily nach Brüssel, um die französische Sprache zu erlernen. Nach zwei Jahren kehrten sie wieder heim. Sie fanden hier neues Elend. Der Bruder, Patrik, hatte sich dem Trunk ergeben. Und vier Jahre lang mußten die Mädchen täglich mit ansehen, wie ein reiches Leben gegen sich selber wütete, wie der begabte Bruder in Schmutz und Schwäche unterging.

In diesen Jahren des Schmerzes schlossen die drei Schwestern – Anne, die jüngste, war im Hause geblieben – sich eng aneinander. Jede entdeckte nun das schöne Talent der anderen, sie lasen einander vor, was sie im stillen geschrieben hatten und beschlossen, gemeinsam einen Band Verse zu veröffentlichen, ihre Autorschaft jedoch zunächst unter den Pseudonymen Currer, Ellis und Acton Bell zu verbergen. Sie führten diese Absicht aus. Das Buch wurde aber wenig beachtet. Dieser Mißerfolg gab den Schwestern nur neuen Ehrgeiz. Jede von ihnen machte sich an eine Prosaarbeit: Emily (jetzt also Ellis Bell) schrieb »Wuthering Heights«, Acton den Roman »Agnes Grey« und Currer verfaßte eine Novelle »The Professor«, für die sie aber zunächst keinen Verleger fand. Sie ließ sich nicht entmutigen und schrieb nun eine längere Erzählung: »Jane Eyre, die Waise von Lowood«, die sofort akzeptiert und gedruckt wurde und ihren Siegeszug durch die Welt antrat, ehe noch die Romane der beiden Schwestern veröffentlicht waren. Als diese dann nachfolgten, konnten sie neben der »Jane Eyre« nicht mehr bestehen; man hielt beide Arbeiten für Jugendwerke Currer

Bells, und meinte, der Autor scheue sich, sie mit seinem wahren Namen zu zeichnen. Diesen Irrtum berichtete Currer in einer »biographical notice«, die sie einem im Herbst 1850 erschienenen Neudruck der »Wuthering Heights« voransetzte. Ellis sollte diese Neu-Herausgabe ihres einzigen Romans nicht mehr erleben: sie starb am 19. Dezember 1848 an dem Familienübel der Brontës, der Schwindsucht. Die jüngere Schwester, Anne, folgte ihr im Frühjahr 1849. So blieb es die Aufgabe Charlottes, der einzigen Überlebenden, den Irrtum zu klären und den Schwestern zu ihrem Recht zu verhelfen.

Sie tat das mit liebevollem Herzen und schrieb auch ein Vorwort zu den »Wuthering Heights«, in dem sie diesen Roman wohl hoch einschätzt, aber nicht in vollem Umfange zu würdigen weiß. Wer wußte das damals überhaupt? Das prächtige Werk, diese grandiose Mischung von Romantik und Naturalismus, kam damals viel zu früh. Man war nicht reif für die Wahrheiten dieses Buches – und nannte sie daher Unwahrheiten, das Buch selbst »eine literarische Kuriosität«. Man anerkannte die naturechte Schilderung der wilden Landschaften Nord-Englands, aber die Menschen, die Ellis Bell in diese Landschaft setzte, nannte man »phantastische Riesengeschöpfe, düster und teuflisch in ihrer übertriebenen Bosheit«.

So schrieb man noch in den siebziger Jahren. Doch welch eine Wandlung im Geiste von damals zu heute! Wir von heute wissen, es ist ein Buch voll lebendiger Wahrheiten! Die »dämonische« Gestalt eines Heathcliff ist keineswegs unnatürlich. Es gibt und gab wohl stets Menschen von solch suggestiver Gewalt wie dieser Heathcliff, von so geheimnisvollem Lebenswandel und so immenser Willenskraft. Und es gibt Menschen, die zehnmal weiter gehen in ihrer Lust am Bösen, als dieser Mann, dessen leiderschütterte Seele ihn zwang, mit Energie und Bosheit ein ganzes Geschlecht zu vernichten. Und die anderen Gestalten dieses Romans sind so blutecht, teilweise so »typisch«, daß über sie nichts gesagt zu werden braucht. Sie alle sind Menschen, wie sie in der düsteren Natur Nord-Englands notwendig erwachsen mußten. Es sind Menschen ihrer Heimaterde, die Ellis Bell da schildert, und jener Heathcliff, der die anderen so düster überragt, – er ist die gestaltgewordene Tücke des unheimlichen Heidemoors, das riesenhaft und stumm und finster seiner Opfer lauert.

Zum Schluß ihres Vorworts findet Charlotte schöne, charakteristische Worte für das so feine Werk der Schwester, das von uns Heutigen weit

über »Die Waise von Lowood« gestellt werden muß. Und diese schönen Worte mögen auch hier den Schluß bilden:
»Wuthering Heights« erwuchs in wilder, unwirtlicher Werkstatt – auf Heimatboden. Der Bildner fand auf einsamem Moorland einen mächtigen Granitfelsen. Er betrachtete ihn und sah, daß man aus diesem Felsen ein wildes, dunkles, finsteres Haupt herausentwickeln könne, eine Gestalt, die jedenfalls ein Großes haben werde – Macht! Er schuf mit grobem Meißel und nach keinem anderen Modell als seinen Traumvisionen. Mit Zeit und Fleiß bekam der Felsen Menschenähnlichkeit; und da steht er nun: ragend, dunkel und drohend – halb Fels, halb Menschenbild: dies dämonisch-schrecklich, jener reizvoll schön, denn seine Farbe ist von sanftem Grau, und weiches Heidemoos bekleidet ihn, und Heidekraut mit rosigen Glöckchen und balsamischen Düften blüht vertrauensvoll zu Füßen dieses Riesen.
Gisela Etzel

Der Sturmheidhof

I.

1801. – Ich bin soeben von einem Besuch bei meinem Hauswirt zurückgekehrt – dem einsamen und einzigen Nachbarn, mit dem ich zu tun haben werde. Wirklich, dies ist ein prächtiges Land! In ganz England, glaube ich, hätte ich keine andere Gegend gefunden, die so völlig dem Getriebe der Geselligkeit entrückt ist. Für den Misanthropen ein wahres Eden! Und Mr. Heathcliff und ich sind so recht ein passendes Paar, diese Einsamkeit miteinander zu teilen. Ein kapitaler Kerl! Wie argwöhnisch er die schwarzen Augen zusammenkniff, als ich bei ihm vorgeritten kam, und wie mißtrauisch er die Hände tiefer in die Jackentaschen bohrte, als ich meinen Namen nannte! Das gewann ihm gleich mein Herz, wovon er freilich nichts ahnen mochte.

»Mr. Heathcliff?« fragte ich.

Er nickte.

»Mr. Lockwood, Ihr neuer Mieter«, stellte ich mich vor. »Ich gebe mir die Ehre, mein Herr, Sie sobald als möglich nach meiner Ankunft aufzusuchen, um die Hoffnung auszusprechen, daß ich Sie in meinem beharrlichen Bemühen, Drosselkreuzhof als Wohnsitz zu erlangen, nicht etwa belästigt habe; ich hörte gestern, Sie hätten daran gedacht «

»Drosselkreuzhof ist mein eigen«, unterbrach er mich ausweichend. »Würde niemandem erlauben, mich zu belästigen, soweit ich es verhindern könnte –. Treten Sie ein!«

Das »treten Sie ein« war mit zusammengepreßten Zähnen gemurmelt worden und drückte den Gedanken aus: »Geh zum Teufel!« Selbst das Tor, an dem er lehnte, ließ seinen Worten keine einladende Bewegung folgen. Und dieser Umstand, glaube ich, veranlaßte mich, der Aufforderung Folge zu leisten. Ich fühlte Interesse für einen Mann, der noch unzugänglicher zu sein schien, als ich selbst es war.

Als er sah, daß die Brust meines Pferdes sich gegen das Tor preßte, zog er eine Hand hervor und öffnete. Dann ging er mürrisch die Allee hinauf mir voran. Als wir den Hof betraten, rief er: »Josef, nimm Mr. Lockwoods Pferd und bring Wein herauf«.

Aha, da haben wir das gesamte Dienstpersonal, wie mir scheint, schloß ich aus diesem bündigen Auftrag. Kein Wunder, daß zwischen den Pflastersteinen Gras wächst, und daß nur das liebe Vieh für das Beschneiden der Hecken sorgt.

Josef war ein ältlicher, nein, ein alter Mann; sehr alt vielleicht, obschon stark und sehnig. »Gott helf uns!« murmelte er leise und sichtlich mißvergnügt, als er mir vom Pferde half. Dabei sah er mich mit so saurer Miene an, daß ich mitleidig vermutete, er bedürfe, um sein Mittagessen zu verdauen, tatsächlich göttlicher Hilfe und sein frommer Ausruf habe zu meiner unerwarteten Ankunft keine Beziehung.

Sturmheidhof heißt Mr. Heathcliffs Wohnort; der Name soll den atmosphärischen Tumult bezeichnen, dem dieser Ort bei stürmischem Wetter ausgesetzt ist. Reinen, stärkenden Luftzug müssen sie dort in der Tat haben. Man kann sich die Gewalt des um die Ecken des Gutshofs blasenden Nordwinds vorstellen, wenn man die schiefe, geduckte Haltung der paar verkümmerten Föhren, die hinter dem Hause stehen, betrachtet und die Reihe dürrer Dornbüsche, die alle ihre Glieder nach einer Richtung drehen, als erbettelten sie Almosen von der Sonne. Glücklicherweise hatte der Baumeister Voraussicht genug gehabt, ein festes Haus aufzurichten. Die schmalen Fenster sind tief in die Mauer eingelassen und die Hausecken sind mit gewaltigen Ecksteinen verteidigt. –

Ich blieb ein Weilchen auf der Schwelle stehen, um die reiche Ornamentik der Front, die besonders verschwenderisch das Haupttor umrahmte, zu betrachten. Über dem Portal entdeckte ich unter einer Menge zerbröckelnder Greife und schamloser kleiner Buben die Jahreszahl 1500 und den Namen Hareton Earnshaw. Ich hätte gern einige Fragen gestellt und den Eigentümer um eine kurze Geschichte des Ortes gebeten, aber seine Haltung an der Tür schien mein schleuniges Eintreten oder gänzliches Verschwinden zu erwarten, und ich hatte keine Lust, seine Laune zu verschlimmern – wenigstens nicht ehe ich das Hausinnere besichtigt hatte.

Ein Schritt brachte uns – nicht etwa in den Flur, sondern geradewegs in das Wohnzimmer, das hier meistens »Diele« genannt wird. Es dient für gewöhnlich sowohl als Küche wie als Wohnraum. Aber im Sturmheidhof hatte die Küche sich wohl in einen anderen Teil des Hauses zurückziehen müssen, denn ich vernahm tief aus dem Inneren Stimmengeplapper und das Klirren von Küchengerät; auch bemerkte ich hier am großen Herd keine Spuren des Kochens, Bratens oder Backens, und an den Wänden hingen keine kupfernen Pfannen und blechernen Siebe. Eine Wand allerdings erstrahlte in prächtigen Lichtreflexen; hier türmte sich auf einem riesigen eichenen Büfett Reihe über Reihe ungeheurer zinnerner Schüsseln, zwischen denen silberne Kannen und Becher standen, bis zur Decke empor. Diese war nie getüncht gewesen: ihre ganze Balkenstruktur lag nackt vor den forschenden Blicken ausgebreitet, ausgenommen dort, wo ein mit Haferbroten und Schweineschinken hoch beladenes Hängebrett sie verbarg. Über dem Kamin hingen mehrere ordinäre alte Flinten und einige Reiterpistolen; auf dem Kaminsims standen als einziger Schmuck drei buntbemalte Blechbüchsen. Den Fußboden bildeten glatte weiße Steinfliesen. Die einfachen hochlehnigen Stühle waren grün gestrichen. Ein oder zwei schwarze Lehnsessel verbargen sich im Schatten. In einem Bogen unter dem Büfett lag eine riesige rehfarbene Pointer-Hündin, umringt von einer Schar quiekender Jungen. Und andere Hunde dehnten sich auf anderen Lagerplätzen.

Der Raum und seine Einrichtung hatte durchaus nichts Auffallendes, nur hätte er einem schlichten Bauern von steifer Haltung und stählernen Gliedmaßen, der in Kniehosen und Stulpenstiefeln seiner Arbeit nachgeht, gehören sollen. Solch einen Bauern, behäbig im Armstuhl sitzend, den schäumenden Bierkrug vor sich auf dem runden Tisch, kann man zwischen den Heidhügeln im Umkreis von fünf, sechs Meilen überall finden, wenn man nur rechtzeitig nach Tisch aufbricht. Mr. Heathcliff aber steht in zu seltsamem Kontrast zu seiner Behausung und Lebensweise. Er ist dem Äußeren nach ein schwarzer Zigeuner, nach Kleidung und Manieren ein Edelmann; das heißt, ein Edelmann wie die anderen Gutsbesitzer auch: ziemlich ungepflegt vielleicht, auch ziemlich mürrisch, und doch infolge seiner aufrechten und wohlgebildeten Figur nicht übel wirkend. Möglich, daß manche Leute ihn etwas dummstolz finden, mir sagt eine innere Stimme, daß er das nicht ist. Ich fühle vielmehr instinktiv: seine Zurückhaltung entspringt einem Widerwillen gegen auffällige Gefühlsäußerungen – gegen gegenseitige Freundlichkeitsbezeigungen. Gewiß wird auch er lieben und hassen, aber im geheimen; würde man ihn jedoch wiederlieben oder -hassen, so würde er das wahrscheinlich als Impertinenz betrachten.

13

Nein, ich gehe doch zu weit. Ich bedenke ihn zu freigebig mit meinen eigenen Attributen. Wenn Mr. Heathcliff sich einer oberflächlichen Bekanntschaft gegenüber reserviert verhält, so mag er ganz andere Gründe dafür haben, als ich im gleichen Falle haben würde. Mein Charakter ist, wie ich hoffe, ziemlich einzigartig. Meine liebe Mutter pflegte zu sagen, ich würde nie ein behagliches Heim haben; und erst letzten Sommer bewies ich mich eines solchen vollkommen unwürdig. Während ich am Meeresstrande einen sonnigen Monat genoß, brachte mich der Zufall in die Gesellschaft eines berückenden Geschöpfes: in meinen Augen eine Göttin – solange sie mich beachtete. Ich sprach meine Liebe niemals aus; dennoch – wenn Blicke reden können, so würden die meinigen selbst einem Idioten verraten haben, daß ich bis über die Ohren verliebt sei. Sie verstand mich schließlich und blickte Antwort: den denkbar süßesten aller Blicke. Und was tat ich? Ich bekenne es schamvoll: ich zog mich frostig in mich selbst zurück, wie eine Schnecke, – mehr und mehr nach jedem Augenaufschlag; bis endlich die arme Unschuld ihren eigenen Sinnen nicht mehr traute und, über ihren vermeintlichen Irrtum ganz niedergeschmettert und verwirrt, ihre Mutter überredete, das Feld zu räumen. Dies mein seltsames Benehmen brachte mich in den Ruf überlegter Herzlosigkeit; wie unverdient, weiß allein ich zu beurteilen. –

Ich setzte mich in der Nähe des Herdes auf einen Stuhl, demjenigen gerade gegenüber, dem sich mein Hauswirt zuwandte, und wollte eine Gesprächspause durch den Versuch, die Hundemutter zu streicheln, ausfüllen; sie hatte ihre Kinderstube verlassen und schlich mit gekräuselter Oberlippe und fletschenden Zähnen hinten um meine Beine herum. Meine Liebkosung veranlaßte sie zu einem langen Knurren.

»Sie täten besser, den Hund in Ruh zu lassen«, grollte Mr. Heathcliff gleichzeitig, indem er dem Tier einen Fußtritt versetzte. »Sie ist nicht gewöhnt, verhätschelt zu werden. Ist kein Schoßhündchen.« Dann wandte er sich einer Seitentür zu und rief wieder: »Josef!«

Josef antwortete aus den Tiefen des Kellers mit unverständlichem Gemurmel, kam aber nicht herauf. So tauchte sein Herr zu ihm hinunter und ließ mich mit der rauflustigen Hündin und einem Paar grimmiger zottiger Schäferhunde allein, die gemeinsam alle meine Bewegungen mißtrauisch überwachten. Ich hatte nicht Lust, die Bekanntschaft ihrer Raubtiergebisse zu machen, und saß daher still. Da ich aber annahm, daß sie mimische Beleidigungen nicht bemerken würden, begann ich unglücklicherweise dem Trio Fratzen zu schneiden, und irgend ein Ausdruck meines Gesichtes irritierte Madame derart, daß sie plötzlich in Wut ausbrach und auf meine Kniee sprang. Ich schleuderte sie ab und beeilte mich, den Tisch zwischen uns zu rücken. Dies Vorgehen brachte die ganze Bande auf die Beine: ein halb Dutzend vierfüßiger Feinde, jeder Größe und jeden Alters, sprang aus verborgenen Winkeln in die Mitte des Raumes. Meine Absätze und Rockschöße bildeten ihre Angriffspunkte. Die größeren Streiter wehrte ich, so gut ich konnte, mit dem Schüreisen ab, doch war ich gezwungen, laut um den Beistand eines der Hausbewohner zu rufen, damit der Friede wieder hergestellt werde.

Mr. Heathcliff und sein Diener erstiegen die Kellertreppe mit empörender Langsamkeit. Ich glaube nicht, daß sie es um eine Sekunde eiliger hatten als sonst, obwohl im Wohnzimmer ein wahrer Sturm tobte. Glücklicherweise war ein Wesen aus der Küchenregion schneller: eine resolute Person mit hochgeschürztem Kleid, nackten Armen und feuergeröteten Backen stürzte, eine Bratpfanne schwingend, in unsere Mitte und machte von dieser Waffe und ihrer Zunge so ausgiebigen Gebrauch, daß der Aufruhr wie mit einem Zauberschlag sich legte, und nur sie zurückblieb, hochatmend wie das Meer im Sturm. Da betrat ihr Herr die Szene.

»Was zum Teufel ist denn hier los?« fragte er, mich in einer Weise fixierend, die ich nach dieser ungastlichen Behandlung nur schlecht vertragen konnte.

»Ja zum Teufel, was wohl!« brummte ich. »Ihre Bestien sind ja wie besessen, Herr; Sie könnten einen Fremden ebensogut mit einer Brut von Tigern allein lassen!«

»Um Leute, die keine Gegenstände anfassen, kümmern sie sich nicht«, bemerkte er, stellte die Flasche vor mich hin und rückte den Tisch wieder an seinen Platz. »Es ist gut, daß die Hunde wachsam sind. – Ein Glas Wein gefällig?«

»Nein, danke.«

»Doch nicht etwa gebissen, wie?«

»Wenn ich es wäre, so würde es dem Beißer übel ergangen sein.«

Heathcliffs Antlitz erheiterte sich zu einem Grinsen.

»Nun, nun«, sagte er, »Sie sind aufgeregt, Mr. Lockwood. Hier, trinken Sie ein Glas Wein. Gäste sind in diesem Haus so außerordentlich selten, daß ich und meine Hunde, wie ich gern zugebe, sie kaum zu empfangen verstehen. Ihr Wohl, Herr!«

Ich verneigte mich und tat ihm Bescheid, denn ich begann einzusehen, daß es albern sein würde, wegen des schlechten Betragens von ein paar Kötern verdrießlich zu sein. Außerdem war ich nicht geneigt, den alten Gesellen auf meine Kosten noch weiter zu amüsieren. Er – wahrscheinlich einsichtsvoll erkennend, wie unklug es sei, einen guten Mieter zu kränken – mäßigte etwas seine lakonische Art und kam auf eine Sache zu sprechen, die, wie er meinte, von Interesse für mich wäre. Er brachte das Gespräch auf die Vor- und Nachteile meines gegenwärtigen Aufenthaltsortes. Er behandelte dies Thema sehr gewandt, und ehe ich heimkehrte, fühlte ich mich ermutigt genug, für morgen einen zweiten Besuch zu planen. Er selbst wünschte offenbar keineswegs, nochmals durch mich belästigt zu werden; ich werde dessenungeachtet hingehen. Es ist erstaunlich, wie gesellig ich mir vorkomme im Vergleich zu ihm.

II.

Neblig und kalt setzte der gestrige Nachmittag ein. Ich hatte so halb und halb die Absicht, ihn am warmen Ofen meines Arbeitszimmers hinzubringen, anstatt über Hügel und Moor nach Sturmheidhof zu traben. Als ich jedoch nach Tisch (notabene – ich speise um 1 Uhr; die Haushälterin, eine würdige Frau, die als Erbstück mit dem Hause alt geworden, konnte oder wollte meinen Wunsch, gegen 5 Uhr zu dinieren, nicht verstehen) – als ich also nach Tisch mit diesem Vorhaben die Treppe hinaufstieg und das Zimmer betrat, fand ich dort eine Dienstmagd, die, von Besen und Kohleneimern umgeben, vor dem Feuer kniete und höllischen Staub und Rauch aufwirbelte, indem sie die Flammen durch fortwährendes Nachschütten von Kohlen erstickte. Dieser Anblick trieb mich augenblicklich wieder zurück. Ich nahm meinen Hut, und nach einem Gang von vier Meilen erreichte ich Heathcliffs Gartentor gerade rechtzeitig, um den ersten flaumigen Flocken eines Schneetreibens zu entkommen.

Auf dieser kalten Hügelhöhe war die Erde vom Frost hartgefroren, und die Luft ließ mich an allen Gliedern beben. Da es mir nicht möglich war, die Kette zu lösen, sprang ich über den Zaun, rannte die gepflasterte und mit Stachelbeersträuchern eingefaßte Allee hinauf und pochte um Einlaß, bis meine Knöchel schmerzten und die Hunde heulten. Aber es war vergeblich.

»Nichtswürdige Insassen!« dachte ich; »für eure grobe Ungastlichkeit verdientet ihr gänzliche Isolierung. Ich wenigstens würde meine Türen nicht während des Tages verriegelt halten. Übrigens mache ich mir nichts daraus, ich will hineinkommen.«

Entschlossen ergriff ich die Klinke und rüttelte heftig daran. Josefs saures Gesicht blickte aus einem der runden Stallfenster.

»Wat 's los?« schrie er. »De Här is drunnen uf der Schafweid. Geht 'nunner, wann 'r mit ihm sprechen wollt.«

»Ist niemand im Haus, um die Tür zu öffnen?« rief ich als Antwort.

»Da is niemand als die Fraa, un die macht nit uff, und wann 'r Eich bis in d' Nacht abschinnen dut.«

»Warum? Können Sie ihr denn nicht sagen, wer ich bin? He, Josef?«

»Ich bedank mich davor! Ich will nix damit z' dun han«, brummte er und zog den Kopf zurück.

Es begann stärker zu schneien. Ich erfaßte die Klinke, um einen neuen Versuch zu machen, als ein junger Mann ohne Rock, eine Mistgabel schulternd, hinten im Hof erschien. Er rief mir zu, ihm zu folgen, und nachdem wir eine Waschküche und einen gepflasterten Vorraum durchschritten hatten, auf dem sich ein Kohlenschuppen, ein Brunnen und ein Taubenhaus befanden, erreichten wir schließlich das große, warme, liebenswürdige Gemach, in dem man mich gestern empfangen hatte. Es glühte herrlich im Glanz eines mächtigen Feuers, das aus einem Berg von Holz, Torf und Kohlen hervorlohte. Und nahe dem Tisch, der mit einem reichlichen Nachtmahl besetzt war, bemerkte ich zu meiner Freude die »Fraa«, eine Persönlichkeit, deren Existenz ich bisher durchaus nicht vermutet hatte. Ich verbeugte mich und wartete, da ich annahm, sie würde mich auffordern, Platz zu nehmen. Sie lehnte sich jedoch in ihren Stuhl zurück und sah mich an – und blieb regungslos und stumm.

»Rauhes Wetter!« bemerkte ich. »Ich fürchte, Mrs. Heathcliff, die Tür muß unter den Folgen der lässigen Aufmerksamkeit Ihrer Dienstboten leiden: ich hatte harte Arbeit, mich ihnen hörbar zu machen.«

Sie öffnete nicht den Mund. Ich starrte sie an – wie sie mich; wenigstens ruhten ihre Blicke auf mir, kühl und gleichgültig und verwirrend.

17

»Setzen Sie sich«, sagte der junge Mann barsch. »Er wird bald kommen.«

Ich gehorchte; und ich räusperte mich und rief die niederträchtige Juno, die bei dieser zweiten Begegnung die äußerste Spitze des Schwanzes zu bewegen geruhte, gewissermaßen zum Zeichen, daß sie meine Bekanntschaft anerkannte.

»Ein schönes Tier!« begann ich wieder. »Gedenken Sie sich von den Kleinen zu trennen, gnädige Frau?«

»Sie sind nicht mein«, sagte die liebenswürdige Wirtin, abweisender als selbst Heathcliff geantwortet haben könnte.

»Ah, *dies* sind Ihre Lieblinge?« fuhr ich fort, mich nach einem dunklen Kissen wendend, auf dem, wie mir schien, junge Katzen lagen.

»Merkwürdige Lieblinge!« sagte sie verächtlich.

Unglücklicherweise war es ein Haufen toter Kaninchen. Ich räusperte mich nochmals und rückte näher zum Feuer, meine Bemerkung über das schlechte Wetter wiederholend.

»Sie hätten nicht herauskommen sollen«, sagte sie, indem sie sich erhob und nach den bemalten Büchsen auf dem Kaminsims langte.

Sie hatte bisher im Schatten gesessen, jetzt erst hatte ich einen klaren Anblick ihrer Gestalt und ihres Gesichtes. Sie war schlank und anscheinend noch sehr jung: eine herrliche Figur und das entzückendste kleine Gesicht, das ich je gesehen habe; feine Züge, sehr blond; flachsfarbene, nein goldene Locken, lose auf den zarten Hals niederfallend, und Augen, die, wenn sie freundlich geblickt hätten, unwiderstehlich gewesen wären. Zum Glück für mein empfängliches Herz schwankte ihr Ausdruck nur zwischen Verachtung und einer Art Verzweiflung, die für diese jungen Augen außerordentlich befremdend war.

Die Büchsen waren ihr fast unerreichbar. Ich machte eine Bewegung, ihr zu Hilfe zu kommen. Sie kehrte sich zu mir, zornig wie ein Geizhals, dem jemand den Vorschlag gemacht hat, ihm ein wenig beim Zählen seines Geldes zu helfen.

»Ich brauche nicht Ihre Hilfe«, fuhr sie mich an, »ich kann sie allein herunterholen.«

»Ich bitte um Verzeihung!« beeilte ich mich zu erwidern.

»Hat man Sie zum Tee gebeten?« fragte sie, vor ihr sauberes schwarzes Kleid eine Schürze bindend, und beugte sich mit einem Löffel Teeblätter über den Topf.

»Ich werde mich freuen, eine Tasse zu bekommen«, antwortete ich.

»Hat man Sie eingeladen?« wiederholte sie.

»Nein«, sagte ich lächelnd, »aber Sie sind ja die geeignete Persönlichkeit, dies nachzuholen.«

Sie warf Tee und Löffel fort, nahm ihren Stuhl wieder ein und runzelte die Stirn und schob die Unterlippe vor, wie ein Kind, das weinen will.

Nun stellte sich der junge Mann, der sich inzwischen einen entschieden schäbigen Rock angezogen hatte, vor dem Feuer auf und blickte mich von der Seite an, als bestände zwischen uns eine tödliche Fehde. Mir kamen Zweifel, ob er nur ein Dienstbote sei. Seine Kleidung war ordinär, und seine Sprechweise entbehrte völlig jener Überlegenheit, die Mr. und Mrs. Heathcliffs Benehmen zeigte. Seine dicken braunen Locken waren rauh und ungepflegt, sein Bart verwildert und seine Hände gebräunt, wie diejenigen eines gewöhnlichen Arbeiters. Dennoch war sein Benehmen frei, fast hochmütig, und er bezeigte der Dame des Hauses keine dienstbotenhafte Aufmerksamkeit. In Ermangelung klarer Beweise für seine Stellung, schien es mir das geratenste, sein seltsames Betragen nicht zu bemerken, und fünf Minuten später befreite mich Heathcliffs Eintritt wenigstens bis zu einem gewissen Grade aus meiner unbehaglichen Situation.

»Sie sehen, mein Herr, ich bin meinem Versprechen gemäß gekommen!« rief ich munter; »und ich fürchte, das Wetter wird mich für eine halbe Stunde hier festhalten, falls Sie mir für diese Zeit Unterkunft gewähren können.«

»Halbe Stunde?« sagte er, die weißen Flocken von seinen Kleidern schüttelnd. »Soll mich wundern, ob Sie Lust haben werden, durch dicken Schneesturm zu wandern. Wissen Sie, daß Sie Gefahr laufen, sich in den Sümpfen zu verirren? Selbst Leute, die mit den Mooren hier gut bekannt sind, verlieren an solchen Abenden häufig den Weg. Und ich kann Ihnen sagen, es ist vorläufig keine Aussicht auf einen Wetterumschlag.«

»Vielleicht könnte einer Ihrer Leute meinen Führer machen und bis zum Morgen in Drosselkreuzhof bleiben – könnten Sie einen entbehren?«

»Nein, keinen.«

»O – –. Nun gut, dann muß ich mich eben auf meinen eigenen Spürsinn verlassen.«

»Hm!«

»Gibt's bald Tee?« fragte der mit dem schäbigen Rock und wandte seinen grimmigen Blick von mir zu der jungen Dame.

»Soll er welchen haben?« fragte sie, sich an Heathcliff wendend.

»Mach ihn fertig, hörst du!« war die grobe Antwort, die mich zusammenfahren ließ. Der Ton, in dem dies gesagt worden war, verriet ein wahrhaft böses Naturell. Ich sah mich nicht mehr veranlaßt, Heathcliff einen prächtigen Kerl zu nennen.

Als die Vorbereitungen beendet waren, lud er mich mit einem »Nun, Herr, rücken Sie Ihren Stuhl heran« ein. Und wir alle, einschließlich des bäurischen Jünglings, setzten uns zu Tisch. Ein finsteres Schweigen herrschte, während wir aßen und tranken.

Ich dachte, wenn ich diese Wolke heraufbeschworen habe, so muß ich einen Versuch machen, sie wieder zu vertreiben. Sie konnten doch nicht alle Tage so grimmig und stumm dasitzen: so übellaunig diese Menschen auch sein mochten, schien es mir doch undenkbar, daß sie dies böse Stirnrunzeln alltäglich zur Schau trugen.

»Es ist merkwürdig«, begann ich also, während ich mir eine zweite Tasse Tee einschenken ließ, »es ist merkwürdig, wie die Gewohnheit unseren Geschmack und unsere Anschauungen formen kann. Viele würden nicht begreifen können, daß ein so völlig von der Welt abgeschlossenes Leben, wie Sie, Mr. Heathcliff, es führen, noch Freude bieten könne. Trotzdem wage ich zu sagen, daß Sie, umgeben von Ihrer Familie und an der Seite Ihrer liebenswürdigen Gefährtin, dieses guten Genius über Ihr Herz und Heim ...«

»Meine liebenswürdige Gefährtin!« unterbrach er mich mit einem diabolischen Grinsen. »Wo ist sie – meine liebenswürdige Gefährtin?«

»Mrs. Heathcliff, Ihre Gattin, meine ich.«

»So, ja – o, Sie wollen andeuten, daß ihr Geist gewissermaßen als Engel den Sturmheidhof bewacht, wenn auch ihr Leib dahingegangen ist. Habe ich Sie recht verstanden?«

Meinen Irrtum gewahrend, versuchte ich, ihn wieder gut zu machen. Ich hätte sehen können, daß ein zu großer Altersunterschied zwischen den beiden bestand, um es glaubhaft erscheinen zu lassen, daß sie Mann und Frau seien. Er war ungefähr vierzig, ein Alter, in dem der Mann sich selten der Täuschung hingibt, daß ein junges Mädchen ihn aus Liebe heirate. Der Traum ist dem Greisentum aufgespart.

Sie sah nicht älter aus als siebzehn.

Dann fiel mir blitzartig ein: der Tölpel an meiner Seite, der seinen Tee aus der Untertasse schlürft und sein Brot mit ungewaschenen Händen ißt, könnte ihr Mann sein – Heathcliff junior selbstredend. Da hat man die Folgen des Lebendigbegrabenseins. Sie hat sich an diesen Bauern weggeworfen aus purer Unkenntnis dessen, daß bessere Männer existieren! Wie schade – hoffentlich werde ich nicht die Veranlassung werden, daß sie ihre Wahl bereut. Diese letzte Betrachtung klingt vielleicht etwas dünkelhaft; sie ist es nicht. Mein Nachbar erschien mir beinahe abstoßend. Dagegen wußte ich aus Erfahrung, daß ich ziemlich anziehend war.

»Mrs. Heathcliff ist meine Schwiegertochter«, sagte Heathcliff, meine Vermutung bestätigend. Dabei warf er ihr einen sonderbaren Blick zu – einen Blick voll tiefsten Hasses; es sei denn, daß seine Augen nicht wie die Augen anderer Menschen die Sprache der Seele redeten.

»Ah gewiß, jetzt sehe ich: Sie sind der glückliche Besitzer dieser gütigen Fee«, bemerkte ich, mich meinem Nachbar zuwendend.

Der Bursche wurde blutrot und ballte die Faust. Er schien handgreiflich werden zu wollen. Doch faßte er sich schnell wieder und beruhigte den Sturm in seinem Innern durch halblaute Verwünschungen gegen mich, die ich jedoch nicht beachtete.

»Kein Glück in Ihren Mutmaßungen, Herr«, sagte mein Gastgeber; »keiner von uns hat das Vorrecht, Ihre gute Fee sein eigen zu nennen; ihr Mann ist tot. Ich sagte, sie sei meine Schwiegertochter, so muß sie also meinen Sohn geheiratet haben.«

»Und dieser junge Mann hier ist –«

»Nicht mein Sohn, sicherlich.«

Heathcliff lächelte wieder, als sei es doch ein zu kühner Scherz, ihm die Vaterschaft über diesen ungeschlachten Bären zuzumuten.

»Mein Name ist Hareton Earnshaw«, grollte der andere, »und ich möcht Ihnen raten, ihn zu achten!«

»Ich habe keine Mißachtung gezeigt«, war meine Antwort, während ich heimlich über die Würde lachte, mit der er sich vorstellte.

Er heftete den Blick auf mich, länger als mir daran lag, ihn zu erwidern, denn ich fürchtete in Versuchung zu kommen, ihm entweder ein paar herunterzuhauen oder meine Heiterkeit laut werden zu lassen. Ich begann mich in diesem liebenswürdigen Familienkreis unausprechlich überflüssig zu fühlen.

Das körperliche Wohlbehagen, das der warme Raum bereitete, ging völlig in der unerquicklichen Stimmung unter, die diese Menschen zu verbreiten wußten. Ich beschloß, mich wohl zu hüten, ein drittes Mal dies Dach über meinem Haupte zu haben.

Als die Mahlzeit beendet war und niemand ein Wort der Unterhaltung hatte, trat ich ans Fenster, um nach dem Wetter zu sehen. Ein trauriger Anblick: schon war es schwarze Nacht da draußen, und Himmel und Hügel verschmolzen im wilden Wirbel von Wind und Schnee.

»Es scheint mir ganz unmöglich, jetzt ohne Führer heimzufinden«, konnte ich mich nicht enthalten auszurufen. »Die Wege werden schon begraben sein; und selbst wenn sie schneefrei wären, so könnte ich doch kaum einen Schritt weit sehen.«

»Hareton, treib die Schafe in den Scheunenschuppen; wenn sie über Nacht in der Hürde bleiben, werden sie einschneien«, sagte Heathcliff.

»Was soll ich tun?« fuhr ich in wachsender Besorgnis fort.

Meine Frage blieb unbeantwortet, und als ich mich umblickte, gewahrte ich nur Josef, der den Hunden den Futternapf brachte, und Mrs. Heathcliff, die sich über das Feuer beugte und sich damit unterhielt, ein Bündel Streichhölzer abzubrennen, das vom Kaminsims gefallen war, als sie die Teebüchse wieder hinaufstellte. Nachdem der erstere seine Schüssel niedergesetzt hatte, blickte er sich forschend im Zimmer um und krächzte dann mit heiserer Stimme:

»Wie kennt 'r doch nur so faul da 'rumstehn, wo die annem all furt sin! Aber 'n Tunichgut seid 'r – un rede nutzt nit, bessern tut 'r Eich nit, aber zum Satan geht 'r, grad wie Eire Mutter z'vor.«

Im ersten Moment glaubte ich, daß diese Beredsamkeit mir gelte, und da ich ohnedies wütend war, ging ich auf den alten Schurken los, um ihn hinauszuwerfen. Mrs. Heathcliff jedoch verblüffte mich durch die Worte, die sie dem Mann erwiderte.

»Du elender alter Heuchler!« entgegnete sie. »Fürchtest du nicht, bei lebendigem Leibe vom Teufel geholt zu werden, wenn du so leichtsinnig seinen Namen anrufst? Ich warne dich davor, mich nochmals zu reizen, sonst werde ich ihn um die Gunst ersuchen, dich schleunigst abzuführen. Da, schau nur her«, fuhr sie fort, ein großes dunkles Buch vom Wandbrett nehmend; »ich will dir zeigen, wie weit ich in der schwarzen Kunst fortgeschritten bin. Bald werde ich's euch gründlich zu kosten geben! Es war nicht Zufall, daß neulich die rote

Kuh verreckte, und auch dein Rheumatismus ist schwerlich als göttliche Heimsuchung zu betrachten.«

»O Gottlosigkeit!« stöhnte der Alte. »Herr, erlöse uns vom Übel!«

»Er wird dich nicht erlösen, Josef. Du bist längst ein Verworfener. Pack dich jetzt, oder ich werde dir Schlimmes antun. Ich werde euch alle in Wachs und Ton verwandeln, und der erste, der den Kreis, den ich um mich ziehen werde, überschreitet, wird – ich sage nicht, was mit ihm geschehen wird, aber du wirst ja sehen. Geh! Mein Auge ruht auf dir!«

Die kleine Hexe gab bei diesen Worten ihren schönen Augen einen möglichst boshaften Ausdruck, und zitternd vor Entsetzen und angstvoll betend eilte Josef hinaus. Ich vermutete, sie habe sich aus Langeweile einen Scherz mit ihm gemacht; nun wir allein waren, bestrebte ich mich, sie für meine Lage zu interessieren.

»Mrs. Heathcliff, sagte ich ernst, »Sie werden entschuldigen, daß ich Sie störe. Ich wage es, weil jemand, der so schön ist wie Sie, unzweifelhaft auch ein gutes Herz hat. Also bitte, geben Sie mir einige Anhaltspunkte, mit deren Hilfe ich den Heimweg finden kann. Ich weiß ebensowenig, wie ich nach Hause finden soll, als Sie wissen würden, nach London zu gelangen.«

»Nehmen Sie den Weg, den Sie gekommen sind«, antwortete sie, während sie es sich in einem Lehnstuhl bequem machte, eine Kerze anzündete und das große Buch aufschlug. »Der Rat ist kurz, aber so gut, als ich ihn geben kann.«

»Wenn Sie nun aber erfahren würden, man habe mich tot in einem Sumpf oder in einer Schneewehe gefunden, würde Ihr Gewissen Ihnen da nicht zuflüstern, daß das zum Teil Ihr Verschulden sei?«

»Wieso? Ich kann Sie ja nicht begleiten. Die würden mich nicht bis zur Gartenmauer gehn lassen.«

»Sie? Es täte mir leid, wenn Sie in solcher Nacht um meinetwillen auch nur die Schwelle überschreiten müßten!« rief ich. »Ich möchte, daß Sie mir den Weg sagen, nicht, daß Sie ihn zeigen; oder daß Sie Mr. Heathcliff veranlassen, mir einen Führer mitzugeben.«

»Wen? Da ist er, Earnshaw, Zillah, Josef und ich. Wen möchten Sie haben?«

»Gibt es denn keine Knechte hier?«

»Nein; es gibt weiter niemand.«

»So bin ich gezwungen, zu bleiben.«

»Das mögen Sie mit Ihrem Gastgeber abmachen. Mich geht das nichts an.«

»Und hoffentlich wird Ihnen diese Erfahrung eine Lehre sein, keine voreiligen Wanderungen mehr zu unternehmen«, scholl Heathcliffs harte Stimme vom Kücheneingang herüber. »Was Ihr Hierbleiben anbetrifft, so bemerke ich, daß ich für Besucher keine Unterkunft geschaffen habe. Wenn Sie bleiben, müssen Sie mit Hareton oder Josef das Bett teilen.«

»Ich kann hier im Zimmer auf einem Stuhl schlafen«, entgegnete ich.

»Nein, nein! Ein Fremder ist ein Fremder, sei er arm oder reich. Es paßt mir nicht, irgendwem zu gestatten, sich hier herumzutreiben, wenn ich ihn nicht überwachen kann!« sagte der ungezogene Kerl.

Nach dieser Beleidigung war meine Geduld erschöpft. Mit einem Ausruf des Widerwillens schritt ich an ihm vorbei in den Hof, wobei ich in meiner blinden Hast mit Earnshaw zusammenrannte. Es war so dunkel, daß ich das Ausgangstor nicht sehen konnte, und während ich danach suchte, hörte ich eine weitere Probe ihres höflichen Benehmens untereinander. Zunächst schien der junge Mann sich meiner annehmen zu wollen.

»Ich werde mit ihm bis an das Ende des Parks gehen«, sagte er.

»Du wirst mit ihm zur Hölle gehen!« schrie sein Herr – das heißt, ich vermutete, daß der Alte zu ihm in diesem Verhältnis stand. »Und wer soll nach den Pferden sehen, he?«

»Das Leben eines Menschen ist von größerer Bedeutung als die einmalige Vernachlässigung der Pferde; jemand muß gehen«, äußerte Mrs. Heathcliff, freundlicher als ich erwartet hatte.

»Nicht, wenn du es befiehlst!« gab Hareton zurück. »Wenn du um ihn besorgt bist, solltest du lieber den Mund halten.«

»So wünsche ich, daß dich sein Geist verfolgen möge, wenn der Mann im Moor den Tod findet. Und ich wünsche, daß Mr. Heathcliff nie einen anderen Mieter bekommen möge, bis Drosselkreuz eine Ruine ist!« entgegnete sie scharf.

»Jeh, jeh, sie verwünscht 'n«, murmelte Josef, dem ich mich genähert hatte.

Er saß in Hörweite und melkte beim Schein einer Laterne die Kühe. Ohne viel Umstände ergriff ich die Laterne und eilte dem nächsten Ausgang zu, indem ich ausrief, daß ich sie morgen zurückschicken würde.

»Här, Här, er stehlt sich unser Lantern!« schrie der Alte, mich verfolgend. »Heh, Packan! Heh, Hunde! Heh, Wolf! faßt 'n, faßt 'n!« Als ich die Zauntür öffnete, sprangen mir zwei haarige Ungeheuer an den Hals, rissen mich nieder und löschten das Licht, während ein schallendes Gelächter von Heathcliff und Hareton meiner Wut den Gipfel aufsetzte. Glücklicherweise schienen die Bestien nur gewohnt zu sein, sich herumzurekeln und zu gähnen und allenfalls mit dem Schwanz zu wedeln, denn sie bezeigten keine Lust, mich bei lebendigem Leibe zu zerreißen; aber sie duldeten auch nicht, daß ich mich erhob, und ich war genötigt, still zu liegen, bis es ihren niederträchtigen Herren gefallen würde, mich zu befreien. Als das geschehen war, befahl ich, bebend vor rasendem Zorn, den Hallunken, mich sofort hinauszulassen, bei Gefahr ihres Lebens, falls sie mich noch eine Minute zurückhielten – und äußerte noch einige zusammenhanglose Drohungen, die stark nach König Lear schmeckten.

Meine maßlose Aufregung verursachte mir ein heftiges Nasenbluten; und noch immer lachte Heathcliff, und noch immer schimpfte ich.

Ich weiß nicht, wie diese Szene geendet haben würde, wäre nicht eine Person bei der Hand gewesen, die vernünftiger war als ich und wohlwollender als mein Wirt. Dies war Zillah, die stämmige Haushälterin, die herbeigelaufen kam, um nach der Ursache des Aufruhrs zu sehen. Sie meinte, man habe mich gewaltsam angegriffen, und da sie nicht wagte, sich gegen ihren Herrn zu wenden, gebrauchte sie ihre Zungenfertigkeit dem jüngeren Schurken gegenüber.

»Na, Mr. Earnshaw«, schrie sie, »ich bin nur neugierig, was Sie nächstens anstellen werden! Sollen wir auf unserem Grund und Boden die Leute ermorden? Nein – der Dienst in diesem Hause ist nichts für mich. Sehn Sie nur den armen Menschen; er erstickt ja! – Nun! Nun! Kommen Sie, ich werd' Ihnen helfen! So, so; halten Sie still.«

Mit diesen Worten goß sie mir einen Napf Eiswasser in den Nacken und zog mich in die Küche. Mr. Heathcliff, der nach seinem Heiterkeitsanfall schnell wieder in die alte Grämlichkeit verfiel, folgte uns.

Ich fühlte mich scheußlich elend und schwindlig und schwach. Es blieb mir daher nichts anderes übrig, als ihn für diese Nacht um Unterkunft zu bitten. Er gebot Zillah, mir ein Glas Branntwein zu geben, und begab sich dann ins innere Gemach.

Die Magd kam den Anordnungen ihres Herrn nach und führte mich, als ich mich ein wenig erholt hatte, in mein Nachtquartier.

III.

Während sie mir die Treppen hinauf voranging, empfahl sie mir, das Licht zu dämpfen und kein Geräusch zu machen; denn ihr Herr habe eine wunderliche Neigung für das Zimmer, in dem sie mich unterbringen wolle, und würde wissentlich keinen Menschen dort hineinführen. Ich fragte nach der Ursache. Sie kenne sie nicht, antwortete sie, sie lebe hier erst seit kaum zwei Jahren, und es gäbe hier so viel Sonderbares im Hause, daß sie mit dem Neugierigsein nicht erst habe beginnen können.

Selbst zu erschöpft, um Neugier zu bezeigen, schloß ich meine Tür und sah mich nach dem Bett um. Die Einrichtung des Raumes bestand jedoch nur aus einem Stuhl, einem Schrank und einem großen eichenen Kasten, der an den Seitenwänden viereckige Glasscheiben hatte. Ich trat hinzu, blickte durch eins der Fensterchen hinein und erkannte, daß es der Kasten einer altmodischen Kutsche war, der nun hier in der Ecke der Bodenstube noch ein besonderes Geheimstübchen abgab. Es war in der Tat ein kleines Kabinett, in dem das Brett eines der beiden Zimmerfenster die Stelle eines Tisches vertrat. Ich öffnete den Wagenschlag, stieg mit meiner Kerze hinein, schloß die Tür und fühlte mich nun endlich geborgen.

Auf dem Fensterbrett, auf das ich meine Kerze stellte, lagen ein paar verschimmelte Bücher; das Brett selbst war über und über bekritzelt. Ich las in den verschiedensten Lettern: Catherine Earnshaw, hier und da variiert in Catherine Heathcliff und Catherine Linton.

In stumpfer Müdigkeit lehnte ich den Kopf an das Fenster und fuhr fort zu lesen: Catherine Earnshaw – Heathcliff – Linton; bis mir die Augen zufielen. Doch kaum hatte ich sie geschlossen, als im Dunkel vor mir gespensterhaft beleuchtete Buchstaben tanzten – lauter Catherines; und als ich aufblickte, um den zudringlichen Namen zu verscheuchen, sah ich, daß der brennende Docht meiner Kerze sich auf eins der alten Bücher herabgeneigt hatte und auf dem Einband schwelte. Es roch nach verbranntem Leder. Ich kürzte den Docht, und da ich mich infolge der Kälte und meines Unwohlseins sehr unbehaglich fühlte, setzte ich mich aufrecht hin und schlug in der Absicht, zu lesen, das lädierte Buch auf meinen Knien auf.

Es war eine in schrägen Lettern gedruckte Bibel. Sie hatte einen unangenehm modrigen Geruch. Die erste Seite trug die Aufschrift: »Catherine Earnshaw ihr Buch« – und ein Datum, das etwa ein Vierteljahrhundert zurücklag. Ich schloß den Band und griff nach einem anderen, und so fort, bis ich sie alle durchgesehen hatte. Catherines Bücherei war recht gewählt, und der Grad ihrer Zerlesenheit bewies, daß sie viel benutzt worden war, wenn auch nicht immer zu ihrem eigentlichen Zweck. Kaum ein Kapitel war einem Kommentar in Tinte und Feder entgangen – oft war jeder kleinste weiße Raum damit bedeckt. Teilweise waren es nur abgerissene Sätze, doch manchmal schienen sich die Notizen geradezu zu einem Tagebuch zu erweitern. Die Handschrift war ungelenk und kindlich. Oben auf einer leeren Seite entdeckte ich zu meiner Freude eine ausgezeichnete Karikatur meines Freundes Josef – roh, aber doch geschickt skizziert. Sofort erwachte in mir ein gewisses Interesse für die unbekannte Catherine, und ich machte mich daher sogleich an die Entzifferung ihrer verblaßten Hieroglyphen. –

»Ein gräßlicher Sonntag!« begann die erste Aufzeichnung. »Ich wollte, der Vater wäre wieder da. Hindley ist ein greulicher Stellvertreter – sein Benehmen gegen Heathcliff ist abscheulich. Heathcliff und ich haben die Absicht zu rebellieren – wir haben heut abend die einleitenden Schritte getan.

»Den ganzen Tag goß es in Strömen; wir konnten nicht zur Kirche gehen, deshalb mußte Josef in der Dachstube eine Andacht abhalten, und während Hindley und seine Frau sich drunten beim behaglichen Feuer wärmten und gewiß nichts anderes taten, als in ihren Bibeln lesen, mußten Heathcliff und ich und der unglückliche Stalljunge unsere Gebetbücher nehmen und hinaufsteigen. Wir wurden nebeneinander auf einen Sack voll Korn gesetzt und froren weidlich. Wir hofften, daß es auch Josef zu kalt sein werde, um lange hier zu hocken, und daß er uns nur eine kurze Predigt halten werde. Vergebliches Hoffen! Die Andacht dauerte genau drei Stunden, und trotzdem hatte mein Bruder die Dreistigkeit, als er uns herunterkommen sah, auszurufen: »Was? Schon fertig?« Früher durften wir an Sonntagabenden spielen, vorausgesetzt, daß wir nicht zu geräuschvoll waren; jetzt genügt schon ein Kichern, daß man uns in die Ecke stellt.

»Ihr vergeßt, daß ihr einen Herrn in mir habt«, sagt der Tyrann. »Den ersten von euch, der meinen Zorn reizt, werde ich niederschlagen. Ich verlange vollkommene Gesittung und Ruhe. Halt Junge! Warst du das? Frances, Liebchen, zupf ihn am Ohr; ich habe ihn mit den Fingern schnalzen gehört.« Frances zupfte ihn recht herzhaft am Ohr, und dann ging sie und setzte sich ihrem Mann aufs Knie; und da saßen sie wie zwei Babys und küßten sich und schwatzten Unsinn, stundenlang – albernes Geplapper, dessen wir uns geschämt haben würden. Wir setzten uns unters Büffet und machten es uns in unserer Höhle da so bequem als möglich. Ich hatte gerade unsere Schürzen zusammengeknotet und sie als Vorhang aufgehängt, als Josef hereinkommt. Er reißt natürlich sofort mein Kunstwerk herunter, gibt mir ein paar hinter die Ohren und krächzt:

»De Här knapp unner der Ärd, un Sunndag noch nit vorriwer, un grad ewen erseht 's heilig Evangelium vernummen, un schun hott 'r eier Dummhäte wierer im Kopp. Schaamt eich! Do, hockt eich her, ihr Sataner! Do sinn gude Biecher, do last drin. Her mit eich, un denkt driwer noh, datt 'r mol selig wären dhut.«

»Als er dies sagte, wies er uns Plätze an, die vom Feuer so weit entfernt waren, daß wir nur mühsam die Druckschrift lesen konnten. Ich *konnte* diese Beschäftigung nicht ertragen. Ich nahm mein schmieriges Buch am Deckel und schleuderte es in die Hundeecke; Heathcliff warf seines hinterdrein. Da gab's einen Tumult!«

»Här Hindley«! schrie unser Kaplan, »do kinnt 'r wat siehn: dat Frääle Kathi hot de Deckel vum ›Helm der Erlesung‹ zerriß, un de Heathcliff hot die ›Stroß zur Höll‹ verschmiert. En wahre Schand is 's, dat Ihr su ebbes dulde dhut. Ach, wat hätt' de alt Här se vermewelt – awer dä is furt.«

»Hindley kam von seinem Paradies am Kamin herbeigeeilt und, den einen von uns beim Kragen packend und den anderen beim Arm, schleppte er uns beide in die Küche, wo Josef beteuerte, daß der ›böse Nicklas‹ uns holen würde. So getröstet, bekamen wir jeder einen besonderen Winkel angewiesen, um dort seine Ankunft abzuwarten; ich langte dies Buch und ein Tintenzeug vom Brett und stieß die Haustür auf, um genug Licht zu haben. Und ich habe mir seit zwanzig Minuten die Zeit mit schreiben vertrieben. Aber mein Freund ist ungeduldig und schlägt vor, daß wir uns den Mantel des Milchmädchens umhängen und unter seinem Schutz aufs Moor ausreißen sollen. Ein schöner Gedanke – und wenn dann der Griesgram hereinkommt, so mag er glauben, seine Prophezeiung habe sich verwirklicht; wir können uns im Regen auch nicht unbehaglicher und frostiger fühlen als hier. –«

Ich nehme an, daß Catherine ihren Plan ausführte, denn der nächste Satz schien später geschrieben zu sein und war recht tränenvoll: »Das hab ich mir nicht träumen lassen, daß Hindley mich so weinen machen würde«, schrieb sie. »Mein Kopf schmerzt, daß ich ihn nicht auf dem Kissen lassen kann, und doch kann ich nicht aufhören. Armer Heathcliff! Hindley nennt ihn einen Vagabund und will ihn nicht mehr mit uns bei Tisch sitzen lassen, und er sagt, er und ich dürfen nicht mehr zusammen spielen, und droht ihn aus dem Hause zu jagen, wenn wir seinen Befehl nicht respektierten. Er hat unseren Vater beschuldigt (wie darf er?), Heathcliff zu wohlwollend behandelt zu haben, und schwört, daß er ihn auf den ihm gebührenden Platz hinunterdrücken werde. –«

Ich begann schläfrig zu werden. Mein Auge wanderte vom Manuskript zur Druckschrift. Ich sah einen rotumrahmten Titel: »Siebenzig mal sieben und die erste der Einundsiebenzig. Ein frommer Diskurs, gehalten von Reverend Jabes Branderham in der Kapelle von Gimmerton Sough.« Und während ich, nur noch halb bei Bewußtsein, zu ergrübeln suchte, was Jabes Branderham aus seinem Thema gemacht haben konnte, sank ich in die Polster zurück und schlief ein. O, diese entsetzlichen Folgen schlechten Tees und schlechter Laune! Denn was sonst konnte mir diese furchtbare Nacht verursacht haben? Soweit ich nur zurückdenken kann, wüßte ich mich nicht einer Nacht zu erinnern, in der ich ähnlich gelitten hätte.

Ich fing an zu träumen – fast noch ehe ich aufgehört hatte, mir meiner Umgebung bewußt zu sein. Ich dachte, es sei Morgen und ich hätte mich, von Josef geführt, auf den Heimweg begeben. Der Schnee lag viele Fuß tief auf den Wegen, und während wir uns langsam voranarbeiteten, ermüdete mich mein Begleiter mit unausgesetzten Vorwürfen, weil ich keinen Pilgerstab mitgenommen hatte. Ohne einen solchen könne ich nie ins Haus hineinkommen, sagte er, und schwang prahlerisch einen derben Knüttel, der wohl einen Pilgerstab vorstellen sollte. Einen Augenblick hielt ich es für unsinnig, daß ich, um Zutritt zu meinem eigenen Wohnsitz zu erlangen, durchaus einer solchen Waffe bedürfen solle; dann kam mir wieder eine neue Vorstellung. Ich ging ja nicht dorthin. Wir gingen vielmehr, um den berühmten Jabes Branderham über den Text »Siebenzig mal sieben« predigen zu hören, und entweder Josef, der Prediger oder ich hatten die erste der einundsiebzig Sünden begangen und sollten öffentlich bloßgestellt und in den Kirchenbann getan werden.

Wir kamen zur Kapelle. Ich habe sie tatsächlich auf meinen Wanderungen zwei- oder dreimal gesehen; sie liegt in einer Talsenkung in der Nähe eines Sumpfes, dessen feuchte Torfmasse, wie es heißt, die dort Begrabenen mumienhaft erhält. Pfarrer Jabes also hatte in meinem Traum eine große und aufmerksame Gemeinde um sich versammelt; und er predigte – großer Gott! welch ein Sermon, eingeteilt in vierhundertundneunzig Teile, von denen jeder einer der üblichen Kanzelreden gleichkam und jeder eine besondere Sünde behandelte! Wo er diese auftrieb, kann ich nicht sagen. Er hatte eine eigene Art, die Sprüche auszulegen, und es gehörte zu seinen Voraussetzungen, daß die »geliebten Brüder« bei jeder Gelegenheit andere Sünden begingen. Und das waren gar seltsame Vergehungen, wie ich sie nie vorher geahnt hatte.

O, wie müde wurde ich. Wie ich mich krümmte, und wie ich gähnte und einnickte und wieder erwachte! Wie ich mich kniff und mir die Augen rieb, wie ich aufstand und wieder niedersaß und Josef Zeichen machte, mir mitzuteilen, ob er wohl jemals zum Ende kommen würde. Ich war verdammt, alles bis zum Schluß anzuhören. Endlich war er bei der »ersten der Einundsiebzig« angelangt. Da kam mir eine Inspiration. Ich fühlte mich veranlaßt, mich zu erheben und Jabes Branderham als den Sünder der Sünde, für die kein Christ Verzeihung erlangt, anzuklagen.

»Herr!« rief ich aus, »hier innerhalb dieser vier Mauern sitzend, ertrug und vergab ich Ihnen die vierhundertundneunzig Teile ihres Diskurses. Siebenzig mal siebenmal habe ich meinen Hut nehmen und fortgehen wollen – siebenzig mal siebenmal haben Sie mich gezwungen, meinen Sitz wieder einzunehmen. Der vierhunderteinundneunzigste Teil ist zuviel! Genossen im Martyrium, los auf ihn! Reißt ihn nieder und zermalmt ihn in Atome, daß der Ort, der ihn kennt, ihn nicht mehr kennen möge!«

»Du bist der Mann!« schrie Jabes nach einer ernsten Pause, sich über das Kanzelpolster lehnend. »Siebenzig mal siebenmal hast du gähnend dein Gesicht verzerrt – siebenzig mal siebenmal hat meine Seele nach Rat gesucht. Weh! das ist menschliche Schwachheit. So mag dies auch vollendet werden! Der erste der Einundsiebzig ist gekommen, Brüder! Richtet ihn, wie es geschrieben steht.«

Nach diesem Schlußwort stürzte die ganze Versammlung, ihre Pilgerstäbe schwingend, auf mich los, und da ich zu meiner Verteidigung keine solche Waffe besaß, begann ich mich mit Josef, meinem nächsten und eifrigsten Angreifer, um die seinige zu raufen. Manche mir zugedachten Hiebe sausten auf andere Schädel nieder. Die ganze Kapelle dröhnte von der Prügelei. Jeder erhob die Hand gegen seinen Nachbar, und Branderham, der nicht gewillt war, müßig zu bleiben, bezeigte seinen Eifer in einem Hagel lauter Schläge auf den Rand der Kanzel, die so laut widerhallten, daß sie schließlich – zu meiner unaussprechlichen Erleichterung – mich weckten. Und was war es, das den ungeheuren Aufruhr verursacht hatte? Wer hatte in diesem Streit die Rolle des Jabes gespielt? Nur der Zweig einer Fichte, der bis ans Fenster reichte und mit seinen dürren Zapfen an die Scheiben prasselte. Einen Augenblick horchte ich auf, erkannte den Störenfried, wendete mich zurück und nickte von neuem ein und träumte wieder, womöglich noch unangenehmer als vorher.

Diesmal war ich mir bewußt, daß ich in dem eichenen Kabinett lag, und ich hörte deutlich den stürmischen Wind und das Schneetreiben; ich hörte auch, daß der Fichtenzweig sein kratzendes Geräusch wiederholte, und wußte, woher der Laut kam. Aber er quälte mich so sehr, daß ich beschloß, wenn möglich, ihn zum Schweigen zu bringen. Und ich träumte, daß ich aufstand und versuchte, das Fenster zu öffnen. Der Haken war aber in die Öse festgelötet, ein Umstand, den ich in wachem Zustand wahrgenommen, nun aber vergessen hatte. »Und dennoch – der Lärm muß aufhören!« knurrte ich, zerschlug die Glasscheibe mit der Faust und streckte den Arm aus, um den zudringlichen Zweig zu ergreifen; statt dessen schlossen sich meine Finger um eine kleine kalte Hand! Mich überkam das grauenhafte Entsetzen eines Albtraumes: ich versuchte, den Arm zurückzuziehen, aber die Hand umklammerte fest die meine, und eine höchst traurige Stimme schluchzte: »Laß mich ein – laß mich ein!« – »Wer bist du?« fragte ich und mühte mich, mich von dem Griff zu befreien. »Catherine

Linton«, antwortete es fröstelnd. (Warum dachte ich gerade Linton? Ich hatte Earnshaw wohl zwanzigmal mehr gelesen als Linton.) »Ich bin heimgekommen, ich hatte im Moor den Weg verloren!« Während es sprach, erkannte ich die schwachen Umrisse eines Kindergesichtes, das durch das offene Fenster blickte. Entsetzen machte mich grausam. Da es mir nicht gelingen wollte, das Geschöpf abzuschütteln, zog ich sein Handgelenk auf die zerbrochene Scheibe nieder und rieb es hin und her, bis das Blut niederrann und die Wagenkissen durchnäßte. Noch immer jammerte das Kind: »Laß mich ein!« und lockerte nicht seinen klammernden Griff; ich war fast wahnsinnig vor Entsetzen. »Wie kann ich?« antwortete ich schließlich, »laß mich los, wenn du willst, daß ich dich einlassen soll.« Die kleinen Finger lösten sich, ich zog meine Hand herein, türmte hastig die Bücher pyramidenartig vor das Loch und hielt mir die Ohren zu, um das jammervolle Bitten nicht mehr hören zu müssen. Wohl eine Viertelstunde, so schien es mir, hielt ich die Ohren geschlossen; doch sowie ich wieder aufhorchte, hörte ich das kummervolle Winseln: »Laß mich ein!«

»Geh weg«! rief ich, »ich werde dich nie einlassen, und wenn du zwanzig Jahre darum bitten solltest!« – »Es sind zwanzig Jahre«, klagte die Stimme. »Zwanzig Jahre! Seit zwanzig Jahren bin ich ruhlos gewandert.« Darauf hörte ich ein schwaches Kratzen von draußen, und der Stoß Bücher wankte. Ich wollte aufspringen, konnte aber kein Glied rühren und schrie in namenloser Angst gellend auf.

Zu meiner Verwirrung entdeckte ich, daß mein Schrei nicht nur eingebildet gewesen war, denn eilige Schritte nahten meiner Zimmertür, jemand stieß sie hastig auf, und durch die Fenster meines Bettraumes drang Lichtschein. Ich saß bebend da und wischte mir den Schweiß von der Stirn. Der Eingetretene schien zu zögern und murmelte etwas vor sich hin. Endlich sagte er flüsternd, anscheinend kaum eine Antwort erwartend: »Ist jemand hier?« Ich hielt es für das Beste, meine Anwesenheit zu bekennen, denn ich kannte Heathcliffs liebenswürdigen Ton zur Genüge und fürchtete, er werde weiter suchen, falls ich mich schweigend verhalten würde. Ich wandte mich also zur Seite und öffnete den Wagenschlag. Die Wirkung, die dies hatte, werde ich in meinem Leben nicht vergessen.

Heathcliff stand in Hemd und Unterhosen nahe der Stubentür; in der Hand hielt er eine Kerze, die ihm über die Finger tropfte. Sein Gesicht war so weiß, wie die Wand hinter ihm. Das Knarren des Wagenschlags erschreckte ihn wie ein Blitzstrahl. Das Licht entfiel seiner Hand, und seine Aufregung war so außerordentlich, daß er es kaum aufzuheben vermochte.

»Es ist nur Ihr Gast, Herr!« rief ich schnell, da ich ihm die Demütigung, noch länger seine Feigheit zu zeigen, ersparen wollte. »Ich hatte das Unglück, infolge eines Albtraumes laut zu schreien. Es tut mir leid, daß ich Sie weckte.«

»Zum Henker, Mr. Lockwood! Ich wünschte, Sie wären beim –«, begann mein Wirt und setzte das Licht auf einen Stuhl, da es seinen Händen von neuem zu entfallen drohte. »Und wer führte Sie in dies Zimmer?« fuhr er fort, während er die Fäuste ballte und mit den Zähnen knirschte. »Wer war es? Ich hätte große Lust, den betreffenden noch diesen Moment aus dem Hause zu jagen!«

»Es war Ihre Magd Zillah«, antwortete ich, aus dem Wagen springend. »Mir wär's recht, wenn Sie's täten, Mr. Heathcliff; sie verdient es wirklich. Ich vermute, sie wollte sich auf meine Kosten einen neuen Beweis dafür schaffen, daß es in diesem Raume spukt. Nun, daran ist kein Zweifel: er wimmelt von Kobolden und Gespenstern. Sie haben allen Grund, das Zimmer verschlossen zu halten, ich versichere Sie. Keiner wird Ihnen für einen Schlummer in dieser Geisterhöhle Dank wissen.«

»Was wollen Sie damit sagen?« fragte Heathcliff, »und wo wollen Sie hin? Bleiben Sie nur für den Rest der Nacht darin, nun Sie mal da sind; aber um Himmelswillen, wiederholen Sie nicht das fürchterliche Geschrei, das nur zu entschuldigen wäre, wenn man versucht hätte, Ihnen den Hals abzuschneiden!«

»Hätte der kleine Satan zum Fenster hereingekonnt, sie würde mich erdrosselt haben«, entgegnete ich. »Ich werde mich der Verfolgung Ihrer gastlichen Ahnen nicht noch einmal aussetzen. War nicht der Reverend Jabes Branderham Ihnen von mütterlicher Seite her verwandt? Und das Satansmädel, Catherine Linton oder Earnshaw oder wie sie hieß? Sie muß ein Wechselbalg, eine gottlose kleine Seele gewesen sein! Sie sagte mir, sie gehe seit zwanzig Jahren um, sicherlich eine gerechte Strafe für ihre Vergehungen bei Lebzeiten.«

Kaum hatte ich diese Worte geäußert, als ich mich der Verbindung von Heathcliffs und Catherines Namen in den Aufzeichnungen erinnerte, was meinem Gedächtnis bis eben ganz entfallen gewesen war. Ich errötete über meine Unbedachtsamkeit; ohne jedoch zu zeigen, daß ich mir des beleidigenden Charakters meiner Worte bewußt geworden sei, beeilte ich mich hinzuzufügen:»Die Wahrheit, Herr, ist die: ich brachte den ersten Teil der Nacht damit zu –« hier stockte ich von neuem; ich hatte sagen wollen: in jenen alten Bänden zu blättern – dann wäre aber meine Kenntnis ihres gedruckten wie auch ihres geschriebenen Inhalts offenbar geworden. So korrigierte ich mich also und fuhr fort:»damit zu, den in das Fensterbrett eingekratzten Namen zu buchstabieren; eine langweilige Beschäftigung, sie sollte mich schläfrig machen, wie etwa zählen oder ...«

»Was fällt Ihnen ein, Herr, so zu mir zu sprechen!« donnerte Heathcliff.»Wie – wie *wagen* Sie es unter meinem Dach?! – Gott! Er ist verrückt, solche Reden zu führen!« Und verzweifelt griff er sich an die Stirn.

Ich wußte nicht, sollte ich ihm diese Worte übelnehmen oder sollte ich sie nicht beachten und in meinem Bericht fortfahren. Doch da er mir so tief ergriffen schien, hatte ich Mitleid und erzählte weiter. Ich versicherte, daß ich den Namen Catherine Linton nie vorher gehört hätte, daß aber das häufige Überlesen desselben ihn, nachdem ich in Schlaf gefallen war, zu einer Traumgestalt personifizierte. Während ich so sprach, sank Heathcliff langsam in die Polster des Wagenbettes zurück, so daß er schließlich meinen Blicken ganz verloren war. Doch erriet ich an seinen schnellen, unregelmäßigen Atemzügen seine tiefe Bewegung. Da ich ihn nicht wissen lassen wollte, daß ich seine Aufregung bemerkt hatte, ordnete ich meine Kleidung, sah nach der Uhr und sagte wie für mich selbst:»Noch nicht drei Uhr! Ich hätte geschworen, daß es sechs sei. Die Zeit kriecht hier; wir müssen wohl schon um acht Uhr zur Ruhe gegangen sein.«

»Stets um neun im Winter; aufgestanden wird um vier«, sagte mein Wirt, ein Stöhnen unterdrückend, und wischte sich, wie ich an der Bewegung des Armes erriet, eine Träne aus den Augen.»Mr. Lockwood«, fügte er hinzu,»Sie können in mein Zimmer gehen; unten sind Sie so frühzeitig nur im Wege, und mir hat Ihr kindischer Schrei den Schlaf ohnedies zum Teufel gejagt.«

»Und mir auch«, erwiderte ich.»Ich will bis Tagesanbruch im Hof promenieren, und dann breche ich auf. Und Sie brauchen eine Wiederholung meines lästigen Besuches nicht zu befürchten; ich bin jetzt ganz davon geheilt, mein Vergnügen in der Geselligkeit zu suchen

– sei es in Stadt oder Land. Ein vernünftiger Mann sollte an sich selbst Gesellschaft genug haben.«

»Ergötzliche Gesellschaft!« murmelte Heathcliff. »Nehmen Sie das Licht und gehen Sie, wohin Sie wollen«, sagte er dann. »Ich komme gleich nach. Aber gehen Sie nicht in den Hof, die Hunde sind nicht angekettet; und auf der Diele hält Juno Wache, und – nein! Sie können nur auf den Treppen und Gängen herumsteigen. Doch fort mit Ihnen. In zwei Minuten bin auch ich bei Ihnen.«

Ich gehorchte, soweit es das Verlassen des Zimmers anbetraf. Draußen jedoch stand ich still, da ich nicht wußte, wohin die engen Gänge führten; so wurde ich unbeabsichtigt Zeuge des seltsamen Benehmens meines Gastgebers, das mich fast an seinem Verstände zweifeln ließ. Er öffnete mit Gewalt das Fenster und brach in leidenschaftliches Weinen aus. »Komm herein«, schluchzte er, »komm herein! Cathy, komm, komm! O mein Herz, mein Lieb, nur einmal komm noch! Höre mich diesmal, höre mich endlich, Catherine!«

Das Gespenst war launisch, wie Gespenster es zu sein pflegen: es zeigte sich nicht, aber Schnee und Wind wirbelten wild durchs Zimmer bis zu mir her und löschten mein Licht.

Aus diesem kindischen Gefasel sprach eine so tiefe Herzensnot, daß ich trotz des närrischen Benehmens Heathcliffs Mitleid mit ihm empfand. Ich war ärgerlich, daß ich ihn belauscht, und ärgerlich, daß ich ihm meinen scheußlichen Albtraum erzählt hatte, der ihm solche mir ganz unverständliche Seelenpein brachte.

Vorsichtig tastete ich mich nach den unteren Regionen hinunter und landete in der Küche, wo es mir gelang, an einem Häuflein glimmender Kohlen meine Kerze wieder anzuzünden. Nichts rührte sich, nur von der Herdasche erhob sich eine graue getigerte Katze und begrüßte mich mit einem kläglichen Miau.

Zwei Bänke umrahmten den Herd. Ich streckte mich auf eine derselben, während der Kater die andere bestieg. Niemand störte unsere Einsamkeit, und wir nickten beide ein. Nach einem Weilchen schlürfte Josef die hölzerne Leiter, die durch eine Falltür in seine Kammer hinaufführte, herunter. Er warf einen finsteren Blick auf die kleine Flamme, die ich der Glut entlockt hatte, jagte die Katze von der Bank, ließ sich selbst dort nieder und begann umständlich seine Pfeife zu stopfen. Meine Anwesenheit in seinem Sanktum war offenbar ein zu starkes Stück, um überhaupt Notiz davon zu nehmen. Schweigsam führte er die Pfeife zum Munde, kreuzte die Arme und paffte los. Ich ließ ihn sich seinem Genuß ungestört hingeben; und nachdem er das letzte Wölkchen herausgesogen hatte, stieß er einen tiefen Seufzer aus, stand auf und entfernte sich so finster schweigend wie er gekommen. Elastischere Schritte nahten; und nun öffnete ich den Mund zu einem »guten Morgen«, schloß ihn aber wieder, ohne den Gruß ausgesprochen zu haben; denn Hareton Earnshaw verrichtete seine Morgenandacht, indem er auf alles, was er in die Hand nahm, losfluchte. Er durchstöberte die Ecken anscheinend nach einer Schaufel, um den Schnee vor dem Hause wegzuräumen. Mit geblähten Nüstern blickte er hinter meine Bank, und dachte ebensowenig daran, mit mir höfliche Worte zu wechseln, als etwa mein Kamerad, der Kater. Ich meinte, daß es mir nun wohl erlaubt sein dürfe, mich zu entfernen; ich erhob mich also von meinem harten Lager und machte eine Bewegung, ihm zu folgen. Er bemerkte das, wies mit der Schaufel auf eine Tür und bedeutete mir mit einem unartikulierten Laut, daß ich mich dorthinein zu begeben habe, falls ich beabsichtige, das Lokal zu wechseln.

Die Tür führte auf die Diele, wo die Frauen schon wach und rege waren. Zillah trieb mit einem kolossalen Blasebalg Flammenfunken zum Schornstein hinauf, und Mrs. Heathcliff las, auf der Herdstelle sitzend, in einem Buch. Sie schützte die Augen mit der Hand und schien ganz in ihre Beschäftigung vertieft, von der sie nur aufblickte, um die Magd zu schelten, daß sie sie mit Funken besprühe, oder um einen der Hunde fortzuschieben, der allzu zudringlich in ihr Gesicht schnüffelte. Ich war überrascht, auch Heathcliff hier zu sehen. Er stand mit dem Rücken zur Tür beim Feuer und machte gerade der armen Zillah eine stürmische Szene; diese unterbrach ab und zu ihre Tätigkeit, um einen Schürzenzipfel an die Augen zu führen und in entrüstetes Seufzen auszubrechen.

»Und du –«, wendete sich bei meinem Eintritt sein Zorn gegen die Schwiegertochter – und er gebrauchte eine harmlose Bezeichnung wie Gans oder Schaf – »du bist wieder bei deinen faulen Possen! Alle anderen verdienen sich ihr Brot – du lebst von meiner Barmherzigkeit. Tu deinen Plunder weg und such dir eine Arbeit. Du sollst mir büßen für die Plage, dich immer vor Augen haben zu müssen. Hörst du, verfluchte Dirne?«

»Ich werde meinen Plunder beiseite tun, weil Sie mich dazu zwingen können«, erwiderte die junge Dame, schloß ihr Buch und warf es auf einen Stuhl. »Aber tun werde ich nichts anderes, als was mir beliebt – und wenn Sie sich die Zunge aus dem Halse fluchen!« Heathcliff hob die Hand, und die Sprecherin, die wohl die Wucht seines Schlages kennen mochte, sprang in sicherere Entfernung. Ich hatte nicht Lust, der unfreiwillige Zeuge noch weiterer Zänkereien zu sein, und schritt daher eilig vorwärts, als sei ich begierig, der Wärme des Feuers teilhaftig zu werden, und wisse nichts von dem unterbrochenen Disput. Beide besaßen immerhin genug Anstand, weitere Feindseligkeiten zu unterlassen. Heathcliff steckte die Fäuste in die Taschen, Mrs. Heathcliff warf die Lippen auf und ging zu einem entfernten Sessel, wo sie, ihrem Wort getreu, während des Restes meines Aufenthaltes die Rolle einer Statue spielte. Ich blieb nicht mehr lange. Am Frühstück teilzunehmen lehnte ich ab, und bei dem ersten Schimmer der Dämmerung nahm ich eine Gelegenheit wahr, in die freie Luft zu entweichen, die jetzt klar und still und kalt und lähmend wie Eis war.

Doch noch ehe ich das Ende des Gartens erreicht hatte, rief mein Wirt mir zu, zu warten, und bot mir an, mich übers Moor zu begleiten. Es war gut, daß er das tat, denn der ganze Hügelrücken war ein wogendes weißes Meer, dessen Erhöhungen und Vertiefungen durchaus nicht mit denen des Erdbodens übereinstimmten: wenigstens waren viele Gruben zu einer ebenen Fläche angefüllt, und ganze Reihen kleiner Hügelchen waren von der Karte, die mein gestriger Gang in meinem Gehirn aufgezeichnet hatte, verschwunden. An der einen Seite des Weges hatte ich gestern eine lange Reihe aufrechter, etwa sechs Meter voneinander entfernter Steine bemerkt, die sich über das ganze Moor hinzog. Man hatte sie errichtet, damit sie im Dunkeln oder auch im Winter, wenn ein Schneefall die tiefen Sümpfe auf beiden Seiten mit dem festen Pfade zu eins verschmolz, als Wegweiser dienen könnten. Aber abgesehen von ein paar schmutzigen Flecken, die sich hier und da im Schnee fanden, war jede Spur ihres Vorhandenseins geschwunden, und mein Begleiter fand es mehrmals nötig, mich nach rechts oder links zu dirigieren, wenn ich gemeint hatte, genau den Windungen der Straße gefolgt zu sein.

Wir sprachen kein Wort, und als wir den Eingang zum Park von Drosselkreuzhof erreicht hatten, meinte er, hier sei ich nun sicher, und verabschiedete sich mit einer kurzen Verbeugung. Dann schob ich vorwärts, meinem eigenen Richtungssinn vertrauend, denn der Posten eines Pförtners ist bis jetzt noch nicht besetzt. Die Entfernung vom Tor bis zum Haus beträgt zwei Kilometer. Ich glaube, ich brachte es fertig, vier daraus zu machen, teils weil ich mich zwischen den Bäumen verirrte, teils weil ich oft bis an den Hals im Schnee versank. Jedenfalls schlug es zwölf, als ich das Haus betrat; und das ergibt genau eine Stunde für jeden Kilometer des normalen Weges von Sturmheidhof hierher.

Die Haushälterin und ihre Trabanten eilten zu meiner Begrüßung herbei; alles rief lärmend, daß man mich schon für verloren gehalten habe. Man habe gemutmaßt, ich hätte in der Nacht den Weg verfehlt, und habe schon überlegt, wie und wo man meine Überreste suchen solle. Ich hieß sie sich beruhigen, da sie mich ja nun wieder hier sähen, und schlich frosterstarrt nach oben. Ich kleidete mich um und schritt dreißig bis vierzig Minuten auf und ab, um die animalische Wärme wiederherzustellen, und begab mich dann in mein Arbeitszimmer – schwach wie ein Kätzchen und fast zu ermattet, um das muntere Feuer und den dampfenden Kaffee zu genießen, den die Haushälterin zu meiner Erfrischung bereitet hatte.

IV.

Was für windige Wetterhähne wir sind! Ich, der beschlossen hatte, mich von aller Geselligkeit fernzuhalten, und meinem Stern dankte, als er mich hier einen Ort finden ließ, wo ich diesem Trieb folgen konnte, – ich schwacher Kerl mußte endlich die Waffen strecken, nachdem ich den ganzen Tag mit einem Gefühl von Niedergeschlagenheit und Einsamkeit gekämpft hatte. Unter dem Vorwand, notwendige Haushaltungsangelegenheiten besprechen zu wollen, ersuchte ich Mrs. Dean, als sie das Abendbrot hereinbrachte, während meines Essens dazubleiben, denn ich hegte die stille Hoffnung, sie würde sich als rechte Plaudertasche erweisen und mich durch ihr Geschwätz entweder ermuntern oder einschläfern.

»Sie haben hier beträchtlich lange gelebt?« begann ich. »Sagten Sie nicht, sechzehn Jahre?«

»Achtzehn, Herr. Ich kam, als die Herrin heiratete, mit ihr hierher. Nach ihrem Tod behielt mich der Herr als Haushälterin.«

»So; in der Tat.«

Es entstand eine Pause. Ich fürchtete, sie sei keine schwatzhafte Person – höchstens in ihren eigenen Angelegenheiten, und die konnten mich kaum interessieren. Doch nachdem sie ein Weilchen, die Fäuste auf die Kniee gestemmt, nachgedacht hatte, während eine Wolke der Bekümmernis ihr rotes Gesicht beschattete, rief sie aus: »Ach, die Zeiten haben sich seitdem sehr geändert!«

»Ja«, bemerkte ich, »Sie haben so manche Veränderung erlebt, wie?«

»Das habe ich – und Sorgen auch«, sagte sie.

O, ich werde das Gespräch auf die Familie meines Hauswirts bringen, dachte ich. Das ist ein gutes Thema für den Anfang. Und diese hübsche junge Witwe dort – ich möchte wohl ihre Geschichte kennen: ob sie hierzulande geboren oder, was wahrscheinlicher, eine Fremde ist, die der grämliche Eingeborene nicht als Verwandte anerkennen will. – Ich fragte also Mrs. Dean, warum Heathcliff Drosselkreuz verlassen und es vorgezogen habe, in einer so sehr minderwertigen Gegend und Behausung zu leben. »Ist er nicht reich genug, das Gut instand zu halten?« forschte ich.

»Reich, Herr?« erwiderte sie. »Er hat wer weiß wieviel Geld, und jedes Jahr wird es mehr. Ja, ja, er ist reich genug, in einem feineren Haus zu wohnen, aber er ist habgierig, und sobald er auf einen guten Mieter rechnen konnte, war es ihm unmöglich, die Gelegenheit, ein paar Hunderter mehr zu bekommen, vorübergehen zu lassen. Es ist seltsam, daß Leute, die so allein stehen in der Welt, so geizig sind.«

»Er hatte einen Sohn, wie es scheint?«

»Ja, er hatte einen – er ist tot.«

»Und jene junge Dame, Mrs. Heathcliff, ist dessen Witwe?«

»Ja.«

»Von woher stammt sie eigentlich?«

»Ach, Herr, sie ist ja die Tochter meines seligen Herrn. Catherine Linton ist ihr Mädchenname. Ich selbst habe das arme Kind großgezogen. Ich wünschte, Mr. Heathcliff würde sie aus dem Hause weisen, dann könnten wir vielleicht wieder zusammen sein.«

»Wie? Catherine Linton?« rief ich erstaunt. Aber ein wenig Nachdenken überzeugte mich sofort, daß diese Catherine nicht mit meiner Gespenstererscheinung identisch sein konnte.»So ist der Name meines Vorgängers hier Linton?« fragte ich weiter.

»Ja.«

»Und wer ist dieser Earnshaw, Hareton Earnshaw, der bei Mr. Heathcliff lebt? Sind sie miteinander verwandt?«

»Nein; er ist der Neffe des seligen Mr. Linton.«

»Also der Vetter der jungen Frau?«

»Ja; und ihr Gatte war ebenfalls ihr Vetter; der eine mütterlicherseits, der andere väterlicherseits. Heathcliff heiratete Mr. Lintons Schwester.«

»Über dem Haustor des Sturmheidhofs ist der Name Earnshaw eingemeißelt. Ist das eine alte Familie?«

»Sehr alt, Herr, und Hareton ist der letzte von ihnen, wie unsere Miß Cathy von uns – ich meine, von den Lintons. Sind Sie auf Sturmheid gewesen? Entschuldigen Sie, daß ich frage, aber ich wüßte gern, wie es ihr geht!«

»Mrs. Heathcliff? Sie sah sehr gut aus und sehr hübsch; doch wie ich glaube, nicht sehr glücklich.«

»Ach lieber Himmel, das wundert mich nicht! Und wie finden Sie den Herrn?«

»Ein ziemlich rauher Patron, Mrs. Dean, ist's nicht so?«

»Rauh wie eine Säge und hart wie Stein! Je weniger man mit ihm zu tun hat, um so besser.«

»Das Leben mag ihn wohl tüchtig mitgenommen haben, daß er ein so arger Grobian geworden ist. Wissen Sie etwas von seinem Leben?«

»Er ist ein Kuckucksei, Herr – ich kenne seine Geschichte. Nur wo er geboren ist, weiß ich nicht, und wer seine Eltern waren, und wie er zuerst zu seinem Gelde kam. Und Hareton ist von ihm einfach aus dem Neste geworfen worden. Der arme Junge ist der einzige im ganzen Kirchspiel, der nicht weiß, wie arg er betrogen worden ist.«

»Nun, Mrs. Dean, es wäre eine Tat der Barmherzigkeit, wenn Sie mir etwas von meinen Nachbarn erzählen würden; ich fühle, daß ich jetzt im Bett doch keine Ruhe finden könnte. Darum bitte, plaudern Sie ein Stündchen.«

»O gewiß, Herr! Ich hole mir nur etwas Näharbeit, und dann bleibe ich sitzen, solange es Ihnen gefällt. Aber Sie haben sich erkältet, Sie frösteln. Sie müssen Haferschleim essen, das treibt die Erkältung heraus.«

Die treffliche Frau eilte geschäftig davon, und ich rückte näher zum Feuer; mein Kopf war heiß, trotzdem mich Frostschauer schüttelten, auch fühlte ich mich so fieberhaft erregt, daß ich besorgt war, die Ereignisse von gestern und heute könnten ernste Folgen haben; diese Besorgnis habe ich auch jetzt noch. Mrs. Dean kam zurück und brachte eine dampfende Schüssel und ein Körbchen mit Näharbeit. Sie stellte den Napf auf den Kaminsims und zog ihren Stuhl zu mir heran, sichtlich erfreut, mich so zugänglich zu finden.

»Ehe ich hierher zog«, begann sie, ohne eine weitere Aufforderung abzuwarten, »lebte ich auf dem Sturmheidhof. Meine Mutter hatte Mr. Hindley Earnshaw, Haretons Vater also, aufgezogen, und ich spielte viel mit den Herrschaftskindern. Ich machte auch Botengänge und half beim Heumachen und war immer bereit, irgend einen Auftrag, den irgendwer mir geben würde, auszuführen.

An einem schönen Sommermorgen – soviel ich mich erinnere, war es zu Beginn der Ernte – kam der alte Mr. Earnshaw in Reisekleidung herunter. Er erteilte Josef allerlei Verhaltungsmaßregeln und wendete sich dann zu Hindley und Cathy und mir – denn ich frühstückte mit ihnen – und sagte zu seinem Sohn: »Nun, mein Junge, was soll ich dir mitbringen? Ich gehe heute nach Liverpool. Wünsche dir, was du willst, nur darf es nicht allzu umfangreich sein, denn ich werde hin und zurück zu Fuß gehen: sechzig Meilen jeder Weg, das ist ein langer Marsch.« Hindley wünschte sich eine Geige, und dann fragte der Herr Miß Cathy. Sie war kaum sechs Jahre alt, aber sie konnte jedes unserer Pferde reiten, und sie wünschte sich eine Peitsche. Auch mich vergaß der Herr nicht, denn er hatte ein gutes Herz, obschon er manchmal recht streng sein konnte. Er versprach mir, mir eine Tasche voll Äpfel und Birnen mitzubringen; dann küßte er seine Kinder, sagte Lebewohl und machte sich auf den Weg.

Die drei Tage seiner Abwesenheit wurden uns sehr lang, und oft fragte die kleine Cathy, ob er denn nicht bald kommen werde. Mrs. Earnshaw erwartete ihn am Abend des dritten Tages zum Nachtmahl. Er kam jedoch nicht, und endlich wurden die Kinder es müde, zum Tor hinunterzulaufen, um nach ihm auszuschauen. Dann wurde es dunkel; sie sollten schlafen gehen, doch da sie so flehentlich baten, erlaubte man ihnen, aufzubleiben, und gegen elf Uhr öffnete sich die Tür, und herein trat der Herr. Er lachte und stöhnte und warf sich in einen Stuhl und bat sie alle, ihm nicht nahe zu kommen, denn er sei halbtot vor

Erschöpfung – er möchte um alles in der Welt nicht noch einmal solchen Weg machen.

Dabei öffnete er seinen großen Mantel, den er wie ein Bündel in den Armen trug.»Sieh hier, Frau«, sagte er.»Nie in meinem Leben hab ich mich mit einer Sache so abrackern müssen; aber du mußt es doch als eine Gabe Gottes hinnehmen, wenn es auch fast so schwarz ist, als käme es vom Teufel.«

Wir drängten hinzu, und über Miß Cathys Kopf hinweg gewahrte ich ein schmutziges, zerlumptes, schwarzhaariges Kind, das groß genug war, um gehen und sprechen zu können. Wirklich, sein Gesicht sah älter aus, als das Catherines. Doch als es auf den Füßen stand, starrte es nur umher und wiederholte wieder und wieder ein Kauderwelsch, das niemand verstehen konnte. Ich empfand einen Abscheu vor dem Kind, und Mrs. Earnshaw schien nicht übel Lust zu haben, es aus dem Haus zu werfen. Sie sprang auf und fragte ihren Mann, wie er es fertig bringen könne, diese Zigeunerbrut ins Haus zu bringen, da sie doch ihre eigenen Kinder zu hüten und zu nähren hätten? Was er denn mit ihm zu beginnen gedächte, und ob er etwa toll geworden sei?

Der Herr versuchte, die Sache zu erklären, aber er war wirklich halbtot vor Erschöpfung. Alles, was ich seinen Worten entnehmen konnte, war, daß er es hungernd und hilflos und so gut wie stumm in den Straßen Liverpools gefunden habe, wo er sich seiner annahm. Keine Seele wußte, wem es zugehörte, sagte er, und da sein Geld und seine Zeit beschränkt waren, habe er es für besser gehalten, es gleich mit sich heimzunehmen, anstatt sich dort noch unnütze Ausgaben zu machen; denn das hätte er nun mal beschlossen gehabt, es nicht in seiner hilflosen Lage zu verlassen. Also, das Ende war, daß meine Herrin des Grollens müde wurde, und Mr. Earnshaw hieß mich den Jungen waschen und rein anziehen und mit den Kindern schlafen legen.

Hindley und Cathy hatten sich, bis der Friede wieder hergestellt war, darauf beschränkt, zuzuhören und den Neuankömmling anzustarren. Jetzt begannen beide in des Vaters Taschen nach den versprochenen Geschenken zu suchen. Hindley war ein Knabe von vierzehn Jahren, als er aber aus seines Vaters Mantel nur die Trümmer einer Geige herausfischte, heulte er laut, und als Cathy erfuhr, der Vater habe in der Fürsorge für den kleinen Findling ihre Peitsche verloren, schnitt sie dem dummen kleinen Kerl Grimassen und spuckte ihn zornig an – was ihr neben ihrem Kummer noch eine schallende Ohrfeige einbrachte.

Die Kinder weigerten sich einmütig, den Buben bei sich im Bett oder überhaupt nur im Zimmer zu haben; und ich war auch nicht vernünftiger. Also setzte ich ihn auf den Treppenflur, in der geheimen Hoffnung, daß er am anderen Morgen fort sein würde. Durch Zufall oder durch den bekannten Klang seiner Stimme angezogen, kroch er zu Mr. Earnshaws Tür, und da fand ihn der Herr, als er am anderen Tag sein Zimmer verließ. Nachforschungen wurden angestellt, ich mußte bekennen, und als Vergeltung für meine Feigheit und Unmenschlichkeit wurde ich aus dem Hause gewiesen.

Dies war Heathcliffs Aufnahme in die Familie. Als ich ein paar Tage später wiederkehrte – denn ich betrachtete meine Verbannung nicht als dauernd – fand ich, daß sie ihn Heathcliff getauft hatten. Dies war der Name eines Sohnes, der ihnen gestorben war, und jener Name dient dem Findling bis heute sowohl als Tauf- wie als Familienname. Miß Cathy und er waren nun dicke Freunde, aber Hindley haßte ihn, und – ich muß es gestehen – ich tat ebenso. Wir quälten ihn, wo wir nur konnten und behandelten ihn schändlich, denn ich war nicht vernünftig genug, meine Ungerechtigkeit einzusehen, und die Herrin sagte nie ein Wort, wenn sie sah, daß ihm ein Unrecht geschah.

Er schien ein verschlossenes, doch geduldiges Kind; vielleicht war er auch an schlechte Behandlung gewöhnt. Er hielt Hindleys Püffen stand, ohne mit der Wimper zu zucken oder eine Träne zu vergießen, und meine Schläge und Kniffe brachten ihn nur dazu, daß er tief Atem holte und die Augen aufriß, als habe er sich selbst zufälligerweise wehgetan, und ein anderer habe keine Schuld. Als der alte Earnshaw entdeckte, wie sein Sohn das arme vaterlose Kind – wie er es nannte – mißhandelte, wurde er ganz rasend vor Zorn. Er fühlte eine außerordentliche Zuneigung zu Heathcliff, glaubte alles, was er sagte (übrigens sagte er wenig genug und meist die Wahrheit) und verhätschelte ihn weit mehr als sein Töchterchen, das dafür zu wild und launenhaft war.

So stiftete Heathcliff von Anbeginn Unfrieden im Hause, und nach dem Tode Mrs. Earnshaws, der nicht ganz zwei Jahre später eintrat, betrachtete der junge Herr seinen Vater eher als Bedrücker denn als Freund, und Heathcliff als einen, der ihm die Zuneigung des Vaters gestohlen hatte und die Rechte eines Sohnes dazu. Diese Ungerechtigkeit erbitterte ihn, und ich teilte seine Empfindungen. Als aber die Kinder an den Masern erkrankten und ich sie zu pflegen hatte und auf einmal die Sorgen einer Mutter auf mich nehmen mußte, änderte ich meine Ansicht. Heathcliff war gefährlich krank, und als es am schlimmsten um ihn stand, wollte er mich beständig an seinem Lager haben. Ich glaube, er fühlte, daß ich ziemlich viel für ihn tat, und er hatte nicht Verstand genug, zu merken, daß es ja nur meine Pflicht war, die ich erfüllte. Er war das bravste Kind, das je von einer Wärterin gepflegt wurde; und der Unterschied zwischen ihm und den anderen zwang mich, weniger parteiisch zu sein. Cathy und ihr Bruder plagten mich schrecklich; er dagegen war so geduldig wie ein Lamm, wenngleich nicht aus Entgegenkommen, sondern aus Verschlossenheit.

Er überstand die Krankheit, und der Arzt versicherte, das sei zum großen Teil mir zu verdanken, und er lobte mich wegen meiner treuen Fürsorge. Sein Lob machte mich sehr stolz und stimmte mich dem Wesen gegenüber, dem ich es verdankte, milde; und so verlor Hindley seinen letzten Verbündeten. Dennoch konnte ich nicht in Heathcliff vernarrt sein, und ich wunderte mich oft, was meinen Herrn an dem mürrischen Jungen so entzückte, der, soweit ich mich erinnere, seine Liebe durch kein Zeichen der Dankbarkeit belohnte. Er wußte aber gut, wie sehr der alte Herr ihn ins Herz geschlossen hatte, und daß er nur den Mund zu öffnen brauche, damit das ganze Haus sich seinen Wünschen füge. Ich erinnere mich z. B., daß Mr. Earnshaw ein paar Füllen gekauft hatte und jedem der Knaben eines gab. Heathcliff nahm das stattlichste, aber es wurde bald lahm, und als er das bemerkte, sagte er zu Hindley:

»Du mußt mir dein Pferd geben, das meine gefällt mir nicht mehr, und wenn du es nicht tust, so erzähle ich deinem Vater, daß du mich in dieser Woche dreimal geprügelt hast und zeige ihm meinen Arm, der bis zur Schulter hinauf blau und verschwollen ist.«

Hindley streckte ihm die Zunge heraus und gab ihm eins hinter die Ohren.

»Du tätest es besser gleich«, bestand Heathcliff auf seinem Verlangen, während er sich zur Türe rettete, denn sie waren im Stall. »Du wirst es ja doch tun müssen, und wenn ich von dieser Ohrfeige berichte, wirst du sie mit Zinsen zurückbekommen.«

»Weg, du Hund!« schrie Hindley und drohte ihm mit einem eisernen Gewicht von der Kartoffelwage.

»Wirf zu!« antwortete Heathcliff stehen bleibend, »und dann werde ich ihm erzählen, wie du geprahlt hast, du werdest mich aus dem Hause jagen, sobald er gestorben sei, und da magst du dann sehn, ob er nicht sofort dich an die Luft setzt.«

Hindley warf und traf ihn an die Brust, und er fiel zu Boden, erhob sich aber gleich wieder, wankend, atemlos und bleich. Und hätte ich ihn nicht zurückgehalten, so wäre er sofort, in diesem Zustand, vor den Herrn getreten und hätte volle Rache bekommen. »So nimm mein Pferd, du Zigeuner!« sagte der junge Earnshaw, »und ich will hoffen, daß es dir den Hals bricht, du verwünschter Bettelbub! Umschwänzle meinen Vater nur so lange, bis du ihn um Hab und Gut gebracht hast – dann aber zeig ihm, was du bist, du Satansbrut! Und nimm das hier, ich hoffe, daß es dir den Garaus macht!«

Heathcliff hatte den Gaul losgebunden und wollte ihn in seinen eigenen Stall hinüberführen. Er ging hinter dem Pferde her, als Hindley seine Rede damit abschloß, daß er ihn unter die Hufe des Tieres stieß. Dann lief er davon, so schnell er konnte. Es war erstaunlich, wie kaltblütig Heathcliff sich aufraffte und in seinem Vorhaben fortfuhr. Er tauschte Sattel und Zaumzeug aus, und setzte sich dann auf einen Heuhaufen, um vor Betreten des Hauses die Schwäche zu überwinden, die der heftige Stoß ihm verursacht hatte. Ich überredete ihn leicht, zu erklären, das Pferd habe ihn so übel zugerichtet; er hatte, was er wollte, und das andere kümmerte ihn wenig. Er beklagte sich tatsächlich so selten, daß ich ernstlich glaubte, er sei nicht rachsüchtig. Wie Sie hören werden, täuschte ich mich darin vollkommen.

V.

Mr. Earnshaw begann im Laufe der Zeit zu kränkeln. Bisher war er gesund und tätig gewesen – jetzt verließen ihn oft plötzlich die Kräfte, und als er gar an die Ofenecke gefesselt war, wurde er außerordentlich reizbar. Eine Kleinigkeit konnte seinen Zorn erregen, und ein mutmaßliches Nichtbeachten seiner Autorität brachte ihn in Wut. Besonders empört war er, wenn irgend jemand es wagte, seinem Liebling zu nahe zu treten. Immer lag er auf der Lauer, ein böses Wort zu erlauschen; er schien der Meinung zu sein, daß, weil er Heathcliff liebe, alle anderen diesen haßten und nur darauf warteten, ihm Böses anzutun. Dem Knaben war dies sehr zum Nachteil; denn einige der Leute, die den Herrn nicht erzürnen wollten, unterstützten dessen Parteilichkeit, und das gab dem Hochmut und den bösen Launen des Kindes stets neue Nahrung. Nur Hindley stellte sich dem Vater ernstlich entgegen; seine Hohnreden machten den alten Mann rasend; er hob den Stock, um ihn zu schlagen, und wankte vor Wut, daß er dazu nicht mehr die Kraft hatte.

Unser Pfarrer riet, man solle den jungen Herrn auf die Universität schicken, und Mr. Earnshaw war damit einverstanden, wenn auch schweren Herzens, denn er sagte:»Hindley ist ein Tunichtgut, er wird es nie zu etwas bringen«.

Ich hoffte von Herzen, daß wir nun Frieden haben würden, weil es mich schmerzte, daß den Herrn seine einstige edle Tat nun rastlos und unglücklich machte, denn ich schrieb die Ursache seiner Unzufriedenheit und seines Unbehagens den häuslichen Zwistigkeiten zu; in Wirklichkeit war es wohl das nahende Alter, das ihn plagte. Trotzdem wäre alles ganz leidlich gegangen, wäre nicht Miß Cathy und vor allem Josef, der Diener, gewesen. Sie haben ihn wohl neulich gesehen, Herr. Er war und ist gewiß noch heute der unangenehmste Pharisäer, der je die Bibel durchstöberte, um die Verheißungen auf sich und die Verwünschungen auf seine Brüder zu häufen. Durch seine Gabe, Predigten zu halten und fromme Redensarten zu gebrauchen, gewann er auf Mr. Earnshaw großen Einfluß, und je schwächer der Herr wurde, desto größer wurde die Macht des Dieners. Unablässig mahnte dieser ihn, an sein Seelenheil zu denken und hielt ihn an, die Kinder strenger zu erziehen. Er flüsterte ihm ein, Hindley sei ein ungeratener Sohn, und Abend für Abend brummte er ihm eine ganze Litanei von Lügen über Heathcliff und Catherine vor.

Sie war in der Tat ein ruchloses Kind. Fünfzig Mal – oder mehr noch – riß uns allen täglich die Geduld. Von der Stunde an, da sie morgens herunterkam, bis zur Stunde, da sie abends zu Bett ging, hatten wir nicht einen Augenblick Ruhe vor ihren bösen Streichen. Ihr Frohsinn blieb sich immer gleich, ihr Mundwerk stand niemals still. Sie sang und lachte und plagte jeden, der es nicht ebenso machte. Ein wilder, böser Racker war sie, aber sie hatte das sonnigste Auge und süßeste Lächeln und den leichtesten Schritt im ganzen Kirchspiel. Ich glaube auch, sie meinte es nicht bös, denn wenn sie mich mit ihrem schlimmen Wesen zum Weinen gebracht hatte, kam es selten vor, daß sie nicht mitweinte, und sie ließ nicht eher ab, als bis ich mich wieder beruhigt hatte. Von Heathcliff war sie viel zu eingenommen. Die größte Strafe, die wir für sie ersinnen konnten, war die, sie von ihm getrennt zu halten; und doch bekam sie um seinetwillen mehr Schelte, als irgend einer von uns. In unseren Spielen liebte sie es sehr, die kleine Gebieterin herauszukehren; dann gebrauchte sie ausgiebig ihre losen Hände und befehligte ihre Spielgefährten. Auch mich behandelte sie so, aber ich wollte Klapse und Befehle nicht dulden und ließ sie das wissen.

Nun konnte Mr. Earnshaw bei seinen Kindern keinen Scherz vertragen. Er war stets streng und zurückhaltend zu ihnen gewesen. Catherine ihrerseits begriff dagegen nicht, wieso ihr Vater in seinem kranken Zustand noch reizbarer und ungeduldiger war als früher. Seine Verdrießlichkeit, seine Vorwürfe erweckten in ihr eine unkindliche Freude, ihn herauszufordern. Sie war nie so glücklich, als wenn wir alle sie ausschalten und sie uns mit ihren kecken Blicken und schlagfertigen Antworten ärgerte. Sie verstand es, Josefs salbungsvolle Reden lächerlich zu machen, reizte meine Geduld aufs äußerste und tat, was ihr Vater am meisten haßte: sie zeigte ihm, wie ihr Hochmut mehr Macht über Heathcliff besaß als selbst seine Güte, wie der Knabe ihren Befehlen stets nachkam, seinen Bitten jedoch nur dann, wenn es ihm paßte. Manchmal, wenn sie den Tag über so ungezogen als nur möglich gewesen war, kam sie am Abend, um es wieder gut zu machen, und umschmeichelte ihn. »Nein, Cathy«, sagte dann der alte Mann, »ich kann dir nicht gut sein; du bist schlimmer als dein Bruder. Geh, sag dein Gebet, Kind, und bitte Gott um Verzeihung.« Zuerst weinte sie, wenn er so sprach, später wurde sie trotzig und lachte nur, wenn ich ihr riet, ihre Fehler zu bedauern und um Vergebung zu bitten. Doch es kam die Stunde, die Mr. Earnshaws irdische Leiden endete. Er starb friedlich in seinem Lehnstuhl in der Ofenecke, an einem Oktoberabend.

Ein heftiger Wind blies ums Haus und heulte im Kamin. Es war ein stürmischer, doch milder Abend. Wir waren alle beisammen: ich ein wenig abseits vom Feuer, fleißig strickend, und Josef am Tisch in der Bibel lesend; denn wenn die Arbeit getan war, saßen die Dienstleute gewöhnlich mit der Herrschaft im Wohnraum. Miß Cathy war den Tag über etwas unpäßlich gewesen und verhielt sich daher außergewöhnlich ruhig. Sie lehnte an ihres Vaters Knie, und Heathcliff lag auf dem Boden, den Kopf in ihrem Schoß.

Ich entsinne mich, daß der Herr ihr wundervolles Haar streichelte – es gefiel ihm so sehr, sie sanft zu sehen – und sagte:»Warum kannst du nicht immer ein guter Kerl sein, Cathy?« Und sie sah zu ihm hinauf und lachte und antwortete:»Warum kannst du nicht immer ein guter Vater sein?« Als sie aber sah, daß sie ihn erzürnt hatte, küßte sie seine Hand und sagte, sie wolle ihn in Schlaf singen.

Und sie sang sanft und leise, bis seine Finger sich aus den ihren lösten und sein Kopf auf die Brust sank. Da sagte ich ihr, sie solle nun schweigen und sich nicht rühren, damit er nicht erwache. Wir verhielten uns alle eine volle halbe Stunde lang so still wie Mäuschen. Dann stand Josef auf und sagte, er wolle den Herrn wecken, denn es sei Zeit zur Abendandacht und zum Schlafengehen. Er trat an Mr. Earnshaw heran, rief ihn bei Namen und berührte seine Schulter. Aber der regte sich nicht. Da nahm Josef die Kerze und leuchtete ihm ins Gesicht. Als er das Licht wieder niedersetzte, schien mir etwas nicht in Ordnung zu sein. Ich nahm die Kinder beim Arm und flüsterte:»Geht hinauf, geht schlafen und macht keinen Lärm. Wir werden heut allein beten.«

»Erst will ich dem Vater gute Nacht sagen«, entgegnete Catherine und legte die Arme um seinen Hals, ehe wir sie daran hindern konnten. Das arme Mädchen entdeckte sogleich ihren Verlust – sie schrie auf:»O, er ist tot! Heathcliff, er ist tot!« Und sie begannen beide herzbrechend zu weinen.

Da kam auch mein Schmerz zum Ausbruch, und ich schluchzte bitterlich. Josef aber fragte, was wir uns denn dächten, über einen Heiligen im Himmel solche Heulerei anzustimmen. Er hieß mich meinen Mantel nehmen und nach Gimmerton laufen, um den Doktor und den Pfarrer zu holen.

Ich konnte nicht recht begreifen, was diese beiden hier noch helfen sollten; ich gehorchte jedoch und lief durch Regen und Wind und brachte den einen, den Arzt, gleich mit zurück. Der andere sagte, er wolle am folgenden Morgen kommen.

Ich überließ alle weiteren Maßregeln dem alten Diener und rannte zum Kinderzimmer hinauf. Oben angekommen, schlich ich leise zur Tür; sie war nur angelehnt, und ich sah, daß die Kinder sich nicht niedergelegt hatten, trotzdem es nach Mitternacht war. Aber sie waren nun ruhiger und bedurften meiner Trostworte nicht. Die kleinen Seelen trösteten einander mit besseren Gedanken, als ich gehabt hätte: in ihrem kindlichen Gespräch malten sie sich den Himmel so herrlich aus, wie es ein anderer kaum verstanden hätte. Während ich schluchzend lauschte, konnte ich nicht anders als wünschen, daß wir alle schon dort vereinigt sein möchten.

VI.

Mr. Hindley kam zum Begräbnis heim, und – ein Umstand, über den wir sehr bestürzt waren und der den Nachbarn rechts und links viel zu schwatzen gab – er brachte ein Weib mit sich. Was sie war und woher sie stammte, verriet er uns nie. Wahrscheinlich hatte sie zu ihrer Empfehlung weder Namen noch Geld, sonst hätte er die Ehe wohl kaum vor seinem Vater geheim gehalten.

Sie war keine, die irgendwie störend im Hause gewirkt hätte. Alles, was sie dort sah, schien sie zu entzücken, ebenso alles, was um sie her vorging – ausgenommen die Vorbereitungen für das Begräbnis und die Anwesenheit des Trauergeleites. Sie benahm sich in dieser Zeit so sonderbar, daß ich sie für halb einfältig hielt. Sie lief in ihr Zimmer hinauf und hieß mich mitkommen, trotzdem ich eigentlich die Kinder hätte ankleiden sollen. Und da saß sie nun bebend und fragte nur immer: »Sind sie jetzt fort?« Dann beschrieb sie mit hysterischer Lebendigkeit den Eindruck, den Trauerkleidung auf sie auszuüben pflege, und sprang auf und zitterte und weinte schließlich. Und als ich sie fragte, was ihr denn fehle, sagte sie, sie wisse es selbst nicht, aber sie fürchte sich sehr vor dem Sterben. Dabei schien sie mir dem Tode ebenso fern zu sein, als ich selbst. Sie war wohl überschlank, aber jung und von blühender Farbe, und ihre Augen funkelten wie Diamanten. Gewiß bemerkte ich auch, daß ihr das Treppensteigen den Atem benahm, daß irgend ein unerwartetes Geräusch sie in krankhafte Furcht versetzte, und daß sie manchmal jammervoll hustete, aber ich kannte nicht die Bedeutung dieser Zeichen und fühlte keine Veranlassung, ihr Mitgefühl entgegenzubringen. Wir hier im Norden pflegen für Fremde keine Zuneigung zu fassen, Mr. Lockwood, es sei denn, daß diese zuerst uns Zuneigung bezeigen.

Der junge Earnshaw hatte sich in den drei Jahren seiner Abwesenheit außerordentlich verändert. Er war magerer geworden und hatte die frische Farbe verloren und sprach und kleidete sich anders. Und am Tage seiner Heimkehr sagte er zu Josef und mir, wir müßten uns hinfort mit der Küche bescheiden und das Wohnzimmer, die Diele nämlich, ihm überlassen. Ja, er wollte sogar ein kleines unbenutztes Zimmer tapezieren und mit Teppichen belegen lassen, um es als Staatszimmer einzurichten, aber seine Frau bezeigte solch Vergnügen an der Diele mit dem weißen Steinboden, dem riesigen, traulich wärmenden Kamin und den blinkenden Zinngeschirren, daß er diese neue Idee bald wieder fallen ließ.

Sie bezeigte auch Freude, eine Schwester zu finden, und sie schwatzte mit Catherine und küßte sie und lief mit ihr herum und gab ihr eine Menge Geschenke. Doch bald erkaltete ihre Liebe, und während sie launisch wurde, wurde Hindley tyrannisch. Ein paar Worte von ihr, die ein Mißfallen an Heathcliff verrieten, genügten, in ihm all den alten Haß gegen den Knaben neu zu erwecken. Er verbannte ihn aus der Nähe der Familie ins Dienstbotenzimmer, beraubte ihn der Unterrichtsstunden beim Pfarrer und bestand darauf, daß er statt dessen Feldarbeit tue, und zwar ließ er ihn ebenso hart arbeiten, wie irgend einen der anderen Hofknechte.

Heathcliff ertrug anfangs seine Herabsetzung ganz gut, denn Cathy lehrte ihn, was sie gelernt hatte, und arbeitete oder spielte mit ihm im Feld. Sie wuchsen beide auf wie Wilde, da der junge Herr sich nicht darum kümmerte, wie sie sich betrugen und was sie taten, wenn sie ihm nur nicht in den Weg kamen. Er hätte nicht einmal dafür gesorgt, daß sie des Sonntags zur Kirche gingen, doch Josef und der Pfarrer tadelten seine Nachlässigkeit, sobald die Kinder dem Gottesdienst fernblieben, und das veranlaßte ihn dann, Heathcliff eine Tracht Prügel und Catherine einen Fasttag zu verordnen. Aber die Kinder kannten keine größere Freude, als des Morgens aufs Moor hinauszulaufen und den ganzen Tag dort zu bleiben – und die Strafe nachher schien eine lächerliche Kleinigkeit. Der Pfarrer mochte Catherine so viele Bibelsprüche zu lernen geben, als er nur wollte, und Josef mochte Heathcliff prügeln, bis ihm der Arm weh tat – im Augenblick, da sie wieder beisammen waren, hatten sie alles vergessen – wenigstens im Augenblick, da sie irgend einen Racheplan ausgeheckt hatten.

Eines Sonntags abends waren sie aus dem Wohnzimmer ausgeschlossen worden, weil sie zu laut gewesen waren oder sonst irgend eine Kleinigkeit begangen hatten, und als ich sie zum Nachtmahl rufen wollte, waren sie nirgends zu finden. Wir suchten das ganze Haus ab und suchten im Hof und in den Ställen, und schließlich sagte Hindley wütend, wir sollten das Haus verriegeln und für diese Nacht niemanden mehr hereinlassen. Alles ging zu Bett; ich stieg in mein Stübchen hinauf und postierte mich an das geöffnete Fenster, um die Kinder bei ihrer Heimkehr von dem Einlaßverbot in Kenntnis zu setzen. Es regnete. Nach einem Weilchen hörte ich Schritte den Gartenweg heraufkommen, und das Licht einer Laterne schimmerte durchs Dunkel. Ich warf einen Shawl um und rannte hinunter, um die Ankömmlinge zu verhindern, durch Pochen Mr. Earnshaw zu wecken. Ich erkannte Heathcliff und erschrak, ihn allein zu sehen.

»Wo ist Miß Catherine?« rief ich hastig. »Ich hoffe, es ist kein Unglück geschehen?«

»Sie ist in Drosselkreuz«, antwortete er, »und ich würde auch dort sein, aber sie waren nicht höflich genug, mich zum Bleiben aufzufordern.«

»Was in aller Welt veranlaßte euch denn, nach Drosselkreuz zu laufen? Du wirst eine gehörige Strafe dafür bekommen.«

»Hilf mir meine nassen Sachen ausziehen, Nelly, und ich will dir alles erzählen«, erwiderte er. Wir stiegen vorsichtig ins obere Stockwerk hinauf, und während er sich auszog und ich wartete, um die Kerze zu löschen, fuhr er fort: »Cathy und ich entwischten aus der Waschküche, um uns draußen herumzutreiben, und da wir vom Drosselkreuzhof Licht herüberschimmern sahen, beschlossen wir, eben mal hinzulaufen und nachzusehen, ob die Lintons wohl auch ihre Sonntagabende damit zubringen, frierend im Winkel zu stehen, während ihre Eltern beim Essen und Trinken sitzen und lachen und singen und sich am Kaminfeuer braten lassen. Meinst du, es ginge ihnen so? Meinst du, sie müssen im Katechismus lesen und den Knechten Bibelsprüche aufsagen oder ein paar Spalten aus der Bibel auswendig lernen, wenn sie mal ihre Aufgaben nicht gekonnt haben?«

»Wahrscheinlich nicht«, entgegnete ich. »Sie sind sicherlich brave Kinder und verdienen nicht die Strafen, die ihr für eure Ungezogenheit zudiktiert bekommt.«

»Schwatz keinen Unsinn, Nelly«, sagte er; »hör lieber weiter zu. Wir rannten also, ohne anzuhalten, bis an ihren Park – Catherine war barfuß und wurde daher im Wettrennen völlig geschlagen. Du kannst ihre Schuhe morgen im Moor suchen gehen. Wir krochen durch ein Loch in der Hecke, tasteten uns im Dunkeln die Allee hinauf und pflanzten uns unter dem Wohnzimmerfenster auf. Das Zimmer war erleuchtet; die Fensterladen waren offen, und da die Gardinen nur dünn waren, konnten wir alles drinnen erkennen. Wenn wir das Fensterbrett erfaßten und uns ein wenig an der Wand in die Höhe hoben, konnten wir beide hineinschauen. Und wie wundervoll war es da drin. Wir sahen einen großen, mit rotem Teppich belegten Raum, Tische und Stühle mit rotseidenen Decken und Bezügen und einen Plafond in Weiß und Gold. Von der Mitte der Decke hing an silbernen Ketten ein gläserner Kronleuchter herab und flimmerte im Licht der vielen kleinen Wachskerzen. Mr. und Mrs. Linton waren nicht da, Edgar und seine Schwester hatten das Zimmer ganz für sich allein. Hätten sie nicht froh sein können? Wir hätten uns wie im Himmel gefühlt! Und was glaubst du wohl, was deine guten Kinder taten? Isabella – ich glaube, sie ist elf, ein Jahr jünger als Cathy – lag schreiend hinten im Zimmer auf dem Boden; sie kreischte, als ob ihr heiße Nadeln in den Leib gerannt würden. Edgar stand beim Feuer und weinte vor sich hin, und zwischen beiden, auf dem Tisch, saß ein kleiner Hund und hob wehklagend die eine Pfote. Wie wir aus ihren gegenseitigen Anschuldigungen errieten, hatten sie das Hündchen beinahe zerrissen, weil sie es beide hatten haben wollen. Die Idioten! Das war nun ihr Vergnügen! Sich um so ein Häufchen Fell zu zanken und darum zu heulen! O wie lachten wir die verhätschelten Dinger aus; wir verachteten sie! Wann wirst du erleben, daß ich etwas haben möchte, was Catherine hat? Wann wirst du erleben, daß wir, wenn wir unter uns sind, uns damit unterhalten, zu heulen und zu schimpfen und uns auf der Erde zu wälzen – durch das ganze Zimmer voneinander getrennt? Um keinen Preis möchte ich mein Leben hier mit dem Edgar Lintons auf Drosselkreuz vertauschen – auch nicht, wenn es mir dann vergönnt wäre, Josef den Garaus zu machen und das Haustor mit Hindleys Blut zu bemalen!«

»Still, still!« unterbrach ich ihn, »du hast mir noch immer nicht gesagt, Heathcliff, weshalb Catherine dort zurückgeblieben ist?«

»Ich erzählte dir, daß wir sie auslachten«, antwortete er. »Die Lintons hörten uns und flogen wie auf ein Kommando zur Tür. Einen Augenblick war es totenstill, und dann riefen sie: ›O Mama, Mama! O

Papa! O Mama, komm her! Komm, komm!‹ Wirklich, so schrien sie. Wir machten einen gräßlichen Lärm, um sie noch mehr zu erschrecken, und dann ließen wir das Fensterbrett los und sprangen zur Erde, denn jemand öffnete das Haustor, und wir hielten es für gut, uns zurückzuziehen.

Ich nahm Cathy bei der Hand und zog sie hinter mir her. Da fiel sie hin. »Lauf, Heathcliff, lauf!« flüsterte sie. »Sie haben die Bulldogge losgelassen, und sie hat mich erwischt.« Der Satanshund hielt ihren Knöchel gepackt, Nelly, ich hörte sein widerliches Schnaufen. Und sie hatte nicht einmal aufgeschrien. Ich glaube, selbst wenn ein Stier sie aufspießen würde, so würde sie keinen Laut ausstoßen. Aber ich schwieg nicht, sondern fluchte gehörig; ich nahm einen Stein und klemmte ihn dem Köter in den Rachen, konnte ihn aber nicht tiefer hinunterstoßen. Schließlich kam so ein verdammter Diener mit einer Laterne und rief: »Halt fest, Bull, halt fest!« Na, als er dann die Bescherung sah, wurde er kleinlauter. Der Hund war halb erstickt; seine riesige rote Zunge hing ihm einen halben Fuß lang aus dem Maul, und von seinen hängenden Lefzen floß blutiger Geifer.

Der Mann hob Cathy auf. Sie konnte nicht stehen – nicht aus Angst, aber vor Schmerz. Er trug sie hinein, ich folgte fluchend und Rache brütend. »Was für Leute, Robert?« rief Linton von der Haustür her. »Bull hat ein kleines Mädchen erwischt, Herr«, antwortete er. »Und hier ist ein Bursche, der wie ein ganzer Lump aussieht!« fügte er hinzu und suchte mich am Ärmel zu fassen. »Die Räuberbande wollte gewiß zum Fenster einsteigen, um uns dann in der Nacht zu ermorden. – Halt das Maul, du frecher Diebskerl, du wirst schon noch früh genug an den Galgen kommen! – Mr. Linton, Herr! Legen Sie die Flinte nicht aus der Hand.« – »Nein, nein, Robert«, sagte der alte Narr. »Sicherlich wußten die Lumpen, daß gestern mein Rententag war und wollten mich gehörig drankriegen. Bring sie herein; ich will ihnen schon den Marsch blasen. Hier, John, lege die Kette vor. Jenny, gib Bull etwas Wasser! Schau her, meine liebe Mary, sieh ihn dir an! Du brauchst dich nicht zu fürchten, er ist noch ein Kind, aber die Schurkenhaftigkeit spricht ihm aus dem Gesicht. Wäre es nicht ein Segen für das Land, ihn jetzt schon zu hängen, ehe seine böse Natur noch schlimmere Taten vollführt?« –

Er zerrte mich unter den Kronleuchter, und Mrs. Linton setzte die Brille auf die Nase und hob entsetzt die Hände. Die feigen Göhren

schlichen auch herzu, und Isabella flüsterte:»Ein furchtbarer Junge. Wirf ihn in den Keller, Papa. Er sieht genau so aus, wie der Zigeunerjunge, der meinen Fasan gestohlen hat, nicht wahr, Edgar?« Während sie mich betrachteten, kam Cathy herbeigehinkt; sie hörte die letzten Worte und lachte, und Edgar Linton, der sie daraufhin ansah, hatte Verstand genug, sie zu erkennen. Weißt du, sie sehen uns ja manchmal in der Kirche.»Das ist Miß Earnshaw«, wisperte er der Mutter zu;»ach, sieh nur, wie Bull sie gebissen hat – wie ihr Fuß blutet!« –»Miß Earnshaw? Unsinn!« rief die würdige Dame.»Miß Earnshaw in Gesellschaft eines Zigeunerlümmels! – Und doch! Das Kind ist in Trauerkleidern – sicher, sie ist es; und sie kann fürs Leben gelähmt sein!«
»Welch unerhörter Leichtsinn deines Bruders!« wandte sich Mr. Linton an Cathy.»Ich hörte von Shielders (das ist der Pfarrer, Herr), daß er dich wie eine Heidin aufwachsen läßt. – Doch wer ist dieser Junge? Wo hat sie nur diesen Kameraden aufgelesen? – Ah – natürlich! Das ist ja das Reisegeschenk, das unser seliger Nachbar seiner Familie von Liverpool mitbrachte; sicher ein nichtsnutziger Zigeunerbub.«
»Und eine Schande für ein anständiges Haus! Hast du sein Fluchen gehört, Linton? Ich bin besorgt, auch die Kinder haben es vernommen.«
Jetzt wetterte ich natürlich erst recht, – sei nicht bös, Nelly – und so wurde Robert beauftragt, mich abzuführen. Ich weigerte mich, ohne Cathy zu gehen. Doch er war stärker als ich und schleppte mich in den Garten hinaus. Dort schob er mir eine Laterne in die Hand, und indem er mir versicherte, daß Earnshaw von meinem Betragen Kenntnis erhalten solle, befahl er mir, mich sofort davonzumachen, und verriegelte dann von innen die Haustür.
Die Fenstervorhänge waren noch immer nicht ganz geschlossen – ich bezog also wieder meinen Beobachtungsposten, denn ich hatte die Absicht, falls Catherine Lust gehabt hätte, mit mir nach Hause zu gehen und sie sie gegen ihren Willen festgehalten hätten, ihre großen Glasscheiben in Millionen Scherben zu zerschmettern. Doch Cathy saß ruhig auf dem Sofa. Mrs. Linton nahm ihr den großen Mantel ab, den wir uns für diesen Ausflug gemeinsam umgenommen hatten, und schien ihr Vorwürfe zu machen. Weißt du, Cathy ist eine junge Dame, und sie machten einen Unterschied zwischen ihr und mir.

Das Hausmädchen brachte eine Schüssel mit warmem Wasser und wusch ihr die Füße, Mr. Linton reichte ihr ein Glas Glühwein, Isabella schüttete ihr einen Teller voll Cakes in den Schoß, und Edgar stand glotzend dabei. Später trockneten und kämmten sie ihr schönes Haar und gaben ihr ein Paar riesige Pantoffeln und schoben ihr einen Sessel ans Feuer. Als ich endlich fortging, war sie so fröhlich wie nur je: teilte die Leckerbissen mit dem Hündchen und Bull, dem sie Nasenstüber versetzte, und entflammte in den leeren blauen Augen der Lintons ein wenig Feuer – einen matten Widerschein ihres eigenen sprühenden Wesens. Ich sah, sie waren voll blöder Bewunderung. Sie ist ja so unermeßlich erhaben über diese Leute, über alle Menschen – nicht wahr, Nelly?«

»Das Abenteuer wird dir teurer zu stehen kommen als du vielleicht denkst, Heathcliff«, sagte ich, als ich ihn zudeckte und das Licht löschte. »Du bist unheilbar, und Mr. Hindley wird zu außergewöhnlichen Maßregeln greifen müssen, gib nur acht.«

Meine Worte erfüllten sich nur zu sehr. Mr. Earnshaw war außer sich über die Sache. Mr. Linton kam am folgenden Morgen zu uns und las dem jungen Herrn Hindley über sein Erziehungssystem derart die Leviten, daß er ernstlich aufgerüttelt wurde. Heathcliff bekam keine Prügel, aber man sagte ihm, daß er fortgejagt werden würde, falls er es wagen sollte, noch ein Wort mit Miß Catherine zu wechseln, und Mrs. Earnshaw nahm sich vor, die junge Schwägerin nach ihrer Heimkehr gehörig im Zaum zu halten. Dazu mußte sie natürlich List anwenden, nicht Gewalt. Mit Gewalt hätte sie hier nichts ausgerichtet.

VII.

Cathy blieb fünf Wochen auf Drosselkreuz – bis zu Weihnachten. Da war ihr Fuß geheilt und ihr Betragen sehr gebessert. Die Herrin besuchte sie häufig und begann die Erziehung, indem sie versuchte, durch Schmeichelreden und schöne Kleider, die sie ihr schenkte, ihr Selbstgefühl zu heben; beides nahm Cathy willig an. Und als sie dann heimkehrte, war es nicht ein zerzauster Wildling, der ins Haus gesprungen kam, um uns an den Hals zu fliegen, sondern von einem hübschen schwarzen Pony stieg würdevoll eine junge Dame. Unter ihrem Federhut quollen lange braune Locken hervor, und sie trug ein schleppendes Tuchkleid, das sie, als sie hereinrauschte, mit beiden Händen hochheben mußte. Hindley hob sie vom Pferd und rief entzückt:»Nun, Cathy, du bist wahrhaftig eine Schönheit! Ich würde dich kaum erkannt haben; du siehst aus wie eine Dame. Isabella Linton kann nicht bestehen neben ihr, nicht wahr, Frances?«

»Isabella hat nicht ihre natürliche Anmut«, entgegnete seine Frau. »Aber Cathy muß nun auf sich halten und darf hier nicht wieder verwildern. Ellen, nimm Miß Cathy Hut und Mantel ab – warte, Herzchen, du wirst deine Locken zerzausen – laß mich die Hutbänder lösen.«

Ich nahm ihr den Mantel ab und nun sah man ein prächtiges Seidenkleid und glänzende Lackschuhe. Ihre Augen lachten, als die Hunde zur Begrüßung an ihr in die Höhe sprangen, aber sie wagte kaum, sie zu liebkosen, weil sie für ihr kostbares Gewand fürchtete. Sie küßte mich sanft, denn da ich gerade beim Kuchenbacken gewesen war, war ich ganz mehlbestaubt, und daher konnte sie mich nicht umarmen. Und nun sah sie sich nach Heathcliff um. Mr. und Mrs. Earnshaw beobachteten ängstlich die Begegnung der zwei; sie wollten daraus ihre Schlüsse ziehen, ob Hoffnung vorhanden sei, die beiden Freunde einander zu entfremden.

Heathcliff war zunächst nicht zu finden. Wenn er schon vor Cathys Abwesenheit nachlässig und unsauber gewesen war, so war er es seither zehnmal mehr. Niemand außer mir schenkte ihm auch nur so viel Beachtung, ihn einen Schmutzfink zu nennen und dafür Sorge zu tragen, daß er sich wenigstens einmal in der Woche Gesicht und Hände wusch; denn Kinder seines Alters haben selten eine Vorliebe für Wasser und Seife. So kam's, daß sein Gesicht und seine Hände braunschwarz waren vor Schmutz, seine Haare ungekämmt und sein Anzug, den er drei Monate lang in Moor und Staub getragen hatte, gräßlich verwahrlost. Er tat also recht daran, sich hinter einen Sessel zu verkriechen, als er statt des erwarteten kleinen Wildmädels so ein strahlendes graziöses Dämchen eintreten sah.

»Ist Heathcliff nicht hier?« fragte Cathy, die Handschuhe abstreifend; ihre Finger waren durch wochenlanges Nichtstun weiß und zart geworden.

»Heathcliff, komm nur hervor«, rief Mr. Hindley, den die Enttäuschung des Knaben amüsierte, und der sich freute, den schmutzigen Burschen gerade jetzt ihr gegenüberzustellen. »Komm her und begrüße Miß Cathy, wie die anderen Leute.« Cathy hatte inzwischen ihren Freund in seinem Versteck entdeckt und flog an seinen Hals. Sie küßte ihn oft und herzhaft, hielt dann plötzlich inne, schob ihn von sich und brach in Lachen aus: »Wie furchtbar schwarz und wild du aussiehst! Und wie – wie komisch! Und wie grimmig du dreinschaust. Aber das kommt wohl daher, daß ich an Edgar und Isabella Linton gewöhnt bin. – Nun, Heathcliff, hast du mich vergessen?«

Sie hatte einigen Grund, diese Frage zu stellen, denn Scham und Stolz ließen ihn gar finster blicken, und er rührte sich nicht.

»Gib ihr die Hand, Heathcliff«, sagte Mr. Earnshaw, »heut sei es dir ausnahmsweise erlaubt.«

»Nein«, sagte der Junge, der endlich die Sprache wiederfand, »ich dulde es nicht, daß man mich auslacht. Ich ertrage es nicht!«

Und er wäre davongelaufen, wenn Miß Cathy ihn nicht festgehalten hätte.

»Ich wollte dich nicht auslachen«, sagte sie. »Ich konnte nicht anders. Gib mir die Hand, Heathcliff! Warum schmollst du? Es ist ja nur, weil du so merkwürdig aussiehst. Wenn du dich gewaschen und gekämmt haben wirst, so ist alles in Ordnung; aber du bist so schmutzig.«

Sie blickte besorgt auf seine schwarzen Hände und dann auf ihr Kleid, das durch die Berührung mit seinem Anzug kaum gewonnen haben konnte.

»Du brauchst mich nicht anzufassen!« rief er, ihren Blicken folgend, und entriß ihr seine Hände. »Ich werde so dreckig sein, als es mir gefällt, und ich liebe es, dreckig zu sein, und ich will dreckig sein!«

Damit stürzte er kopfüber aus dem Zimmer, unter dem Gelächter der Herrschaft und zur großen Verwunderung Catherines, die nicht begreifen konnte, wie ihre harmlosen Bemerkungen solch einen Ausbruch schlechter Laune gezeitigt haben konnten.

Nachdem ich Catherine beim Umkleiden und Ordnen ihrer Sachen geholfen, meine Kuchen in den Ofen geschoben und in Wohnzimmer und Küche mächtige Feuer angezündet hatte, wie es sich für den Weihnachtsabend gehört, gedachte ich mich auszuruhen und mit Liedersingen zu unterhalten. Josef hatte sich zu Andachtsübungen auf seine Kammer zurückgezogen, und Mr. und Mrs. Earnshaw zeigten dem kleinen Fräulein allerlei Spielereien, die sie den Lintons als

Erkenntlichkeit für ihre Liebenswürdigkeit schenken sollte. Man hatte die Nachbarskinder für den nächsten Tag eingeladen, und die Einladung war unter einer Bedingung angenommen worden: Mrs. Linton bat, daß man ihre Lieblinge jenem »ungezogenen fluchenden Burschen« fernhalte.

Ich blieb also einsam. Ich roch den starken Duft des Backwerks im Ofen und bewunderte die blanken Küchengeräte, die glänzende, mit Stechpalmzweigen geschmückte Uhr, die auf einem Tablett aufgestellten silbernen Krüge, die zum Nachtessen mit warmem Ale gefüllt werden sollten, und vor allem die fleckenlose Reinheit des sauber gekehrten und gescheuerten Fußbodens, dem ich besondere Sorgfalt hatte angedeihen lassen. Ich fand alles reinlich und nett und war zufrieden mit mir. Und dann erinnerte ich mich, wie früher, wenn alles gerichtet war, der alte Earnshaw in die Küche zu kommen pflegte und mich ein braves Mädel nannte und mir als Christgeschenk einen Schilling in die Hand drückte. Und weiter dachte ich – an seine Vorliebe für Heathcliff und seine Besorgnis, daß es dem Armen nach seinem Tode schlecht ergehen könne. Und das weckte natürlich in mir Betrachtungen über die jetzige Lage des armen Jungen, und statt zu singen, wie ich beabsichtigt hatte, begann ich zu weinen. Ich sagte mir aber bald, daß es richtiger sei, den Versuch zu machen, sein Schicksal erträglicher zu gestalten.

Ich erhob mich also und ging in den Hof, um nach ihm zu sehen. Er war nicht weit; ich fand ihn dabei, das glänzende Fell des neuen Ponys zu striegeln und – wie immer um diese Zeit – den anderen Tieren Futter zu geben.

»Beeile dich, Heathcliff«, sagte ich, »die Küche ist so gemütlich«, und Josef ist oben in seiner Kammer. Eile dich, und ich will dich hübsch anziehen, ehe Miß Cathy herauskommt, und dann könnt ihr beisammensitzen und habt den Herd ganz für euch allein und könnt bis zum Schlafengehen miteinander plaudern.«

Er fuhr in seiner Arbeit fort und sah nicht einmal auf zu mir.

»Komm – wirst du kommen, ja? Ich habe etwas Kuchen für jeden von euch, fast genug; und es wird eine gute halbe Stunde dauern, bis du sauber angezogen bist.«

Ich wartete ein Weilchen, verließ ihn aber dann, da ich keine Antwort bekam. Catherine speiste mit Bruder und Schwägerin auf der Diele. Josef und ich setzten uns in der Küche zum ungemütlichen Mahl, das mit Vorwürfen von der einen und Übellaunigkeit von der anderen Seite gewürzt war. Seinen Kuchen und Käse ließ er auf dem Küchentisch liegen – für die Wichtelmännchen. Er brachte es fertig, bis neun Uhr herumzuwirtschaften, und stieg dann stumm und finster in seine Kammer hinauf. Cathy blieb noch lange auf; sie hatte für den Empfang ihrer neuen Freunde unheimlich viel herzurichten und anzuordnen. Sie kam auch einmal in die Küche, um nach dem alten Freund zu sehen; aber er war nicht da, und so fragte sie nur, ob er noch immer bös sei, und ging dann wieder.

Am anderen Morgen stand Heathcliff zeitig auf, und da es ein arbeitsfreier Tag war, trug er seine schlechte Laune hinaus aufs Moor und kehrte nicht eher zurück, als bis die Familie sich zum Kirchgang entfernt hatte. Hunger und Nachdenken schienen ihm bessere Stimmung gebracht zu haben. Ein Weilchen schlich er um mich herum, und nachdem er sich Mut gesammelt hatte, sagte er plötzlich:

»Nelly, mach mich anständig, ich will gut sein.«

»Hohe Zeit, Heathcliff«, antwortete ich; »du hast Catherine so bekümmert. Ich kann wohl sagen, sie bedauert, daß sie überhaupt heimgekommen ist. Es scheint, als beneidest du sie, weil man mehr an sie denkt als an dich.«

Die Bemerkung, daß er Catherine beneide, war ihm unverständlich, aber die Bemerkung, daß er sie bekümmere, verstand er gut genug.

»Sagte sie, daß sie bekümmert sei?« fragte er und sah sehr ernsthaft drein.

»Sie weinte, als ich ihr heut morgen sagte, daß du wieder davongelaufen seiest.«

»Nun, *ich* weinte letzte Nacht«, entgegnete er, »und ich hatte mehr Grund zum Weinen als sie.«

»Ja, du hattest wohl Grund dazu, mit stolzem Herzen und leerem Magen ins Bett zu gehen«, sagte ich. »Stolze Menschen brüten sich selbst Bekümmernisse aus. Doch wenn du dich deiner Empfindlichkeit schämst, mußt du sie, wenn sie jetzt nach Hause kommt, um Verzeihung bitten, hörst du?« Du mußt zu ihr hingehn und ihr einen Kuß geben und sagen – na, du weißt am besten, was du sagen mußt; nur sprich von Herzen und nicht so, als ob du meinest, ihr schönes Kleid habe sie nun in eine Fremde verwandelt. Und jetzt, obschon ich eigentlich das Mittagessen richten muß, will ich mir doch die Zeit stehlen, dich so herzurichten, daß Edgar Linton neben dir wie eine rechte Puppe aussehen soll, denn das tut er. Du bist ja jünger, und doch möchte ich wetten, daß du größer und zweimal so breit in den Schultern bist als er. Du könntest ihn mit einem Augenzwinkern niederwerfen, fühlst du denn nicht selbst, daß du ihm überlegen bist?«

Heathcliffs Antlitz strahlte für einen Moment; dann aber verfinsterte es sich wieder, und er seufzte:

»Ach, Nelly, wenn ich ihn auch zwanzigmal umwerfen könnte, so würde das ihn nicht ein bißchen häßlicher machen. Ich wollte, ich hätte helles Haar und einen zarten Teint und wäre so gut gekleidet und erzogen und hätte ebensoviel Aussicht wie er, einmal sehr reich zu werden.«

»Und riefest immerzu nach der Mama«, fügte ich hinzu, »und würdest dich vor jedem Dorfbuben fürchten und hocktest wegen eines Regenschauers den ganzen Tag zu Hause. O, Heathcliff, du zeigst wenig Verstand. Komm an den Spiegel, und ich will dich lehren, was du dir wünschen solltest. Siehst du diese zwei Falten über der Nasenwurzel und diese dicken Brauen, die, statt hochgewölbt zu sein, so tief herabgedrückt sind, und darunter die zwei schwarzen Teufel hier, die nie freimütig gradaus blicken, sondern wie Satansspione mürrisch hervorblinzeln? Wünsche und lerne, die grämlichen Runzeln zu glätten, die Lider freimütig aufzuschlagen, und wandle die zwei Höllenteufel in vertrauende unschuldsvolle Engel, die keinen Argwohn kennen und dort, wo sie nicht Feindschaft wissen, nur Freundschaft sehen. Du sollst nicht den Ausdruck eines verprügelten Hundes haben, der weiß, daß er die Fußtritte, die er bekommt, verdient hat, und der doch um seiner Leiden willen alle Welt haßt, nicht nur den bösen Herrn.«

»Mit anderen Worten: ich soll mir Edgar Lintons große blaue Augen und helle Stirn wünschen«, antwortete er. »Ich tu's auch – doch das verhilft mir nicht dazu.«

»Ein gutes Herz verhilft dir zu einem fröhlichen Gesicht, mein Junge«, fuhr ich fort, »und wenn du auch schwarz wie ein Neger wärest Und ein schlechtes Herz wird das schönste Gesicht schlimmer als häßlich machen. Und nun – da wir glücklich mit Waschen und Kämmen und Schmollen fertig sind – sag mir, ob du nicht ein hübscher Bursche bist? Ich finde es, sage ich dir! Du könntest ein verkleideter Prinz sein. Wer weiß es denn, ob dein Vater nicht Kaiser von China war und deine Mutter eine indische Königin? Und jeder von ihnen reich genug, um mit den Einnahmen einer Woche Sturmheid und Drosselkreuz zusammen aufzukaufen. Und du wurdest ihnen von Seeräubern geraubt und nach England gebracht. Ich an deiner Stelle würde mir über meine Herkunft etwas ganz Wunderbares ersinnen; und der Gedanke, wie hoher Abkunft ich wäre, würde mir Mut und Stolz geben, die Quälereien so eines armseligen Landmannes geduldig hinzunehmen.«

So schwatzte ich fort; und Heathcliffs Stirn glättete sich allmählich, und er sah ganz liebenswürdig drein – da wurden wir plötzlich aufgeschreckt: Wagengerassel und Pferdegetrappel schallte herauf. Heathcliff lief ans Fenster und ich zur Tür; da sahen wir gerade noch die beiden Lintons in Mäntel und Pelze gehüllt aus dem Familienwagen steigen und die Earnshaws von den Pferden springen: sie pflegten im Winter oft zur Kirche zu reiten. Catherine nahm die beiden Spielkameraden bei der Hand und führte sie auf die Diele und setzte sie ans Feuer, das ihre bleichen Wangen schnell rötete.

Ich redete Heathcliff zu, hinunterzugehen und fröhlich zu sein, und er gehorchte willig. Aber das Unglück wollte es, daß, als er die von der Küche auf die Diele führende Tür öffnete, Hindley gerade von drüben hereinkam. Sie stießen zusammen, und der Herr stutzte, als er Heathcliff so sauber und munter sah. Er schob ihn in die Küche zurück und befahl Josef ärgerlich:

»Daß mir der Kerl nicht ins Zimmer kommt! Sperr ihn in die Bodenkammer, solange wir Mittag essen. Er würde die Finger in die Pasteten bohren und das Obst stehlen, wenn man ihn nur einen Augenblick unbeaufsichtigt ließe.«

»Nein, Herr«, konnte ich mich nicht enthalten zu sagen, »er wird nichts anrühren, gewißlich, er nicht! Und ich meine, er muß ebensogut sein Teil von den Süßigkeiten haben wie wir.«

»Er soll von meiner Hand sein Teil haben, wenn ich ihn vor Dunkelsein hier unten erwische!« schrie Hindley. »Weg, du Strolch! Was, du willst gar den Gecken spielen, he? Warte, bis ich diese eleganten Locken zausen werde – da sollen sie noch länger werden, als sie jetzt schon sind!«

»O, die sind schon lang genug«, bemerkte der junge Linton von der Diele her. »Mich wundert, daß sie ihm kein Kopfweh machen; sie hängen ihm wie eine Pferdemähne in die Augen.«

Gewiß machte er diese Bemerkung ganz ohne beleidigende Absicht. Doch Heathcliffs wilde Natur konnte von einem, den er so gründlich haßte und als Nebenbuhler fürchtete, solche anscheinende Impertinenz nicht hinnehmen. Er ergriff eine Schüssel mit heißem Apfelmus (das erste, was ihm unter die Hände kam) und schleuderte sie dem Sprecher ins Gesicht, der sofort in ein Gejammer ausbrach, das Isabella und Catherine herbeieilen ließ.

Mr. Earnshaw packte den Missetäter und schleppte ihn in sein Zimmer hinauf, wo er ihn einsperrte und zweifellos seinen Wutausbruch derb bestrafte, denn als er wiederkam, war er rot und atemlos.

Ich nahm ein Tuch und rieb recht unsanft des vorwitzigen Edgar Mund und Nase und versicherte ihm, daß er für seine Einmischung diese Strafe wohl verdient habe. Seine Schwester verlangte weinend nach Haus, und Cathy stand verlegen dabei und schämte sich für alle.

»Du hättest nicht mit ihm sprechen sollen«, verwarnte sie den jungen Linton. »Er war schlechter Laune, und nun hast du unsere Festfreude verdorben, und er wird durchgeprügelt werden; ich kann es nicht ertragen, daß er geprügelt wird. Ich kann jetzt kein Mittagbrot mehr essen. Warum hast du zu ihm gesprochen, Edgar?«

»Ich habe es gar nicht getan«, schluchzte der Junge, indem er sich von mir losriß und die Reinigung mit seinem Battisttaschentuch vollendete. »Ich habe Mama versprochen, daß ich nicht ein Wort mit ihm sprechen würde, und ich hab es auch nicht getan.«

»Also weine nicht«, antwortete Catherine ärgerlich; »du bist nicht daran gestorben. Mach die Sache nicht schlimmer, als sie ist. Mein Bruder kommt, sei still! Still, Isabella! Hat dir denn jemand was getan?«

»Kommt, Kinder, kommt! Nehmt Platz!« rief Hindley schnaufend. »Der Kerl hat mich in Hitze gebracht! Ein andermal, Mr. Edgar, mögen Ihre eigenen Fäuste sich Recht erkämpfen, das wird Ihnen Appetit machen.«

Die kleine Gesellschaft fand beim Anblick der festlichen Tafel ihren Gleichmut wieder. Sie waren nach ihrem weiten Ritt hungrig und, da ihnen ja schließlich kein ernstliches Unglück widerfahren war, bald getröstet. Mr. Earnshaw reichte ihnen gehäufte Teller, und seine Frau wußte die Unterhaltung fröhlich zu leiten. Ich wartete hinter ihrem Stuhl auf und war bekümmert, zu sehen, daß Catherine trockenen Auges und mit gleichgültiger Miene das Fleisch auf ihrem Teller zerteilte. »Welch fühlloses Geschöpf«, dachte ich bei mir selbst;»wie leicht sie die Mißhandlung ihres alten Kameraden nimmt. Ich hätte sie nicht für so selbstsüchtig gehalten.«

Sie führte einen Bissen zum Munde – und ließ ihn wieder sinken: ihre Wangen flammten, und Tränen strömten drüber hin. Sie ließ die Gabel zu Boden fallen und bückte sich danach, um ihre Bewegung zu verbergen. Ich nannte sie nicht mehr gefühllos, denn ich bemerkte, daß sie nachher den ganzen Tag ruhelos war und angstvoll nach Gelegenheit suchte, allein zu sein oder Heathcliff zu sehen. Ich war zu ihm hinaufgegangen, um ihm etwas Essen zuzustecken, doch der Herr hatte ihn eingeschlossen.

Abends wollten die Kinder tanzen, und da Isabella Linton keinen Partner hatte, bat Cathy darum, Heathcliff herunterholen zu dürfen. Ihr Bitten war vergebens, und ich mußte Isabellas Herrn abgeben. In der Freude des Spiels vergaßen wir bald allen Kummer, und unser Fest wurde durch die Ankunft der Spielleute von Gimmerton noch erhöht. Es waren dreizehn Mann: eine Trompete, eine Posaune, ein paar Klarinetten und Hörner, eine Baßgeige und einige Sänger. Diese Leute wandern jedes Jahr zu Weihnachten auf die Gutshöfe hinaus und bekommen für ihr Spiel kleine Festgeschenke, und wir fanden es damals ein herrliches Vergnügen, ihnen zuzuhören. Nachdem die üblichen Choräle gesungen worden waren, baten wir sie um Volkslieder und Balladen. Mrs. Earnshaw liebte Musik, und so bekamen wir viel zu hören.

Catherine gefiel es auch sehr; aber sie sagte, am süßesten klinge das Singen, wenn man hoch oben vom Ende der Treppe aus zuhöre, und sie stieg im Dunkeln hinauf. Ich folgte. Drunten schlossen sie die Wohnstubentür und bemerkten unsere Abwesenheit gar nicht; es waren so viel Leute drunten.

Catherine blieb nicht auf dem Treppenabsatz stehen, sondern stieg noch höher hinauf: sie kletterte die Leiter empor, die zur Bodenkammer führte, in der Heathcliff eingesperrt war, und rief ihn an. Ein Weilchen verweigerte er trotzig jede Antwort. Doch sie bat unermüdlich und brachte ihn schließlich dahin, sich durch die Bretterwand mit ihr zu unterhalten.

Ich ließ die armen Dinger ungestört plaudern, bis ich annahm, daß das Singen nun ein Ende haben werde. Da stieg ich die Leiter hinauf, um Cathy zu warnen. Statt sie draußen zu finden, hörte ich ihre Stimme

63

von drinnen ertönen. Die kleine Katze war durch die Dachluke der einen Kammer hinaus am Dach entlang in die Luke der anderen Kammer hineingekrochen, und nur mit großer Mühe konnte ich sie wieder herausbekommen. Heathcliff kam mit ihr, und sie bestand darauf, daß ich ihn zu mir in die Küche nehmen solle, da ich ja allein dort sei. Mein Dienstgenosse war zu einem Nachbar gegangen, um unserem »Teufelsgeplärre«, wie er sagte, zu entgehen. Ich antwortete ihnen, daß ich durchaus nicht gesonnen sei, ihre Streiche zu unterstützen; aber da der Gefangene seit gestern Mittag gefastet habe, so wolle ich ein Auge zudrücken.

Er kam mit hinunter. Ich stellte ihm einen Stuhl ans Feuer und tischte ihm eine Menge guter Sachen auf. Doch er fühlte sich krank und aß nur wenig. Er stützte die Ellbogen auf die Kniee und das Kinn in die Hände und blieb in dumpfes Brüten versunken. Auf meine Frage nach dem Gegenstand seiner Gedanken entgegnete er ernst:

»Ich überlege, wie ich es Hindley heimzahlen werde. Es ist mir gleich, wie lange ich warten muß, wenn ich's ihm nur endlich geben kann. Ich hoffe, er wird nicht vorher sterben.«

»Schäme dich, Heathcliff«, sagte ich. »Es ist Gottes Sache, böse Menschen zu bestrafen; wir sollten lernen zu verzeihen.«

»Nein, Gott würde nicht die Genugtuung haben, die ich haben werde«, erwiderte er. »Wenn ich nur den besten Weg wüßte! Laß mich in Frieden, und ich werde es schon herauskriegen; solange ich daran denke, fühle ich keinen Schmerz.« –

»Aber, Mr. Lockwood, ich habe ja gar nicht bedacht, daß diese Geschichten Sie nicht interessieren können. Ich begreife gar nicht, wie ich so ins Schwatzen gekommen bin. Und Ihr Haferbrei ist kalt, und Sie sehnen sich nach dem Bett. Ich hätte Heathcliffs ganze Geschichte, alles was in Betracht käme, in einer halben Stunde erzählen können.«

Die Haushälterin erhob sich und legte ihre Näharbeit beiseite. Doch ich fühlte mich unfähig, meinen Platz am warmen Kamin zu verlassen, und ich war weit entfernt davon, schläfrig zu sein. »Bleiben Sie sitzen, Mrs. Dean«, rief ich, »bleiben Sie doch sitzen! Ein halbes Stündchen nur! Sie haben gerade in der rechten Weise erzählt; gerade so ist es mir lieb, und Sie müssen so fortfahren. Ich interessiere mich übrigens mehr oder weniger für jeden Charakter, den Sie da gezeichnet haben.«

»Die Uhr schlägt elf, Herr.«

»Macht nichts. – Ich gehe nie schlafen, wenn der Zeiger eine so hohe Zahl zeigt; ein oder zwei Uhr ist früh genug für einen, der bis zehn Uhr im Bette bleibt.«

»Sie sollten nicht so lange liegen bleiben, Herr. Wer um zehn Uhr nicht schon sein halbes Tagewerk vollbracht hat, der riskiert, daß auch die andere Hälfte ungetan bleibt.«

»Und dennoch, Mrs. Dean, setzen Sie sich wieder; denn morgen gedenke ich bis in den Nachmittag hinein zu schlafen. Ich prophezeie mir nämlich eine gehörige Erkältung.«

»Ich hoffe nicht, Herr. – Also, dann gestatten Sie mir, einen Zeitraum von etwa drei Jahren zu überfliegen, während welcher Zeit Mrs. Earnshaw ...«

»Nein, nein! Ich erlaube nichts dergleichen! Fahren Sie nur fort, Ihre Geschichte mit allen Einzelheiten zu erzählen. Ich sehe schon, die Menschen hier sind den Stadtmenschen weit überlegen. Sie leben ernster, mehr in und für sich selbst und weniger oberflächlich. Ich könnte mir hier eine Liebe fürs ganze Leben vorstellen, und ich war bisher überzeugt, daß keine Liebe länger als ein Jahr bestehen könne.«

»O, wir sind hier nicht anders als die Menschen da draußen. Sie müssen uns nur erst kennen lernen«, bemerkte Mrs. Dean, der meine Worte wohl etwas unverständlich waren.

»Verzeihen Sie«, entgegnete ich, »aber Sie, meine liebe Freundin, sind ein schlagender Beweis für meine Meinung. Abgesehen von einigen Provinzialismen ist Ihr Benehmen durchaus abweichend von dem Ihrer Standesgenossen. Ich bin überzeugt, Sie haben viel mehr gedacht, als die Mehrzahl der Dienstboten das tun. Sie sind genötigt gewesen, Ihre Gedanken zu sammeln, aus Mangel an Gelegenheit, Ihr Leben an dumme Kleinigkeiten zu vergeuden.«

Mrs. Dean lachte.

»Gewiß halte ich mich für eine vernünftige, gesetzte Person«, sagte sie; »nicht gerade, weil ich hier zwischen den Hügeln lebe und immer dieselben Gesichter sehe und von einem Jahr zum anderen dieselben Vorgänge, sondern weil ich starke Selbstzucht üben mußte, die mich klug sein lehrte. Und dann, Mr. Lockwood, ich habe mehr gelesen, als Sie wohl denken. Sie werden hier in unserem Bibliothekzimmer kaum ein Buch finden, in das hinein ich nicht geblickt und aus dem heraus ich nicht etwas gewonnen hätte – abgesehen von der Reihe griechischer und lateinischer Werke und der anderen, die französische

Bücher enthält; aber auch diese kenne ich gut voneinander. Mehr kann man von eines schlichten Mannes Tochter nicht erwarten. Doch wenn ich meine Geschichte so recht weitschweifig erzählen soll, täte ich besser fortzufahren, und statt drei Jahre zu überspringen, will ich schon mit dem nächsten Sommer beginnen, dem Sommer von 1778, seit dem nun fast dreiundzwanzig Jahre vergangen sind.«

VIII.

An einem schönen Junimorgen wurde mein erster herziger kleiner Pflegling und der letzte Sproß des alten Geschlechtes der Earnshaw geboren. Wir waren in einem entfernten Feld beim Heuen, als das Mädchen, das uns das Frühstück hinauszubringen pflegte, eine Stunde früher als sonst herangelaufen kam – quer über die Wiese und den Feldweg herauf. Sie rief mich schon von weitem an.
»O, Ellen, so ein prächtiges Kind!« keuchte sie atemlos.»Der reizendste Junge von der Welt! Aber der Arzt sagt, die Frau muß sterben. Er sagt, sie sei schwindsüchtig. Ich hörte, wie er es dem Herrn sagte, und jetzt hat sie nichts mehr, was sie aufrecht hält, und sie wird noch vor dem Winter tot sein. Und du mußt gleich nach Hause kommen, Nelly. Du sollst es pflegen, es füttern mit Milch und Zucker und es Tag und Nacht bewachen. Ich wollte, ich wäre du, weil es ganz dir gehören wird, wenn die Frau erst nicht mehr da ist.«
»Geht es ihr denn so schlecht?«
»Ich glaube sehr; aber sie benimmt sich ganz tapfer«, antwortete das Mädchen.»Und sie spricht, als ob sie zu leben gedächte, bis es ein Mann geworden sei. Sie ist ganz außer sich vor Freude, es ist gar so reizend! Wenn ich sie wäre, ich würde ganz gewiß nicht sterben. Ich würde schon von seinem Anblick allein gesund werden – dem Doktor Kenneth zum Trotz. Frau Archer brachte das Goldchen zum Herrn ins Wohnzimmer hinunter, und sein Gesicht erhellte sich freudig. Da kommt der alte Rabe heran und krächzt:
»Earnshaw, es ist ein Segen, daß Ihre Frau noch so lange leben durfte, um Ihnen diesen Sohn zu hinterlassen. Als sie kam, gewann ich sofort die Überzeugung, daß wir sie nicht lange behalten würden; und jetzt muß ich Ihnen sagen: der Winter wird sie mit sich nehmen. Nun seien Sie vernünftig und jammern nicht zuviel. Es läßt sich nicht ändern. Und

außerdem – Sie hätten klüger wählen sollen und nicht solch schwankes Rohr zur Liebsten nehmen.«

»Und was erwiderte der Herr?« fragte ich.

»Ich glaube, er fluchte; aber ich achtete nicht auf ihn, ich bemühte mich, einen Blick auf das Kindchen zu werfen.« Und sie begann von neuem, eine begeisterte Schilderung des Babys zu entwerfen.

Ich eilte begierig nach Hause, um es nun selbst gleichfalls zu bewundern; doch war ich um Hindleys willen sehr traurig. Er hatte in seinem Herzen nur Raum für zwei Idole: für seine Frau und sich selbst. Er liebte beide und betete das eine an, und ich konnte mir nicht vorstellen, wie er den Verlust ertragen würde.

Als wir nach Drosselkreuz kamen, erwartete er uns schon am Haustor, und beim Eintreten fragte ich ihn, wie es dem Kinde gehe.

»O Nelly, es kann schon beinahe herumlaufen«, antwortete er mit einem lieben Lächeln.

»Und die Herrin?« wagte ich zu fragen. »Der Doktor sagt, sie –«

»Zum Teufel mit dem Doktor!« unterbrach er mich zornrot. »Frances hat ganz recht: sie wird heute in acht Tagen ganz wohlauf sein. Gehst du hinauf zu ihr? Willst du ihr sagen, daß ich komme, wenn sie verspricht, nicht den Mund aufzutun. Ich bin von ihr gegangen, weil sie nicht still sein wollte; und sie muß – sage ihr, Mr. Kenneth sagt, sie müsse sich ganz ruhig verhalten.«

Ich richtete Mrs. Earnshaw die Botschaft aus. Sie schien in ausgelassener Stimmung zu sein und antwortete fröhlich:

»Ich habe kaum ein Wort gesprochen, Ellen, und da ist er schon zweimal weinend hinausgerannt. Also sage, ich verspreche, kein Wort zu reden, aber das soll mich nicht hindern, ihn auszulachen.«

Arme Seele! Bis kurz vor ihrem Tode behielt sie dies fröhliche Herz. Und ihr Mann behauptete eigensinnig, nein wütend, ihre Gesundheit bessere sich täglich. Als Kenneth ihn wissen ließ, daß bei dem vorgeschrittenen Stadium der Krankheit Medikamente zwecklos seien und er sich für ärztliche Hilfe keine weiteren Ausgaben mehr machen solle, entgegnete er:

»Ich weiß, Sie brauchen ihr nicht mehr zu helfen; sie ist wohl – sie braucht keinen Arzt mehr. Sie war niemals schwindsüchtig. Sie hatte Fieber, und das ist jetzt vorbei. Ihr Puls schlägt so regelmäßig wie der meine, und ihre Wangen sind kühl wie die meinigen.«

Seiner Frau sagte er dasselbe, und sie schien ihm zu glauben. Doch eines Nachts, als sie an seiner Schulter lehnte und sagte, sie denke morgen kräftig genug zu sein, um sich erheben zu können, bekam sie einen Hustenanfall – einen ganz leichten. Er richtete sie in seinen Armen auf, sie legte die Hände um seinen Nacken, ihr Gesicht erbleichte, und sie war tot.

Wie das Mädchen damals vorausgesehen hatte, fiel Hareton ganz in meine Hände. Mr. Earnshaw war, was das Kind anbelangte, beruhigt, da er es nie weinen hörte und es gesund sah. Er selbst aber verzweifelte ganz. Sein Kummer kannte kein mildes Klagen. Er weinte nicht und betete nicht, er fluchte und trotzte, verwünschte Gott und Menschen und überließ sich rücksichtsloser Verzweiflung. Die Dienerschaft ertrug sein bösartiges tyrannisches Wesen nicht lange; Josef und ich waren die einzigen, die bleiben wollten. Ich hatte nicht das Herz, meinen Posten zu verlassen, und überdies, Herr Lockwood, ich war seine Milchschwester und vergab ihm sein Benehmen leichter, als irgend eine Fremde getan haben würde. Josef aber blieb, um über Pächter und Knechte zu wachen, und weil es nun mal sein Beruf war, dort zu sein, wo es den Menschen Schlechtigkeiten vorzuwerfen gab.

Des Hausherrn üble Manieren und schlechter Umgang gaben für Catherine und Heathcliff ein schlimmes Beispiel ab. Sein Betragen gegen letzteren war genug, um aus einem Heiligen einen Teufel zu machen. Und in der Tat schien es damals, als sei der Bursche vom Teufel besessen. Es entzückte ihn, daß Hindley immer tiefer herabsank und immer gewalttätiger und mürrischer wurde. Ich kann gar rächt beschreiben, welch höllisches Haus wir hatten. Der Pfarrer kam nicht mehr, und schließlich kam überhaupt kein anständiger Mensch mehr zu uns, es sei denn, daß Edgar Linton Miß Cathy besuchte.

Mit fünfzehn Jahren war sie die Königin unter den schönen Mädchen unseres Kirchspiels, und dazu ein hochmütiges, starrköpfiges Geschöpf! Ich gebe zu: ich liebte sie nicht, nachdem sie den Kinderjahren entwachsen war, und ich ärgerte sie oft mit meinem Bemühen, ihre Arroganz zu bestrafen. Trotzdem empfand sie nie Abneigung gegen mich. Ihre Anhänglichkeit an ihre ersten Freunde war unerschütterlich. Selbst Heathcliff behielt ihre ganze Zuneigung, und dem jungen Linton wurde es trotz all seiner Vorzüge schwer, einen gleich tiefen Eindruck auf sie zu machen.

Er war mein letzter Herr; dort über dem Kamin hängt sein Bild. Früher hing auch das Bild seiner Frau dort; aber es ist entfernt worden; sonst hätten Sie wohl einen gewissen Eindruck von ihrer Persönlichkeit bekommen. Wollen Sie sein Bild betrachten? Können Sie es erkennen? Mrs. Dean hob die Kerze, und ich erblickte ein sanftes Gesicht, das außerordentliche Ähnlichkeit mit der jungen Dame vom Sturmheidhof aufwies, aber liebenswürdigeren und gedankenvolleren Ausdruck trug. Es bot einen entzückenden Anblick. Langes, lichtes Haar lockte sich leicht um die Schläfen, die Augen waren groß und ernst, das ganze Gesicht fast zu anmutig. Ich wunderte mich nicht, daß Catherine Earnshaw um dieses Mannes willen ihren ersten Freund hatte vergessen können.

»Ein sehr sympathisches Bildnis«, bemerkte ich zur Haushälterin. »Ist es ähnlich?«

»Ja«, antwortete sie, »aber er sah besser aus, wenn er lebhaft war; dies hier ist sein gewöhnlicher Ausdruck. Er bedurfte, um fröhlich zu sein, meist der Anregung anderer.«

Nach jenen fünf Wochen, die Catherine bei den Lintons verlebt hatte, blieb sie mit ihnen in engen Beziehungen; sie hatte in dieser Gesellschaft keine Gelegenheit, sich von ihrer ruppigen Seite zu zeigen, und besaß Einsicht genug, sich dort, wo man ihr so überaus aufmerksam entgegenkam, ihrer Unarten zu schämen, und so gewann sie sich durch ihre schlaue, erfinderische Liebenswürdigkeit die Zuneigung der alten Herrschaften, Isabellas Bewunderung und Edgars Herz und Seele, ohne daß sie eigentlich die Absicht hatte, durch ihr doppeltes Spiel irgend jemanden zu betrügen. Dort, wo Heathcliff als ein »gemeiner Raufbold« bezeichnet wurde, achtete sie darauf, sich nicht nach seiner Manier aufzuführen; zu Hause aber hatte sie wenig Verlangen, ein anständiges Betragen zu zeigen, das nur verlacht worden wäre, und ihre wilde Natur zu zähmen, wenn es ihr doch kein Lob einbrachte.

Mr. Edgar fand selten Mut, den Sturmheidhof offen zu besuchen. Er hatte Angst vor Heathcliff und fürchtete, ihm zu begegnen. Dennoch sah man seine Besuche gern. Der Herr selbst vermied ihm gegenüber seine Unfreundlichkeit, und wenn er nicht liebenswürdig Sein konnte, hielt er sich fern, denn er wußte, weshalb der Jüngling kam. Catherine waren Edgars Besuche, wie ich glaube, unangenehm. Sie war nicht durchtrieben, kannte keine Koketterie und hatte offenbar keine Freude daran, daß ihre beiden Freunde zusammentrafen. Denn wenn Heathcliff im Beisein Lintons seiner Verachtung für denselben Ausdruck gab, konnte sie dem nicht halb so zustimmen, wie in dessen Abwesenheit, und wenn Linton dann seinen Widerwillen vor Heathcliff bekundete, so durfte sie das nicht gleichgültig hinnehmen, da das wiederum ihren alten Spielgenossen verletzt hätte. Ich habe viel gelacht über ihre Verlegenheiten und heimlichen Nöte, die sie vergebens vor meinem Spott zu verbergen suchte. Das klingt wohl boshaft, aber sie war so stolz – es war wirklich unmöglich, mit ihren Bedrängnissen Mitleid zu haben, solange sie nicht demütiger sein lernte. Doch schließlich kam sie und beichtete mir, denn sie hatte sonst keine Seele, die sie hätte um Rat fragen können.

Mr. Hindley war eines Nachmittags von Hause fortgegangen, und Heathcliff beschloß daher, sich einen freien Tag zu machen. Er war damals etwa sechzehn Jahre alt; er hatte keine unsympathischen Gesichtszüge, war auch nicht unintelligent, doch hatte er sowohl im Äußeren als im Wesen viel Abweisendes. Vor allem hatte er ganz seine frühere gute Erziehung eingebüßt: fortgesetzte harte Arbeit von früh bis in die Nacht hatte allen Wissensdrang bei ihm ausgelöscht und alle seine frühere Liebe zu Büchern und Kenntnissen. Das Überlegenheitsgefühl, das er in der Kindheit besessen, und das durch des alten Earnshaws Vorliebe für ihn noch gesteigert worden war, war dahin. Er hatte lange versucht, sich von Catherine belehren zu lassen, gab es aber bald mit tiefem, schweigendem Bedauern auf. Er sah ein, daß es zwecklos sei, eine Höhe zu erklimmen, von der er doch infolge seiner dienenden Stellung wieder herabstürzen würde. Seine äußere Erscheinung hielt Schritt mit seinem geistigen Niedergang: er nahm eine schlaffe Haltung an und einen trägen Blick; sein ohnehin verschlossenes Wesen wurde unglaublich schroff und mürrisch, und er hatte sichtlich Freude daran, von den paar Menschen, die er kannte, verabscheut statt geliebt und geachtet zu werden.

Catherine und er waren in seinen freien Stunden noch immer unzertrennliche Gefährten. Aber er hatte es aufgegeben, seine Liebe zu ihr in Worten zu äußern und entzog sich ärgerlich ihren kindlichen Zärtlichkeiten, als sei er sich bewußt, daß sie ihre Zuneigung an einen Unwürdigen verschwende.

An jenem Nachmittag also kam er auf die Diele, um mitzuteilen, daß er heut nicht mehr zu arbeiten gedenke. Miß Cathy hatte ein

Empfangskleid an, und ich war damit beschäftigt, seinen Faltenwurf zu ordnen. Sie hatte nicht damit gerechnet, daß es ihm einfallen werde, sich von der Arbeit zu drücken; sie hatte vielmehr angenommen, sie werde ganz allein im Hause sein und hatte daher Mr. Edgar von der Abwesenheit ihres Bruders Mitteilung zukommen lassen und bereitete sich nun zu seinem Empfang vor.

»Cathy, hast du heut etwas vor?« fragte Heathcliff. »Gehst du fort?«

»Nein, es regnet«, antwortete sie.

»Warum hast du denn dann dies Seidenkleid an?« sagte er. »Ich hoffe, es kommt kein Besuch?«

»Nicht daß ich wüßte«, stotterte sie, »aber du solltest jetzt draußen im Feld sein, Heathcliff. Es ist eine Stunde nach Tisch. Ich dachte, du wärest längst fort?«

»Hindley befreit uns nicht oft von seiner verfluchten Gegenwart«, bemerkte der Knabe. »Ich werde heut nicht mehr arbeiten; ich werde bei dir bleiben.«

»O – aber Josef wird es erzählen«, mutmaßte sie; »du solltest doch lieber gehen!«

»Josef ist in den Kalkgruben drüben bei Pennistow Crag; das hält ihn bis Abend auf, und er wird also gar nichts merken.«

Und Heathcliff trat ans Feuer und setzte sich. Catherines Blick verfinsterte sich; sie überlegte. »Isabella und Edgar Linton sprachen davon, heut Nachmittag zu kommen«, sagte sie dann. »Da es regnet, erwarte ich sie eigentlich nicht. Wenn sie nun aber doch kommen sollten, so würdest du dich unnützerweise Unannehmlichkeiten aussetzen.«

»So soll Ellen ihnen sagen, du seiest verhindert, Cathy«, meinte er hartnäckig. »Setz mich doch nicht um dieser läppischen dummen Dinger willen vor die Tür! Wirklich, ich könnte mich manchmal beklagen, daß sie – aber ich werde es nicht tun – –«

»Daß sie was?« rief Catherine verwirrt. »O, Nelly!« schrie sie dann auf, »du hast meine ganzen Locken ausgekämmt! Hör auf! Laß mich in Ruh! – Worüber könntest du dich beklagen, Heathcliff?«

»Nichts – nur betrachte dir mal den Kalender dort.« Er zeigte auf ein gerahmtes Blatt, das beim Fenster an der Wand hing, und fuhr fort: »Die Kreuze sind für die Abende, die du mit den Lintons verbracht hast, die Punkte für jene, die du mir geschenkt. Siehst du es nun? Ich habe jeden Tag angemerkt.«

»Ja; wie albern! Als ob ich mich daran kehrte!« erwiderte Catherine verdrießlich. »Was hat das für einen Sinn?«

»Es soll dir zeigen, daß ich mich daran kehre!« sagte Heathcliff.

»Und soll ich denn etwa immer bei dir hocken?« fragte sie ärgerlich. »Was hab ich davon? Was sprichst du denn mit mir? Du könntest stumm sein oder ein Baby – so wenig verstehst du es, mich zu unterhalten!«

»Du hast mir noch nie gesagt, Cathy, daß ich dir nicht gesprächig genug sei oder daß dir meine Gesellschaft unangenehm wäre!« rief Heathcliff aufgebracht

»Es ist überhaupt keine Gesellschaft, wenn einer nichts weiß und nichts redet«, murmelte sie.

Ihr Kamerad stand auf, aber er hatte keine Zeit, seine weiteren Gefühle auszusprechen, denn man hörte das Galoppieren eines Pferdes auf den Steinen der Gartenallee; dann pochte es an die Tür, und der junge Linton trat ein. Sein Gesicht strahlte vor Entzücken über die unerwartete Botschaft, die er erhalten hatte.

Zweifellos fiel Catherine der Gegensatz zwischen ihren beiden Freunden auf, jetzt, wo der eine eintrat und der andere hinausging. Es war etwa so, wie wenn man aus einem düsteren, unwirtlichen Lande kommend ein fruchtbares, sonniges Tal betritt. Schon allein Stimme und Gruß der beiden waren einander so entgegengesetzt, wie nur denkbar. Linton hatte eine süße, sanfte Sprechweise und setzte seine Worte so, wie Sie es tun, Mr. Lockwood. Das klingt weniger hart als wir hier sprechen.

»Ich bin doch hoffentlich nicht zu früh gekommen?« sagte er mit einem Blick auf mich. Ich hatte mich daran gemacht, die Schubfächer einer entfernt stehenden Kommode aufzuräumen.

»Nein«, erwiderte Catherine. »Nelly, was tust du dort?«

»Meine Arbeit, Miß«, entgegnete ich. Mr. Hindley hatte mir Auftrag gegeben, bei allen privaten Besuchen Lintons stets als Dritte zugegen zu sein.

Catherine trat zu mir und flüsterte zornig: »Mach dich mit deinem Staublappen davon! Wenn Besuch da ist, schickt es sich nicht, daß die Dienstboten im Zimmer herumwirtschaften!«

»Es ist grad heut eine gute Gelegenheit, da der Herr fort ist«, antwortete ich laut. »Er haßt es, wenn ich in seinem Beisein die Fächer aufräume. Mr. Edgar wird mich gewiß entschuldigen.«

»Ich hasse es, wenn du in meiner Gegenwart aufräumst«, rief die junge Dame hoheitsvoll, ehe ihr Gast Zeit hatte, etwas zu sagen. Sie hatte seit dem kleinen Zwist mit Heathcliff ihre Ruhe noch nicht wiedergewonnen.

»Das tut mir leid, Miß Catherine!« war meine Antwort; und ich fuhr fleißig in meiner Arbeit fort.

Sie – in der Annahme, daß Edgar sie nicht sehen könne – riß mir das Tuch aus der Hand und kniff mich voll Bosheit in den Arm.

Ich sagte schon, ich liebte sie nicht und suchte im Gegenteil dann und wann ihre Hoffart zu dämpfen, und außerdem hatte sie mir sehr weh getan. Ich sprang also auf und rief:»O, Miß, das ist ein nichtswürdiger Streich! Sie haben kein Recht, mich zu kneifen, und ich lasse mir das nicht gefallen!«

»Ich habe dich nicht angerührt, du lügenhafte Kreatur!« schrie sie, während ihre Finger sich krümmten, um noch einmal zuzupacken, und ihr Gesicht sich flammend rötete. Sie konnte sich niemals bezähmen.

»So? Was ist denn dann das hier?« gab ich zurück und zeigte den purpurroten Fleck auf meinem Arm.

Sie stampfte mit dem Fuß auf und dann – von ihrem bösen Dämon getrieben, – gab sie mir eine Ohrfeige, einen gewaltigen Schlag, der mir die Tränen in die Augen trieb.

»Catherine, Lieb! Catherine!« legte sich Linton ins Mittel, den die Lüge und der Wutanfall seiner Angebeteten sehr erschreckt hatten.

»Geh hinaus, Ellen!« wiederholte sie, an allen Gliedern bebend.

Der kleine Hareton, der mir überall hin folgte und neben mir auf dem Boden gesessen hatte, begann, als er meine Tränen sah, mitzuweinen.

»Böse Tante Cathy«, schluchzte er, was nun natürlich ihre Wut auf sein unschuldiges Haupt herniederlenkte. Sie packte ihn an den Schultern und schüttelte ihn so lange, bis das arme Kind halb ohnmächtig war und Edgar ihre Hände festhielt.

Sofort hatte sie ihm eine Hand entwunden, und der erstaunte junge Mann fühlte einen Schlag auf seiner Wange brennen, den er nicht als Scherz betrachten konnte.

Er zog sich verwirrt zurück. Ich nahm Hareton auf den Arm und ging mit ihm hinaus in die Küche, ließ aber die Tür hinter mir offen, denn ich war begierig zu sehen, wie die Sache enden würde. Der beleidigte Gast griff bleich und mit bebenden Lippen nach seinem Hut.

»So ist's recht!« sagte ich zu mir selbst. »Sei gewarnt und geh! Nun hast du mal ihren wahren Charakter gesehen.«

»Wo gehst du hin?« fragte Catherine, zur Tür tretend.

Er wich zur Seite und versuchte an ihr vorbei zu kommen.

»Du sollst nicht gehn!« rief sie mit großer Bestimmtheit.

»Ich muß und werde gehn!« entgegnete er leise.

»Nein!« trotzte sie und ergriff die Türklinke. »Nicht jetzt, Edgar Linton; setz dich! Du sollst mich nicht in solcher Mißstimmung verlassen. Ich würde die ganze Nacht elend sein, und ich mag nicht um dich elend sein.«

»Kann ich bleiben, nachdem du mich geschlagen hast?« fragte Linton. Catherine blieb stumm.

»Du hast mich entsetzt; ich schäme mich deiner«, fuhr er fort, »ich werde nicht wieder herkommen.«

Ihre Augen wurden feucht, ihre Lider zuckten.

»Und du sagtest eine wissentliche Unwahrheit!« sagte er.

»Nein nicht!« rief sie. »Ich tat nichts wissentlich! Gut, geh, wenn du willst – troll dich! Und jetzt werde ich weinen – werde ich mich krank weinen!«

Sie sank an einem Stuhl nieder und brach in bittere Tränen aus. Edgar beharrte bei seinem Entschluß – bis er den Hof erreicht hatte; da zögerte er. Ich beschloß, ihn anzufeuern.

»Miß ist gräßlich eigensinnig«, rief ich hinaus, »sie ist schlimmer als ein verzogenes Kind. Sie sollten lieber heimreiten, sonst wird sie noch krank werden – nur um uns zu quälen.«

Der weichherzige Junge blickte durchs Fenster zu ihr hinein. Er hatte ebensoviel Kraft sich zu entfernen, wie eine Katze Kraft hat, eine halbgetötete Maus zu verlassen. Ach, dachte ich, bei dem ist nichts zu retten! Er ist gefangen, sein Schicksal ruft ihn.

Und so war es. Er wandte sich plötzlich, eilte wieder ins Haus, ins Zimmer und schloß die Tür hinter sich; und als ich ein Weilchen später hineinging, tun sie zu benachrichtigen, daß Earnshaw schwer betrunken nach Hause gekommen sei und sicherlich seinen Rauschzorn auf uns entladen werde, sah ich, daß der Streit sie einander nur näher gebracht hatte; sie hatten die Maske der Freundschaft abgeworfen und sich zu Liebenden bekannt.

Die Mitteilung von Mr. Hindleys Ankunft trieb Linton schleunig aufs Pferd und Catherine auf ihr Zimmer. Ich aber beeilte mich, den kleinen

Hareton in Sicherheit zu bringen und aus der Vogelflinte des Herrn die Ladung zu entfernen. Er liebte es, in der Trunkenheit mit dem Gewehr zu spielen – eine Gefahr für alle, die irgendwie seine Aufmerksamkeit auf sich lenkten. Ich war daher darauf geraten, das Gewehr zu entladen, damit kein Unglück geschehe, falls er es wirklich einmal abdrücken sollte.

IX.

Mr. Hindley trat, Verwünschungen ausstoßend, ein und erwischte mich bei dem Bemühen, seinen Sohn im Küchenschrank in Sicherheit zu bringen. Hareton war von grauenhafter Angst besessen sowohl vor seines Vaters wildbestienhafter Zärtlichkeit als auch vor seinem wahnsinnigen Zorn; denn einerseits lief er Gefahr, zu Tode gedrückt und geküßt, und andererseits ins Feuer geworfen oder an die Wand geschleudert zu werden. So verhielt sich der arme kleine Kerl mäuschenstill – wohin ich ihn auch stecken mochte.

»Da! Endlich hab ich ihn entdeckt!« schrie Hindley, mich wie einen Hund im Nacken ergreifend und zurückschleudernd. »Himmel und Hölle! Ihr habt euch verschworen, das Kind zu morden! Jetzt weiß ich, warum er vor mir verborgen gehalten wird. Doch, Nelly, mit Satans Hilfe werde ich dich jetzt das Tranchiermesser schlucken lassen. Du brauchst nicht zu lachen; ich habe soeben Kenneth kopfüber ins Rappenmoor gestopft; und ob's ein oder zwei sind, ist auch egal – und ich muß von euch Diebsgesindel einen umbringen, eher habe ich keine Ruhe!«

»Aber ich mag das Tranchiermesser nicht, Mr. Hindley«, antwortete ich; »man hat heut Heringe damit geschnitten. Ich möchte lieber erschossen werden, wenn Sie so gut sein wollen.«

»Du möchtest lieber verflucht werden, Kanaille, und das sollst du auch!« sagte er. »Kein Gesetz in England kann einen Menschen hindern, in seinem Haus auf Ordnung zu halten, und in meinem geht es drunter und drüber! Öffne den Mund!«

Er hielt das Messer in der Hand und schob dessen Spitze zwischen meine Zähne. Doch ich war seinen Streichen gegenüber nicht sehr ängstlich. Ich spuckte aus und beteuerte, es schmecke schauderhaft – ich würde es auf keinen Fall schlucken.

»O«, sagte er, mich freigebend, »ich sehe, dieser infame kleine Lump ist nicht Hareton. Verzeih, Nelly! Denn wenn das Hareton ist, so verdiente er, bei lebendigem Leibe geviertelt zu werden, weil er, statt zu meiner Begrüßung herbeizueilen, kreischt, als wäre ich ein Menschenfresser. Entartetes Fund, komm her! Ich will dich lehren, einem gutherzigen verblendeten Vater zu trotzen! – Nun, meinst du nicht, der Junge würde bei weitem hübscher sein, wenn er gestutzte Ohren hätte? Es macht einen Hund rassiger, und ich liebe was Rassiges – gib mir die Schere – so was Rassiges und Hübsches. Und dann: ist es nicht höllische Ziererei, teuflische Eitelkeit, in unsere Ohren verliebt zu sein? Wir sind auch ohne sie eselhaft genug. Still, Kind, still! Na ja also, mein Herzchen! Still, wisch die Augen aus! Immer munter! Küsse mich! Was? Er will nicht? Küsse mich, Hareton! Verfluchter Bengel, wirst du mich küssen! Bei Gott, als ob ich so ein Scheusal großziehen möchte! So wahr ich lebe, ich breche dem Bengel den Hals!«

Der arme Hareton schrie und wand sieh in den Armen des Vaters und verdoppelte sein gellendes Geheul, als Hindley ihn die Treppen hinauftrug und über das Geländer hob. Ich rief, er werde das Kind noch wahnsinnig machen vor Angst und lief zu Hilfe. Als ich ihn erreichte, beugte sich Hindley über das Geländer und horchte hinunter, völlig vergessend, daß er sein Kind, in den Armen hielt »Wer ist das?« fragte er, da sich drunten Schritte vernehmen ließen. Ich blickte ebenfalls hinunter, um Heathcliff, dessen Schritt ich erkannt hatte, ein Zeichen zu geben, sich fernzuhalten – doch im Moment, da mein Auge sich von Hareton abwandte, gab dieser sich einen plötzlichen Ruck, der ihn dem nachlässigen Griff Hindleys entwand, und fiel hinab.

Wir hatten kaum einen Schrei des Entsetzens ausgestoßen, als wir auch schon sahen, daß der kleine Kerl keinen Schaden genommen hatte. Heathcliff hatte nämlich den Treppenfuß gerade im kritischen Moment erreicht und fing – einem natürlichen Impulse folgend – den Herabfallenden auf und stellte ihn auf die Füße. Dann blickte er hoch, um den Urheber des Unfalles zu suchen. Ein Geizhals, der sein Lotterielos für fünf Mark verkauft und am folgenden Tage entdeckt, daß er bei dem Handel fünfzigtausend Mark verloren hat, könnte in seinen Mienen nicht deutlicher sein Entsetzen verraten, als Heathcliff, da er droben das Antlitz Mr. Earnshaws erkannte. Klarer als Worte es vermocht hätten, drückten seine Züge die heftigste Qual darüber aus, daß er die Gelegenheit zur Rache mit eigenen Händen aufgehalten hatte. Ich kann wohl sagen: wäre es dunkel gewesen, er würde versucht haben, den Fehler wieder gut zu machen, er würde Hareton auf den Treppenstufen zerschmettert haben; aber wir hatten sein Rettungswerk mit angesehen, und ich flog augenblicklich hinunter und preßte meinen geliebten Pflegling ans Herz. Hindley kam langsamer nach, ernüchtert und beschämt.

»Es ist deine Schuld, Ellen«, sagte er; »er hätte mir nicht unter die Augen kommen dürfen, du hättest ihn fernhalten müssen. Ist er irgendwie verletzt?«

»Verletzt?« schrie ich zornig. »Wenn er nicht tot ist, so wird er zumindest eine Gehirnerschütterung davongetragen haben, er wird ein Idiot werden! O, mich wundert, daß seine Mutter nicht aus dem Grabe steigt, um zu sehen, wie Sie mit ihm umgehen. Sie sind schlimmer als ein Heide – Ihr eigen Fleisch und Blut so zu mißhandeln!«

Er griff nach dem Kinde, das, nun es sich in meinen Armen wußte, jämmerlich schluchzte. Bei der ersten Berührung seines Vaters schrie es jedoch wieder gellend auf und wand sich, als ob es Krämpfe habe.

»Sie sollen ihn in Ruhe lassen!« fuhr ich fort. »Er haßt Sie – alle hassen Sie! Das ist die Wahrheit. Was für ein Familienleben Sie haben, verdanken Sie Ihrem jämmerlichen lasterhaften Zustand.«

»Das soll noch viel besser werden, Nelly«, lachte der Unglückliche, seine Strenge wiedergewinnend. »Für jetzt troll dich mit ihm. Und du, Heathcliff, hüte dich, pack dich! Ich will nichts von dir hören und sehen. Ich mag dich heut nicht umbringen – es sei denn, daß es mir einfallen sollte, das Haus anzuzünden; aber das kommt ganz auf meine Laune an.«

Während er so sprach, nahm er eine große Flasche Branntwein vom Büffet und goß sich ein Trinkglas voll.

»Trinken Sie nicht!« bat ich. »Mr. Hindley, lassen Sie sich warnen. Wenn Sie schon kein Mitleid mit sich selbst haben, so erbarmen Sie sich wenigstens Ihres unglücklichen Knaben.«

»Jeder andere kann ihm nützlicher sein als ich«, antwortete er.

»Erbarmen Sie sich Ihrer eigenen Seele!« sagte ich und versuchte, ihm das Glas zu entwinden.

»Im Gegenteil, ich werde große Freude daran haben, sie ins Verderben zu schicken, zur Strafe für ihren Schöpfer!« rief der Lästerer. »Dies auf ihre gründliche Verdammnis!«

Er trank den Sprit und befahl uns ungeduldig, fortzugehen, und schloß an diesen Befehl eine Reihe gräßlicher, nicht wiederzugebender Verwünschungen.

»Es ist ein Jammer, daß er sich mit seinem Saufen nicht umzubringen vermag«, bemerkte Heathcliff, als sich die Tür hinter uns geschlossen hatte. »Er tut ja sein Äußerstes, aber seine Konstitution bietet ihm Trotz. Mr. Kenneth sagt, er wette seinen Gaul, daß Hindley jeden Mann diesseits von Gimmerton überleben und als weißhaariger Sünder ins Grab steigen werde – es sei denn, daß ein außerhalb menschlicher Berechnung liegender Glücksfall einträfe.«

Ich ging in die Küche und setzte mich dort nieder, um mein Pflegekindchen in Schlaf zu wiegen. Heathcliff wandte sich – wie ich vermutete – hinüber zum Stall. Wie sich jedoch nachher herausstellte, hatte er die Küche gar nicht verlassen, sondern sich auf der anderen Seite des Herdes auf eine Bank an der Mauer niedergelegt.

Ich schaukelte Hareton auf den Knieen und summte ein Liedchen dazu, als Miß Cathy, die den Lärm auf ihrem Zimmer vernommen hatte, den Kopf hereinsteckte und flüsterte:

»Bist du allein, Nelly?«

»Ja, Miß«, antwortete ich.

Sie trat ein und kam auf mich zu. Ich sah auf, in der Annahme, daß sie etwas zu sagen habe. Der Ausdruck ihres Gesichtes schien verwirrt und ängstlich. Ihre Lippen waren halb geöffnet, als wolle sie sprechen, und sie holte tief Atem. Aber statt zu sprechen, seufzte sie nur. Ich summte mein Lied weiter, denn ich hatte ihr ungezogenes Wesen noch nicht vergessen.

»Wo ist Heathcliff?« fragte sie, mich unterbrechend.

»Im Stall bei seiner Arbeit«, war meine Antwort.

Er widersprach mir nicht; vielleicht war er eingeschlummert. Es entstand wieder eine lange Pause, während der ich von Catherines Wangen ein paar Tropfen auf die Fliesen fallen sah. Schämt sie sich ihres Betragens? fragte ich mich. Das wäre etwas neues. Doch mag sie nur sehen, wie sie es wieder gut macht – ich werde ihr nicht helfen! Aber nein, was nicht ihre eigenen Angelegenheiten betraf, bekümmerte sie wenig. »Ach, liebe Nelly!« rief sie endlich, »ich bin sehr unglücklich!«

»Traurig«, bemerkte ich. »Sie sind schwer zufriedenzustellen. So viel Freunde und so wenig Sorgen, und doch können Sie sich nicht zufrieden geben?«

»Nelly, willst du mir ein Geheimnis bewahren?« fuhr sie fort, kniete an meiner Seite nieder und sah mich mit einem Blick an, der alle Mißstimmung, und sollte man auch das größte Recht dazu haben, austilgen mußte.

»Ist es der Aufbewahrung wert?« fragte ich entgegenkommender.

»Ja, und es quält mich, und ich muß es heraussagen. Ich möchte wissen, was ich tun soll. Heut hat mich Edgar Linton gebeten, seine Frau zu werden, und ich habe ihm Antwort gegeben. Nun, ehe ich verrate, ob es eine Zu- oder Absage war, sag du mir, was es hätte sein sollen.«

»In der Tat, Miß Catherine, wie kann ich das wissen?« entgegnete ich.

»Gewiß, wenn ich bedenke, welches Schauspiel Sie ihm heut Nachmittag gegeben haben, kann ich wohl sagen, daß es ratsam wäre, ihn abzuweisen, denn da er *nach* diesem Auftritt die Frage an Sie richtete, so muß er entweder hoffnungslos dumm oder gefährlich tollkühn sein.«

»Wenn du so sprichst, werde ich dir nichts mehr sagen«, erwiderte sie gekränkt und stand auf. »Ich habe seinen Antrag angenommen, Nelly. Nun schnell, sag ob ich recht getan habe!«

»Sie haben ihn angenommen; was sollen wir also noch über die Sache verhandeln? Sie haben Ihr Wort verpfändet und können es nicht zurücknehmen.«

»Aber sag, ob ich es nicht hätte tun sollen – sag!« rief sie gereizt und runzelte die Stirn.

»Ehe man diese Frage richtig beantworten kann, sind gar viele Dinge zu bedenken«, sagte ich gewichtig. »Zuerst und vor allem: lieben Sie Mr. Edgar?«

»Natürlich«, gab sie zur Antwort.

Dann legte ich ihr folgende Fragen vor – für ein Mädchen von zweiundzwanzig waren sie nicht unverständig.

»Warum lieben Sie ihn, Miß Cathy?«

»Unsinn! Ich liebe ihn – das genügt.«

»Keineswegs. Sie müssen sagen, warum?«

»Also, weil er hübsch ist, und weil es angenehm ist, mit ihm umzugehn.«

»Schlimm!«

»Und weil er jung ist und fröhlich.«

»Noch immer schlimm.«

»Und weil er mich liebt«

»Tut nichts zur Sache.«

»Und er wird reich sein, und ich möchte gern einmal die reichste Frau in unserer Gegend sein, und ich werde stolz sein, solch einen Mann zu haben.«

»Schlimmer als schlimm! Und nun sagen Sie, wie Sie ihn lieben.«

»So wie jedermann liebt – du bist dumm, Nelly.«

»Durchaus nicht – Antwort!«

»Ich liebe den Boden unter seinen Füßen und die Luft über seinem Haupte und alles, was er berührt, und jedes Wort, das er sagt. Ich liebe all seine Blicke und all sein Tun und ihn selbst über alles ganz und gar. Also nun!«

»Und warum?«

»Nein; du verulkst mich, das ist schlecht von dir! Es ist kein Scherz für mich!« sagte die junge Dame und wandte sich vom Feuer ab.

»Ich bin weit entfernt davon, zu scherzen, Miß Catherine«, erwiderte ich. »Sie lieben Mr. Edgar, weil er jung ist und hübsch und fröhlich und reich und Sie liebt. Das letzte allerdings gilt nichts; Sie würden ihn voraussichtlich auch ohne das geliebt haben; und wäre nur das Geld vorhanden, und er besäße die vier vorher genannten Vorzüge nicht, so würden Sie ihn nicht lieben.«

»Nein, gewißlich nicht. Ich würde ihn nur bedauern – vielleicht hassen, wenn er häßlich und ein Tölpel wäre.«

»Aber es gibt noch mehr hübsche und reiche junge Männer in der Welt, hübschere vielleicht und reichere als ihn. Was hindert Sie, diese zu lieben?«

»Wenn es welche gibt, so sind sie unsichtbar für mich; ich habe noch keinen anderen als Edgar gesehen.«

»Das kann noch kommen; und er wird nicht immer hübsch sein und jung und wird nicht immer reich sein.«

»Er ist es jetzt, und ich habe nur mit der Gegenwart zu tun. Ich wollte, du sprächest vernünftig.«

»Gut; das erledigt die Sache. Wenn Sie nur mit der Gegenwart zu tun haben, so heiraten Sie Mr. Linton.«

»Ich brauche nicht deine Erlaubnis dazu – ich werde ihn heiraten. Und doch – du hast mir nicht gesagt, ob ich recht daran tue.«

»Vollkommen recht; falls Leute recht daran tun, nur für die Gegenwart zu heiraten. Und jetzt lassen Sie hören, worüber Sie unglücklich sind. Ihr Bruder wird erfreut sein; die alten Herrschaften werden, denke ich, nichts dagegen haben; Sie werden sich aus einem ungeordneten ungemütlichen Hause in ein achtungswertes, wohlhabendes Heim retten; und Sie lieben Edgar und Edgar liebt Sie. Alles ist klar und selbstverständlich: wo ist das Hindernis?«

»Hier und hier!« erwiderte Catherine, mit der einen Hand an die Stirn und mit der anderen an die Brust fassend. »Meine Seele, mein Herz ist überzeugt davon, daß ich verkehrt handle.«

»Das ist sehr seltsam. Ich verstehe es nicht.«

»Es ist mein Geheimnis. Doch wenn du mich nicht auslachen willst, will ich es dir auseinandersetzen. Ich kann das nicht klar ausdrücken, aber ich will dich fühlen lassen, was ich fühle.«

Sie setzte sich wieder zu mir. Ihr Gesicht wurde ernst, fast traurig, und ihre zusammengepreßten Hände bebten.

»Nelly, träumst du nie sonderbare Träume?« sagte sie nach einigen Minuten tiefen Nachdenkens.

»Ja, ab und zu«, antwortete ich.

»Ich auch. Ich habe schon Träume geträumt, die nie mehr von mir gegangen sind, und die meine Gedanken ganz verwandelten. Sie haben mein ganzes Sein durchdrungen, so wie Wasser und Wein sich mengen, und haben mein Gemüt ganz verändert. Und einen dieser Träume will ich dir also berichten, doch hüte dich, darüber zu lächeln.«

»Erzählen Sie nicht, Miß Catherine!« rief ich. »Wir sind elend genug, ohne Geister heraufzubeschwören und uns an Visionen zu entsetzen. Kommen Sie! Seien Sie wieder die alte Catherine! Seien Sie fröhlich! Sehen Sie den kleinen Hareton. Er träumt nichts betrübendes. Wie süß er lächelt im Schlaf.«

»Ja; und wie süß sein einsamer Vater da drüben flucht. Du hast ihn gekannt, als er noch grad so ein Pausback war, wie jetzt sein Sohn hier – und grad so unschuldig. – Doch Nelly, du mußt mich anhören. Ich habe nicht viel zu sagen, und es drückt mir das Herz ab.«

»Ich will nichts hören, ich will nicht!« wiederholte ich heftig.

Ich war damals, was Träume anbelangt, sehr abergläubisch, und ich bin es noch heute. Und Catherine hatte an jenem Tag einen seltsamen schweren Blick, der mich fürchten ließ, daß ich in ihrem Bericht irgend etwas Prophetisches erblicken, vielleicht eine schreckliche Katastrophe voraussehen würde. Sie war erzürnt, aber sie bestand nicht mehr auf ihrem Willen. Sie sprach von etwas anderem: »Wenn ich im Himmel wäre, Nelly, ich würde ungeheuer unglücklich sein.«

»Weil Sie dafür noch nicht reif sind«, antwortete ich. »Alle Sünder würden sich unglücklich fühlen im Himmel.«

»Aber es ist nicht deswegen. Ich habe mal geträumt, daß ich dort sei.«

»Ich sage Ihnen, ich will nichts von Ihren Träumen hören, Miß Catherine! Ich werde schlafen gehen«, unterbrach ich sie wieder.

Sie lachte und hielt mich fest.

»Ich wollte ja nur sagen«, rief sie, »daß es mir dort im Himmel nicht heimatlich vorkam und daß mir fast das Herz brach vor Sehnsucht, wieder auf Erden zu sein. Und die Engel waren so zornig über mich, daß sie mich hinunterwarfen, mitten auf die Heide hinunter, auf die Höhe von Sturmheid; und da erwachte ich, schluchzend vor Freude. – So, besser kann ich dir mein Geheimnis nicht erklären. Ich habe keine größere Veranlassung, Edgar Linton zu heiraten, als ich Veranlassung hätte, mich nach dem Himmel zu sehnen. Und wenn nicht jener Wüterich da drüben Heathcliff so ganz zerstört hätte, so würde ich an den Anderen gar nicht gedacht haben. Jetzt würde es mich herabwürdigen, Heathcliff zu heiraten, und darum soll er nie wissen, wie sehr ich ihn liebe – ihn liebe, nicht weil er hübsch ist, Nelly, sondern weil er mehr mein Ich ist, als ich selber es bin. Woraus auch unsere Seelen geschaffen sein mögen: seine und meine Seele gleichen sich völlig; und Lintons Seele ist so anders, wie ein Mondstrahl anders ist als ein Blitz, oder Frost anders als Feuer.«

Noch ehe sie zu Ende geredet hatte, bemerkte ich Heathcliffs Anwesenheit. Ich vernahm ein leichtes Geräusch, hob den Kopf und sah ihn von der Bank hinterm Herd aufstehen und davonschleichen. Er hatte alles mit angehört, und als Catherine sagte, daß es sie herabwürdigen würde, ihn zu heiraten, ging er hinaus. Da sie auf der Erde saß, hinderte sie die Rücklehne der Bank seine Gegenwart oder sein Hinausgehen zu bemerken. Ich aber fuhr auf und hieß sie schweigen.

»Warum?« fragte sie, besorgt umherblickend.

»Josef kommt«, antwortete ich, da ich gerade das Rollen der Karrenräder hörte. »Und Heathcliff wird mit ihm kommen. Ich bin nicht sicher, ob er nicht eben hier an der Tür gewesen ist.«

»O, an der Tür hat er mich nicht verstehen können!« sagte sie. »Gib mir Hareton, während du das Abendessen richtest, und wenn es fertig ist, so laß mich mit euch essen. Ich möchte mein Gewissen beruhigen und mich überzeugen, daß Heathcliff von diesen Dingen keine Kenntnis hat. Aber er weiß ja nicht, was das ist: lieben!«

»Ich sehe keinen Grund dafür, daß er das nicht ebensogut wissen sollte, als Sie«, gab ich zurück; »und wenn seine Wahl auf Sie gefallen ist, Miß Cathy, so wird er der unglücklichste Mensch von der Welt. Denn, wenn Sie Mrs. Linton werden, verliert er Freundin und Liebe und alles. Haben Sie schon darüber nachgedacht, wie Sie die Trennung ertragen werden, und wie er es ertragen wird, ganz verlassen zu sein? Denn, Miß Catherine —«

»Er ganz verlassen? Wir getrennt?« rief sie fast aufgebracht. »Wer wird uns trennen, bitte? Dem soll es schlecht bekommen! Nicht so lange ich lebe, Ellen, wird das geschehen, um keinen Preis der Welt! Jeder Linton auf der ganzen Erde mag dahinfahren, ehe ich bereit wäre, Heathcliff aufzugeben. Nein, das ist es nicht, was ich gewollt, das nicht! Ich würde nicht Mrs. Linton werden, wenn dieser Preis verlangt würde. Er wird mir ebensoviel sein als bisher — all sein Leben lang. Edgar muß seine Antipathie ablegen und ihn zum mindesten dulden. Und das wird er auch, wenn er meine wahren Gefühle für ihn kennen lernt. Ich sehe jetzt, Nelly, du hältst mich für ein recht selbstsüchtiges Geschöpf; aber hast du nie bedacht, daß, wenn ich Heathcliff heiraten würde, wir beide Bettler wären, wohingegen, wenn ich Linton heirate, ich Heathcliff helfen kann, in die Höhe zu kommen und der Tyrannei meines Bruders zu entfliehen?«

»Mit dem Gelde Ihres Gatten, Miß Catherine?« fragte ich. »Sie werden ihn nicht so gefügig finden, als Sie annehmen, und — obschon ich nicht richten darf — ich finde, dies ist bis jetzt der übelste Grund, den Sie dafür, die Frau des jungen Linton zu werden, angegeben haben.«

»Nicht der übelste, sondern der beste«, entgegnete sie. »Die anderen betrafen die Befriedigung meiner Wünsche, dieser aber ist zum Heile des Einen, der meine Gefühle für Edgar und mich selbst in sich vereinigt. Ich kann es nicht so ausdrücken, aber sicherlich hast du und hat jedermann die Überzeugung, daß es außer diesem Leben noch ein anderes gibt. Was wäre der Zweck meines Daseins, wenn ich ganz in mir selbst erschöpft wäre? Meine großen Kümmernisse in diesem Leben waren Heathcliffs Kümmernisse, und ich habe alle seine Leiden von Anfang an gesehen und mitgefühlt. Mein großer Lebensgedanke – das ist er. Wenn alles andere vergehen würde, und er bliebe, so würde ich noch immer fortfahren, zu sein; und wenn alles andere bestehen bliebe, und nur er würde vernichtet, so würde das ganze Weltall mir Feind werden. Ich würde kein Teil mehr sein davon. – Meine Liebe zu Linton ist wie das Laub im Walde: die Zeit wird sie verändern, ich weiß es wohl, so wie der Winter die Bäume verändert. Meine Liebe zu Heathcliff gleicht den unterirdischen ewigen Felsmassen: sie sind keine Quelle großen Entzückens, aber sie sind notwendig. Nelly, ich bin Heathcliff! Er ist immer, immer in meinen Gedanken, in meinem ganzen Sein; nicht als ein Freudgefühl, ebensowenig wie ich mir selbst eine Freude bin, aber als mein eigenstes Wesen. Darum sprich nicht wieder von unserer Trennung – sie ist undurchführbar, und –«

Sie hielt inne und verbarg ihr Gesicht in den Falten meines Kleides; aber ich schob sie mit Gewalt fort. Ich war ihrer Verrücktheit überdrüssig.

»Ich kann keinen Sinn in Ihrem Unsinn finden, Miß«, sagte ich; »ich gewinne nur die Überzeugung, daß Sie sich nicht der Pflichten bewußt sind, die Sie durch eine Ehe auf sich nehmen, oder aber: daß Sie ein böses unmoralisches Mädchen sind. Darum behelligen Sie mich mit keinen weiteren Geheimnissen; ich verspreche nicht, daß ich sie halte.«

»Doch dieses wirst du bewahren?« fragte sie besorgt.

»Nein, das will ich nicht versprechen«, entgegnete ich.

Sie wollte noch weiter in mich dringen, aber Josefs Eintritt machte unserem Gespräch ein Ende. Catherine setzte sich in eine Ecke und nahm den schlafenden Hareton auf den Schoß, während ich das Abendbrot bereitete. Als es fertig war, stritten Josef und ich, wer von uns beiden Mr. Hindley etwas zu essen bringen solle; und wir zankten uns so lange, bis die Speise schließlich kalt war. Dann faßten wir den Entschluß, zu warten, bis er selbst danach verlangen werde, denn wenn er längere Zeit allein gewesen war, fürchteten wir uns sehr, in seine Nähe zu kommen.

»Un wiesu is dann der anner Lump noch nit vum Feld rinkumme? Wo treibt 'r sich erum? Werd faulenze!« sagte der alte Mann, sich suchend nach Heathcliff umblickend.

»Ich werde ihn rufen«, antwortete ich. »Er ist gewiß im Stall.«
Ich ging und rief, bekam aber keine Antwort. Als ich zurückkam, flüsterte ich Catherine zu, daß ich überzeugt sei, er habe ein gut Teil von dem vernommen, was sie mir anvertraut habe, und ich berichtete, wie ich ihn aus der Küche schleichen sah, gerade als sie von dem schlechten Benehmen ihres Bruders ihm gegenüber sprach.

Sie sprang entsetzt auf, warf Hareton auf den Herd nieder und lief davon, um ihren Freund selbst zu suchen. Sie blieb so lange aus, daß Josef vorschlug, nicht länger auf sie zu warten. Er meinte listig, die beiden blieben nur deshalb fort, um das lange Abendgebet zu vermeiden. Sie seien »su verdorwe, dat m'r nor 't allerschlächtst vun 'en annehme kann«. Und er verlängerte um ihretwillen das übliche – eine Viertelstunde währende – Gebet um ein beträchtliches und würde nach dem Essen noch ein zweites gesprochen haben, wäre nicht seine junge Herrin mit dem energischen Befehl über ihn hergefallen, den Weg hinabzulaufen und Heathcliff zu suchen und nicht eher heimzukommen, als bis er ihn gefunden habe.

»Ich will und muß sofort mit ihm sprechen, noch ehe ich schlafen gehe«, sagte sie. »Und das Tor ist auf. Er ist irgendwo außer Hörweite, denn er hat nicht geantwortet, trotzdem ich oben bei den Hürden so laut nach ihm rief, als ich nur konnte.«

Josef widersetzte sich zuerst. Sie meinte es jedoch so ernst, daß sie keinen Widerspruch duldete, und endlich nahm er seinen Hut und ging murrend davon. Inzwischen wanderte Catherine im Flur auf und ab und rief:

»Ich möchte wissen, wo er ist – wo er sein kann! Was habe ich denn gesagt, Nelly? Ich habe alles vergessen. War er bös über meine schlechte Laune heut nachmittag? Himmel! Sag mir, mit welchen Worten ich ihn gekränkt habe. Ich wollte, er käme nun. O, ich wollte, er käme!«

»Welch ein Lärm um nichts!« rief ich, obschon auch ich mich unbehaglich fühlte. »Welch eine Nichtigkeit bekümmert Sie! Daß Heathcliff etwa einen Mondspaziergang aufs Moor hinaus gemacht hat oder gar, zu faul, um auf unser Rufen Antwort zu geben, in einem Heuhaufen liegt, ist doch kein Grund zu solcher Aufregung. Ich wette, er treibt sich irgendwo im Feld herum. Passen Sie auf, ob ich ihn nicht auftreibe.«

Ich ging hinaus, um meine Suche wieder aufzunehmen. Sie war erfolglos wie auch Josefs Nachforschung.

»Der Borsch werd schlimmer un schlimmer!« sagte dieser zurückkommend. »Er hot de Stalldhür sperrangelwät uffstehn lasse, un Frääles Pony hot'n Haufen Korn nierertrampelt un is quer dorch niewer uff de Wies gelaaf. Hiemelsakra, de Här werd morje des Deiwels sin; un recht hot 'r! Bei dene liererliche Kreature muß änem jo de Geduld ausgehn – jo, de Geduld ausgehn. Awer er is nit schold. Ehr seid't ganz allän! Ehr macht 'n noch ganz verdreht!«

»Hast du Heathcliff gefunden, du Esel?« unterbrach ihn Catherine. »Hast du nach ihm gesucht, wie ich es dir aufgetragen habe?«

»Eich sollt liewer noh dem Gaul siehn«, antwortete er. »Dat war gescheider. Awer eich kann in su 'ner Naacht, die su schwarz is als wie en Schoornstän, kä Gaul un kä Mensch suche gehn. Un der Heathcliff is nit de Borsch, de uf mei Peife heere dhut – viellächt is 'r nit su verstockt, wann Ehr 'n rufe dhut.«

Es war in der Tat für einen Sommerabend außerordentlich finster. Die schwarzen Wolken drohten ein Gewitter zu bringen, und ich riet, es sei am besten abzuwarten, der Regen werde ihn schon heimtreiben. Doch Catherine blieb ruhelos. Hin und her schritt sie, rastlos, vom Gartentor zur Haustür, in einer Aufregung, die kein Ausruhen duldete, und postierte sich schließlich an die Mauer, nahe am Weg. Dort blieb sie, ungeachtet meiner Vorwürfe und des grollenden Donners und der großen Tropfen, die auf sie niederklatschten. Ab und zu rief sie nach Heathcliff und horchte dann, und endlich brach sie in Tränen aus. Sie konnte Hareton – überhaupt jedes Kind – in leidenschaftlichem, ausdauerndem Schluchzen weit übertrumpfen.

Gegen Mitternacht, als wir noch wachten, kam der Sturm in voller Wut über die Hügel gerast. Ein wilder Wind tobte, gewaltige Donner krachten, und hin und wieder spaltete der Blitz irgend einen Baum im Garten. Ein riesiger Ast stürzte quer aufs Dach des Hauses nieder und zerschlug einen Teil des Rauchfangschlotes und sandte Steingeröll und Wolken von Ruß ins Küchenfeuer herab. Wir glaubten, ein Donnerkeil sei zwischen uns gefahren; und Josef sank in die Knie und beschwor den Herrn, der Patriarchen Noah und Lot zu gedenken, und so wie damals die Ungerechten zu vernichten, aber der Gerechten zu schonen. Auch ich hatte ein Empfinden, als werde Gericht gehalten über uns. Der Jonas, meinte ich, sei Mr. Earnshaw, und ich rüttelte an seiner

Türklinke, um mich zu vergewissern, daß er noch unter den Lebenden weile. Das bewies er deutlich genug mit Worten, die Josef veranlaßten, noch lauter darum zu flehen, daß eine weite Kluft geschaffen werden möge zwischen Heiligen gleich ihm selber und Sündern gleich seinem Herrn.

Doch der Sturm raste weiter, über die Höhen davon, und hatte uns alle unverletzt gelassen, ausgenommen Cathy, die sich geweigert hatte, im Hause Schutz zu suchen, und völlig durchnäßt worden war. Sie kam jetzt herein und legte sich, triefend wie sie war, auf die Ofenbank, drehte das Gesicht zur Wand und verbarg es in den Händen.

»Nun, Miß!« rief ich, ihre Schulter berührend, »sind Sie willens, sich den Tod zu holen? Wissen Sie, wieviel Uhr es ist? Gleich Mitternacht! Kommen Sie ins Bett Was hat es für einen Sinn, noch länger auf den dummen Jungen zu warten. Er wird nach Gimmerton gelaufen sein und wird nun dort übernachten; denn er kann nicht annehmen, daß wir ihn zu so später Stunde noch erwarten; oder höchstens vermutet er, daß Mr. Hindley noch wach sein würde, und sich das Tor vom Herrn öffnen zu lassen, vermeidet er natürlich lieber.«

»Nä, nä, er is nit in Gimmerton«, sagte Josef. »Et sull mich wunnern, wenn er nit in 'ner Moorgrub leit Die Heimsuchung hot ehrn Sinn, un Ehr mißt noh em gucke gehn, Frääle, jetz seid Ehr dran. Dem Hiemel sei Dank! Alles wend't sich zum Guden, su wie et beschloß is, un um 't Unkraut auszutilge! Ehr wißt jo, wat de Heilig Schrift säht.«

Und er begann Bibeltexte herzusagen, uns auf die Kapitel und Strophen aufmerksam machend, wo sie zu finden seien.

Nachdem ich das eigensinnige Mädchen vergebens gebeten hatte, aufzustehen und ihre nassen Kleider abzulegen, ließ ich ihn predigen und sie frieren und machte mich mit klein Hareton, den das Unwetter nicht zu wecken vermocht hatte, ins Bett. Ich hörte noch ein Weilchen Josefs schläfrige Stimme, dann erkannte ich seinen faulen Schritt auf der Leiter, und dann fiel ich in Schlaf. –

Ich kam am anderen Morgen etwas später als sonst hinunter und sah beim Licht, das spärlich durch die Fensterladen drang, Miß Catherine noch immer beim Herd sitzen. Die Wohnstubentür stand halb offen, Hindley war herausgekommen und lehnte niedergeschlagen und müde am Küchenherd.

»Was fehlt dir, Cathy?« sagte er gerade als ich eintrat »Du siehst elend aus wie ein ersoffener Hund. Warum bist du so blaß und kalt, Kind?«

»Ich bin vom Regen naß geworden und friere, das ist alles«, antwortete sie.

»Ungehorsam ist sie!« rief ich, da ich den Herrn so nüchtern und verständig sah. »Der Regen gestern Abend hat sie bis auf die Haut durchnäßt, und da hat sie nun die ganze Nacht hier aufgesessen, und ich konnte sie nicht dazu bewegen, sich schlafen zu legen.«

Mr. Earnshaw starrte uns verwundert an. »Die Nacht durch«, wiederholte er. »Was hielt sie wach? Angst vor dem Gewitter sicherlich nicht, das ist ja schon seit vielen Stunden abgezogen.«

Keiner von uns hatte Lust, ihn von Heathcliffs Fortsein in Kenntnis zu setzen, solange es noch möglich war, diese Tatsache vor ihm zu verbergen. Ich sagte also, ich wisse nicht, wieso sie darauf versessen gewesen sei, die Nacht zu durchwachen, und sie sagte gar nichts.

Der Morgen war frisch und kühl. Ich öffnete die Fensterladen, und sofort füllte sich der Raum mit süßen Wohlgerüchen aus dem Garten. Catherine aber rief übellaunig: »Ellen, schließe das Fenster. Ich erfriere ja!« Ihre Zähne schlugen aufeinander und sie rückte näher an die fast erloschene Glut.

»Sie ist krank«, sagte Hindley, ihre Hand ergreifend. »Das wird auch der Grund sein, weshalb sie nicht schlafen mochte. Verflucht! Ich will nichts mehr mit Krankheit zu tun haben! Weshalb bist du in den Regen gelaufen?«

»Dene Bue nohrenne, wie immer«, krächzte Josef, der sich unser Schweigen zunutze machte, um mit seinen Anschuldigungen herauszuplatzen. »So eich an Eirer Stell war, Här, dhät eich dene allesamt de Dhür vor de Nas zuschlahn. Su oft als Ehr nor emol de Rücke gekehrt hott, kimmt de Linton wie en Katz angeschlich. Un Frääle Nelly, dat is en nett Früchtche. Die wäß et immer auszekunnschafte, wann Ehr häm kummt, un wann Ehr zur äne Dhür erinkummt, macht er sich durch die anner devun. Un dann geht die jung Dam aach ehrersäts uf't Kurmache aus. Dat is en scheen Benehme, noh zwelf Uhr in de Naacht mit dem elende faule Zigeinerborsch, dem Heathcliff, im Feld erumzestreiche. Die denke, eich war blind. Awer dat bin eich nit. – Eich hon de jung Linton kumme un gehn gesiehn, un deich (er wandte sich an mich), du Dhunitgut, du liererlich Person, hon eich uffspringe un in die Wohnstub stürze gesiehn, suwie mer nor de Hufschlag vum Här sei'm Gaul gehört hot.«

»Ruhe, du Giftschlange!« schrie Catherine. »Behalte deine Unverschämtheiten für dich! Edgar Linton kam gestern aus Zufall, Hindley, und ich war es, die ihn fortschickte, weil ich wußte, daß du ihm nicht gern begegnet wärest – in dem Zustand, in dem du dich gestern befandest.«

»Du lügst sicherlich, Cathy«, antwortete ihr Bruder, »du bist ein ganz verwünschter Racker. Doch lassen wir Linton jetzt beiseit! Sag, warst du letzte Nacht mit Heathcliff zusammen? Sprich die Wahrheit jetzt! Du brauchst nicht zu denken, daß ihm deshalb etwas zu leid geschehen könnte. Zwar hasse ich ihn gründlich, aber er hat mir kürzlich einen Gefallen erwiesen; es würde mir daher das Gewissen bedrücken, wenn ich ihm den Hals bräche. Ich will ihn also heut gleich an die Arbeit schicken, daß er mir aus den Augen ist. Aber ihr anderen, nehmt euch in acht! Ich werde euch um so schärfer auf die Finger sehen!«

»Ich habe Heathcliff letzte Nacht überhaupt nicht gesehen«, entgegnete Catherine bitterlich schluchzend. »Und wenn du ihn hinauswirfst, werde ich mit ihm gehn. Aber vielleicht – vielleicht wirst du keine Gelegenheit mehr haben dazu – vielleicht ist er schon fort« Hier brach sie in zügelloses Weinen aus, und der Rest ihrer Worte blieb unverstanden.

Hindley fiel mit schändlichen Schmähreden über sie her und befahl ihr, sofort auf ihr Zimmer zu gehen, andernfalls er ihr besseren Grund zum Weinen geben werde. Es gelang mir, sie zum Gehorsam zu bewegen, und ich werde nie vergessen, welch eine Szene sie aufführte, als wir ihr Zimmer erreichten. Mich faßte Entsetzen. Ich glaubte, sie sei wahnsinnig geworden und bat Josef, nach dem Doktor zu laufen. Sie delirierte.

Sobald Mr. Kenneth ihrer ansichtig wurde, bezeichnete er sie als gefährlich krank: sie hatte Fieber. Er trug mir auf, ihr als einzige Nahrung Molken und Haferschleim zu reichen, und darauf acht zu geben, daß sie sich nicht die Treppe hinunter oder zum Fenster hinausstürze. Und dann ging er wieder, denn in einem Kirchspiel, in dem die Höfe zwei bis drei Meilen voneinander entfernt liegen, gab es genug zu tun für ihn.

Obschon ich nicht behaupten kann, daß ich eine sanfte Pflegerin abgab, und obschon Josef und der Herr sich geradezu unfreundlich gegen die Kranke betrugen und diese selbst so eigenwillig und launisch war, wie ein Patient nur irgend sein kann, überstand sie die Sache dennoch. Die alte Mrs. Linton kam einige Male nach der Kranken sehen und schalt uns alle und befehligte uns alle. Sie bestand auch darauf, Catherine, als diese sich auf dem Wege der Besserung befand, zu sich zu nehmen, worüber wir recht froh waren. Doch die arme Frau mußte ihre Güte schwer büßen; sie und ihr Gatte bekamen beide das Fieber und starben innerhalb wenig Tagen.

Unsere junge Herrin kehrte zu uns zurück – launischer und leidenschaftlicher und hochmütiger denn je. Von Heathcliff hatte man seit jenem Gewitterabend nichts mehr gehört und gesehen. Eines Tages, als Cathy mich ganz besonders gequält hatte, warf ich ihr vor, daß sie an seinem Verschwinden die Schuld trage, was, wie sie selbst recht gut wußte, tatsächlich der Fall war. Doch von nun ab sprach sie kein Wort mehr zu mir und brach für Monate alle Beziehungen zu mir. Auch Josef fiel in Acht und Bann: er konnte den Mund nicht halten und kanzelte sie noch immer so ab, als sei sie das kleine Kind von früher; sie aber betrachtete sich als Dame und als unsere Herrin und meinte, ihre letzte schwere Krankheit habe ihr ein Recht auf rücksichtsvolle Behandlung verschafft; denn der Doktor hatte damals gesagt, man müsse sie künftighin schonen und ihr stets ihren Willen lassen. So erschien es ihr geradezu als Mordversuch, wenn irgendwer es wagte, sie zurechtzuweisen. Mr. Earnshaw und seinen Zechkumpanen hielt sie sich fern, und ihr Bruder gestattete ihr, alles zu tun, was ihr beliebte, und vermied es, sie zu reizen. Er war jetzt beinahe zu tolerant gegen ihre Launen; nicht aus Zuneigung etwa, vielmehr aus Berechnung. Er wünschte sehr, daß die Familie durch Catherines Heirat mit einem Linton zu Ansehen gelange. Und im übrigen war er's zufrieden, daß sie ihm aus dem Wege ging und uns als ihre Sklaven behandelte.

Edgar Linton aber war, wie so viele vor und nach ihm, betört! Und er hielt sich für den Glücklichsten aller Sterblichen an dem Tag, da er Catherine zur Gimmerton-Kapelle führte – drei Jahre nach seines Vaters Tod.

Ich wurde nun, ganz gegen meine Neigung, gezwungen, den Sturmheidhof zu verlassen und die junge Frau ins neue Heim zu begleiten. Klein Hareton war jetzt fast fünf Jahr alt, und ich hatte soeben begonnen, ihn schreiben zu lehren. Wir hatten ein schweres Scheiden; aber Catherines Tränen waren mächtiger als die unseren. Zuerst hatte ich mich ja geweigert, fortzuziehen, aber als sie fand, daß ihre Bitten mich nicht rührten, ging sie klagend zu ihrem Mann und zu ihrem Bruder. Ersterer bot mir ein hohes Gehalt an, letzterer befahl mir, mich davonzumachen: er brauche kein Frauenzimmer im Hause, sagte er, nun keine Herrin mehr da sei. Und was Hareton betreffe, so solle ihn nun der Pfarrer in die Hand nehmen. Und so blieb mir nichts übrig, als zu gehorchen. Dem Herrn sagte ich, er schicke nur darum alle anständigen Leute aus dem Hause, um sich noch zügelloser ins Elend zu rennen. Ich küßte Hareton zum Lebewohl – und seit damals ist er mir ein Fremder geworden. Und – so seltsam es mir vorkommt – oft muß ich denken, daß er vollständig vergessen hat, wer Ellen Dean gewesen ist, und daß er ihr einmal über alles in der Welt lieb war, und sie ihm! –

Als die Haushälterin an diesem Punkt ihrer Erzählung angelangt war, fiel ihr Blick auf die Uhr über dem Kamin. Sie war bestürzt, daß die Zeiger schon auf halb eins wiesen und wollte nicht eine Sekunde mehr bleiben. Und, in Wahrheit, es war auch mir lieb, die Fortsetzung ihres Berichtes aufgeschoben zu sehen. Und jetzt, da sie zur Ruhe gegangen ist und ich noch ein oder zwei Stunden verträumt habe, werde auch ich mich niederlegen, obgleich es mir schwer fällt, meinen Platz hier zu verlassen, so ermattet fühle ich mich.

X

Ein liebenswürdiger Beginn meines Einsiedlerlebens: vier Wochen Qualen, Husten und Krankheit! O diese kalten Winde und düsteren Nordlandhimmel, diese ungangbaren Wege und diese phlegmatischen Landärzte mit ihren runzeligen trostlosen Gesichtern! Das schlimmste aber ist Kenneths entsetzliche Mitteilung, daß ich nicht daran denken könne, die Nase vor die Tür zu stecken, ehe es nicht Frühling sei. – Soeben hat Mr. Heathcliff mich mit einem Besuch beehrt. Vor etwa acht Tagen sandte er mir ein paar Waldhühner – die letzten der Saison. Der Schurke! Er ist nicht so ganz schuldlos an meinem Unwohlsein, und ich hatte große Lust, ihm das zu sagen. Aber ach, wie hätte ich einen Mann kränken können, der gutherzig genug war, über eine Stunde an meinem Bett zu sitzen und von anderen Dingen zu reden als von Pillen und Tränklein, Pflastern und Pulvern? Jetzt spüre ich eine kleine Erleichterung. Zum Lesen bin ich noch zu schwach, dennoch fühle ich, daß etwas Anregung mir gut wäre. Sollte ich nicht Mrs. Dean heraufbitten, damit sie in ihrer Erzählung fortfährt? Ich kann mich an die hauptsächlichsten Punkte derselben noch gut erinnern: der Held war davongelaufen, und man hatte drei Jahre lang nichts von ihm gehört; und die Heldin war verheiratet. Ich werde klingeln; sie wird erfreut sein, mich zu einem munteren Gespräch bereit zu finden. – Mrs. Dean kam.

»Es ist noch nicht Zeit für Ihre Medizin, Herr; es fehlen noch zwanzig Minuten«, begann sie.

»Nichts davon!« antwortete ich. »Ich wünsche vielmehr –«

»Der Doktor sagt, Sie brauchen die Pulver nicht mehr zu nehmen.«

»Von Herzen einverstanden! Doch unterbrechen Sie mich nicht. Kommen Sie, setzen Sie sich her. Lassen Sie die Hände von jener grausigen Phalanx von Flaschen! Sie haben gewiß Ihr Strickzeug in der Tasche – heraus damit! So ist's recht! Und nun fahren Sie fort in Ihrem Bericht über Mr. Heathcliff. Nahm er seine Erziehung selbst in die Hand, und wo vollendete er sie? Auf dem Kontinent? Kehrte er als Kavalier zurück? Oder tat er Dienste auf irgend einem Bauernhof, oder entfloh er nach Amerika und gelangte zu Ehr und Gut auf schlaue Weise? Oder fand er als Räuber auf Englands Landstraßen sicherere Beute?«

»Er mag sich in all diesen Berufen versucht haben, Mr. Lockwood; aber bürgen kann ich für keinen. Ich sagte schon früher, daß ich nicht weiß, wie er zu seinem Gelde gelangt ist. Ebensowenig bin ich darüber unterrichtet, auf welche Weise er seinen Geist aus Verwilderung und Unwissenheit emporarbeitete. Doch ich will fortfahren, wenn Sie meinen, daß es Sie nicht ermüden wird. Fühlen Sie sich besser heut morgen?«

»Viel.«

»Das ist gute Botschaft Also hören Sie! Ich brachte Miß Catherine und mich selbst nach Drosselkreuz, und zu meiner angenehmen Enttäuschung betrug sie sich weit besser, als ich anzunehmen gewagt hätte. Sie schien fast zu entzückt von Mr. Linton, und sogar seiner Schwester bezeigte sie viel Zuneigung. Allerdings waren sie alle beide sehr um Catherines Wohl bemüht. Die Reben umrankten den Dornstrauch – nicht umgekehrt. Da war kein gegenseitiges Anpassen und Nachgeben, sondern eins stand aufrecht, und die anderen schmiegten sich ihm an; und wer kann boshaft und übellaunig sein, wenn er weder durch Widerspruch noch durch Teilnahmlosigkeit gereizt wird? Ich sah, daß Mr. Edgar eine wahre Angst davor hatte, sie zu verstimmen. Er verbarg das vor ihr, doch wann immer er hörte, daß ich ihr eine scharfe Antwort gab, oder bemerkte, daß einer der anderen Bediensteten über einen ihrer hochmütigen Befehle unwillig wurde, so runzelte er ärgerlich die Stirn. Mehr als einmal machte er mir ernste Vorwürfe wegen meiner Naseweisheit und versicherte, daß eine körperliche Verwundung ihn nicht so schmerzen könne, wie die Seelenqual, die er empfinde, wenn er sein Herzensweib erzürnt sehe.

Um einen guten Herrn nicht zu bekümmern, lernte ich weniger empfindlich zu sein, und für die Dauer eines halben Jahres lag das Dynamit so harmlos da wie Sand – weil kein Feuer in seine Nähe kam, es zu entzünden. Catherine hatte Zeiten von Trübsinn und Schweigsamkeit; alle ihre Stimmungen wurden von ihrem Gatten verständnisvoll respektiert. Da sie nie früher solche Niedergeschlagenheit gezeigt hatte, schrieb er diese Stimmungen einer Nachwirkung ihrer schweren Krankheit zu. Wiederkehrender Sonnenschein wurde von ihm sofort durch sonniges Wesen belohnt. Ich kann wohl sagen, daß sie tatsächlich ein tiefes, stetig wachsendes Glück empfanden.

Es endete. Ja, wir *müssen* einsam werden im Lauf der Jahre. Ihr Glück endete, als die Umstände ihnen zeigten, daß die Interessen des einen keinen Teil hatten an den Gedanken des anderen.

An einem milden Septemberabend kam ich mit einem schweren Korb aus dem Garten. Ich hatte Äpfel gesammelt. Es war dabei dunkel geworden, und der Mond sah über die hohe Hofmauer herein und ließ in den Winkeln der zahlreichen Erker und Vorbauten des Hauses seltsame Schatten schleichen.

Ich setzte meine Last auf die Treppenstufen der Hintertür nieder und gönnte mir ein wenig Ruhe. Ich sog in langen Atemzügen die weiche, süße Luft ein. Meine Blicke hingen am Mond, ich hatte dem Hause den Rücken gekehrt. Da hörte ich hinter mir eine Stimme:

»Nelly, bist du es?«

Es war eine tiefe Stimme, deren Ton mir fremd war, dennoch lag in der Betonung meines Namens etwas, das mir bekannt vorkam.

Ich sah mich ängstlich nach dem Sprecher um. Die Türen waren geschlossen, und ich hatte niemanden herankommen sehen. Im Torraum regte es sich, ich trat hinzu und erkannte einen hohen Mann in dunklem Anzug, mit dunklem Haar und Gesicht. Er lehnte an der Wand, und seine Hand lag auf der Türklinke, als beabsichtige er, ins Haus zu treten. Wer kann es sein? dachte ich. Mr. Earnshaw? O nein! Das war nicht seine Stimme.

»Ich habe schon eine Stunde hier gewartet«, bemerkte der Mann, während ich ihn noch anstarrte. »Und in dieser ganzen Zeit war alles so still wie der Tod. Ich wagte nicht hineinzugehen. – Kennst du mich nicht? Sieh her, ich bin kein Fremder!«

Er trat heraus in den Mond. Seine Wangen waren bleich, die Brauen senkten sich tief über die dunklen seltsamen Augen. Diese Augen kannte ich.

Ich schrie auf, denn ich wußte nicht, ob es ein irdischer Gast sei, der da vor mir stand, und hob die Hände in Bestürzung. »Wie? Sie sind zurückgekommen! Sind Sie es wirklich? Sind Sie's?«

»Ja: Heathcliff«, antwortete er und sah nach den Fenstern hinauf, die lauter glitzernde Monde spiegelten, doch kein erleuchtetes Zimmer zeigten. »Sind sie zu Haus? Wo ist sie? Nelly, du bist nicht erfreut! Du brauchst nicht besorgt zu sein. Ist sie hier? Sprich! Ich will nur ein Wort mit ihr reden. Geh und sag ihr, jemand aus Gimmerton möchte sie sprechen.«

»Wie wird sie es aufnehmen?« rief ich aus, »was wird sie tun? Die Überraschung verwirrt mich – und wird sie kopflos machen! Und Sie sind wirklich Heathcliff? Aber wie verändert! Nein, das ist unbegreiflich! Waren Sie bei den Soldaten?«

»Geh und richte meine Botschaft aus«, unterbrach er mich ungeduldig; »ich leide Höllenqualen.«

Er drückte die Klinke nieder, und ich trat ins Haus. Als ich aber vor dem Wohnzimmer stand, in dem, wie ich wußte, Mr. und Mrs. Linton anzutreffen waren, konnte ich mich nicht zu weiterem Vordringen entschließen. Endlich beschloß ich, zunächst die Frage zu stellen, ob ich Licht bringen solle, und ich öffnete die Tür.

Sie saßen beide am Fenster, dessen geöffnete Flügel bis an die Mauer zurückgeschlagen waren. Man sah über die Bäume des Gartens und den verwilderten Park hinüber bis in das Tal von Gimmerton, über das eine lange Nebelwelle herankroch. Der Hügel vom Sturmheidhof stieg dahinter auf. Unser altes Heim aber war nicht zu sehen, denn es liegt auf der anderen Seite der Höhe.

Das Zimmer und die Menschen darin und auch das Bild, zu dem sie sinnend hinüberblickten – alles sah wundersam friedlich aus. Es widerstrebte mir, meine Botschaft auszurichten, und schon zog ich mich, nachdem ich die Frage wegen der Kerzen gestellt hatte, wieder zurück, als irgend eine Macht mich veranlaßte, kehrt zu machen und zu stammeln: »Jemand von Gimmerton wünscht Sie zu sehen, gnädige Frau«.

»Was will er?« fragte Mrs. Linton.

»Ich habe ihn nicht gefragt«, entgegnete ich.

»So schließe die Vorhänge, Nelly«, sagte sie, »und bring den Tee herauf. Ich werde gleich wieder hier sein.«

Sie verließ das Zimmer. Mr. Edgar fragte gleichgültig, wer denn da gekommen sei.

»Jemand, den sie nicht erwartet«, erwiderte ich. »Jener Heathcliff, Herr, der bei den Earnshaws lebte. Sie erinnern sich wohl seiner noch?«

»Was?! Der Zigeuner – der Bauernlümmel?« rief er. »Warum hast du das Catherine nicht gesagt?«

»Still, Herr! So dürfen Sie ihn nicht nennen«, sagte ich. »Sie würde sehr bekümmert sein, wenn sie das hörte. Ihr brach fast das Herz damals, als er davonlief. Ich glaube, seine Rückkehr wird ihr eine große Herzensfreude sein.«

Mr. Linton schritt zum Fenster an der anderen Seite des Zimmers hinüber; er blickte auf den Hof. Er öffnete es und beugte sich hinaus: »Steh nicht dort draußen, Lieb! Bring den Betreffenden herein, wenn er etwas besonderes will.«

Nicht lange, und die Haustür wurde geöffnet und Catherine eilte herauf, atemlos und wild und zu überrascht, um Freude zeigen zu können. In der Tat, ihr Gesicht drückte eher Betroffenheit aus.

»O Edgar, Edgar!« bebte sie, ihn umhalsend. »O Edgar, Liebster! Heathcliff ist wiedergekommen – ist wieder da!« Und sie preßte ihn wild.

»Nun, nun!« rief ihr Mann ärgerlich, »darum brauchst du mich nicht zu erdrücken. Der Kerl ist doch solchen Gefühlsüberschwang weiß Gott nicht wert!«

»Ich weiß, du hast ihn nie leiden können«, antwortete sie, ihr Entzücken dämpfend. »Dennoch – um meinetwillen – jetzt müßt ihr Freunde werden! Soll ich ihn heraufkommen lassen?«

»Hierher?« sagte er,»in den Salon?«

»Wohin sonst?«

Er sah sie verdrießlich an und meinte, die Küche sei ein passenderer Ort. Mrs. Linton blickte halb böse und halb amüsiert über seine würdevolle Haltung.

»Nein«, sagte sie dann;»ich kann nicht in der Küche sitzen. So decke also zwei Tische, Ellen: einen für deinen Herrn und Miß Isabella, den anderen für Heathcliff und mich. – Ist dir's recht so, Lieb! Oder soll ich mir ein anderes Zimmer heizen lassen? Dann gib du Auftrag. Ich will hinunterlaufen und meinen Gast in Sicherheit bringen. Ich fürchte, das Glück ist zu groß, um wahr zu sein!«

Sie wollte wieder davonstürmen, aber Edgar hielt sie zurück.

»Bitte du ihn, heraufzukommen«, wandte er sich an mich;»und du, Catherine, versuche froh zu sein, ohne Überschwang! Das ganze Haus braucht doch nicht Zeuge davon zu sein,, daß du einen entlaufenen Knecht bewillkommnest wie einen Bruder.«

Ich ging hinunter und fand Heathcliff im Hausflur. Er hatte wohl die Aufforderung zum Eintreten schon erwartet. Er folgte ohne viel Worte meiner Führung, und ich meldete ihn der Herrschaft, deren erhitzte Gesichter zeigten, daß erregte Worte gefallen sein mußten. Doch das Antlitz Catherines erglühte in anderem Empfinden, als ihr Freund in der Tür erschien. Sie lief hin zu ihm, nahm ihn bei den Händen und führte ihn Linton zu. Und dann ergriff sie Lintons widerstrebende Finger und preßte sie in die des anderen.

Nun das volle Licht des Feuers und der Kerzen auf Heathcliff fiel, war ich überrascht, ihn so verändert zu sehen. Er war ein hoher, kräftiger, wohlgebildeter Mann, neben dem mein Herr fast schmächtig aussah. Seine aufrechte Haltung legte den Gedanken nahe, daß er beim Heer gewesen sei. Sein Gesicht schien durch Ausdruck und Festigkeit der Züge bei weitem älter als Mr. Lintons. Es war intelligent und wies kein Zeichen früherer Unkultur auf; dennoch glühte die alte, nur halb gezähmte Wildheit aus den schwarzfeurigen Augen. Sein Benehmen aber war geradezu vornehm zu nennen – ganz frei von Derbheit, obschon zu ernst, um entgegenkommend zu sein.

Das Erstaunen meines Herrn war noch größer als meines. Er war für einen Moment unschlüssig, wie er den»Knecht« anreden solle. Da gab Heathcliff die zarte Hand des anderen frei und wartete kühl auf eine Anrede.

»Setzen Sie sich, mein Herr«, sagte Linton schließlich. »Mrs. Linton hat mich gebeten, Sie, alter Zeiten gedenkend, herzlich zu empfangen, und natürlich bin ich glücklich, ihr damit eine Freude machen zu können.«

»So wie ich selbstredend auch«, antwortete Heathcliff. »Ich werde gern ein oder zwei Stunden bleiben.«

Er nahm am Kamin, Catherine gegenüber Platz, die ihn unausgesetzt anblickte, als fürchte sie, er könne in nichts zergehen, wenn sie das Auge von ihm wende. Er sah nicht oft hinüber zu ihr. Dann und wann ein schneller Blick – das war alles. Aber er verriet von Mal zu Mal deutlicher das Entzücken, das er aus ihren Blicken trank. Sie waren so vertieft in ihre Freude aneinander, daß sie keine Verlegenheit fühlten. Nicht so Mr. Edgar. Die Unruhe machte ihn bleich und erreichte ihren Höhepunkt, als sein Weib sich erhob, hinüber zu Heathcliff trat und von neuem dessen Hände faßte, während sie wie selbstentrückt zärtlich lachte.

»Morgen werde ich denken, es sei ein Traum gewesen!« rief sie. »Ich werde es nicht glauben können, daß ich dich noch einmal wiedergesehen und dich gefühlt und mit dir gesprochen habe. Und doch, Grausamer, du verdienst nicht dies Willkommen! Drei Jahre lang fort und totenstumm – und nicht einmal gedacht hast du an mich!«

»Und doch ein wenig mehr, als du an mich gedacht hast«, murmelte er. »Ich hörte vor kurzem von deiner Heirat, Cathy, und kehrte heim. Und als ich vorhin drunten im Hof wartete, geschah es, um dir noch einmal ins Auge zu sehen – einem erstaunten Blick, einer gekünstelten Freude zu begegnen – und dann mit Hindley abzurechnen und mich durch Selbsthinrichtung dem Arme des Gesetzes zu entziehen. Dein Willkommen hat mich anderen Sinnes gemacht; doch hüte dich, mir nächstens etwa doch fremd zu begegnen! Nein, du wirst mich nun nicht wieder los! Es tat dir wirklich leid um mich, ja? – Nun, dazu hattest du Grund genug. Ich habe mich durch viel Bitternis hindurchgekämpft, seit ich zuletzt deine Stimme hörte, und du mußt mir vergeben, denn was ich tat, tat ich um deinetwillen!«

»Catherine, wenn wir nicht kalten Tee trinken sollen, so komm bitte zu Tisch«, fiel Linton ein und mühte sich, seiner Stimme den gewohnten Klang zu geben und nicht unhöflich zu sein. »Mr. Heathcliff wird, wo er auch übernachten mag, noch einen weiten Weg haben, und ich bin durstig.«

Sie nahm ihren Platz am Teekessel ein, und Miß Isabella kam, durch ein Glockenzeichen benachrichtigt Ich trug die Stühle vom Kamin zum Tisch hinüber und ging dann hinaus.

Das Mahl dauerte kaum zehn Minuten. Catherines Tasse blieb ungefüllt; sie konnte weder essen noch trinken. Edgar hatte ein paar Schluck genommen.

Nach einer Stunde verabschiedete sich der Gast. Ich begleitete ihn hinunter und fragte bei dieser Gelegenheit, ob er noch nach Gimmerton wolle.

»Nein, zum Sturmheidhof«, antwortete er. »Mr. Earnshaw hat mich zu sich geladen, als ich ihn heut Morgen besuchte.«

Mr. Earnshaw lud ihn ein, ihn! Und er hatte Mr. Earnshaw besucht! Lange nachdem Heathcliff fort war, dachte ich noch über diese Mitteilung nach. Sollte er ein Heuchler und Duckmäuser geworden und heimgekommen sein, um unter dem Deckmantel der Freundschaft Unheil zu wirken? Ich hatte in der Tiefe meines Herzens eine Ahnung, daß es besser gewesen wäre, er wäre fortgeblieben.

Gegen Mitternacht wurde ich aus dem Schlaf geweckt. Mrs. Linton stand an meinem Bett und zog mich an den Haaren, um mich wach zu machen.

»Ich kann nicht schlafen, Ellen«, sagte sie entschuldigend. »Und ich brauche in meinem Glück irgend ein lebendes Wesen. Edgar schmollt, weil ich mich über etwas freue, was ihn nicht interessiert. Er öffnet den Mund nur zu albernen Vorwürfen. Er behauptet, ich sei grausam und selbstsüchtig, weil ich Unterhaltung suche, gerade jetzt, da er elend und müde sei. Beim geringsten Zwist gibt er jedesmal vor, krank zu sein. Ich hatte ihm von meiner Freude gesprochen, daß Heathcliff wieder da sei, da fing er an zu weinen – vielleicht aus Eifersucht, vielleicht auch, weil er Kopfweh hatte. So stand ich auf und ließ ihn allein.«

»Was hat es für einen Sinn, ihm Heathcliffs Lob zu singen«, entgegnete ich. »Als Jungens hatten sie schon eine Aversion gegeneinander, und Heathcliff würde ebensowenig ein Wort zum Lobe des anderen vertragen. Das ist menschlich. Lassen Sie Mr. Linton in Ruh mit ihm, wenn Sie nicht offenen Streit haben wollen.«

»Aber das ist doch ein Zeichen großer Schwäche«, fuhr sie fort. »Ich bin nicht eifersüchtig. Ich fühle mich nie verletzt. Ich beneide Isabella weder um den goldenen Glanz ihres Haares, noch um die Weiße ihrer Haut, noch um ihre zarte Eleganz und um das Entzücken, das alle an ihr haben. Sogar du, Nelly, nimmst ihre Partei, wenn ich mal mit ihr Streit habe, und ich gebe nach, wie eine vernarrte Mutter. Ich nenne sie Herzchen und schmeichle sie wieder in gute Laune zurück. Ihr Bruder freut sich, wenn er uns herzlich und vertraut miteinander sieht, und darum freut das auch mich. Aber sie sind sich sehr ähnlich, die beiden: sie sind verzogene Kinder und bilden sich ein, die Welt sei nur zu ihrem Behagen geschaffen; und obgleich ich gegen beide nachsichtig bin, meine ich doch, eine gelegentliche Züchtigung könne ihnen nicht schaden.«

»Sie sind im Irrtum, Mrs. Linton«, sagte ich. »Die andern sind die Nachsichtigen und Zuvorkommenden. Ich weiß, was geschehen würde, wenn es anders wäre. Sie mögen gern behaupten, daß Sie ihre kleinen Launen geduldig ertragen, solange jene sich mühen, all Ihren Wünschen zuvorzukommen. Immerhin kann es aber doch einmal geschehen, daß Sie bei beiden auf Widerstand stoßen; und dann, glaube ich, werden sich die, die Sie als schwächlich bezeichnen, als ebenso eigenwillig erweisen, wie Sie selbst es sind.«

»Und dann werden wir kämpfen auf Leben und Tod, nicht wahr, Nelly?« gab sie lachend zurück. »Nein! Ich sage dir, ich habe solch Vertrauen in Lintons Liebe, daß ich glaube, ich könnte ihn töten, ohne daß er versuchen würde, sich zu wehren.«

Ich gab ihr den Rat, ihn um dieser Zuneigung willen um so mehr zu schätzen.

»Das tue ich«, antwortete sie. »Aber er braucht nicht wegen jeder Kleinigkeit in Tränen auszubrechen. Das ist kindisch. Ich habe nur gesagt, daß Heathcliff jetzt der Hochachtung eines jeden würdig sei, und daß es auch den Höchstgestellten ehren könne, sein Freund zu heißen. Das alles hätte eigentlich er mir sagen müssen und hätte entzückt sein müssen über ihn. Er muß sich an ihn gewöhnen, und er muß lernen, seine Gefühle zu beherrschen, so wie Heathcliff das tut. Der hat wahrlich Grund, ihn zu hassen, und ich finde, er hat sich vollendet benommen.«

»Was sagen Sie dazu, daß er nach Sturmheid gegangen ist?« forschte ich. »Er hat sich anscheinend sehr verändert – ist ein ganzer Christ geworden und bietet all seinen Feinden in der Runde freundschaftlich die Rechte.«

»Er hat mir darüber Aufklärung gegeben«, entgegnete sie. »Ich war ebenso verwundert wie du. Er sagte, er sei hingegangen, um sich dort bei dir nach mir zu erkundigen; er nahm natürlich an, daß du noch dort seiest. Josef aber benachrichtigte Hindley; der kam heraus und fragte Heathcliff, wie es ihm ergangen sei und was er getrieben habe, und schließlich forderte er ihn auf, einzutreten. Es waren da einige Leute beim Kartenspiel; Heathcliff beteiligte sich. Mein Bruder verlor Geld an ihn und später forderte er ihn auf, am Abend wiederzukommen. Heathcliff war damit einverstanden. Hindley ist zu sorglos, um seinen Verkehr klug auszuwählen. Er macht sich keine Gedanken darüber, daß er eigentlich Grund habe, einem zu mißtrauen, den er einst auf tiefste verletzte. Doch Heathcliff versichert, er sei hauptsächlich deshalb zu seinem ehemaligen Verfolger wieder in Beziehung getreten, um in möglichster Nähe von Drosselkreuz wohnen zu können, auch habe er große Anhänglichkeit an das Haus, in dem wir beide aufgewachsen sind. Und dann denkt er wohl, daß es mir, um ihn zu sehen, leichter sei, dorthin zu kommen, als nach Gimmerton zu gehen. Er gedenkt für Unterkunft im Sturmheidhof gut zu bezahlen, und mein Bruder wird aus Habgier den Vorschlag annehmen. Er war ja stets geldgierig, wenn er auch das, was er mit der einen Hand errafft, mit der anderen wieder hinauswirft.«

»Nun, das ist gerade kein angenehmer Aufenthalt dort für einen jungen Mann!« sagte ich. »Haben Sie keine Angst vor den Konsequenzen, Mrs. Linton?«

»Nicht für meinen Freund«, erwiderte sie. »Sein reifer Verstand wird ihn vor Gefahren behüten. Nur ein wenig für Hindley, doch moralisch kann er nicht mehr tiefer sinken, und zu einem gefährlichen Streit wird es Heathcliff mir zuliebe nicht kommen lassen. Das Ereignis dieses Abends hat mich mit Gott und den Menschen versöhnt! Ich hatte mich zornig aufgelehnt gegen die Vorsehung. O, ich habe sehr, sehr bitteres Leid getragen, Nelly! Wenn dieser Schwächling wüßte, *wie* bitter, würde er sich schämen, meine Freude jetzt mit seiner verletzten Eitelkeit zu verdunkeln. Aus Güte zu ihm trug ich meinen Kummer allein. Nun, jetzt ist's vorbei, und ich will ihm sein albernes Betragen nicht übelnehmen. Jetzt kann ich alles leicht ertragen! Und würde der elendeste Mensch auf Erden mich auf die Wange schlagen, so würde ich ihm nicht nur die andere hinhalten, sondern ihn um Vergebung bitten. Und als Beweis dafür gehe ich jetzt gleich und mache Frieden mit Edgar. Gute Nacht – ich bin gut wie ein Engel!«

In dieser selbstzufriedenen Überzeugung ging sie. Und der Erfolg ihres Entschlusses war am Morgen deutlich sichtbar. Mr. Linton hatte nicht allein seine üble Laune abgelegt, sondern hatte sogar nichts dagegen, daß Catherine am Nachmittag mit Isabella nach Sturmheid ging. Und sie belohnte ihn mit solch einem Sommer süßer Zärtlichkeit, daß das Haus für ein paar Tage zum Paradies wurde, denn Hausherr und Dienerschaft – alles profitierte von diesem plötzlichen Sonnenschein.

Heathcliff – Mr. Heathcliff sollte ich von nun ab sagen – machte von der Erlaubnis, auf Drosselkreuz zu verkehren, anfänglich nur vorsichtigen Gebrauch. Er schien abschätzen zu wollen, inwieweit Mr. Linton sein Eindringen dulden werde. Auch Catherine befand es für gut, bei seiner Begrüßung ihre Freudenausbrüche zu dämpfen, und so hatte er sich nach und nach ein gewisses Recht gesichert, empfangen zu werden. Er hatte noch viel von der Verschlossenheit seiner Knabenjahre an sich, und das genügte, um allen Gefühlsüberschwang herabzustimmen. Die Unruhe meines Herrn begann einzuschlummern, und neue Ereignisse leiteten sie für eine Weile in andere Richtung.

Seine neue Sorge entsprang einem ganz unvorhergesehenen Umstand. Isabella Linton wurde von einer plötzlichen und unwiderstehlichen Neigung zu dem Gast des Hauses ergriffen. Sie war nun ein entzückendes junges Mädchen von achtzehn Jahren, kindlich in ihrem Wesen und doch von tiefem Gefühl und starkem Temperament. Ihr Bruder, der sie zärtlich liebte, war entsetzt. Ganz abgesehen davon, daß eine Verbindung mit diesem Namenlosen durchaus unwürdig war, und daß dann sein eigenes Vermögen, falls ihm kein männlicher Erbe geboren wurde, in die Gewalt eines solchen Menschen kommen würde, begriff er auch Heathcliffs Wesen vollkommen. Er wußte, obgleich dieser äußerlich sehr verändert schien, war seine Seele doch die alte geblieben. Und er fürchtete diese Seele. Sie empörte ihn. Er scheute namenlos zurück vor der Möglichkeit, Isabella in die Hut dieser Seele zu geben. Er würde aber noch viel mehr entsetzt gewesen sein, wenn er gewußt hätte, daß ihre Zuneigung gar nicht gewünscht worden war, daß sie verschwendet wurde ohne Gegenliebe zu finden. Dieser Gedanke kam ihm gar nicht, vielmehr schrieb er sofort Heathcliffs mutmaßlich zu heißem Werben die Schuld an Isabellas Gefühlsüberschwang bei.

Wir alle bemerkten seit einiger Zeit, daß Miß Linton über irgend etwas schmollte und sich grämte. Sie war bös und launenhaft und reizte

Catherine bei jeder Gelegenheit, so daß diese noch häufiger als sonst die Geduld verlor. Bis zu einem gewissen Grade ließ dieses Benehmen sich mit Isabellas schwacher Gesundheit entschuldigen. Sie schwand vor unseren Augen hin wie eine müde Blume. Eines Tages aber war sie ganz besonders eigensinnig gewesen, sie hatte das Frühstück zurückgewiesen, sich über die Dienstboten beklagt und behauptet, die Hausfrau suche sie überall beiseite zu schieben, und Edgar vernachlässige sie; und sie habe sich erkältet, weil wir alle Türen aufsperrten und, nur um sie zu ärgern, das Feuer im Wohnzimmer hätten ausgehen lassen. Sie hatte sich noch über hundert andere Dinge beklagt, bis Mrs. Linton drohte, sie werde nach dem Arzt schicken, damit er sich ihrer Launenhaftigkeit annehme. Dies veranlaßte Isabella sogleich zu der Äußerung, sie sei völlig gesund, und nur Catherines grobes Wesen mache sie elend und leidend.

»Wie kannst du sagen, ich sei grob, du albernes Ding!« schrie die Hausfrau, über diese grundlose Anschuldigung aufgebracht. »Du bist wirklich nicht bei Verstand. Wann bin ich grob gewesen, bitte?!«

»Gestern«, schluchzte Isabella, »und jetzt.«

»Gestern!« sagte ihre Schwägerin. »Bei welcher Gelegenheit?«

»Bei deinem Spaziergang über die Wiesen. Du schlendertest mit Heathcliff herum und mich schicktest du einfach fort.«

»Und das nennst du grob?« sagte Catherine lachend. »Das war wirklich kein Wink, daß deine Anwesenheit unerwünscht sei. Wir kümmerten uns wenig darum, ob du dich zu uns hieltest oder nicht; ich dachte nur, Heathcliffs Reden würden dir nichts Unterhaltendes bieten.«

»O nein«, meinte die junge Dame. »Du wolltest mich fort haben, weil du wußtest, daß ich gern dabei gewesen wäre!«

»Ist sie verrückt?« wandte sich Mrs. Linton an mich. »Ich werde dir unser Gespräch Wort für Wort wiederholen, Isabella, und du kannst mir dann sagen, welchen Reiz es für dich gehabt hätte.«

»Ich meine nicht das Gespräch«, antwortete sie; »ich wollte nur zusammensein mit –«

»Also?« sagte Catherine, ihr Zögern bemerkend.

»Mit ihm! Und ich will nicht immer fortgeschickt werden!« fuhr sie gereizter fort. »Du bist wie ein Hund am Fleischtopf, Cathy, du willst niemand anders geliebt sehen, als immer nur dich selbst!«

»Du bist ein impertinentes Gänschen!« rief Mrs. Linton überrascht. »Aber ich kann diese Dummheit nicht ernst nehmen. Es ist ja ganz unmöglich, daß es dich nach Heathcliffs Bewunderung gelüstet, daß du ihn sympathisch findest. Ich hoffe, ich habe dich mißverstanden, Isabella?«

»Nein, ganz und gar nicht!« sagte das unglückliche Mädchen. »Ich liebe ihn mehr, als du je Edgar geliebt hast; und sicherlich würde auch er mich lieben, wenn du ihn mir nur lassen würdest!«

»So möchte ich nicht du sein – nicht um ein Königreich!« erklärte Catherine pathetisch, und sie schien es ernst zu meinen. »Nelly, hilf mir, sie von ihrer unsinnigen Idee abzubringen. Sag ihr, was Heathcliff ist: eine unverbesserliche Kreatur, ohne Feinheiten, ohne Kultur, – eine dürre Wildnis von Stein und Ginster. Ebenso herzlos wie es wäre, einen kleinen Kanarienvogel an einem Wintertag hinaus in den Garten fliegen zu lassen, ebenso herzlos wäre es, dir zu empfehlen, deine Liebe an diesen Mann zu hängen. Es ist beklagenswerte Unkenntnis seines Charakters, Kind, und nichts anderes, was diesen Traum in dir erwecken konnte. Bitte, bilde dir doch nicht ein, daß unter seinem herben Äußeren Güte und Zärtlichkeit verborgen sei. Er ist nicht ein ungeschliffener Diamant, nicht ein Edelmann im Bauernkittel: er ist ein wilder, mitleidloser, wölfischer Mann. Nie würde ich zu ihm sagen: laß diesen oder jenen Feind in Ruhe, weil es unedel und grausam sein würde, ihm Leid anzutun; ich sage vielmehr: laß ihn in Ruhe, weil es mich kränken würde, wenn ihm ein Unrecht geschähe. – Und er würde dich zertreten, Isabella, wie ein Sperlingsei, wenn er es für der Mühe wert finden sollte, sich mit dir abzugeben. Ich weiß es doch: er kann keine Linton lieben, aber trotzdem wäre er fähig, dein Vermögen und dein Erbgut zu erheiraten. Habsucht ist eine Sünde, die mit ihm groß geworden ist. Da hast du mein Bild von ihm, und dabei bin ich seine Freundin, und dies so sehr, daß, hätte er ernstlich daran gedacht, dich einzufangen, ich vielleicht den Mund gehalten und zugesehen hätte, wie du ihm in die Falle gingst.«

Miß Linton sah entrüstet auf die Schwägerin. »O Schmach und Schande!« rief sie zornig. »Du bist schlimmer als zwanzig Feinde, du giftiger Freund du!«

»Ah, du willst mir also nicht glauben?« sagte Catherine. »Du denkst, ich spreche aus boshafter Selbstsucht?«

»Ja, ich bin dessen gewiß«, entgegnete Isabella, »es graust mich vor dir!«

»Gut!« schrie die andere. »Folge deinem Verlangen, prüfe du selbst. Ich bin fertig und überlasse den Gegenstand nun deiner Beschränktheit und albernen Überhebung.«

»Und ich muß unter ihrem Egoismus so namenlos leiden!« schluchzte Isabella, als Mrs. Linton das Zimmer verließ. »Alles, alles ist gegen mich. Sie hat mir meinen einzigen Trost genommen. Aber sie hat gewiß nicht die Wahrheit gesagt. Mr. Heathcliff ist kein Höllenunhold! Er hat einen ehrenhaften Sinn und ein aufrichtiges Herz – wie könnte er sonst ihrer so innig gedacht haben in all den Jahren?«

»Denken Sie nicht mehr an ihn, Miß«, sagte ich. »Er ist kein Mann für Sie. Mrs. Linton gebrauchte harte Worte, und doch muß ich ihr beistimmen. Sie kennt sein Herz besser als ich oder irgend ein anderer; und sie würde ihn nie so schlecht hinstellen, als er es wirklich ist. Ehrenhafte Leute verbergen nicht ihr Tun und Treiben. Doch wie hat er gelebt? Wie ist er reich geworden? Warum bleibt er jetzt auf Sturmheidhof, dem Wohnsitz eines Mannes, den er verabscheut? Man sagt, seit er dorthin gezogen ist, geht es mit Mr. Earnshaw rapide bergab. Sie sitzen die ganzen Nächte beisammen, und Hindley hat auf sein Land Geld aufgenommen und tut nichts als trinken und spielen. Erst vor einer Woche hörte ich von Josef, den ich in Gimmerton traf, folgendes:

»Nelly«, sagte er zu mir, »jetz geht 't doll her bei uns. Dem än'n sin beinoh de Finger abgesäbelt wor'n, weil'r den annern devun z'rickhallen wullt, sich selver abzesteche wie'n Kalb. Dat's der Här, d'wäast schun, bei dem geht't jetz huch her. Un der Borsch, der Heathcliff, der lacht sich räckt in't Fäustche bei su 'nem Deiwelsfest. Säht'r dann neist vun seim feine Läve hie bei uns? Uffgestann werd, wann de Sunn unnergeht; dann gitt et Werfelspiel, Branntewein, geschlussene Finsterlade un Kärzeliecht bis annere Dags uff Middag. Dann läht sich der Saufkumban fluchend un wild schloofe, un der Schuft, der ziehlt, wat er gewunn hott und frißt und schlooft – un fort geht et, um mit dem Nochbar seiner Fraa ze schwätze. Eich wett, er erziehlt do der Fraa Catherine, wie't Geld aus ehr's Vatters Tasch in sein' eigen' rollt, un wie ehrs Vatters Suhn de bräte Wäg der Sinde ennunnersaust un er voranlääft, um'm dat Dhor ze öffne.«

»Nun, Miß Linton, Josef ist ein alter Taugenichts, aber kein Lügner. Und wenn sein Bericht von Heathcliffs Aufführung wahr ist, so würden Sie doch sicher nie nach solchem Gemahl verlangen, nicht wahr!«

»Du steckst mit den anderen unter einer Decke, Ellen!« erwiderte sie. »Ich will deine Verleumdungen nicht hören. Wie übelwollend mußt du doch sein, daß du mich so zu überzeugen suchst, daß es kein Glück gibt auf Erden!«

Ob sie ihren phantastischen Traum verloren oder ihn weiter groß gefüttert haben würde, wenn man sie sich selbst überlassen hätte, das kann ich nicht sagen; man ließ ihr wenig Zeit zum träumen. Am anderen Tag war eine Gerichtssitzung in der benachbarten Stadt. Mein Herr mußte derselben beiwohnen, und Mr. Heathcliff, dem seine Abwesenheit bekannt geworden war, kam früher als gewöhnlich. Catherine und Isabella saßen im Bibliothekzimmer, feindlich und schweigsam. Das junge Mädchen schämte sich ihres in einem leidenschaftlichen Moment gemachten offenen Bekenntnisses, der Preisgabe ihres geheimsten Fühlens, und Catherine war nach reiflicher Überlegung ernstlich böse auf die andere; und wenn sie auch über ihre Keckheit lachen konnte, so nahm sie doch den Fall sehr ernst. Sie lachte, als sie Heathcliff am Fenster vorübergehen sah. Ich fegte gerade den Kamin, und ich entdeckte ein mutwilliges Lächeln auf ihren Lippen. Isabella saß in Gedanken versunken, bis die Tür geöffnet wurde und es zu spät war, die Flucht zu ergreifen.

»Tritt ein, so ist's recht!« rief Catherine lebhaft, einen Stuhl ans Feuer rückend. »Du findest hier zwei Menschen, die es dringend nötig haben, daß ein dritter das Eis zwischen ihnen schmelze, und du bist gerade derjenige, den wir beide dazu wählen möchten. Heathcliff, ich bin stolz, dir endlich jemanden zeigen zu können, der noch verliebter in dich ist als ich. Ich hoffe, du fühlst dich geschmeichelt. – Nein, es ist nicht Nelly. Sieh her! Meiner armen kleinen Schwägerin bricht das Herz, rein aus Anbetung deiner leiblichen und geistigen Schönheit! Es liegt ganz in deiner Macht, Edgars Schwager zu werden! – Nein, nein, Isabella, du sollst nicht davonlaufen!« fuhr sie fort, das verwirrte Mädchen, das entrüstet aufgesprungen war, wie im Scherz festhaltend. »Wir haben uns wie zwei Katzen um dich gezankt, Heathcliff, und sie überbot mich weit in Beteuerungen von Ergebenheit und Bewunderung für dich. Und außerdem setzte man mich davon in Kenntnis, daß meine Nebenbuhlerin – so bezeichnet sie sich selbst –, wenn ich nur Takt genug besäße, beiseite zu stehen, einen Pfeil in deine Seele schicken würde, der dich für immer fesseln und mein Bild in ewige Vergessenheit bannen würde.«

»Catherine!« rief Isabella, mühsam nach Fassung ringend, und versuchte sich von dem festen Griff zu befreien.»Ich bitte dich, bei der Wahrheit zu bleiben und mich nicht – auch nicht im Scherz – zu verleumden. Mr. Heathcliff, haben Sie so viel Güte, Ihre Freundin zu veranlassen, daß sie mich frei gibt Sie vergißt, daß Sie und ich nicht vertraute Kameraden sind, und was ihr ein Spaß ist, ist für mich über alles Ermessen qualvoll.«

Da der Gast nichts erwiderte, sondern Platz nahm und für die Gefühle, die sie ihm darbrachte, vollkommene Gleichgültigkeit zeigte, wandte sie sich an Catherine und verlangte nochmals flüsternd und angstvoll, daß sie sie gehen lasse.

»Um keinen Preis!« rief Mrs. Linton.»Ich will nicht wieder ein ›Hund am Fleischtopf‹ genannt werden. Du sollst bleiben! Nun, Heathcliff, du bezeigst wenig Interesse für meine Neuigkeit! Isabella schwört, daß Edgars Liebe zu mir nichts ist, gegenüber den Gefühlen, die sie dir entgegenbringt. Glaub nur, sie hat so etwas gesagt, nicht wahr, Ellen? Und seit unserem Spaziergang vorgestern hat sie nichts gegessen, aus Gram und Wut darüber, daß ich sie damals aus deiner Nähe verbannt habe.«

»Ich denke, du verleumdest sie«, sagte Heathcliff, seinen Stuhl so stellend, daß er ihr voll ins Gesicht sehen konnte.»Jedenfalls wünscht sie jetzt, meiner Gesellschaft enthoben zu sein.«

Und er starrte das junge Mädchen an, wie man etwa ein seltsames, abstoßendes Tier anblicken mag – einen indischen Tausendfuß zum Beispiel, den man sich aus Neugier, trotz allen Ekels, näher betrachtet Das war zuviel für das arme Ding. Sie erbleichte und wurde dann flammend rot. Tränen rollten aus ihren Augen, und sie spannte ihre zarten Finger, um den festen Griff Catherines zu lösen. Da sie aber sah, daß alle Anstrengung nichts half, kratzte sie mit den Nägeln und brachte Catherines Fingern zahllose rote Wunden bei.

»Geh, du Tigerin!« rief Mrs. Linton, sie freigebend und die Hände schüttelnd.»Fort mit dir, in Gottes Namen, und versteck dein puterrotes Gesicht! Wie dumm von dir, ihm diese Krallen zu zeigen! Du kannst dir doch denken, welche Schlüsse er daraus ziehen wird. Sieh her, Heathcliff, solche Verwüstung können diese Waffen anrichten! Du mußt acht haben auf deine Augen.«

»Wenn diese Nägel jemals mich bedrohen würden, so würde ich sie ihr von den Fingern reißen«, antwortete er roh, als sich die Tür hinter ihr geschlossen hatte. »Aber weshalb hast du das Geschöpf so malträtiert, Cathy? Du sprachst doch wohl nicht im Ernst?«

»Ich versichere dich, ja!« entgegnete sie. »Schon seit Wochen grämt sie sich um dich, und heut morgen kam die Sache bei ihr zum Ausbruch. Sie hat eine ganze Flut von Schmähungen über mich ergossen, weil ich deine Fehler ins rechte Licht stellte, um ihre Anbetung ein wenig abzuschwächen. Aber kümmere dich nicht darum! Ich wollte sie für ihre Übellaunigkeit bestrafen – das ist alles. Ich habe sie zu gern, mein lieber Heathcliff, um zugeben zu können, daß du sie einfängst und auffrißt.«

»Und ich habe sie zu ungern, um diesen Versuch zu machen«, sagte er, – »es sei denn auf ganz teuflische Weise. Du würdest von seltsamen Dingen hören, wenn ich mit jenem widerlichen Wachsgesicht zusammenleben müßte. Zunächst würde ich dies ekelhafte Weiß jeden Tag mit allen Regenbogenfarben bemalen und die blauen Augen schwarz machen. Sie gleichen entsetzlich denjenigen Lintons.«

»Entzückend gleichen sie ihnen!« bemerkte Catherine. »Es sind Taubenaugen – Engelsaugen!«

»Sie ist die Erbin ihres Bruders, nicht wahr?« fragte er nach längerem Schweigen.

»Das sollte mir leid tun«, erwiderte seine Freundin. »Ein halbes Dutzend Neffen sollen ihr dies Recht streitig machen, so Gott will! Lassen wir das Thema fallen und vergiß die Sache. Du bist wirklich zu erpicht auf deines Nächsten Gut. Bedenke, *dieses* Mannes Eigentum ist mein!«

»Wenn es mein wäre, so wäre das nicht weniger der Fall«, sagte Heathcliff. »Aber wenn Isabella Linton auch so dumm ist, so ist sie doch wohl nicht toll; und kurz – wie du wünschst – lassen wir die Sache fallen.«

Sie sprachen nicht mehr davon, und Catherine dachte wohl auch nicht mehr daran. Seine Gedanken jedoch kehrten im Laufe des Abends noch manchmal zu dieser Angelegenheit zurück. Ich sah ihn vor sich hin lächeln – nein, grinsen und in bedeutsames Sinnen verfallen, sowie Mrs. Linton gelegentlich aus dem Zimmer ging.

Ich nahm mir vor, ihn im Auge zu behalten. Mein Herz hing sehr an meinem Herrn, dem ich mehr Anhänglichkeit schenkte, als ich Catherine zu geben vermochte. Mit Recht, wie ich meinte, denn er war gütig und vertrauend und ehrenhaft, und sie – nun, man konnte von ihr nicht gerade das Gegenteil behaupten, jedoch erlaubte sie sich so große Freiheiten, daß ich wenig Vertrauen in ihre Grundsätze hatte und noch weniger Sympathie für ihre Gefühle. Ich wünschte oft, es möchte irgend etwas geschehen, was auf schmerzlose Weise Sturmheid und Drosselkreuz von Mr. Heathcliff befreien und alles wieder so gestalten würde, wie es vor seiner Rückkunft gewesen war. Seine Besuche waren mir ein beständiger Schrecken und, wie ich vermute, auch meinem Gebieter. Heathcliffs Anwesenheit auf Drosselkreuz war ein über alle Maßen beklemmender Zustand. Ich fühlte, Gott hatte sein verirrtes Schaf dort seinen eigenen bösen Wegen überlassen, und ein reißendes Tier war gekommen und versperrte ihm den Weg zur Hürde und wartete nur auf die Gelegenheit, zuzuspringen und es zu vernichten.

XI.

Manchmal, wenn ich einsam über diese Dinge grübelte, sprang ich in plötzlichem Entsetzen auf und griff nach Hut und Tuch, um nach dem alten Gut zu eilen und zu sehen, wie die Dinge dort standen. Ich redete mir ein, es sei meine Pflicht, Hindley davon in Kenntnis zu setzen, wie die Leute über seine Lebensweise dachten; doch wenn ich an seine lasterhaften Gewohnheiten dachte, so graute es mich, dies traurige Haus zu betreten, in das ich schwerlich Segen tragen konnte.
Einmal – zur Zeit der letzten Ereignisse, die ich Ihnen erzählte – machte ich mich auf den Weg nach Gimmerton. Es war ein klarer kalter Nachmittag. Die Felder waren kahl und der Fußpfad hart und trocken. Ich kam an einen Wegstein, von dem aus der Höhenweg sich linker Hand in die Heide hinabzweigt. Dieser Stein ist ein unbehauener Sandsteinblock, der auf der Nordseite die Buchstaben St. H. eingemeißelt trug, auf der Ostseite G. und auf der Südwestseite D. H. Er dient als Wegweiser nach dem Sturmheidhof, dem Drosselkreuzhof und dem Dorf. Die Sonne brannte auf sein graues Haupt. Das ließ mich an den Sommer denken, und – ich weiß nicht wie es kam – ganz plötzlich wurde mein Herz von Erinnerungen aus der Kinderzeit überflutet.
Hindley und ich hatten vor zwanzig Jahren den Stein hier sehr geliebt. Ich starrte den verwitterten Block lange an, und dann bückte ich mich

nach einem Loch, das er nahe am Boden aufwies, und das noch mit Schneckenhäusern und Kieseln gefüllt war, die wir dort neben anderen, vergänglicheren Dingen aufzubewahren pflegten. Und da – so lebhaft, als sei es Wirklichkeit – erschien mir das Bild meines kindlichen Spielkameraden: sein dunkler dickrunder Kopf war zu Boden geneigt, und seine kleine Hand scharrte mit einer Schieferscherbe den Sand aus dem Loch.

»Armer Hindley!« rief ich unwillkürlich. Ich fuhr zusammen. Ich meinte gesehen zu haben, wie das Kind den Kopf hob und mir in die Augen sah. Ich schloß die Lider, und das Bild verschwand. Doch befiel mich sofort ein unbezwingliches Verlangen auf Sturmheid zu sein. Aberglaube trieb mich, diesem Impuls nachzugeben. Angenommen, er wäre tot – oder er läge im Sterben! Angenommen, diese Vision sollte mir ein Anzeichen seines Todes geben? Je mehr ich mich dem Hause näherte, um so tiefer wurde meine Ergriffenheit; und als ich es endlich erblickte, bebte ich an allen Gliedern. Die Erscheinung war mir vorangeeilt Sie stand innen am Gartentor und blickte hindurch. So dachte ich beim Anblick eines wildlockigen dunkeläugigen Knaben, der sein gebräuntes Gesicht gegen die Gitterstäbe drückte. Einiges Nachdenken ließ mich vermuten, daß dies Hareton sei, mein Hareton, den ich seit zehn Monaten nicht gesehen hatte.

»Gott segne dich, Liebling!« rief ich, augenblicklich meine albernen Befürchtungen vergessend. »Hareton, ich bin Nelly! Deine Nelly!«

Er zog sich auf Armeslänge zurück und griff nach einem großen Stein. »Ich komme, deinen Vater zu besuchen, Hareton«, fügte ich hinzu, denn ich sah, daß er die Erinnerung an Nelly, wenn sie bei ihm überhaupt noch existierte, nicht zu mir in Beziehung zu bringen wußte. Er hob den Arm mit dem Wurfgeschoß, ich sagte ein paar besänftigende Worte, konnte aber den Wurf nicht mehr aufhalten. Der Stein traf meinen Hut und von den Lippen des kleinen Burschen ergoß sich ein Schwall von Flüchen, die – ob er sie nun bewußt gebrauchte oder nicht – mit einem Nachdruck hervorgestoßen wurden, der auf lange Übung schließen ließ.

Glauben Sie mir, ich war mehr bekümmert als geärgert. Dem Weinen nahe holte ich eine Orange aus der Tasche und hielt sie ihm hin, um ihn zu versöhnen. Er blickte unschlüssig auf die Frucht und riß sie mir dann aus der Hand, als dächte er, ich hätte nur die Absicht, ihn damit anzuführen. Ich zeigte ihm noch eine zweite Frucht, doch hielt ich sie so hoch, daß er sie nicht erreichen konnte.

»Wer hat dich solch feine Worte gelehrt, mein Junge?« fragte ich. »Der Pfarrer?«

»Der Teufel hole den Pfarrer und dich! Gib mir das!« antwortete er. »Sag mir, bei wem du in die Schule gehst, und ich schenke dir die Orange«, entgegnete ich. »Wer ist dein Lehrer?«

»Papa«, war seine Antwort.

»Und was lernst du von Papa?« fuhr ich fort.

Er sprang an mir hoch, um sich der Frucht zu bemächtigen. »Nun, was' lehrt er dich?« fragte ich noch einmal.

»Nichts!« sagte er. »Nur, daß ich ihm nicht in den Weg laufe. Papa kann mich nicht leiden, weil ich ihn anschimpfe.«

»So? Und wer lehrt dich denn, den Papa zu beschimpfen, der Teufel?«

»N–nein«, gab er zurück.

»Wer also?«

»Heathcliff.«

Ich fragte ihn, ob er Mr. Heathcliff gern habe.

»Ja«, sagte er.

Ich forschte weiter, warum er ihn gern habe, konnte aber nur die paar Sätze herausbekommen:

»Er gibt Papa alles zurück, was er mir tut. Er beschimpft Papa, weil Papa mich beschimpft. Er sagt ich kann alles tun, was ich will.«

»Und der Pfarrer gibt dir also keinen Unterricht in Lesen und Schreiben?«

»Nein!« rief er und sprang nach der Frucht. »Heathcliff hat gesagt – daß er dem Pfarrer – die Zähne ausschlagen – täte – wenn er sich noch mal untersteht – uns ins Haus zu kommen.«

Ich gab ihm die Orange und trug ihm auf, seinem Vater zu melden, Nelly Dean wolle ihn gern sprechen, und sie warte am Gartentor.

Er ging die Allee hinauf und trat ins Haus. Aber statt Hindley erschien Heathcliff auf der Vortreppe – und ich drehte um und rannte den Weg zurück, so schnell als ich nur konnte, bis ich den Wegweiserstein erreicht hatte, und meine Glieder schlugen, als hätte ich ein Gespenst erblickt.

Dies Erlebnis hat eigentlich mit Miß Isabellas Angelegenheit nichts zu tun, nur war es die Veranlassung, daß ich fortan die Augen offen hielt und mein äußerstes tat, um Drosselkreuz dem übeln Einfluß dieses

Dämons zu entreißen, trotzdem ich dabei Gefahr lief, einen häuslichen Sturm heraufzubeschwören.

Das nächste Mal, als Heathcliff kam, stand das junge Fräulein gerade im Hof und fütterte die Tauben. Sie hatte seit drei Tagen mit ihrer Schwägerin kein Wort gesprochen. Aber sie hatte auch alles Jammern unterlassen, so daß wir aufzuatmen begannen. Heathcliff hatte – das wußte ich – nicht die Gewohnheit, Miß Linton irgendwelche überflüssigen Liebenswürdigkeiten zu bezeigen. Diesmal, als er sie bemerkte, sah er prüfend zu den Fenstern des Hauses hinauf und dann im Hofe umher. Ich stand am Küchenfenster, zog mich aber noch rechtzeitig zurück, so daß er mich nicht gesehen hatte. Er ging nun zu Isabella hin und sagte ihr etwas. Sie schien verwirrt und wollte fortlaufen. Da legte er die Hand auf ihren Arm. Sie wandte das Gesicht ab. Er hatte anscheinend eine Frage gestellt, die sie nicht beantworten mochte. Da – wieder warf er einen hastigen Blick nach dem Hause, und dann hatte der Hallunke die Frechheit, sie zu umarmen.

»Judas! Schurke!« murmelte ich zwischen den Zähnen. »Ein Heuchler bist du, ein raffinierter Betrüger!«

»Wen meinst du, Nelly?« sagte Catherines Stimme an meiner Seite. Ich hatte das Paar da draußen so eifrig beobachtet, daß ich ihren Eintritt nicht bemerkt hatte.

»Ihren unwürdigen Freund«, entgegnete ich hitzig. »Den kriecherischen Schuft dort. Ah – er hat uns erspäht, er kommt herein! Nun wollen wir sehen, ob er eine glaubhafte Lüge zu erfinden weiß dafür, warum er dem jungen Fräulein den Hof macht, trotzdem er Ihnen kürzlich gesagt hat, er habe einen Haß auf sie.«

Mrs. Linton sah, wie Isabella sich losriß und in den Garten lief, und eine Minute später öffnete Heathcliff die Tür. Ich konnte meinen Zorn nicht zurückhalten, sondern schalt kräftig drauf los, aber Catherine gebot mir ärgerlich, den Mund zu halten, und drohte mich aus der Küche zu weisen, falls ich noch eine Bemerkung wagen sollte.

»Wenn man dich hört, könnte man denken, du seiest die Gebieterin!« rief sie. »Es tut wirklich not, daß man dich in deine Schranken weist. – Heathcliff, was soll das heißen, daß du solchen Sturm heraufbeschwörst? Ich sagte dir doch, du sollst Isabella in Frieden lassen! Und ich bitte dich, achte diesen Wunsch – es sei denn, daß du es müde bist, hier empfangen zu werden, und Linton veranlassen willst, dir die Tür zu weisen.«

»Gott schütze ihn davor!« erwiderte der schwarze Hallunke, den ich in diesem Augenblick geradezu verabscheute. »Gott erhalte ihn schwach und geduldig! Mein Verlangen, ihn in den Himmel zu befördern, wird mit jedem Tage unbezwinglicher.«

»Still!« sagte Catherine, die Tür nach den inneren Räumen schließend. »Mach mich nicht bös! Warum hast du meinen Wunsch mißachtet? Ist sie dir absichtlich in den Weg gelaufen?«

»Was geht's dich an?« grollte er. »Ich habe das Recht, sie zu küssen, wenn es ihr paßt; und du hast kein Recht, etwas dagegen zu haben. Ich bin nicht dein Mann. Du hast auf mich nicht eifersüchtig zu sein.«

Ich bin nicht eifersüchtig *auf* dich«, entgegnete die Herrin, »ich bin eifersüchtig *für* dich. Also erheitre dein Gesicht! Wenn du Isabella liebst, so sollst du sie heiraten. Aber liebst du sie denn? Sprich die Wahrheit, Heathcliff! Da – du willst nicht antworten. Es ist sicherlich nicht der Fall.«

»Und würde Mr. Linton denn billigen, daß seine Schwester diesen Mann heiratet?«

»Mr. Linton sollte es billigen«, entgegnete meine Herrin bestimmt.

»Er mag sich die Mühe sparen«, sagte Heathcliff. »Ich kann auch ohne seine Einwilligung auskommen. Und was dich betrifft, Catherine, so möchte ich dir ein paar Worte sagen, die jetzt gerade am Platze sind. Du sollst wissen, daß ich mir bewußt bin, wie höllenmäßig du mich behandelt hast, höllenmäßig! Hörst du? Und wenn du dir einbildest, daß ich das nicht merkte, so bist du ein Narr. Und wenn du denkst, daß ich mit süßen Worten zu trösten sei, so bist du ein Idiot Und wenn du meinst, ich würde dulden und mich nicht rächen, so will ich dich in allernächster Zeit vom Gegenteil überzeugen. Einstweilen danke ich dir, daß du mir das Geheimnis deiner Schwägerin verraten hast: ich schwöre, daß ich davon Gebrauch machen werde. Und steh du beiseite!«

»Was für ein neuer Zug deines Charakters ist das nun wieder?« rief Mrs. Linton bestürzt. »Ich hätte dich höllenmäßig behandelt – und du willst dich rächen?! Wie willst du das, undankbarer Gesell! Und wieso habe ich dich höllenmäßig behandelt?«

»An dir will ich mich nicht rächen«, antwortete Heathcliff; »nein, das ist nicht meine Absicht. Der Tyrann drückt seine Sklaven zu Boden, und sie erheben sich nicht wider ihn – sie zermalmen die noch tiefer stehenden. Ich gestatte dir, mich zu deinem Vergnügen zu Tode zu quälen, nur erlaube mir, mich ein wenig in derselben Weise zu amüsieren, und enthalte dich der Einmischungen, soviel du kannst. Du hast meinen seligen Palast zerstört – nun versuche wenigstens nicht, an seiner Stelle eine Hütte aufzubauen und, da du mir diese als Heim anbietest, dein Mitleid selbstgefällig zu bewundern. Wenn ich mir vorstellen könnte, es sei dein ernstlicher Wille, daß ich Isabella heirate, so würde ich mir den Hals abschneiden.«

»Ah, das Schlimme ist also, daß ich nicht eifersüchtig bin, wie?« schrie Catherine. »Gut, ich will dir nicht mehr eine Frau anbieten; es ist ebenso schlimm, als wollte man dem Teufel eine Seele anbieten. Du findest wie er ein Behagen darin, Unglück zu stiften. Edgar hat das Mißtrauen, das er dir anfänglich entgegenbrachte, abgelegt, ich beginne mich ruhig und sicher zu fühlen, und du kannst diesen Frieden nicht ertragen, sondern suchst mit allen Mitteln Streit anzufangen. Und wirklich, du kannst dich nicht wirksamer an mir rächen, als indem du Edgar herausforderst und seine Schwester hinterlistig einfängst.«

Die Unterhaltung endete. Mrs. Linton setzte sich rot und erhitzt ans Feuer. Ihr Zorn überwältigte sie ganz, sie konnte ihn nicht mehr beherrschen. Heathcliff lehnte am Kamin und brütete über seinen bösen Plänen. Und so verließ ich sie, um den Herrn aufzusuchen, der sich wunderte, was Catherine so lange unten festhielt.

»Ellen«, sagte er, als ich eintrat, »hast du deine Herrin nicht gesehen?«

»Ja, Herr, sie ist in der Küche«, antwortet« ich. »Mr. Heathcliff ist da und er hat sich derart aufgeführt, daß sie ganz fassungslos ist, und ich meine wirklich, es sei höchste Zeit, seine Besuche mehr zu kontrollieren. Zu große Nachgiebigkeit ist niemals gut, und jetzt ist es schon so weit gekommen, daß ...« Und ich berichtete die Szene, die sich im Hof abgespielt hatte, und, soweit ich es wagte, die darauffolgende Auseinandersetzung; denn ich dachte, es sei am besten, Mr. Linton aufzuklären. Es wurde ihm schwer, mich ruhig anzuhören, und als er dann sprach, merkte ich, daß er einsichtig genug war, auch seiner Frau einen Teil der Schuld beizumessen.

»Das ist unerträglich!« rief er aus. »Es ist schändlich, daß sie diesen Menschen Freund nennt und mir seine Gesellschaft aufzwingt! Ruf mir zwei Knechte, Ellen! Catherine soll sich nicht länger mit dem groben Lump herumstreiten – ich habe das lange genug mit angesehen.«

Er ging hinunter, befahl den Knechten im Flur zu warten und betrat die Küche. Ich folgte ihm. Hier hatten sie ihr Gezänk schon wieder aufgenommen. Mrs. Linton wenigstens schalt mit erneuter Kraft. Heathcliff hatte sich ans Fenster zurückgezogen und war von ihrem wütenden Tadel ersichtlich eingeschüchtert. Er war es, der zuerst den Eintritt Lintons bemerkte, und er machte Catherine ein Zeichen, den Mund zu halten, und sie gehorchte sofort.

»Was soll das heißen?« wandte sich Linton an sie. »Welche Begriffe von Anstand mußt du haben, daß du nach der Sprache, die sich dieser ordinäre Mensch dir gegenüber erlaubt hat, noch hier bist?! Du nimmst das wohl so hin, weil das immer so seine Sprache ist. Du bist an seine Niederträchtigkeiten gewöhnt und bildest dir vielleicht ein, auch ich könne mich darein finden!«

»Hast du gehorcht, Edgar?« fragte die Herrin in einem Ton, der deutlich die Geringschätzung verriet, die sie für ihren Gemahl empfand, und der ihn reizen sollte. Heathcliff lachte höhnisch auf, vermutlich um Lintons Aufmerksamkeit auf sich zu lenken. Das erreichte er. Aber Edgar hatte nicht die Absicht, ihn durch einen Zornausbruch zu amüsieren.

»Ich habe Sie bislang geduldet, Herr«, sagte er ruhig. »Nicht weil ich Ihren elenden niedrigen Charakter nicht erkannt hätte, sondern weil ich fühlte, daß Sie selbst dafür nur teilweise verantwortlich sind. Und Catherine wünschte, zu Ihnen wieder in Beziehung zu treten, so gab ich nach – leider. Ihre Gegenwart ist ein moralisches Gift, das selbst die Reinsten und Tugendhaftesten zu infizieren vermag. Aus diesem Grunde und um schlimmere Dinge abzuwenden, versage ich Ihnen von nun ab den Zutritt in dies Haus und verlange, daß Sie sich sofort entfernen. Eine Verzögerung würde mich nur veranlassen, Ihre Entfernung gewaltsam vorzunehmen.«

Heathcliff maß den Sprecher mit höchst spöttischen Blicken.

»Cathy, dein Lämmchen donnert wie ein Stier! sagte er. »Es ist in Gefahr, seinen Schädel an meinen Fäusten einzurennen. Bei Gott, Mr. Linton, ich bin mehr, als betrübt, daß es sich so wenig lohnt, Sie niederzuhauen.«

Mein Herr blickte nach dem Flur und gab mir ein Zeichen, die Knechte zu holen; er hatte offenbar nicht die Absicht, es auf einen Zweikampf ankommen zu lassen. Ich gehorchte dem Wink. Aber Mrs. Linton folgte mir argwöhnisch, und als ich den Leuten rufen wollte, riß sie mich ins Zimmer zurück, schlug die Tür zu und schloß sie ab.

»Schöne Manieren!« entgegnete sie auf den zornig erstaunten Blick ihres Gatten. »Wenn du nicht den Mut hast, ihn anzugreifen, so entschuldige dich bei ihm oder laß dich niederhauen; das wird dich davon heilen, eine Tapferkeit zu heucheln, die du nicht besitzest – Nein, lieber verschlucke ich den Schlüssel, als daß ich ihn dir gebe! Wahrlich, ich bin wundervoll belohnt für meine Güte gegen euch beide! Zum Dank für geduldiges Ertragen der Schwächlingsnatur des einen und der Satansnatur des anderen, ernte ich von jedem den Beweis absurder Dummheit! Edgar, ich habe dich und dein Haus verteidigt, und ich wünschte, Heathcliff prügelte dich krank dafür, daß du es wagtest, schlecht von mir zu denken!«

Doch der Herr fühlte sich auch ohne die ihm zugedachten Prügel gebrochen. Er hatte Catherine den Schlüssel entreißen wollen, den sie daraufhin ins Feuer geworfen hatte. Da wurde Linton von nervösem Zittern befallen und sank totenbleich auf einen Stuhl. Es war ihm ganz unmöglich, seiner Bewegung Herr zu werden. Entsetzen und Scham überwältigten ihn vollständig. Er verbarg das Gesicht in der Hand und schien zu weinen.

»O Himmel! Dein Betragen hätte dir in alten Zeiten ein Rittertum gewonnen!« rief Mrs. Linton. »Wir sind besiegt, wir sind besiegt! Heathcliff würde jetzt ebensowenig die Hand gegen dich erheben, als der König seine Armee gegen eine Mäuseschar loslassen würde. Beruhige dich! Es soll dir nichts geschehen! Du bist kein Lamm, du bist ein Hasenjunges!«

»Ich wünsche dir viel Vergnügen mit dem hasenherzigen Feigling, Cathy«, sagte ihr Freund. »Ich gratuliere dir zu deinem Geschmack. Und das ist nun das geifernde zitternde Kerlchen, das du mir vorziehen konntest! Wenn ich mir Genugtuung schaffen wollte, so würde ich ihn nicht mit der Hand berühren, sondern höchstens mit dem Fuß fortstoßen. Weint er oder ist er vor Angst in Ohnmacht gefallen?«

Der Bursche näherte sich dem Stuhl, auf dem Linton saß, und versetzte ihm einen Stoß. Er hätte besser getan, sich fernzuhalten, denn mein Herr sprang auf und schlug ihn mit der Faust so wuchtig in die Kehle, daß er nach Atem rang. Einen schwächeren Mann hätte der Hieb unfehlbar niedergeworfen. Linton schritt inzwischen durch die hintere Küchentür in den Hof hinaus und von dort zum vorderen Hauseingang.

»Da! Nun ist's aus mit deinen Besuchen!« schrie Catherine. »Geh fort jetzt! Er wird mit ein paar Pistolen und einem halb Dutzend Knechten wiederkommen. Wenn er uns belauscht hat, so wird er dir selbstredend nie verzeihen. Du hast mir schlimm mitgespielt, Heathcliff! Aber geh jetzt – eile dich! Ich sehe lieber Edgar in Not als dich.«

»Meinst du, ich ginge, solange mir dieser Schlag die Kehle zuschnürt?« bemerkte er. »Beim Teufel, nein! Bevor ich die Schwelle überschreite, zerquetsche ich ihn wie eine faule Haselnuß. Würfe ich ihn heute nicht zu Boden, so würde ich ihn gelegentlich einmal umbringen. Wenn dir also sein Leben lieb ist, so laß mich heut noch an ihn kommen!«

»Er kommt gar nicht«, log ich. »Da sind der Kutscher und die beiden Gärtnerburschen. Sie werden doch nicht abwarten, bis die Sie vor die Türe setzen! Sie haben Knüttel in der Hand, und der Herr wird gewiß vom Fenster aus beobachten, ob sie seinen Befehlen nachkommen.«

Die Gärtner und der Kutscher kamen auch wirklich heran, aber Linton war mit ihnen. Schon hatten sie den Hof betreten. Da erklärte Heathcliff, der glücklicherweise nicht hinausgeblickt hatte, er ziehe es vor, sich nicht mit den Knechten herumzuprügeln. Er ergriff die Feuerzange, zerschlug damit das Schloß der Flurtür und entfernte sich schnell, noch ehe die anderen eintraten.

Mrs. Linton, die sehr aufgeregt war, hieß mich sie hinaufbegleiten. Sie ahnte freilich nicht, daß ich an diesem ganzen Vorfall schuld war, und ich wußte sie darüber in Unkenntnis zu halten.

»Ich bin halb wahnsinnig, Nelly!« rief sie, sich auf das Sofa werfend. »In meinem Kopf schlägt ein ganzes Hammerwerk! Sag Isabella, daß sie mir nicht in den Weg kommt. Diese Szene hat sie verschuldet. Und wenn irgend einer meine Wut noch mehr reizt, so werde ich toben! Solltest du Edgar heut abend noch sehen, Nelly, so sage ihm, daß ich in Gefahr bin, ernstlich krank zu werden. O ich wollte, das würde sich bewahrheiten! Er hat mich entsetzlich erschreckt und bekümmert. Ich möchte ihm Angst machen. Übrigens kommt er vielleicht und beginnt eine Litanei von Vorwürfen und Klagen. Ich würde dann natürlich ihm die Vorwürfe zurückgeben, und wer weiß, wie das enden würde. Also berichte ihm, was ich dir schon sagte, liebe Nelly. Du weißt, daß ich in diesem Fall nicht zu tadeln bin. Was fiel ihm auch ein, den Lauscher zu spielen! Heathcliffs Worte waren allerdings, nachdem du dich entfernt hattest, schimpflich roh, aber ich hätte ihn wahrscheinlich doch bald von Isabella abgebracht, und das übrige war schließlich gleichgültig. Jetzt ist alles wieder verloren, weil dieser Narr glaubte, es geschähe ihm Unrecht! Hätte Edgar nichts gehört von unserer Unterredung – es hätte ihm wahrlich nichts geschadet! Wirklich, als er einen so dummen unvernünftigen Ton gegen mich anschlug, nachdem ich mich doch nur um seinetwillen heiser geschrieen hatte, war es mir fast egal, was die beiden einander antun würden; besonders da ich fühlte, daß – wie auch die Sache enden mochte – wir alle für wer weiß wie lange Zeit getrennt werden würden. Schön, wenn ich Heathcliff nicht als Freund behalten darf, und wenn Edgar durchaus schlecht und eifersüchtig sein will, so werde ich ihnen beiden das Herz brechen, indem ich mein Herz brechen werde. Das ist ein sicheres Mittel, falls man mich zum äußersten reizt! Aber es ist eine Tat, die ich mir für den Moment vollkommener Hoffnungslosigkeit aufsparen will, und sie soll Linton nicht überraschend kommen. Bisher vermied er es sorgsam, mich zu reizen. Du mußt ihm jetzt vorstellen, welche Gefahr droht, falls er mich unvorsichtig in Zorn bringt. Gemahne ihn an mein hitziges Temperament, das leicht zum Wahnsinn werden kann, wenn es entflammt wird. Ich wollte, Ellen, du schautest etwas weniger gleichgültig drein und etwas mehr besorgt um mich!«

Sie fühlte nicht die Torheit dieser Ermahnungen, es war ihr vielmehr sehr ernst damit. Ich aber vermutete, wer einen Rasereianfall so planen und berechnen könne, der sei auch fähig, selbst in zornigster Erregung nicht die Herrschaft über sich selbst zu verlieren; und ich wünschte nicht, ihren Mann zu »erschrecken«, wie sie es nannte, und – nur um ihrem Egoismus zu dienen – seine Sorgen zu vermehren. Darum sagte ich dem Herrn nichts, als ich ihn auf unser Zimmer zukommen sah, nahm mir aber die Freiheit, ihm heimlich zu folgen, um zu erlauschen, ob sie wohl Frieden schließen würden.

»Bleib nur da, Catherine«, sagte er ohne jeden Zorn, doch mit trauernder Mutlosigkeit.»Ich gehe gleich wieder. Ich will weder neuen Streit noch Versöhnung. Aber ich möchte wissen, ob du nach den Begebenheiten des heutigen Abends beabsichtigst, auch fernerhin deine Intimität mit ...«

»Ich bitte dich«, unterbrach ihn die Herrin und stampfte mit dem Fuß, »um Himmelswillen, hör doch jetzt auf damit! Dein kaltes Blut kennt freilich keine Hitze, du hast überhaupt Eiswasser in den Adern statt Blut; meins aber kocht, und der Anblick deiner Frostigkeit lässt es rasen!«

»Beantworte meine Frage, und du bist mich los«, beharrte Mr. Linton. »Du *mußt* antworten, und deine Wildheit schreckt mich nicht. Ich habe bemerkt, daß du recht gut imstande bist, eine stoische Ruhe zu bewahren. Also, willst du nach dem Vorgefallenen Heathcliff aufgeben, oder willst du mich verlieren? Es ist unmöglich, daß du gleichzeitig mein und sein Freund sein kannst, und ich verlange durchaus zu wissen, wen von uns du wählst.«

»Ich verlange durchaus, allein gelassen zu werden!« schrie Catherine wütend. »Ich befehle es! Siehst du nicht, daß ich mich kaum auf den Füßen halten kann? Edgar, geh – geh sofort!«

Sie riß an der Klingelschnur, bis sie mit einem schrillen Schrei zersprang. Darauf trat ich bedächtig ein.

Ihre boshafte sinnlose Zornraserei hätte genügt, um einen Heiligen aufzubringen. Da lag sie und schlug mit dem Kopf an die Lehne des Sofas und knirschte mit den Zähnen, als wolle sie sie zermalmen. Mr. Linton stand dabei und betrachtete sie in plötzlich erwachter Reue und Besorgnis. Er trug mir auf, Wasser zu bringen. Ich brachte ein Glas voll, und da sie nicht trinken wollte, besprengte ich ihr das Gesicht. Sogleich streckte sie sich steif aus und verdrehte die Augen, während ihre Wangen, nun plötzlich bleich und kalt, einsanken wie bei einer Toten. Linton starrte sie entsetzt an.

»Das hat sicher nicht viel zu bedeuten«, flüsterte ich, denn ich wollte um keinen Preis, daß er nachgiebig werde, obschon ich selbst bis ins tiefste Herz erschrocken war.

»Ihre Lippen sind voll Blut«, sagte er schaudernd.

»O, das macht nichts!« antwortete ich trocken. Und ich erzählte ihm, daß sie, ehe er kam, beschlossen hatte, eine Wahnsinnsszene zu spielen. Unvorsichtigerweise gab ich diesen Bericht ziemlich laut, und sie hörte mich, denn sie fuhr auf: ihr Haar flutete wild herab, die Augen flammten, und die Muskeln an Hals und Armen wölbten sich in übernatürlicher Spannung. Ich glaubte, daß sie mir in ihrem Zorn mindestens alle Knochen im Leibe zerbrechen werde, aber sie starrte uns nur einen Augenblick an und eilte dann aus dem Zimmer. Der Herr hieß mich ihr folgen. Das tat ich – bis an ihre Zimmertür. Weiter gelangte ich nicht, denn sie schlug sie mir vor der Nase zu.

Da sie am anderen Morgen keine Anstalten machte, zum Frühstück zu erscheinen, fragte ich, ob ich es ihr hinaufbringen solle. »Nein!«

antwortete sie kategorisch. Dieselbe Frage erhielt zu Mittag und Abend dieselbe Antwort.

Mr. Linton seinerseits verbrachte seine Zeit in der Bibliothek und fragte nicht nach seiner Frau. Isabella und er hatten eine lange Unterredung miteinander, in welcher er versuchte, bei ihr irgend ein Empfinden des Ekels oder Entsetzens vor Heathcliffs Annäherungsversuchen zu entdecken. Aber er konnte ihren ausweichenden Antworten nichts entnehmen und mußte das Gespräch resultatlos abbrechen. Immerhin knüpfte er die ernste Warnung daran, daß – sollte sie so toll sein, diesen elenden Freier zu ermutigen – dies alle Bande zwischen ihr und ihm zerreißen würde.

XII.

Miß Linton wandelte träumend durch Garten und Park, schweigsam und oft in Tränen. Ihr Bruder hockte über seinen Büchern, die er nicht las sondern ruhlos durchblätterte – stets in Erwartung, Catherine werde ihr Benehmen bereuen und um Verzeihung und Versöhnung nachsuchen. Catherine jedoch fastete halsstarrig, wahrscheinlich in der Voraussetzung, daß Edgar bei seinen einsamen Mahlzeiten sich in Sehnsucht verzehre, und daß nur ein gewisser Stolz ihn davon zurückhalte, zu ihr zu eilen und sich ihr zu Füßen zu werfen. Ich aber ging meinen häuslichen Geschäften nach, in der festen Überzeugung, daß es auf Drosselkreuz nur einen vernünftigen Menschen gebe, und der sei ich. Ich verschwendete keine Trostworte an das junge Fräulein noch Vorwürfe an Mrs. Linton. Ebensowenig schenkte ich den Seufzern meines Herrn irgendwelche Aufmerksamkeit. Ich hatte beschlossen, daß sie sich ohne mein Zutun finden sollten. Das ging freilich sehr langsam, aber ich freute mich doch, als ich so etwas wie eine Morgenröte der Versöhnung aufdämmern sah.

Am dritten Tage öffnete Mrs. Linton ihre Tür und verlangte frisches Trink- und Waschwasser und eine Schüssel Haferbrei, denn sie glaube, daß sie sterben werde. Diese letzte Bemerkung schien mir für Edgars Ohren bestimmt zu sein, und da ich ihr keinen Glauben schenkte, behielt ich sie für mich; doch brachte ich der Herrin etwas Tee und Gebäck. Sie aß und trank gierig und sank dann wieder händeringend in die Kissen zurück.

»Ich will sterben«, rief sie.»Niemand kümmert sich um mich. O, ich wollte, ich hätte nichts gegessen und getrunken.«

Ein Weilchen später flüsterte sie:»Nein, ich will nicht sterben, er würde sich darüber freuen – er liebt mich überhaupt nicht – er würde mich gar nicht vermissen.«

»Wünschen Sie noch irgend etwas, Mrs. Linton?« fragte ich, mit Mühe meine äußere Ruhe bewahrend, denn sie sah elend aus wie ein Schatten, und ihr aufgeregtes Wesen ängstigte mich.

»Was in aller Welt tut denn dieser gleichgültige Mensch?« gab sie zur Antwort, sich die dicken wirren Locken aus dem mageren Gesicht streichend.»Ist er überhaupt noch am Leben?«

»Sollten Sie Mr. Linton meinen«, entgegnete ich,»so wäre zu sagen, daß es ihm ganz gut geht. Seine Studien nehmen ihn allerdings fast zu sehr in Anspruch. Da er keine andere Unterhaltung hat, beschäftigt er sich unausgesetzt mit seinen Büchern.«

Ich hätte nicht so gesprochen, wenn ich ihren wahren Zustand gekannt hätte, aber ich konnte nun einmal das Gefühl nicht los werden, daß sie zum großen Teil schauspielerte.

»Mit seinen Büchern!« schrie sie bestürzt.»Und ich im Sterben! Ich auf der Schwelle des Grabes! Mein Gott! Weiß er, wie herunter ich bin?« fuhr sie fort, in einen gegenüberhängenden Spiegel starrend.»Ist das Catherine Linton? Er denkt, es sei eine Laune, ein schlechter Scherz – kannst du ihm nicht sagen, daß es schrecklicher Ernst ist?«

»Aber, Mrs. Linton«, antwortete ich,»der Herr hat keine Ahnung von Ihrem Zustand; er weiß gar nicht, daß Sie anscheinend Hungers sterben wollen.«

»Kannst du ihm nicht sagen, wie ernst es mir damit ist?« entgegnete sie.»So überzeuge ihn doch. Sage ihm deine eigene Meinung; sage, du seiest überzeugt, daß ich es tun werde.«

»Nein, das bin ich nicht, Mrs. Linton«, sagte ich zweifelnd.»Sie vergessen, daß Sie heut abend mit großem Appetit gegessen haben, und morgen werden Sie die guten Folgen spüren.«

»Wenn ich nur wüßte, daß er daran sterben würde, so würde ich mich sofort umbringen!« fiel sie ein.»Seit drei Nächten habe ich kein Auge geschlossen. Und was für Qualen habe ich gelitten! Nelly, ich sehe jetzt, daß du mich nicht gern hast. Sonderbar! Ich meinte immer, obgleich sie alle einander hassen und verachten, könnten sie doch nicht anders als mich lieben. Und dabei sind sie in wenig Stunden alle zu

Feinden geworden. Wenigstens alle hier im Hause sind Feinde. Wie traurig, umgeben von ihren steinernen Gesichtern in den Tod zu gehen! Isabella wird zu feig sein, mein Zimmer zu betreten, und entsetzt und angewidert mich fliehen. Und Edgar wird ernst, das Ende erwartend, an meinem Lager stehen und wird beten und Gott dafür danken, daß er seinem Hause wieder Frieden gebracht. Und dann wird er zu seinen Büchern zurückkehren. Was in aller Welt hat er mit Büchern zu schaffen, wenn ich im Sterben liege?«

Sie konnte den Gedanken von Edgars philosophischer Resignation, den ich ihr vorgeredet hatte, nicht ertragen. Sie warf sich unruhig hin und her und wurde so wild, daß sie das Kopfkissen mit den Zähnen zerfetzte. Dann sprang sie aus dem Bett und verlangte, ich solle das Fenster öffnen. Es war mitten im Winter, ein heftiger Nordost blies, und ich gehorchte ihr daher nicht. Die seltsamen Zuckungen ihres Gesichtes und der rasche Wechsel ihrer Stimmungen entsetzten mich ungeheuer. Ihre frühere Krankheit fiel mir ein und die Instruktion des Arztes, ihr ja keinen Ärger zu bereiten. Vor einer Minute noch war sie wie toll gewesen, und jetzt lag sie in meinen Arm zurückgesunken und hörte nicht auf meine Worte, sondern zog aus den Löchern im Kissen die Federchen heraus und ordnete sie auf der Bettdecke in kleine Häufchen. Ihr Geist weilte fern. Sie betrachtete jede einzelne Feder und nannte den Vogel, dem sie zugehörte. Mich schauderte.

»Lassen Sie doch das kindische Spiel«, rief ich, ihr das Kissen entwindend, aus dem sie jetzt die Federn mit vollen Händen herausholte. »Legen Sie sich nieder und beruhigen Sie sich. Sie phantasieren. Welch eine Menge! Die Daunen fliegen herum wie Schneeflocken.«

»Ich phantasiere nicht«, sagte sie. »Ich weiß im Gegenteil ganz genau, daß es Nacht ist. Und auf dem Tisch brennen zwei Kerzen und der schwarze Schrank schimmert in ihrem Glanz wie Jet.«

»Der schwarze Schrank? Wo ist der?« fragte ich. »Sie reden im Schlaf.«

»Dort an der Wand, wo er immer steht«, antwortete sie. »Er sieht wirklich sehr merkwürdig aus – ich sehe ein Gesicht in ihm.«

»Es ist ja gar kein Schrank im Zimmer und war nie einer da«, sagte ich, mich wieder hinsetzend, und schob den Bettvorhang beiseite, um sie besser beobachten zu können.

»Siehst du *nicht* das Gesicht?« fragte sie, starr in den Spiegel blickend.

Und was ich auch sagte – es war mir nicht möglich, sie davon zu überzeugen, daß es ein Spiegel sei und sie ihr eigenes Bild sehe. Ich stand also auf und verhängte den Spiegel mit einem Tuch. »Es ist ja doch noch dahinter!« beharrte sie angstvoll. »Und es hat sich bewegt. Wer mag es nur sein? Wenn es nur nicht nachher, wenn du fort bist, wieder zum Vorschein kommt! O, Nelly, das Zimmer ist behext! Ich fürchte mich gräßlich davor, allein zu sein.«

Ich nahm ihre Hand und bat sie, sich zu beruhigen. Wilde Schauer schüttelten sie und ihr Blick hing gebannt an dem verhängten Spiegel. »Es ist niemand hier«, erklärte ich. »Sie haben im Spiegel Ihr eigenes Bild gesehen, Mrs. Linton. Vor einem Weilchen wußten Sie das noch ganz gut.«

»Mein eigenes Bild!« ächzte sie. »Und die Uhr schlägt zwölf! So ist es also wahr! Das ist schrecklich!«

Ihre Finger krampften sich in die Bettdecke und sie barg den Kopf in den Kissen. Ich versuchte, zur Tür zu schleichen, um ihren Mann zu rufen. Aber ein schriller Schrei rief mich zurück – das Tuch war vom Spiegel herabgeglitten.

»Was ist denn? Was ist denn nur?« rief ich. »Wachen Sie auf! Das ist der Spiegel, Mrs. Linton, und Sie sehen darin Ihr eigenes Bild, und hier bin auch ich, an Ihrer Seite.«

Verwirrt und zitternd klammerte sie sich an mich. Das Entsetzen wich allmählich aus ihren Zügen.

»Ach du, Nelly!« seufzte sie. »Ich dachte, ich sei zu Hause. Ich meinte, ich läge in meinem Zimmer auf Sturmheid. Und weil ich so schwach bin, verwirrten sich meine Gedanken, und da schrie ich auf. Sei nicht bös und bleib bei mir. Ich fürchte mich vor dem Schlafen. Meine Träume ängstigen mich so.«

»Ein tiefer Schlaf wäre Ihnen sicher sehr gut«, antwortete ich. »Hoffentlich werden diese Leiden Sie nun von weiterer Hungerversuchen abbringen.«

»O, wenn ich nur in meinem Bett im alten Hause wäre«, fuhr sie klagend fort. »Ach, der köstliche Wind, der dort durch die Föhren braust. Laß mich ihn fühlen – er kommt geradewegs von der Heide! Laß mich ihn atmen, einmal tief einatmen!«

Um ihr Ruhe zu schaffen, öffnete ich einen Augenblick das Fenster. Ein kalter Luftzug fuhr durchs Zimmer. Ich trat wieder an ihr Bett. Sie lag nun still, das Gesicht in Tränen gebadet. Die Schwäche des Körpers hatte die Kraft des Geistes völlig gebrochen. Unsere feurige Catherine war nun nichts anderes als ein greinendes Kind.

»Wie lang ist es her, daß ich mich hier eingeschlossen habe?« fragte sie plötzlich.

»Das geschah am Montag Abend«, antwortete ich, »und jetzt ist Donnerstag Nacht oder vielmehr Freitag Morgen.«

»Wie, derselben Woche?« rief sie. »Nur so kurze Zeit?«

»Lang genug, um nur von kaltem Wasser und übler Laune zu leben«, bemerkte ich.

»Ach, es waren viele, viele Stunden«, sagte sie zweifelnd. »Es muß länger her sein. Kaum, daß ich die Tür verriegelt hatte, überkam mich schwarze Nacht, und ich fiel zu Boden. Ehe ich mich so weit erholt hatte, daß ich wieder hören und sehen konnte, begann schon der Morgen zu grauen, und die ganze Zeit über, Nelly, war es ein Gedanke gewesen, der mich verfolgt hatte, bis ich für meinen Verstand zu fürchten begann. Ich lag auf dem Boden, mit dem Kopf dicht neben dem Tischbein, meine Augen hingen an dem grauen Viereck des Fensters, und ich hatte die Vorstellung, daß ich daheim in dem alten eichenen Kutschbett eingeschlossen läge. Und mein Herz war schwer von irgend einem großen Kummer, auf den ich mich durchaus nicht besinnen konnte. Ich quälte mich ab, um zu ergründen, was mich so bedrücken könne, und – seltsam – die ganzen letzten sieben Jahre meines Lebens schienen ausgelöscht. Ich war ein Kind. Man hatte unlängst meinen Vater begraben, und mein Kummer entsprang der Trennung, die Hindley zwischen mir und Heathcliff angeordnet hatte. Ich lag zum erstenmal allein im Zimmer und erwachte nach einer tränenvollen Nacht und einem quälenden Morgenschlummer und hob die Hand, um die Wagentür zu öffnen. Ich faßte die Tischplatte! Ich tastete auf der Tischdecke entlang – und endlich war mein Gedächtnis wieder klar. Ich weinte verzweiflungsvoll über das letzte Ereignis. Ich kann nicht sagen, warum ich mich so tief unglücklich fühlte. Krankhafte Überreizung mußte die Ursache sein. Oder der Kummer meiner Kindheit lastete auf mir. Mit zwölf Jahren trennte man mich von der Heimat und von Heathcliff, der bis dahin all meine Welt gewesen war, und gab mich unvermittelt in die Obhut der alten Mrs. Linton, der Frau eines Fremden! O, du kannst dir nicht denken, welche Qualen ich in dieser Nacht gelitten habe. Und wenn du auch den Kopf schüttelst, Nelly, du hast doch geholfen, mich zu vernichten. Du hättest mit Edgar sprechen sollen und hättest ihm raten sollen, mich in Frieden zu lassen. O, ich glühe! Ich. wollte, ich wäre droben auf den Hügeln von Sturmheid! Ich wollte, ich wäre wieder ein Mädel, verwildert und wetterhart und frei und könnte über Kränkungen lachen, statt darüber rasend zu werden. Warum bin ich so verändert? Warum können ein paar Worte mich so aufregen? Ach, wäre ich nur einmal wieder in der Heide auf den Hügeln drüben – ich würde mich gewiß wiederfinden! Mach noch einmal das Fenster auf; weit! Laß es auf! Schnell, warum rührst du dich nicht?«

»Weil ich Ihnen nicht den Tod geben möchte«, entgegnete ich.

»Du meinst, du willst mir keine Möglichkeit zum Leben geben!« sagte sie trotzig. »Nun, noch bin ich nicht hilflos; ich werde es selbst öffnen!«

Und sie glitt aus dem Bett, ehe ich sie daran hindern konnte, wankte quer durchs Zimmer, riß das Fenster auf und lehnte sich hinaus. Die eisige Luft schnitt wie mit Messern in ihre Haut. Ich bat sie, das Fenster zu schließen und suchte sie von dort fortzudrängen. Aber ihr Wahnsinnszustand – denn daß sie wahnsinnig sei, bewies mir ihr seltsames Benehmen nur zu deutlich – verlieh ihr übermenschliche Kraft.

Es war eine mondlose Nacht und alles lag in dunstigem Dunkel. Nicht ein Lichtchen schimmerte, dennoch behauptete sie, die Lichter von Sturmheid erkennen zu können.

»Sieh!« rief sie lebhaft, »dort in meinem Zimmer brennt Licht, und draußen vorm Fenster wehen die Bäume. Und in Josefs Bodenkammer ist auch Licht. Josef ist heut Nacht lange auf, nicht wahr? Er wartet, daß ich heimkomme, damit er die Tore schließen kann. Er wird noch eine Zeitlang warten müssen, denn es ist eine schlimme Reise dorthin, und man tut sie nur mit gebrochenem Herzen. Und man muß über den Kirchhof wandern. Wir haben uns oft dorthin geschlichen und seine Geister gerufen und einander angefeuert, uns auf die Gräber zu stellen. Wenn ich dich aber jetzt dort rufe, Heathcliff, wirst du es wagen, zu kommen? Wenn du kommst, so lasse ich dich nicht mehr fort. Ich mag nicht allein dort liegen! Und ob sie mich auch zwölf Fuß tief eingraben, und wenn sie auch die ganze Kirche mit in die Grube stürzen würden, um mich darunter zu begraben – ich würde doch nicht ruhen, bis ich dich bei mir hätte. Nie und nimmer würde ich ruhen!«

Sie schwieg und lächelte seltsam und fuhr dann fort:»Er bedenkt sich – er möchte lieber, daß ich zu ihm hinüberkäme. Gut denn! So finde du einen anderen Weg – am Kirchhof vorbei.«

Da ich sah, daß es erfolglos war, gegen ihren Wahnwitz anzukämpfen, wollte ich sie wenigstens mit irgend einer Decke gegen die Nachtkälte schützen. Doch wie sollte ich das machen? Ich durfte sie am offenen Fenster nicht allein lassen.

In diesem Augenblick wurde die Tür geöffnet, und Mr. Linton trat ein. Er begab sich soeben erst aus dem Bibliothekzimmer hinauf, um schlafen zu gehen, da hörte er unsere Reden und trat ein, um nachzusehen, was das zu bedeuten habe.

»0, Herr!« schrie ich, noch ehe er Zeit hatte, einen Laut der Verwunderung auszustoßen,»meine arme Herrin ist krank, und ich kann nicht mit ihr fertig werden! Bitte kommen Sie herein und reden Sie ihr zu, ins Bett zu gehen. Lassen Sie Ihren Zorn begraben sein, denn man muß ihr ihren Willen lassen.«

»Catherine krank?« sagte er, zu uns eilend.»Mach das Fenster zu, Ellen! Catherine, warum – –«

Er schwieg. Catherines verhärmtes Aussehen und verwirrtes Wesen benahm ihm die Sprache, und seine Blicke schweiften in grenzenlosem Erstaunen von ihr zu mir.

»Sie hat die ganze Zeit fast nichts gegessen und nie geklagt«, fuhr ich in meinem Bericht fort.»Sie hat bis heut abend keinen von uns zu sich eingelassen, darum konnten wir Ihnen auch über ihren Zustand keine Mitteilung machen, da wir ja selbst darüber nichts wußten. Aber es hat wohl nicht viel zu bedeuten.«

Ich fühlte, daß meine Entschuldigungen recht unzulänglich waren. Der Herr runzelte die Stirn.»Es ist nichts, Ellen Dean, wie?« sagte er streng.»Du sollst mir noch Rechenschaft darüber geben, warum du mich so in Unkenntnis gelassen hast.« Und er nahm sein Weib in die Arme und betrachtete sie mit Besorgnis.

Zuerst schien sie ihn nicht zu erkennen. Doch ihre Augen blickten nicht mehr gebannt in die Nacht, sondern waren auf ihn gerichtet, und nach und nach erkannte sie ihn auch.

»Ah, du bist also gekommen, Edgar Linton?« sagte sie lebhaft.»Ich glaube, wir werden einander jetzt viel zu klagen haben, aber nichts kann mich mehr zurückhalten von meiner Heimstätte dort drunten, meinem Ruheplatz, der mich aufnehmen wird, noch ehe der Sommer kommt Dort unten liegt er. Beachte es wohl: nicht bei den Lintons unterm Kirchendach, sondern unter Gottes freiem Himmel. Und du mußt nun wählen, ob du zu ihnen gehen oder an meine Seite kommen willst.«

»Catherine, was hast du getan?« begann der Herr. »Bin ich dir denn gar nichts mehr? Liebst du jenen Schurken Heath ...«

»Still!« schrie Mrs. Linton. »Nennst du noch einmal diesen Namen, so ende ich alles durch einen Sprung aus dem Fenster. Nur meinen Leib hältst du, Edgar Linton, aber meine Seele wirst du niemals bändigen – die tanzt dort auf den Hügeln. Ich brauche dich nicht mehr. Kehre zurück zu deinen Büchern. Ich bin froh, daß du in ihnen einen Trost besitzest, denn was du an mir hattest, ist alles dahin.« »Ihr Geist geht irre, Herr!« fiel ich ein. »Sie hat den ganzen Abend sinnloses Zeug geredet. Wir dürfen sie nicht wieder erzürnen, dann wird sie sich gewiß bald erholen.«

»Ich verlange keine Ratschläge von dir«, entgegnete Mr. Linton. »Du kanntest den Charakter deiner Herrin, und du ermutigtest mich, sie zu quälen. Mir von ihrem Zustand während dieser drei Tage keine Mitteilung zu machen! Das war herzlos! Monatelanges Krankenlager hätte sie nicht so herunterbringen können.«

Ich begann mich zu verteidigen, denn es schien mir zu arg, für ihre boshaften Launen verantwortlich gemacht zu werden.

»Ich kannte den Charakter Mrs. Lintons als eigenwillig und tyrannisch«, schrie ich. »Aber ich wußte nicht, daß ich, um es ihr und Ihnen recht zu machen, Heathcliff gegenüber ein Auge zudrücken müsse. Ich habe die Pflicht einer gewissenhaften Dienerin erfüllt, indem ich Sie von den Vorgängen unterrichtete – und da habe ich ja nun auch den Lohn einer treuen Dienerin. Nun, ein andermal werde ich vorsichtiger sein. Ein andermal mögen Sie selbst auf Ihrer Hut sein vor schlimmen Ereignissen.«

»Solltest du noch einmal mit deinen Klatschereien zu mir kommen, so wirst du aus meinem Dienst entlassen, Ellen Dean«, antwortete er.

»Sie möchten also lieber über gewisse Dinge ganz hinwegsehen, Mr. Linton?« fragte ich. »Heathcliff hat Ihre Erlaubnis, dem jungen Fräulein zudringlich nachzusteigen und in Ihrer Abwesenheit hier einzudringen, um die Herrin gegen Sie aufzuwiegeln?«

Trotz ihrer Geistesverwirrung hatte Catherine unser Gespräch verstanden.

»Ah, Nelly hat den Angeber gespielt!« rief sie zornig. »Nelly ist mein hinterlistiger Feind; ich habe es ja gewußt! Laß mich los, und ich will sie zwingen, kniefällig um Vergebung zu winseln!« Die Wut des Wahnsinns flammte aus ihren Augen. Sie wand sich verzweifelt, um sich aus Lintons Armen zu befreien.

Ich fühlte keine Veranlassung, das weitere abzuwarten, beschloß vielmehr, mich nach ärztlicher Hilfe umzusehen, woran mein Herr gar nicht zu denken schien. Und so verließ ich das Zimmer.

Ich durchschritt den Garten und näherte mich dem Torweg, als ich an einem mir bekannten Haken in der Mauer etwas Weißes hängen sah, das wild zappelte. Ich blieb stehen, um das Ding zu betrachten, und erkannte zu meinem Entsetzen Miß Isabellas Hündchen Fanny, das man an einem Taschentuch aufgeknüpft hatte, und das nahe daran war, zu ersticken. Ich befreite das Tierchen und setzte es in den Garten nieder. Am Abend war es noch seiner Herrin, als diese schlafen ging, hinauf in ihr Zimmer gefolgt, und es war mir unverständlich, wie es dort wieder herausgekommen und wer es so mißhandelt haben konnte. Da schien es mir, als hörte ich das ferne Galoppieren von Pferden, aber mein Kopf war so voll von den letzten Ereignissen, daß ich diesem Umstand keine Beachtung schenkte; doch war es jedenfalls seltsam, daß um zwei Uhr morgens ein Reiter in diese Gegend kam.

Als ich bei Mr. Kenneth eintraf, verließ er gerade das Haus, um einen Patienten im Dorf zu besuchen, mein Bericht von Catherine Lintons Erkrankung veranlaßte ihn jedoch, sofort mit mir zu kommen.

»Nelly Dean«, sagte er, »ich kann nur annehmen, daß hierfür eine besondere Ursache vorliegt. Was geht auf Drosselkreuz vor? Man munkelt hier seltsame Dinge. Ein starkes mutiges Weib wie Catherine wird nicht so krank ohne ernste Veranlassung – und solche Leute dürfen auch nicht krank werden. Es ist sehr schwer, sie durch ein Fieber und dergleichen durchzubringen. Wie kam es denn?«

»Der Herr wird Ihnen das nähere mitteilen«, antwortete ich. »Sie kennen ja den heftigen Charakter der Earnshaws, und Mrs. Linton überbietet darin noch die anderen. Soviel will ich ihnen sagen. Es begann mit einem Streit, und in einem leidenschaftlichen Wutanfall bekam sie so was wie eine Ohnmacht. Wenigstens sagte sie es. Sie lief in höchster Erregung fort und schloß sich ein. Dann verweigerte sie tagelang jede Nahrung, und jetzt fällt sie abwechselnd in Raserei und

Traumzustand. Sie ist wohl bei Bewußtsein, doch voll von sonderbaren Gedanken und Vorstellungen.«

»Wird Mr. Linton es schwer nehmen?« fragte Kenneth.

»Schwer? Das Herz würde ihm brechen, wenn etwas schlimmes geschehen würde«, entgegnete ich. »Erschrecken Sie ihn nicht mehr als nötig.«

»Nun, ich sagte ihm ja, er solle sich vorsehen«, erwiderte mein Begleiter. »Und er muß die Folgen tragen. Warum mißachtete er meine Warnung! Hat er sich nicht in letzter Zeit mit Mr. Heathcliff befreundet?«

»Heathcliff kommt öfters nach Drosselkreuz«, antwortete ich. »Doch mehr, weil er ein Jugendfreund der Frau ist, als weil er und Linton Gefallen aneinander gefunden hätten. Augenblicklich ist ihm das Haus verboten infolge seiner Bemühungen um Miß Linton.«

»Und sie, Miß Linton? Ist sie abweisend gegen ihn?« war die nächste Frage des Arztes.

»Sie hat mich nicht ins Vertrauen gezogen«, erwiderte ich, denn es schien mir nicht gut, auf diese Frage einzugehen.

»Ja, ja, sie ist eine Schlaue«, bemerkte er, den Kopf wiegend. »Sie fragt keinen um Rat, aber sie macht recht bedenkliche Streiche Ich weiß von zuverlässiger Seite, daß in letzter Nacht – und was für einer Nacht – Heathcliff und sie im Garten hinter eurem Hause herumspazierten. Zwei Stunden waren sie beisammen, und er suchte sie zu überreden, mit ihm sein Pferd zu besteigen und sich entführen zu lassen. Sie konnte sich nicht entschließen, aber sie gab ihm ihr Wort, bei nächster Gelegenheit bereit zu sein. Mr. Linton müßte gewarnt werden, denn da ist etwas schlimmes im Spiele.«

Diese Mitteilung machte mich sehr besorgt Ich ließ Kenneth zurück und lief spornstreichs nach Haus. Der kleine Hund heulte noch im Garten. Ich ließ ihn frei, aber anstatt sich dem Hause zuzuwenden, lief er hin und her, schnüffelte im Grase und wäre auf die Straße hinausgestürzt, hätte ich ihn nicht ergriffen und mit mir ins Haus genommen.

Ich ging hinauf in Isabellas Zimmer. Mein Verdacht bestätigte sich: es war leer. Wäre ich ein paar Stunden früher gekommen, so hätte Mrs. Lintons Krankheit sie vielleicht von ihrem voreiligen Schritt zurückgehalten. Was aber konnte jetzt noch getan werden? Wohl war eine schwache Möglichkeit vorhanden, die Flüchtlinge durch

Verfolgung einzuholen. Ich jedoch konnte sie nicht verfolgen, und ebensowenig durfte ich das Haus alarmieren. Da war es das beste, dem Herrn, den sein Schmerz um Catherine ganz beherrschte und der einen zweiten Kummer nicht hätte tragen können, die Sache vorläufig zu verheimlichen. Ich sah keinen anderen Weg, als den Mund zu halten und abzuwarten, wie die Dinge sich entwickeln würden. Und da Kenneth inzwischen eingetroffen, ging ich hinein, ihn anzumelden.

Catherine lag in unruhigem Schlummer. Ihr Gatte saß an ihrem Lager und beobachtete besorgt jeden Schatten, der über ihre schmerzlich ausdrucksvollen Züge glitt.

Der Arzt ließ sich den Fall eingehend schildern, besichtigte die Kranke und meinte hoffnungsvoll, daß die Sache noch glücklich verlaufen könne, wenn wir es verständen, für vollständige und dauernde Ruhe zu sorgen.

Mir sagte er später unter vier Augen, daß die Gefahr hier nicht so sehr in Tod als in unheilbarer Geistesstörung zu suchen sei.

Ich ging an diesem Morgen nicht mehr zu Bett, und auch Mr. Linton legte sich nicht zur Ruhe. Selbst die Dienerschaft erwachte früher als gewöhnlich, ging mit vorsichtigen Schritten durchs Haus und flüsterte an allen Ecken und Enden. Alle Welt war auf und tätig, nur Miß Isabella fehlte, und man begann aufmerksam zu werden und wunderte sich, weshalb sie so lange schlief. Auch ihr Bruder fragte nach ihr und schien sie ungeduldig zu erwarten. Ich zitterte davor, daß er mir auftragen könne, sie zu rufen. Da kam eine der Mägde, die schon früh morgens einen Gang nach Gimmerton zu machen gehabt hatte, atemlos die Treppe heraufgelaufen und stürzte ohne Überlegung schreiend ins Zimmer:

»O Gott o Gott! Was werden wir noch alles erleben! Herr, Herr, unser junges Fräulein –«

»Schrei doch nicht so!« rief ich, zornig über ihr rücksichtsloses Gebaren.

»Sprich leiser, Mary. Was ist los?« sagte Mr. Linton. »Was fehlt dem jungen Fräulein?«

»Fort ist sie, fort! Der Heathcliff ist durchgebrannt mit ihr!« stieß das Mädchen hervor.

»Das ist nicht wahr!« rief Linton aufstehend. »Das kann gar nicht sein. Wer hat dir nur das in den Kopf gesetzt? Ellen Dean, geh und hole sie. Das ist ja undenkbar.«

Während er sprach, führte er das Mädchen zur Tür und wiederholte dann nochmals seine Frage, wie sie zu dieser ungeheuerlichen Behauptung komme.

»Ja, ich traf unterwegs einen Burschen, der hier die Milch holt«, stammelte sie, »und der meinte, wir hätten wohl eine schöne Sorge und Unrast jetzt hier auf Drosselkreuz. Ich dachte, er meine das wegen der Krankheit der Frau, und ich sagte ja. Und dann sprach er weiter. ›Ich kann mir denken, ihr habt gleich die Verfolgung aufgenommen?‹ Ich starrte ihn an. Er sah, daß ich ihn nicht verstand, und da erzählte er, wie kurz nach Mittemacht draußen beim Schmied, zwei Meilen hinter Gimmerton, ein Herr und eine Dame vorgeritten wären, um ein Pferd beschlagen zu lassen. Und wie des Schmieds Tochter heimlich aufgestanden sei und durchs Fenster gespäht habe, um sich die Leute anzusehen. Und da hat sie die beiden sofort erkannt. Der Mann war Heathcliff, und als Bezahlung drückte er ihrem Vater ein Goldstück in die Hand. Die Dame hatte ein Tuch vor dem Gesicht, aber sie ließ sich ein Glas Wasser bringen, und während sie trank, fiel das Tuch zurück, und das Mädchen erkannte ganz deutlich Miß Isabella. Heathcliff hielt die Zügel von beiden Pferden, als sie wieder abritten, und sie ritten nicht zum Dorf zurück, sondern weiter fort und so schnell, als die schlechten Wege es erlaubten. Und das Mädchen erzählte seine Beobachtung heut morgen in ganz Gimmerton herum.«

Gehorsam lief ich und blickte in Isabellas Zimmer. Ich wußte im voraus, daß alles, was die Magd gesagt, seine Richtigkeit hatte.

Als ich zurückkehrte, hatte Mr. Linton seinen Platz am Bett wieder eingenommen. Er hob den Blick, las in meinen Mienen den Sachverhalt und senkte die Augen wieder, ohne ein Wort zu äußern.

»Sollen wir versuchen, sie einzuholen und zurückzubringen?« fragte ich. »Wie sollen wir das machen?«

»Sie ging aus eigenem Antrieb«, antwortete der Herr. »Sie hatte das Recht zu gehen, wenn es ihr gefiel. Laß mich in Frieden mit ihr. Sie ist von nun an nicht mehr meine Schwester – nicht etwa, weil ich sie verleugne, sondern weil sie mich verleugnet hat«

Und das waren seine letzten Worte in dieser Sache. Er beauftragte mich noch, ihr, sobald ich ihren neuen Wohnort erfahre würde, alle Sachen, die sie hier zurückgelassen habe, zuzusenden – und dann wurde Isabellas nicht mehr Erwähnung getan.

XIII.

Zwei Monate blieben die Flüchtlinge fort. In diesen zwei Monaten kämpfte Mrs. Linton mit einer schweren Gehirnentzündung. Keine Mutter hätte ihr Einziges zärtlicher pflegen können, als Edgar sein Weib umhegte. Tag und Nacht wachte er und ertrug geduldig all die Launen, die ein zerrütteter Verstand und reizbare Nerven zu ersinnen vermögen. Kenneth hatte gelegentlich einmal darauf hingewiesen, daß seine Mühe ihm nur stets neue Sorge bringen werde, denn was der Tod ihm vielleicht gnädig lassen werde, sei sicherlich nicht mehr als eine traurige Ruine. Dennoch war Edgars Freude und Dankbarkeit grenzenlos, als Catherines Leben außer Gefahr erklärt wurde. Stunde um Stunde saß er auch fernerhin an ihrem Lager und beobachtete die allmähliche Rückkehr ihrer Kräfte und nährte die Hoffnung, daß auch ihr Geist sich in normale Bahnen zurückfinden und daß sie bald wieder ganz die alte Catherine sein werde.

Anfang März verließ Catherine zum erstenmal ihr Krankenzimmer. Mr. Linton hatte ihr am Morgen eine Handvoll goldgelber Krokusse aufs Kissen gelegt: Als sie erwachte, hing ihr Auge, das lange nicht in Freude erglüht war, entzückt an den Blüten, und sie raffte sie eifrig zusammen.

»Dies sind auf Sturmheid die ersten Blumen!« rief sie innig. »Sie zeigen mir sanften Tauwind und linden Sonnenschein und Schneeschmelze. Edgar, ist heut nicht Südwind, und ist der Schnee nicht fast vergangen?«

»Bei uns ist aller Schnee schon fort, Liebling«, antwortete er. »Und auf dem ganzen weiten Heideland sehe ich nur zwei weiße Flecke schimmern. Der Himmel ist blau, und die Lerchen singen, und die Bäche sind alle übervoll. Voriges Jahr um diese Zeit, Catherine, war ich voll Verlangen, dich endlich unter meinem Dach zu haben – jetzt wollte ich, du wärest ein oder zwei Meilen droben auf den Höhen. Die Luft weht so sanft, ich fühle, daß sie dir Genesung bringen müßte.«

»Ich werde nur noch einmal dort hinkommen«, sagte die Kranke. »Und da wirst du von mir gehen, und ich werde für immer dort zurückbleiben. Nächstes Frühjahr wirst du dich wieder sehnen, mich unter deinem Dach zu haben, und du wirst zurückblicken und denken, daß du heut glücklich warst.«

Linton überschüttete sie mit den zärtlichsten Liebkosungen und versuchte, sie mit innigen Worten aufzumuntern. Doch sie blickte abwesend auf die Blumen, und ihre Augen füllten sich mit immer neuen Tränen, die sie hilflos herabrollen ließ.

Wir wußten, daß es ihr tatsächlich besser ging, und kamen daher zu der Ansicht, daß das lange Gebundensein an diesen einen Raum viel Schuld trage an ihrer Verzagtheit, und daß ein Wechsel des Zimmers ihre Stimmung heben würde. Der Herr gab mir den Auftrag, in dem lange unbenutzt gewesenen Wohnzimmer ein gemütliches Feuer zu machen und ans Fenster, in die Sonne, einen Armstuhl zu rücken. Und dann führte er sie hinunter, und sie saß lange Zeit still da und genoß die fröhliche Wärme und erfrischte sich an ihrer neuen Umgebung, denn hier war alles frei von jenem Trübsinn, der im Krankenzimmer auf allen Gegenständen lastete.

Gegen Abend schien sie sehr erschöpft, dennoch konnte kein Bitten sie bewegen, in das gehaßte Zimmer zurückzukehren, und ich mußte ihr auf dem Sofa ein Lager richten, bis ein anderes Zimmer für sie vorbereitet sein würde. Um ihr das ermüdende Treppensteigen zu ersparen, wählten wir diesen Raum hier aus. Er liegt nahe am Wohnzimmer, und sie war bald kräftig genug, auf Edgars Arm gestützt, von einem ins andere zu gehen.

Ach, ich glaubte damals selbst, sie werde ganz gesunden. So zärtlich gepflegt wie sie war! Und wir hatten doppelt Grund, das zu wünschen, denn von ihrem Leben hing auch ein anderes Dasein ab. Wir hofften nämlich, daß in Kürze Mr. Linton durch die Geburt eines Erben erfreut und sein Besitztum der Habgier eines Fremden entrissen werden würde.

Ich muß nachholen, daß Isabella etwa sechs Wochen nach ihrer Abreise ihrem Bruder eine kurze Mitteilung schickte, in der sie ihm ihre Heirat mit Heathcliff anzeigte. Dies Schreiben schien auf den ersten Blick kalt und dürftig, doch hatte es noch ein Postskriptum, das in seltsam hastigen Zügen mit Bleistift hingeworfen war. Sie bat um freundliches Gedenken und um Vergebung für ihren Schritt, sie habe ihn damals aus innerem Drang tun müssen, und nun lasse er sich, aus zwingenden Gründen, nicht mehr rückgängig machen.

Soviel ich weiß, antwortete Linton ihr nicht. Doch bekam ich vierzehn Tage später einen langen Brief von ihr, den ich – da er von einer Braut kam, die kaum den Honigmond hinter sich hatte – sehr merkwürdig fand. Ich will ihn vorlesen, denn ich habe ihn mir aufgehoben, weil alles, was von lieben Toten herrührt, Wert besitzt für unser Herz.

Liebe Ellen, beginnt er.

Ich kam gestern Nacht nach Sturmheid und hörte da, daß Catherine sehr krank gewesen und noch immer ist. Vermutlich darf ich ihr nicht schreiben, und auch mein Bruder ist anscheinend zu böse oder zu gekränkt, um zu beantworten, was ich ihm sende. Dennoch muß ich jemandem schreiben, und der einzige Mensch, der mir dafür bleibt, bist Du.

Gib Edgar zu verstehen, daß ich nach seinem treuen Wesen mich unendlich sehne, daß mein Herz nach Drosselkreuz zurückkehrte, als ich kaum vierundzwanzig Stunden fort war, und daß es jetzt dort weilt – voll von innigen Gefühlen für ihn und Catherine! Aber ich kann meinem Herzen nicht folgen (diese Worte sind unterstrichen), sie brauchen mich also nicht zu erwarten, doch mögen sie immerhin nach Gründen suchen – an heißem Willen und herzlicher Liebe fehlt es mir nicht.

Was ich jetzt noch schreibe, ist nur für dich allein bestimmt. Ich möchte Dir zwei Fragen stellen. Die erste ist die: Wie machtest Du es möglich, als Du hier lebtest, Dein Herz gut und mitfühlend zu bewahren? Ich kann nicht ein Gefühl entdecken, das mich mit diesen Menschen hier verbände.

Die zweite Frage ist mir besonders wichtig. Es ist diese: Ist Mr. Heathcliff ein Mann – ein Mensch? Und wenn er es ist, ist er verrückt? Und wenn er es nicht ist, ist er ein Teufel? Ich beschwöre Dich, mir, wenn Du kannst, zu sagen, welch einem Geschöpf ich mich da überliefert habe – d. h. sage es, wenn Du mich besuchen kommst, und Du mußt bald kommen, Ellen! Schreibe nicht, sondern komm und bring mir etwas von Edgar.

Nun sollst Du hören, wie ich in meinem neuen Heim – als solches muß ich Sturmheid wohl betrachten – empfangen worden bin. Wenn ich so nichtige Dinge, wie das gänzliche Fehlen äußerer Bequemlichkeiten erwähne, so geschieht das nur, um mich ein wenig von schlimmerem abzulenken. Ich würde lachen und tanzen, wenn ich mir sagen dürfte, daß dies mein ganzes Unglück ausmache und alles andere ein unwirklicher Traum sei.

Die Sonne ging hinter Drosselkreuz unter, als wir durchs Heidemoor ritten; daran erkannte ich, daß es gegen sechs Uhr sein müsse. Wir hielten an, weil mein Begleiter ganz in Betrachtung eures Parks und Gartens und wohl auch des Hauses sich verlor. Er brauchte dazu gut eine halbe Stunde, es war also schon dunkel, als wir endlich in dem gepflasterten Hofraum des Landhauses abstiegen und Dein Dienstgenosse Josef heraustrat, um uns beim Schein einer Kerze zu empfangen. Er tat das mit nicht zu unterschätzender Höflichkeit: er hob seine Fackel, leuchtete mir ins Gesicht, schielte mich boshaft an und wandte sich geringschätzig ab. Dann nahm er die zwei Pferde und führte sie in den Stall, kam aber zurück, um umständlich das Tor zu schließen.

Heathcliff blieb draußen bei dem Alten und ich trat in die Küche – ein schmutziges liederliches Loch! Ich muß annehmen, Du würdest sie nicht wieder erkennen. Neben dem Herd stand ein derbes bäurisches Kind in verwahrloster Kleidung. Es hatte um den Mund und in den Augen etwas, das mich an Catherine erinnerte. Das ist Edgars Neffe, überlegte ich – in gewisser Hinsicht also auch meiner. Ich muß ihm die Hand geben und – ja – ich muß ihm auch einen Kuß geben. Es ist ratsam, gleich zu Beginn ein gutes Einvernehmen herzustellen.

Ich trat auf ihn zu und faßte nach seiner dicken Faust und sagte:»Wie geht es dir, lieber Junge?«

Er antwortete in einem Jargon, den ich nicht verstand.

»Wollen wir nicht Freunde sein, Hareton?« lautete meine nächste Anknüpfung.

Eine arge Verwünschung und die Drohung, Greif, den Hund, auf mich zu hetzen, belohnte meine Ausdauer.

»Heh, Greif, Kerl!« rief der kleine Satan und lockte einen jungen Bullhund von seinem Lager in der Ecke.»Nun, wirst du jetzt losziehen?« fragte er selbstbewußt

Da ich mich nicht dem Hund ausliefern wollte, gehorchte ich und schritt über die Schwelle zurück, um zu warten, bis die anderen hereinkommen würden. Mr. Heathcliff war nirgends zu sehen, und Josef, dem ich in den Stall gefolgt war und den ich bat, mich hineinzubegleiten, starrte mich verwundert an, brummte was vor sich hin, rümpfte schließlich die Nase und antwortete:

»Hot jemols en Christemensch su wat gehoort? – Wie sull eich verstohn, wat Ehr Eich do zesammeschwätzt.«

»Ich sage, ich wünsche, daß Ihr mich hineinbegleitet ins Haus«, schrie ich, empört über sein grobes Wesen.

»Eich nit! Eich hon wat annerst ze dhun«, antwortete er und fuhr in seiner Arbeit fort, betrachtete aber dabei mein Kleid und mein Gesicht mit überlegener Verachtung. Ersteres war allerdings viel zu fein für diesen Ort, letzteres jedoch so bekümmert, als er es nur wünschen mochte.

Ich durchquerte den Hof und kam durch einen Torweg an eine andere Tür und klopfte dort an, in der Hoffnung, daß sich ein höflicherer Mensch zeigen werde. Nach kurzer Pause wurde geöffnet. Ein hoher hagerer Mann stand in der Tür. Auch *seine* Kleidung war mehr als verwahrlost. Um sein Gesicht hing ein Wald ergrauender Haare. Und auch dieses Menschen Augen glichen in ihrer irren Schönheit denen Catherines.

»Was tun Sie hier?« fragte er grob. »Wer sind Sie?«

»Mein Mädchenname ist Isabella Linton«, entgegnete ich. »Ich bin seit kurzem mit Mr. Heathcliff verheiratet, und er hat mich hierhergeführt – mit Ihrer Erlaubnis, wie ich vermute.«

»Also ist er zurückgekommen?« fragte er, und seine Augen glühten wie die eines hungrigen Wolfes.

»Ja. Wir sind eben jetzt gekommen«, sagte ich. »Aber er hat mich an der Küchentür stehen lassen, und als ich eintreten wollte, spielte Ihr kleiner Sohn den Wächter und jagte mich mit Hilfe einer Bulldogge hinaus.«

»Gut, daß der höllische Unhold sein Wort gehalten hat!« grollte mein Gegenüber und spähte in das Dunkel hinter mir. Da er aber Heathcliff nicht entdecken konnte, brach er in wilde Verwünschungen aus: er wolle es dem Satan schon heimzahlen, falls er ihn betrogen haben sollte.

Ich bereute diesen zweiten Versuch, Einlaß zu finden, gemacht zu haben und hatte große Lust, mich heimlich wieder fortzuschleichen, doch ehe ich diese Absicht ausführen konnte, hieß er mich eintreten und schloß hinter mir die Tür und verriegelte sie.

Die einzige Beleuchtung des riesigen Raumes bestritt ein großes Kaminfeuer. Der Fußboden lag dick voll Staub, und die einst so strahlenden Zinnkrüge, an denen einst meine entzückten Kinderblicke hingen, standen blind im Dunkel, glanzlos und staubig. Ich fragte, ob ich das Mädchen rufen und mich zu Bett führen lassen könne. Mr. Earnshaw würdigte mich keiner Antwort. Er ging auf und ab, die Hände in den Taschen, und hatte meine Anwesenheit ganz vergessen.

Seine Versunkenheit war so tief, sein ganzes Gebaren so abweisend, daß ich es scheute, ihn nochmals zu stören.

Du wirst es begreiflich finden, Ellen, daß ich mich an diesem ungastlichen Herd sehr unbehaglich und furchtbar einsam fühlte, besonders wenn ich daran dachte, daß kaum vier Meilen von hier mein entzückendes Heim lag, das die einzigen Menschen barg, die mir nahe sind auf Erden. Und diese vier Meilen trennten uns ebenso sicher, als läge der Ozean zwischen uns. Ich konnte sie nicht überbrücken. Wohin muß ich mich wenden, um Trost zu suchen? fragte ich mich. Und – hüte Dich, es Edgar oder Catherine zu sagen – über alle kleinen Sorgen erhob sich riesengroß diese eine – Verzweiflung, niemanden zu finden, der mein Verbündeter sein wollte oder konnte gegen Heathcliff. Ich hatte mich auf Sturmheid gefreut, weil ich hier nicht mehr allein sein würde mit ihm, aber er kannte die Leute, zu denen er mich brachte, und wußte, daß er von ihnen keine Einmischung in seine Angelegenheiten zu fürchten haben würde.

Ich saß und dachte, eine schmerzlich lange Zeit. Die Uhr schlug acht und neun, und noch immer ging mein Stubengenosse auf und ab, den Kopf auf die Brust geneigt und vollkommen schweigsam, nur daß ihm hie und da ein Brummen oder ein zorniger Ausruf entfuhr. Ich lauschte, ob ich nicht eine weibliche Stimme irgendwo im Hause vernahm, und sank dann wieder in trübe Ahnungen, die schließlich in Tränen und Seufzern laut wurden. Ich hatte mich meinem Kummer ganz unbewußt überlassen und erschrak daher, als plötzlich Earnshaw mir gegenüber stillstand und mich mit neu erwachtem Erstaunen anstarrte. Ich machte mir seine Aufmerksamkeit zunutze und rief:

»Ich bin müde von der Reise und möchte schlafen gehen! Wo ist das Hausmädchen? Führen Sie mich zu ihr, da sie nicht zu mir zu kommen scheint.«

»Wir haben kein Hausmädchen«, antwortete er, »Sie müssen sich selbst bedienen.«

»Wo also muß ich schlafen?« schluchzte ich, von Unglück und Müdigkeit so niedergedrückt, daß ich mich nicht mehr beherrschen konnte.

»Josef mag Ihnen Heathcliffs Zimmer zeigen«, sagte er und öffnete umständlich die Tür.

Ich wollte hinausschlüpfen, aber er hielt mich plötzlich zurück und fügte in geheimnisvollem Ton hinzu:

»Schließen Sie aber Ihre Tür gut ab und verriegeln Sie sie. Sie dürfen das ja nicht vergessen.«

»Gut«, sagte ich. »Aber weshalb, Mr. Earnshaw?« Denn es war nicht nach meinem Geschmack, mich mit Heathcliff einzuschließen.

»Sehn Sie her!« erwiderte er und zog aus der Brusttasche eine seltsam konstruierte Pistole, an deren Lauf ein Messer mit zwei Klingen befestigt war. »Das ist eine große Verlockung für einen verzweifelten Menschen, nicht wahr? Ich kann nicht wiederstehen, jeden Abend mit dieser Waffe hinaufzugehen und seine Tür zu untersuchen. Finde ich sie nur einmal offen, so ist es um ihn geschehn. Ich tue das regelmäßig jeden Abend, selbst wenn ich noch vor einer Minute mir hundert Gründe nannte, die mich davon abhalten sollten.«

Ich betrachtete die Waffe. Ein gräßlicher Gedanke kam mir: wie mächtig wäre ich, besäße ich solche Waffe! Ich nahm das Ding aus seiner Hand und strich über die Klinge. Der Ausdruck meines Gesichtes schien ihn zu frappieren. Es war nicht Furcht, was mich erfüllte, es war Habgier! Er riß mir neidisch die Pistole fort, schloß das Messer und sagte:

»Meinethalben können Sie ihn warnen und für ihn wachen! Doch die Gefahr, die ihm droht, scheint Sie wenig zu schrecken.«

»Was hat Heathcliff Ihnen getan?« fragte ich. »Aus welchem Grunde hassen Sie ihn so sehr? Wäre es nicht das klügste, ihn aus dem Hause zu weisen?«

»Nein!« donnerte Earnshaw. »Sollte er den Versuch machen, mich zu verlassen, so ist er ein toter Mann. Bestärken Sie ihn in dieser Absicht, so sind Sie sein Mörder! Soll ich *alles* verloren haben und nicht einmal Rache dafür nehmen können? Soll Hareton ein Bettler sein? O verflucht! Ich *will* mein Geld zurückerobern und seins dazu! Und auch sein Blut soll mir werden. Und seine Seele mag sich der Teufel holen!«

Ellen, Du hast mir schon manches von Deinem früheren Dienstherrn berichtet. Er ist sicherlich auf dem besten Wege, verrückt zu werden. Wenigstens in letzter Nacht war er toll! Es grauste mich in seiner Nähe, und ich dachte an die Grobheit des mürrischen Knechtes als an etwas bei weitem angenehmeres zurück.

Earnshaw begann wieder auf und ab zu gehen, und ich öffnete die Tür und flüchtete in die Küche.

Josef stand über den Herd gebeugt und lugte in einen großen Kessel, der über den Flammen schaukelte. Eine hölzerne Schüssel mit

Hafergrütze stand auf den Steinen daneben. Der Inhalt des Kessels begann zu kochen, und Josef tauchte die Hand in die Schüssel mit Grütze. Da ich vermutete, daß dies die Abendmahlzeit war, die er da vorbereitete, und da ich hungrig war, beschloß ich, daß dies frugale Mahl wenigstens genießbar sein sollte. Ich riß also die Schüssel an mich und rief heftig:

»Ich will die Suppe machen!«

Dann legte ich Hut und Reitkleid ab.

»Mr. Earnshaw«, fuhr ich fort, »gebot mir, mich selbst zu bedienen. Gut, das werde ich. Denn wenn ich hier die Dame spielen wollte, müßte ich wohl verhungern.«

»Großer Gott!« murmelte er, indem er sich setzte und mit den flachen Händen seine Beine rieb. »Wann do wierer e Neier befehle sull – grad wann m'r sich an zwä Häre gwiehnt hot ... Nä, wann jetz noch e Fraa iwer meich gesetz wäre sull, dann is 't Zeit, meich devun ze mache. Eich hätt 't nit for miehlig gehall, dä Dag ze erläwe, wo eich dat alt Haus verlasse mißt – awer wie eich glaawe, is 'r jetz noh.«

Ich schenkte diesen Klagen keine Beachtung. Ich ging eilig ans Werk, seufzend im Gedenken einer Zeit, da dies Kochen mir Spaß gemacht haben würde, doch bemüht, die Erinnerung daran auszulöschen. Es quälte mich, an vergangenes Glück zu denken, und je größer die Gefahr war, mich in Gedanken an jene Zeit zu verlieren, desto rascher kreiste der Quirl und desto schneller fielen die Händevoll Mehl ins Wasser.

Josef beobachtete meine Art zu kochen mit wachsendem Mißtrauen.

»Hareton«, rief er, »dau wirst dei Supp heit nit esse. Do sin Klumpe drin su dick wie 'n Faust. Do schun wierer! Eich dhät an Eirer Stell Schissel un alles eninnschitte. Ritsch ratsch, et is 'n Glick, dat de Bodem nit erausgeriehrt wore is.«

Es war in der Tat ein übler Brei, den ich da in die Näpfe goß; ich gebe es zu. Vier Näpfe wurden voll, und ein Krug Milch wurde aus dem Keller geholt, den Hareton ergriff. Er begann eifrig zu trinken und ließ dabei die Milch aus seinem Mund wieder in den Krug zurückfließen. Ich protestierte und verlangte, daß ihm sein Teil Milch in einen Topf gegossen werde, indem ich versicherte, daß ich ein so verschmutztes Getränk nicht genießen könne. Der alte Grobian spielte nun den Beleidigten. Er betonte wiederholt, daß das Kind ganz gewiß gleichberechtigt mit mir sei; er begreife nicht, wie ich dazu komme, so mißgünstig zu sein. Inzwischen trank das Kind in derselben Weise weiter und betrachtete mich dabei mit lauernden Blicken.

»Ich werde mein Abendbrot in einem anderen Zimmer zu mir nehmen«, sagte ich. »Habt ihr keinen Raum, den ihr Wohnzimmer nennt?«

»Wohnzimmer!« echote er grinsend, »Wohnzimmer! – Nä, mir honn kä Wuhnzimmer. Wann Eich unser Gesellschaft nit paßt, dann kinnt 'r zum Här gehn; un wann 'r de Här nit wollt, dann mißt 'r ze uns kumme.«

»So werde ich hinaufgehen«, antwortete ich. »Zeigt mir ein Zimmer.« Ich setzte meinen Suppennapf auf ein Tablett und ging selbst, mir andere Milch zu holen. Mit vielem Brummen erhob sich der Kerl und ging mir voran. Wir stiegen zu den Bodenkammern hinauf.

»Do is 'n Zimmer«, sagte er, eine kreischende Brettertür aufreißend. »Gut genug for de Supp drin ze leffele. Do is 'n Sack Koorn in der Eck, do – scheen propper; wann Ehr awer bang seid, Eier großartig Seidekläd dreckig ze mache, dann leht Eier Schnuppduch uwe druff.«

Das »Zimmer« war eine Art Rumpelkammer, die scharf nach Malz und Korn roch. Mehrere volle Säcke waren an den Wänden aufeinandergetürmt

»Wie?« rief ich dem Alten ärgerlich ins Gesicht, »das ist kein Ort zum Schlafen. Ich wünsche mein Schlafzimmer zu sehen!«

»Schlafzimmer«, äffte er mir höhnisch nach. »Ehr sullt alle Schlofzimmer siehn, die do sinn. – Hie is meinet.«

Er zeigte in die zweite Dachkammer, die sich von der ersten nur dadurch unterschied, daß sie an den Wänden kahler war und ein großes niederes Bett mit einem indigoblauen Polster enthielt.

»Was will ich denn mit Eurem!« gab ich zurück. »Ich denke, Mr. Heathcliff wohnt nicht unterm Dach? – wie?«

»O! Ehr wullt also dat vum Här Heathcliff', schrie er, als höre er da etwas gänzlich Unerwartetes. »Hätt 'r dat nit gleich sahn kinne? Do hätt 'r mir all die Arwät gespart. Dat is nämlich änt, wat 'r nit siehn kennt Er hält et immer verschloß, un kä annerer als er selwer kann et jemols beträte.«

»Ihr habt ein schönes Haus, Josef!« konnte ich mich nicht enthalten zu bemerken. »Und sehr freundliche Insassen. Und ich glaube, es war verrückt von mir gehandelt, daß ich mein Geschick mit dem euren verband. Doch das gehört jetzt nicht hierher.

Aber es muß doch noch andere Zimmer geben. Ums Himmelswillen seid schnell und laßt mich irgendwo zur Ruhe kommen!«

Er erwiderte nichts auf diese Beschwörung. Er kroch die Holzstiege wieder hinunter und machte vor einem Gemach halt, das mir infolge der Güte seiner Einrichtung als das beste im Hause erschien. Hier war ein Teppich, sogar ein guter, doch war das Muster durch Staub verwischt; die Tapete an der Wand hing in Fetzen herunter; eine schöne eiserne Bettstatt war mit karminroten Vorhängen von kostbarem Stoff versehen, die aber augenscheinlich schlecht behandelt worden waren: die Fransen waren aus den Ringen gerissen und hingen in Bogen herab, und der Eisendraht, der die Vorhänge tragen sollte, war auf einer Seite vollständig verbogen, so daß der Behang auf dem Boden schleifte. Die Stühle waren auch beschädigt, manche sogar außerordentlich, und tiefe Schnitte und Risse entstellten die Holztäfelung der Wände. Ich bemühte mich, mir Mut zu machen und von dem Raum Besitz zu ergreifen, als mein närrischer Führer verkündete: »Dat hie is dem Här seinet.«

Mein Abendbrot war nun kalt geworden, mein Appetit vergangen und meine Geduld erschöpft. Ich bestand darauf, augenblicklich einen Ruheplatz zu bekommen.

»Wo dann zum Deiwel!« fuhr mich der fromme Alte an. »Ehr hott jetz alles gesiehn bis uff dem Hareton sein' Stub'. Im ganze Haus gitt et kä Loch meh, wo mer sich hinläge kinnt!«

Ich war so zornig, ich schleuderte mein Tablett mit allem, was darauf war, zu Boden, setzte mich auf den Treppenabsatz, verbarg das Gesicht in den Händen und weinte.

»Rächt su, rächt su!« rief Josef. »Loßt nor de Här iwer dat kaputten Gescherr stolpere, do wäre mer wat erläwe. Eich misch meich nit eninn. Ehr sullt uff Weihnachte faste dofor, dat Ehr die gude Gottesgäbe su erumschmeißt in Eirer schändliche Raserei! No, lang werd's nit dauere. Määnt Ehr, de Heathcliff dhät so Maniere dulle? Eich winscht' nor, er dhät Eich bei dem Streich hie erwische! Wann der Eich dobei erwische dhät –!«

Scheltend ging er hinunter in seine schmutzige Höhle und nahm die Kerze mit. Ich blieb im Dunkeln zurück. Ich hatte nun Zeit, über mein albernes Benehmen nachzudenken, und ich kam zu der Einsicht, daß ich meinen Stolz demütigen und mein heftiges Wesen zügeln müsse; ich entschloß mich daher, die Folgen meines Zornausbruches beiseite zu räumen. Ein unerwarteter Helfer erschien mir in Greif, den ich ja von Drosselkreuz her gut kannte: er hatte dort seine Kindheit verlebt und war von meinem Vater an Mr. Hindley verschenkt worden. Ich glaube, er erkannte mich wieder. Er schob mir zum Gruß seine Nase ins Gesicht und machte sich dann daran, die Suppe zu verschlingen, während ich von Stufe zu Stufe kroch und die Topfscherben auflas. Die Milchflecken auf dem Geländer trocknete ich mit meinem Taschentuch. Unsere Arbeit war kaum getan, als ich Earnshaws Tritte im Hausflur vernahm. Mein Helfer kniff den Schwanz ein und drückte sich an die Wand; ich verbarg mich in der nächsten Türnische. Die Bemühung des Hundes, seinem Herrn aus dem Weg zu gehen, war erfolglos, wie ich aus einem geräuschvollen Stolpern und einem langen kläglichen Aufheulen erriet. Ich hatte mehr Glück. Er ging vorbei an mir, betrat sein Zimmer und schloß die Türe. Gleich hinterher kam Josef mit Hareton herauf, um diesen zu Bett zu bringen. Ich hatte in Haretons Zimmer Schutz gesucht, wo der Alte mich nun fand. »Jetz is wuhl Platz genug in der Kich for Eich un Eiren Stulz«, sagte er. »Se is leer. Ehr kinnt se ganz for Eich allän honn. Nor er, de immer in beeser Gesellschaft der Dritt' is, werd dobei sinn!«

Diese Mitteilung machte ich mir erfreut zunutze, und kaum hatte ich mich neben dem Feuer in einen Stuhl geworfen, als ich einnickte und bald fest schlief. Mein Schlummer war tief und süß, leider aber viel zu schnell zu Ende. Mr. Heathcliff weckte mich. Er trat ein und fragte mich in seiner lieben Art, was ich da mache? Ich erklärte ihm den Grund meines späten Aufbleibens – nämlich, daß er den Schlüssel zu unserem Zimmer in der Tasche habe. Das Wörtchen »unser« brachte schreckliches Ärgernis. Er schwur, sein Zimmer sei nicht das meine und werde es nie sein, und er würde – doch ich will nicht seine Reden wiederholen noch sein übles Benehmen schildern. Er ist erfinderisch und rastlos darin, meinen Abscheu gegen ihn zu wecken. Ich staune manchmal über ihn so sehr, daß ich meine Furcht darüber vergesse. Dennoch, ich versichere dich, könnte weder ein Tiger noch eine giftige Schlange ein ähnliches Entsetzen in mir wecken. Er sprach mir von Catherines Krankheit und beschuldigte meinen Bruder der Veranlassung dazu und schwur, daß ich so lange als Stellvertreter meines Bruders leiden müsse, bis er ihn selbst erwischen werde.

Wie hasse ich ihn! – Ich bin sehr unglücklich – ich war eine Närrin! Hüte Dich, das mindeste von dem, was ich Dir hier sage, irgendwem auf Drosselkreuz zu verraten. Ich werde Dich täglich erwarten – enttäusche mich nicht!
Isabella.

XIV.

Sobald ich diesen Brief gelesen hatte, ging ich zum Herrn und teilte ihm mit, daß seine Schwester auf Sturmheid angekommen sei und mir einen Brief gesandt habe. Sie spreche darin ihr Bedauern aus für Mrs. Lintons Zustand und ihren brennenden Wunsch, den Bruder zu sehen; auch habe sie die Bitte, daß er ihr so bald als möglich durch mich ein Zeichen seiner Versöhnung senden möge.

»Verzeihung?« sagte Linton. »Ich habe ihr nichts zu verzeihen, Ellen. Du darfst, wenn du magst, heut nachmittag nach Sturmheid gehen und sagen, daß ich nicht »böse« sei, sondern betrübt, sie verloren zu haben, besonders da ich mir nicht denken kann, daß sie je glücklich würde. Daß aber ich hingehe und sie besuche, ist ganz ausgeschlossen. Wir sind für immer geschieden. Und sollte sie mir wirklich einen Gefallen tun wollen, so möge sie den Lump, den sie geheiratet hat, veranlassen, von hier fortzuziehen.«

»Und Sie wollen ihr nicht ein paar Zeilen schreiben, Herr?« fragte ich bittend.

»Nein«, antwortete er. »Es ist zwecklos. Meine Beziehungen zu Heathcliffs Familie sollen so gering sein, wie seine zu der meinen; sie sollen überhaupt nicht bestehen.«

Mr. Edgars kalte Zurückweisung wirkte auf mich sehr niederdrückend. Während des ganzes Weges nach Sturmheid sann ich darüber nach, wie ich seinen Worten in meinem Bericht etwas herzliches geben, und wie seine Weigerung, Isabella ein paar tröstende Zeilen zu schicken, gemildert werden könne.

Isabella schien mich schon lange zu erwarten. Ich sah sie durchs Fenster spähen, als ich den Gartenweg hinaufging, und ich nickte ihr zu; aber sie wich zurück, als fürchte sie, gesehen zu werden. Ich trat ohne Anklopfen ein. O welch ein trübes ungemütliches Bild bot die früher so wohnliche Diele! Ich muß bekennen, daß ich an Stelle der jungen Dame wenigstens den Herd gesäubert und die Tische abgestaubt haben würde. Sie aber war schon angesteckt vom vergiftenden Geist der Verwahrlosung, der hier herrschte. Ihr hübsches Gesicht war welk und grau, ihr Haar nicht gelockt; einige Strähnen hingen lüderlich herab, andere waren nachlässig um den Kopf geschlungen. Anscheinend hatte sie seit dem vorhergehenden Abend keine Toilette gemacht.

Hindley war nicht da. Heathcliff saß, in seinem Notizbuch blätternd, am Tisch. Als ich eintrat erhob er sich aber, fragte ganz freundlich nach meinem Befinden und bot mir einen Stuhl an. Er, Heathcliff, war von Menschen und Gegenständen hier im Raum der einzige, der anständig und gepflegt aussah. So sehr hatten die Umstände beide verwandelt, daß er einem Fremden sicher als geborener Kavalier und sein Weib als eine Schlange erschienen sein würde.

Sie kam eilig herbei, mich zu begrüßen, und hielt die Hand auf, um den erwarteten Brief in Empfang zu nehmen. Ich schüttelte den Kopf. Sie verstand aber dies Zeichen nicht, sondern folgte mir zu einem Wandbrett, wo ich meinen Hut niederlegte, und flüsterte mir zu, ich solle ihr gleich den mitgebrachten Brief aushändigen.

Heathcliff erriet den Zweck ihrer Manöver und sagte:»Wenn du, wie es ohne Zweifel der Fall ist, irgend etwas für Isabella hast, Nelly, so gib es ihr. Du brauchst kein Geheimnis daraus zu machen; wir haben keine Geheimnisse voreinander.«

»O, ich habe nichts«, entgegnete ich, da ich es für das beste hielt, gleich die Wahrheit zu sagen.»Herr Linton sagte mir, seiner Schwester mitzuteilen, daß sie gegenwärtig weder einen Brief noch einen Besuch von ihm erwarten solle. Er sendet Grüße und gute Wünsche, gnädige Frau, und seine Verzeihung für den Kummer, den Sie ihm bereitet haben. Aber er meint, daß seit der Zeit zwischen seinem Haus und diesem Haus hier keine Beziehungen mehr beständen – und das solle auch fernerhin so bleiben.«

Mrs. Heathcliffs Lippen bebten leise, als sie zu ihrem Fensterplatz zurückkehrte Ihr Mann trat zu mir und begann Fragen betreffs Catherine zu stellen. Ich sagte ihm über ihre Krankheit so viel, als ich für angebracht hielt, doch er entlockte mir durch ein geschicktes Kreuzverhör fast alles, was mit dem Beginn derselben in Beziehung stand. Ich sagte, sie trage an allem selbst Schuld, und schloß mit der

Hoffnung, daß Heathcliff Mr. Lintons Beispiel folgen und eine fernere Einmischung in seine Familie vermeiden werde.

»Mrs. Linton ist nun endlich auf dem Wege der Besserung«, sagte ich. »Sie wird nie wieder das sein, was sie war, aber ihr Leben ist gerettet Und wenn Sie wirklich etwas für sie fühlen, so werden Sie es vermeiden, ihren Weg nochmals zu kreuzen, ja, Sie werden ganz aus dieser Gegend fortziehen. Dieser Schritt braucht Ihnen nicht schwer zu fallen, denn ich muß Ihnen sagen, daß Catherine Linton sich ebenso sehr von Ihrer früheren Freundin Catherine Earnshaw unterscheidet, wie diese junge Dame hier sich von mir unterscheidet. Ihr Äußeres ist sehr verändert, ihr Charakter noch viel mehr. Und jener, dessen Leben an das ihre gebunden ist, wird seine Zuneigung nur mehr aus der Erinnerung an das, was sie einst war, schöpfen können; nicht Liebe kann ihn mehr fesseln – nur Menschenfreundlichkeit und Pflichtgefühl!«

»Das ist möglich«, bemerkte Heathcliff, indem er sich Mühe gab, ruhig zu erscheinen, »das ist schon möglich, daß dein Herr hier nichts weiter empfindet als Menschenfreundlichkeit und Pflichtgefühl. Doch bildest du dir ein, ich werde Catherine seinem ›Pflichtgefühl‹ und seiner ›Menschlichkeit‹ überlassen? Wie kannst, wie darfst du meine Gefühle für Catherine mit seinen vergleichen? Ehe du von hier fortgehst, muß ich dein Versprechen haben, daß du mir eine Unterredung mit ihr verschaffen wirst. Übrigens, ob du zustimmst oder nicht: ich will und werde sie sehen! Nun, was sagst du?«

»Ich sage, Mr. Heathcliff«, erwiderte ich, »Sie müssen das nicht tun! Ich gebe meine Hilfe nicht dazu her. Noch ein solches Zusammentreffen zwischen Ihnen und Mr. Linton – und Catherine würde sterben!«

»Wenn du mir beistehst, würde solch ein Zusammentreffen vermieden werden«, fuhr er fort. »Und sollte er ihr nochmals Kummer machen, sollte er nochmals Ursache auch nur einer einzigen Sorge für sie sein – nun, ich denke, dann bin ich berechtigt, das äußerste zu tun! Ich wollte, du könntest mir sagen, ob Catherine unter seinem Verlust sehr leiden würde. Nur Furcht für sie hält mich zurück, ihn aus der Welt zu schaffen. Und daran kannst du den Unterschied zwischen seinem und meinem Fühlen erkennen: wäre er an meiner und ich an seiner Stelle gewesen – ich würde keine Hand gegen ihn erhoben haben, obgleich

ich ihn hasse, wie nur je ein Mensch hassen kann! Und ob du auch ungläubig dreinblickst: ich würde ihn nie von ihr verbannt haben, solange sie seine Gegenwart wünschte. Im Augenblick, da ihr Interesse für ihn endete, würde ich ihm das Herz ausgerissen, sein Blut getrunken haben! Aber bis dahin – wenn du mir nicht glaubst, so kennst du mich eben nicht – bis dahin würde ich lieber tausend Tode gestorben sein, als daß ich ihm auch nur ein einziges Haar gekrümmt hätte!«

»Und doch machen Sie sich kein Gewissen daraus«, fiel ich ein, »alle Hoffnung auf ihre gänzliche Wiederherstellung zu zerstören, indem Sie sich in ihr Gedächtnis eindrängen – jetzt, wo sie Sie beinahe vergessen hat – und sie in neue peinvolle Verwirrung stürzen wollen.«

»Du meinst, sie habe mich fast vergessen?« sagte er. »O Nelly! Du weißt, das hat sie nicht! Du weißt so gut wie ich, daß auf jeden Gedanken, den sie für Linton hat, tausend Gedanken kommen, die sie mir schenkt! Ich war ein Narr, auch nur einen Augenblick anzunehmen, daß ihr Edgar Lintons Neigung mehr wert sei, als die meine. Und liebte er auch mit aller Kraft seines kümmerlichen Seins, so könnte er doch in achtzig Jahren nicht soviel Liebe geben, als ich in einem Tag! Und Catherines Herz ist tief wie meines. Ebensowenig wie der Schweinetrog den Ozean fassen kann, ebensowenig kann Lintons Liebe ihr großes glühendes Herz erfassen. Pah! Er ist ihr kaum um einen Grad lieber als ihr Hund oder ihr Pferd! Es ist nicht in ihm, so geliebt zu werden wie ich. Wie kann sie in ihm etwas lieben, was er nicht hat?«

»Catherine und Edgar haben einander so lieb, wie zwei Menschen nur irgend können!« rief Isabella lebhaft dazwischen. »Niemand hat ein Recht, in dieser Weise von ihnen zu sprechen, und ich werde nicht dazu schweigen, daß mein Bruder verhöhnt wird.«

»Dein Bruder ist ja wohl auch in dich recht vernarrt?« bemerkte Heathcliff trocken. »Und doch schickte er dich gleichmütig in die Welt hinaus.«

»Er weiß nicht, was ich leide«, entgegnete sie. »Das habe ich ihm nicht mitgeteilt.«

»So hast du ihm also doch etwas mitgeteilt! Du hast ihm geschrieben, wie?«

»Ich schrieb ihm, daß ich geheiratet hätte – du hast den Zettel gesehen.«

»Und sonst nichts?«

»Nein.«

»Mein junges Fräulein sieht in ihrem neuen Stand recht elend aus«, bemerkte ich. »Ich glaube, man schenkt ihr zu wenig Liebe.« »Sie schenkt sich selbst zu wenig Liebe«, sagte Heathcliff. »Sie wird liederlich und unsauber – eine rechte Schlampe! Sie ist es ungewöhnlich früh überdrüssig geworden, mir zu gefallen! Du wirst es kaum glauben, aber sogar an unserem Hochzeitstag weinte sie, weil sie nach Hause wollte. Immerhin – da sie nicht übertrieben sauber ist, wird sie um so besser in dies Haus passen, und ich werde dafür Sorge tragen, daß sie nicht ihre Undankbarkeit so weit treibt, mir davonzulaufen.« »Nun, Herr«, entgegnete ich, »Sie müssen doch wohl zugeben, daß Mrs. Heathcliff gewohnt ist, daß man für sie sorgt und sie bedient. Sie müssen ihr ein Mädchen geben, das Ordnung hält in ihren Sachen, und Sie müssen sie gut behandeln. Wie Sie auch über Mr. Edgar denken mögen, so können Sie doch nicht leugnen, daß sie treue Zuneigung zu empfinden vermag, sonst hätte sie doch nicht den Wohlstand und die Behaglichkeit und die lieben Freunde ihres früheren Heims aufgegeben, um sich in solch einer Wildnis hier zufrieden zu fühlen.« »Sie gab das auf, weil sie verblendet war«, antwortete er. »Sie sah in mir einen romantischen Helden und erwartete von meiner ritterlichen Ergebenheit zahllose Aufmerksamkeiten und Zärtlichkeiten. Ich kann sie kaum als vernunftbegabtes Wesen anerkennen, so verrannt war sie in ihre Idee. Sie dichtete mir die von ihr gewünschten Eigenschaften an und handelte unter dem falschen Eindruck, den sie sich von mir gemacht hatte. Jetzt endlich fängt sie an, mich zu kennen. Ich sehe nicht mehr das dumme Lächeln und die albernen Grimassen, die mich so ekeln, und endlich scheint sie nun zu begreifen, daß sie mir über alle Maßen widerwärtig ist. Ihr Scharfblick, mit dem sie endlich entdeckte, daß ich sie nicht liebe, ist bewunderungswürdig. Ich dachte schon, keine Erfahrung könne ihr das beibringen! Und doch hat sie es mühsam erlernt; denn heut morgen verkündete sie – und das war ein Zeichen unerhörter Intelligenz – daß ich es wirklich noch so weit bringen werde, daß sie mich hasse. Eine wahre Herkulesarbeit habe ich mit ihr, ich versichere dich! Ich werde froh sein, wenn sie vollbracht sein wird. Kann ich deiner Beteurung glauben, Isabella? Wirst du nicht, wenn ich dich einen halben Tag allein gelassen habe, seufzend und schmeichelnd wieder zu mir kriechen? Glaube mir, Nelly, daß ich dir hier die Wahrheit aufdecke, das hilft meinem Werk ein Stückchen voran – es verwundet ihre Eitelkeit empfindlich! Aber ihr sollt es erfahren, daß die Verliebtheit ganz auf einer Seite war; ich habe ihr nie so etwas ähnliches vorgelogen. Sie kann mich nicht beschuldigen, ihr auch nur ein klein wenig Zartsinn vorgetäuscht zu haben. Das erste, was ich tat, als wir Drosselkreuz damals verließen, war, daß ich ihren kleinen Hund aufknüpfte. Aber keine Brutalität widerte sie an. Ich vermute, sie hat eine angeborene Bewunderung dafür, solange nur ihre eigene werte Person verschont bleibt. Ich bitte dich, Nelly, war es nicht das denkbar Absurdeste, die wahre Idiotie, daß dies jammervolle, hündische, schwachsinnige Geschöpf träumte, ich könne sie lieben?! Sage deinem Herrn, Nelly, daß ich in meinem ganzen Leben keinem so niedrigen Wesen begegnet bin wie ihr. Selbst der Name Linton ist zu gut für sie. Sie hält alles aus, was ich ihr antue; jede Beleidigung, jede Folter! Sie erschöpft meine Erfindungsgabe – ich habe keine Qualen mehr für sie! Doch sage ihm auch, er möge sein brüderliches Herz beruhigen: ich halte mich streng in den Grenzen des Gesetzes. Ich habe bis jetzt nicht das geringste getan, das ihr ein Recht gäbe, die Trennung zu verlangen. Und was mehr ist, sie würde dem keinen Dank wissen, der uns trennen wollte. Sie kann gehen, wenn sie es wünscht; denn ihre Gegenwart ist mir so widerwärtig, daß es mir eine Wohltat wäre, wenn ich sie nicht mehr zu foltern brauchte!«

»Mr. Heathcliff«, sagte ich, »das ist die Sprache eines Tollhäuslers! Ihre Gattin ist jedenfalls überzeugt, daß Sie wahnsinnig sind, und aus diesem Grunde hat sie mit Ihnen Geduld gehabt. Doch wird sie jetzt zweifellos von der Erlaubnis zu gehen Gebrauch machen.«

»Hüte dich, Ellen!« antwortete Isabella mit zornfunkelnden Augen. »Du darfst nicht einem seiner Worte trauen. Er ist ein lügnerischer Satan! Ein Ungeheuer – kein Mensch! Es ist nicht das erstemal, daß er sagt, ich könne gehen. Ich habe auch schon den Versuch dazu gemacht, aber ich darf ihn nicht wiederholen. Nun versprich mir, Ellen, daß du nicht ein Wort seiner schamlosen Reden meinem Bruder oder Catherine berichten willst. Was er auch vorgeben mag – sein Wunsch ist nur der, Edgar zur Verzweiflung zu bringen. Er sagt, er habe mich geheiratet, um Macht über ihn zu gewinnen; und er soll seinen Zweck nicht erreichen – eher sterbe ich! Ich hoffe nur eins und bete darum: daß er seine teuflische Schlauheit vergißt und mich umbringt! Die einzige Freude, die mir noch werden kann, ist, entweder selbst zu sterben oder ihn tot zu sehen!«

»So – das dürfte vorläufig genug sein!« sagte Heathcliff. »Solltest du mal vor Gericht geladen werden, Nelly, so erinnere dich ihrer Worte. Sie ist bald so weit, wie ich sie haben will. Nein, Isabella, du bist jetzt nicht fähig, dein eigner Hüter zu sein, und ich, als dein rechtmäßiger Beschützer, muß dich in meiner Obhut behalten, so widerwärtig diese Pflicht auch ist. Geh hinauf! Ich habe mit Ellen Dean unter vier Augen zu sprechen. – Du gehst ja falsch; hinauf! sage ich dir! Zum Teufel, Kind, dies ist der Weg hinauf!«

Er packte sie und warf sie aus dem Zimmer und murmelte, als er zurückkam: »Ich habe kein Mitleid mit diesen Würmern! Je mehr sie sich krümmen, um so mehr lechze ich danach, sie zu zertreten! – Es ist wie ein moralisches Zahnen: je größere Schmerzen es mir verursacht, um so heftiger wird meine Beißwut.«

»Haben Sie je in ihrem Leben so etwas wie Mitleid gefühlt?« fragte ich, meinen Hut aufsetzend.

»Nimm das wieder ab!« sagte er, auf den Hut deutend. »Du gehst noch nicht. Komm her, Nelly! Ich muß dich entweder überreden oder zwingen, mir dazu behilflich zu sein, Catherine zu sprechen – und das ohne Verzug. Ich schwöre, daß ich nichts böses beabsichtige. Ich wünsche nicht, irgend eine Störung zu verursachen, oder Mr. Linton zu reizen. Ich möchte nur von ihr selbst hören, wie sie sich fühlt und warum sie krank ist, und möchte sie fragen, ob ich irgend etwas für sie tun kann. Letzte Nacht war ich sechs Stunden im Garten von Drosselkreuz, und ich werde auch heute hingehen. Und jede Nacht werde ich dort sein und jeden Tag, bis ich eine Gelegenheit finde, ins Haus zu dringen. Sollte Edgar Linton mir begegnen, so werde ich ihn niederhauen, damit er solange genug hat, als ich dort zu tun haben werde. Sollten seine Leute sich mir entgegenstellen, so werde ich sie mit diesen Pistolen abschrecken. Aber würde es nicht besser sein, ich käme weder mit ihnen noch mit ihrem Herrn in Berührung? Und du könntest das so leicht verhindern. Ich würde dich von meinem Kommen benachrichtigen, und sobald sie dann allein ist, könntest du mich zu ihr führen und Wache halten, bis ich wieder fort bin – und hättest dabei noch ein gutes Gewissen, denn du würdest schlimmes Unglück verhüten.«

Ich wehrte mich dagegen, im Hause meines Dienstherrn diese schändliche Rolle zu spielen, und machte auch die Grausamkeit und

Selbstsucht geltend, mit der er beabsichtige, rein zu seinem Behagen die Ruhe Mrs. Lintons zu stören.

»Das geringste Ereignis regt sie schmerzlich auf«, sagte ich, »ich bin überzeugt, sie würde den Schreck nicht überleben. Geben Sie Ihr Verlangen auf, Herr, sonst wäre ich genötigt, meinen Herrn von Ihren Plänen in Kenntnis zu setzen. Und er wird Maßregeln zu ergreifen wissen, sich und sein Haus vor solch unerwünschtem Eindringling zu schützen.«

»In diesem Falle werde ich Maßregeln ergreifen, mich vor dir zu schützen, Weib!« donnerte Heathcliff. »Du wirst vor morgen früh Sturmheid nicht verlassen. Deine Behauptung, Catherine könne ein Wiedersehen mit mir nicht ertragen, ist albernes Geschwätz, und sie zu überrumpeln beabsichtige ich gar nicht. – Du mußt sie vorbereiten. Frage sie, ob ich kommen darf. Du sagst, sie nenne nie meinen Namen, und er werde ihr gegenüber nie erwähnt. Zu wem soll sie von mir sprechen, wenn mein Name im Hause verboten ist? Sie muß ja denken, ihr seid alle Spione ihres Mannes. O, ich bin überzeugt, sie ist wie in der Hölle, da bei euch! Gerade ihr Schweigen zeigt mir, was sie fühlt. Du sagst, sie sei unruhig und ängstlich – ist das ein Beweis für Herzensruhe? Du sagst, ihr Geist sei gestört. Wie zum Teufel ist das denn anders möglich in ihrer schrecklichen Abgeschlossenheit? Und dieser fade Lumpenkerl, der sie aus Pflichtgefühl und Menschlichkeit, aus Mitleid und Nächstenliebe pflegt! Er könnte ebensogut eine Eiche in einen Blumentopf pflanzen und erwarten, daß sie zur Frucht gedeihe, als erwarten, daß aus dem Boden seiner schalen Fürsorge ihr neue Lebenskraft sprießen könne! – Laß uns sofort einig werden: willst du hier bleiben und soll ich mir meinen Weg zu Catherine über Linton und seine Leute erkämpfen? Oder willst du mein Freund sein wie bisher und tun, was ich verlange? Entscheide! Denn ich habe keine Ursache, noch eine Minute zu zögern, falls du bei deiner Böswilligkeit beharren solltest.«

Nun, Mr. Lockwood, ich weinte und ich beschwor ihn und wies ihn wohl fünfzigmal ab; aber nach vielem hin und her zwang er mich zu einem Vergleich. Ich erklärte mich bereit, meiner Herrin einen Brief von ihm zuzutragen und ihn – falls sie damit einverstanden wäre – von Lintons nächster Abwesenheit zu verständigen. Dann sollte er kommen und sich den Weg zu ihr suchen. Ich würde nicht da sein, und auch die

149

anderen Leute sollten fern gehalten werden. War es recht oder unrecht? Ich fürchte, es war unrecht, doch ich hatte keine Wahl. Ich glaubte, durch meine Einwilligung neues Unheil zu verhüten, und ferner, daß die Sache auf Catherines Geisteszustand vielleicht einen günstigen Einfluß haben werde. Trotzdem war ich auf dem Heimweg noch trauriger als auf dem Herweg; und es dauerte lange, ehe ich mich entschließen konnte, das Schreiben in Mrs. Lintons Hände zu legen... Doch da kommt Kenneth. Ich will hinuntergehen und ihm sagen, wieviel besser es Ihnen geht. Meine Erzählung ist langweilig und soll lieber dazu dienen, einen anderen Morgen zu kürzen.

Langwierig und traurig, dachte ich, als die gute Frau hinunterging, um den Arzt zu empfangen – und nicht gerade von der Art, wie ich sie mir zur Unterhaltung gewünscht haben würde. Aber das macht nichts. Ich will aus Mrs. Deans bitteren Kräutern eine heilsame Medizin brauen. Und zunächst will ich mich vor Catherine Heathcliffs berückenden Augen hüten. Ich wäre in einer seltsamen und unbehaglichen Situation, wenn ich mein Herz an dieses junge Weib hinge, die sich voraussichtlich als eine zweite Auflage der Mutter entpuppen wird.

XV.

Wieder eine Woche vergangen, die mich dem Frühling und der Gesundheit näher brachte. Ich habe nun in mehreren Sitzungen die ganze Geschichte meines Nachbarn erfahren. Ich werde den Bericht mit den eigenen Worten der Haushälterin, nur hie und da ein wenig gekürzt, wiedergeben. Sie erzählt recht gut, und ich würde ihren Stil kaum viel verbessern können.

Am Abend, sagte sie, dem Abend nach meinem Besuch auf Sturmheid, wußte ich so sicher als hätte ich ihn gesehen – daß Heathcliff in der Nähe sei. Und ich scheute mich hinauszugehen, weil ich seinen Brief noch in der Tasche trug. Ich hatte mir vorgenommen, ihn erst dann abzugeben, wenn mein Herr vom Hause abwesend sein würde, denn ich konnte ja nicht wissen, wie er auf Catherines Zustand wirken würde. Die Folge war, daß er erst nach Verlauf von drei Tagen in ihre Hände kam.

Der vierte Tag also war ein Sonntag, und ich ging zu Catherine hinauf, nachdem die anderen zum Kirchgang das Haus verlassen hatten. Nur ein Diener war zurückgeblieben. Wir pflegten während der Kirchzeit die Haustür verschlossen zu halten, doch diesmal war das Wetter so warm und sonnig, daß ich die Türflügel weit öffnete. Und um meinem Versprechen nachzukommen – denn ich wußte, wen dies Zeichen herbeilocken würde – sagte ich meinem Dienstgenossen, die Herrin verlange sehr nach ein paar Orangen, und er müsse ins Dorf laufen und welche holen; bezahlen würden wir sie am nächsten Tage. Er machte sich auf den Weg, und ich stieg hinauf.

Mrs. Linton saß in einem losen weißen Gewand, einen weißen Shawl um die Schultern, in der Nische des offenen Fensters, so wie immer. Ihr dickes langes Haar hatte man zu Beginn ihrer langwierigen Krankheit kurz abgeschnitten. Jetzt trug sie es schlicht aus der Stirn gekämmt, und es fiel in feinen natürlichen Locken über Schläfen und Nacken. Ihr Äußeres hatte sich – wie ich schon Heathcliff gesagt hatte – sehr verändert, aber wenn ihre Seele ruhig war, trug ihr Antlitz einen überirdischen Glanz. Die früher so flammenden Augen kannten jetzt nur Trauer und Sanftmut und beachteten kaum die Dinge der nahen Umgebung. Sie blickten weit darüberhin – hinüber in eine andere Welt. Die blasse Farbe ihres Gesichtes und der besondere Ausdruck, den ihr Geisteszustand ihm verlieh, steigerten das mitfühlende Interesse, das sie erweckte, zeichneten sie aber auch als eine dem Tode Verfallene.

Vor ihr auf dem Fensterbrett lag ein Buch, und der sanfte Wind spielte mit seinen Blättern. Linton hatte es vermutlich dahingelegt. Catherine versuchte nie, sich mit Lesen zu beschäftigen noch sonst irgend eine Zerstreuung vorzunehmen, und Edgar brachte manche Stunde mit der Bemühung hin, ihre Aufmerksamkeit für irgend einen Gegenstand zu erwecken, der sie früher sehr interessiert hatte. Wenn sie gelassener Stimmung war, ertrug sie seine Anstrengungen, deren Absicht ihr bewußt schien, geduldig, doch zeigte sie deren Nutzlosigkeit durch müdes Seufzen und machte ihn bald mit traurigen Küssen still. Zu anderen Zeiten wandte sie sich heftig ab und schlug die Hände vors Gesicht oder schob ihn ärgerlich fort. Dann ließ er sie allein, denn er wußte, daß ihr seine Gegenwart dann eine Last war.

Die Glocken der Gimmerton-Kapelle läuteten noch, und der volle melodische Sang des Baches klang aus dem Tal herauf. Seine Musik bot einen lieblichen Ersatz für das noch ferne Rauschen des Sommerlaubes, das hier im Park so stark war, daß es das Lied des Baches übertönte. In Sturmheid aber hörte man das Wassermurmeln stets, besonders laut nach anhaltendem Tauwetter oder einem tüchtigen Landregen. Und an Sturmheid dachte Catherine, während sie saß und lauschte; das fühlte ich.

»Da ist ein Brief für Sie, Mrs. Linton«, sagte ich, ihn vorsichtig in ihre Hand schiebend. »Sie müssen ihn sogleich lesen, denn er bedingt eine Antwort. Soll ich ihn öffnen?«

»Ja« sagte sie, ohne hinzublicken.

Ich öffnete ihn – er war sehr kurz.

»So«, fuhr ich fort. »Jetzt lesen Sie ihn.«

Sie hob die Hand und ließ ihn fallen. Ich legte ihn auf ihren Schoß zurück und stand abwartend. Da sie sich aber nicht rührte, fragte ich schließlich: »Soll ich ihn vorlesen, Mrs. Linton? Er ist von Mr. Heathcliff.«

Sie schrak zusammen, sah mich verstört an und versuchte ersichtlich, ihre Gedanken zu ordnen. Sie nahm den Brief und blickte ernsthaft hinein. Sie schien zu lesen. Als sie zur Unterschrift kam, seufzte sie. Dennoch entdeckte ich, daß sie den Inhalt nicht begriffen hatte, denn als ich ihre Antwort hören wollte, zeigte sie nur auf den Namen und sah mich traurig und begierig an.

»Er wünscht Sie zu sehen«, sagte ich. »Er ist jetzt im Garten und wartet, welche Antwort ich ihm bringe.«

Während ich noch sprach, sah ich durchs geöffnete Fenster, daß einer der großen Hunde, der drunten im sonnigen Grase lag, die Ohren spitzte, als wolle er bellen. Doch die Ohren legten sich wieder zurück, und der Hund gab durch Schwanzwedeln zu erkennen, daß jemand komme, den er nicht als Fremden betrachte. Mrs. Linton beugte sich vor und lauschte atemlos. Einen Augenblick später erklangen im Hausflur Schritte. Die offene Tür war für Heathcliff eine zu große Versuchung gewesen – er hatte nicht widerstehen können.

Mit steigender Erwartung spähte Catherine zur Tür ihres Zimmers. Er fand sich nicht gleich zurecht, da gab sie mir ein Zeichen, ihm den Weg zu weisen. Doch ehe ich das Zimmer durchquert hatte, öffnete er die Tür. Mit zwei Schritten war er an ihrer Seite und nahm sie wild in die Arme.

Er sagte lange Zeit kein Wort, hielt sie nur innig fest und überschüttete sie mit Küssen, von denen er in diesem Augenblick wohl mehr verschenkte als in seinem ganzen bisherigen Leben zusammengenommen. Aber meine Herrin hatte ihn zuerst geküßt, und ich sah deutlich, daß er sich wehrte, sie anzublicken, denn er vermochte nicht, seine große Pein zu verbergen. Dieselbe Überzeugung, die uns alle gebannt hielt, hatte bei ihrem Anblick auch ihn erfaßt: hier gab es keine Hoffnung mehr, hier grüßte schon mit bleichem Lächeln der Tod. »O Cathy! O mein Leben! Wie soll ich es tragen?« war das erste, was er sagte, in einem Ton, der seine Verzweiflung nicht zu verbergen suchte. Und dann sank sein Blick in ihre Augen – mit so inniger Ausdauer, daß ich vermeinte, er müsse in Tränen schmelzen; aber sein Auge blieb trocken, brennend in Angst.

Catherine lehnte sich in ihren Stuhl zurück und runzelte die Stirn. Ihre Stimmung schwenkte so häufig um wie eine Wetterfahne.

»Du und Edgar«, sagte sie, »habt mein Herz gebrochen, Heathcliff! Und da kommt ihr nun beide zu mir und klagt und wollt mein Mitleid, das ich euch nicht geben kann! Du hast mir Tod gegeben – und aus dieser Tat anscheinend Lebenskraft getrunken. Wie stark du bist, wie hoch und trotzig! Wieviele Jahre gedenkst du noch zu leben, wenn ich gegangen bin?«

Heathcliff war vor ihr hingekniet und hielt sie umfaßt. Er wollte sich erheben – doch sie packte wild sein Haar und hielt ihn nieder.

»Ich wollte«, fuhr sie bitter fort, »ich könnte dich halten, bis wir beide tot wären; und wenn du littest daran, so sollte es mich nicht kümmern. Ich frage nicht nach deinen Kümmernissen. Warum solltest du nicht leiden, da ich auch leide?! Wirst du mich wohl vergessen? Wirst du glücklich sein, wenn ich in der Erde bin? Wirst du vielleicht in zwanzig Jahren sagen: Dies ist das Grab von Catherine Earnshaw. Ich liebte sie einmal und war unglücklich, sie zu verlieren. Das ist vorbei. Ich habe viele andere geliebt seitdem. Meine Kinder sind meinem Herzen näher als sie es war, und im Sterben werde ich darüber, daß ich zu ihr gehe, keine Freude haben; ich werde traurig sein, die Kinder verlassen zu müssen. Wirst du so sagen, Heathcliff?«

»Willst du mich solange foltern, bis ich so wahnsinnig bin wie du?« schrie er zähneknirschend und schüttelte ihre Hände gewaltsam ab.

Die beiden boten ein seltsames, beängstigendes Bild. Ich begriff jetzt Catherines Worte, die sie mir vor Jahren einmal gesagt, daß der Himmel ihr keine Heimat sein könne. Ihr Gesicht mit den wachsbleichen Wangen trug jetzt den Ausdruck wilder Rachsucht, ihre Lippen waren blutleer, und ihre Augen sprühten, und in den gekrampften Fingern hielt sie einen Haufen von Heathcliffs dunklem

Haar, den sie ihm ausgerissen hatte. Er hatte sich aufgerichtet und faßte ihren Arm. Gewiß war der Druck seiner Finger nur zart gewesen, dennoch sah ich, als er die Hand zurückzog, in der farblosen Haut ihres Armes vier tiefe bläuliche Abdrücke.

»Bist du denn des Teufels«, fuhr er roh fort, »in solcher Weise mit mir zu sprechen, wenn du am Sterben bist? Bedenkst du denn, daß alle diese Worte eingegraben sind in meinem Gedächtnis, und wenn du von mir gegangen bist, sich tiefer und tiefer einfressen – für immer lastend? Du weißt, daß du lügst, wenn du sagst, ich hätte dich getötet, und du weißt, Catherine, daß ich dich ebensowenig vergessen kann, wie ich vergessen könnte, daß ich lebe. Ist es deiner höllischen Selbstsucht nicht genug zu wissen, daß während du in Frieden ruhst, ich brennen werde in allen Martern der Hölle?!«

»Ich werde nicht in Frieden ruhn«, flüsterte Catherine. Eine große Schwäche überfiel sie, ihre Brust bebte unter den heftigen Schlägen ihres Herzens, die man zu sehen und zu hören meinte. Der Anfall ging vorüber, und sie sprach gütiger weiter:

»Ich wünsche für dich nicht schlimmere Martern als ich leide, Heathcliff. Ich habe nur den einen Wunsch, niemals von dir getrennt zu sein! Und sollte eins meiner Worte dich doch peinigen, so denke daran, daß ich tief drunten in ärgerer Pein mich machtlos winde und – vergib mir. Komm her, knie wieder hin! Du tatest mir nie in deinem Leben Böses, und dein Zorn wäre mir sicherlich schwerer zu tragen, als dir meine harten Worte. Willst du nicht kommen? O bitte!«

Heathcliff lehnte sich von hinten über ihren Stuhl, doch nicht so weit, daß sie sein Gesicht sehen konnte, das aschfahl war vor Bewegung. Sie hob den Kopf und suchte seine Augen, da wandte er sich brüsk ab und schritt zum Kamin, wo er schweigend stehen blieb, den Rücken uns zugekehrt.

Mrs. Lintons Blick folgte ihm angstvoll. Jeder Moment weckte in ihr ein neues Empfinden. Nach einem langen Blick auf ihn drehte sie sich zu mir um und sagte im Tonfall tiefster Verstimmung:

»O Nelly, du siehst es, er kennt keine Nachgiebigkeit, nicht einmal jetzt, wo seine Güte mich von der Schwelle des Todes zurückrufen könnte. So ist seine Liebe! – Das ist nicht mein Heathcliff. Den meinen liebe ich, und ihn werde ich mit mir nehmen! Er ist in meiner Seele. Nur eins beschwert mich noch: daß meine Seele noch nicht frei ist, daß sie noch so gebunden ist an ihr verwüstetes Gefängnis. Ach wäre ich schon in jene ferne, strahlende Welt entflohen und gehörte ihr für ewig an, statt daß ich mich aus gebrochenem Herzen noch nach ihr sehnen muß, deren Pracht ich nur durch Tränen sehen kann. Ach Nelly, du denkst wohl, du seiest ein besserer Mensch als ich – und glücklicher, weil du bei voller Gesundheit bist; du hast Mitleid mit mir. Das wird bald anders sein. Ich werde mit euch Mitleid haben. Ich werde unermeßlich weit von euch – hoch erhaben über euch sein. – – Es sollte mich wundern, wenn er nicht mit mir ginge!« sprach sie wie zu sich selbst weiter. »Ich dachte, er würde es so wollen. – Heathcliff, lieber Heathcliff! Du solltest jetzt nicht trotzig sein. Komm, komm zu mir, Heathcliff!«

In ihrem Eifer erhob sie sich und stützte sich auf die Armlehne ihres Sessels. Auf diesen ernst-innigen Anruf hin wandte er sich zu ihr. Er schien geradezu vernichtet. Seine weit offenen nassen Augen leuchteten dunkel hinüber in die ihren; seine Brust hob und senkte sich wild. Einen Augenblick standen sie so – und dann hielten sie sich in einer Umarmung, die, wie ich meinte, den schwachen Lebensatem meiner Herrin ersticken mußte. Ich sah nicht mehr zwei Menschen, sondern nur das Hell und Dunkel ihrer Kleidung zusammenschmelzen. Sie sanken in einen Lehnstuhl, und ich trat eilig näher, weil ich fürchtete, Catherine sei leblos. Da fletschte er die Zähne gegen mich und schäumte wie ein toller Hund und preßte sie mit gieriger Eifersucht fester an sich. Ich sah, er hätte jetzt keine menschliche Sprache verstanden; so trat ich still beiseite und hielt in großer Ratlosigkeit den Mund.

Eine Bewegung Catherines befreite mich ein wenig. Sie hob den Arm, um ihn um seinen Hals zu legen und ihre Wange an seine zu pressen. Und er küßte sie mit trunkener, verlorener Gier. Dann, nach einer Weile, sagte er:

»Jetzt lehrst du mich, wie grausam du gewesen bist – grausam und falsch! *Warum* verwarfst du mich?

Warum betrogst du dein eigenes Herz, Cathy? Ich habe kein Wort des Trostes für dich. Du hast dir dein Schicksal selbst geschmiedet – du hast dich selbst getötet! Und unsere Tränen und Küsse jetzt – sie richten dich, sie vernichten, verdammen dich! Du liebtest mich, mich – welches Recht hattest du dann, mich zu verlassen? Welches Recht, antworte mir! Um des armseligen Traumes willen, den du Linton gabst? Weil Elend und Erniedrigung und Tod und alles, was Gott und

Teufel verhängen konnten, uns nicht zu trennen vermochten, so tatest du, du selbst, es aus eigenem freien Willen! Nicht ich habe dein Herz gebrochen – du tatest es – und brachst dabei auch das meine. Um so schlimmer für mich, daß ich gesund und stark bin! Mag ich denn leben? Was für ein Leben wird das sein, wenn du – o Gott, würdest du noch leben wollen, wenn deine Seele tot wäre?«

»Sei still, sei still!« schluchzte Catherine. »Wenn ich unrecht getan habe, so sterbe ich nun dafür. Auch du hast schlimm gehandelt; du bist davongelaufen, fort von mir! Ich habe es dir verziehen! Du mußt auch mir vergeben!«

»Es ist schwer, zu vergeben«, antwortete er, »wenn man in diese zerstörten Augen sieht und diese zerbrechlichen Hände fühlt. Küsse mich, und laß mich nicht deine Augen sehn. Ich vergebe dir, was du mir angetan hast, denn meinen Mörder kann ich lieben – aber deinen – wie könnte ich das?«

Sie schwiegen; Kopf lag an Kopf. Sie weinten beide.

Inzwischen wuchs mein Unbehagen, denn der Nachmittag neigte sich seinem Ende zu. Der Mann, den ich fortgeschickt hatte, kehrte zurück, und ich konnte beim Schein der das Tal füllenden Abendsonne aus dem Portal der Gimmerton-Kapelle eine dunkle Masse – die Kirchgänger – herausquellen sehen.

»Der Gottesdienst ist vorüber«, verkündete ich. »Der Herr wird in einer halben Stunde hier sein.«

Heathcliff murmelte eine Verwünschung und zog Catherine näher an sich. Sie rührte sich nicht.

Nicht lange darauf kam die Dienerschaft den Gartenpfad herauf und wandte sich den Wirtschaftsgebäuden zu. Mr. Linton war nicht weit hinter ihnen. Er öffnete sich selbst das Gartentor und schlenderte langsam näher; er ergötzte sich wohl an dem lieblichen Nachmittag, der so sanft atmete, als sei es Sommer.

»Jetzt ist er hier!« rief ich. »Um Himmelswillen, eilen Sie hinunter! Auf der Vordertreppe werden Sie niemandem begegnen! Machen Sie schnell und halten Sie sich hinter den Bäumen, bis er glücklich im Haus ist.«

»Ich muß gehen, Cathy«, sagte Heathcliff und wollte sich erheben. »Aber ich werde dich wiedersehen, ehe du schlafen gehst! Ich werde mich keine zehn Schritt von deinem Fenster entfernen.«

»Du mußt nicht gehen«, antwortete sie, ihn so festhaltend, als ihre Kräfte es erlaubten. »Du sollst nicht gehen, sage ich dir!«

»Für eine Stunde nur«, bat er eindringlich.

»Nicht für eine Minute!« erwiderte sie.

»Ich muß! Linton wird sofort hier oben sein«, sagte er besorgt. Er wollte ihre Finger, die seinen Arm umklammert hielten, gewaltsam lösen. Sie gab nicht nach. Sie atmete hastig; aus ihrem Gesicht sprach eine wahnsinnige Entschlossenheit.

»Nein!« schrie sie auf. »O geh nicht, geh nicht! Es ist das letzte Mal. Edgar wird uns nichts tun! Heathcliff, ich werde sterben! Ich werde sterben!«

»Verflucht, da ist er!« rief Heathcliff, in den Stuhl zurücksinkend. »Still, still, mein Lieb! Still, still, Catherine! Ich bleibe ja. Und wenn er mich jetzt niederschießen würde, so würde ich sterben mit einem Dank auf den Lippen.«

Und da lagen sie wieder fest aneinandergepreßt. Ich hörte meinen Herrn die Treppe heraufsteigen. Kalter Schweiß trat mir auf die Stirn.

»Wollen Sie denn den Wünschen einer Rasenden Gehör schenken?« sagte ich aufgebracht. »Sie weiß nicht, was sie sagt. Wollen Sie sich und uns ins Unglück stürzen, weil sie nicht Vernunft genug besitzt, sich selbst zu helfen? Stehen Sie auf! Sie könnten augenblicklich frei sein, wenn Sie ernstlich wollten! Dies ist die satanischste Tat, die Sie je getan haben. Wir sind alle ruiniert: der Herr, die Frau und ich!«

Ich brach fassungslos in Weinen aus. Mr. Linton hatte wohl meine angstvolle Stimme gehört – er beschleunigte seine Schritte. Inmitten meiner Aufregung bemerkte ich zu meiner großen Erleichterung, daß Catherines Arme herabgesunken waren und ihr Kopf kraftlos zur Seite hing. Sie ist ohnmächtig oder tot, dachte ich; um so besser. Es ist besser, daß sie stirbt, als daß sie noch länger ihrer Umgebung zu Last und Qual wird.

Edgar sprang auf seinen ungebetenen Gast los, bleich vor Erstaunen und Zorn. Was er zu tun beabsichtigte, weiß ich nicht, denn der andere schnitt ihm sofort alle Demonstrationen ab, indem er ihm die leblose Gestalt in die Anne legte.

»Hier!« sagte er. »Falls Sie kein Unmensch sind, so helfen Sie ihr zunächst – dann sollen Sie mit mir sprechen.«

Er trat ins Wohnzimmer und setzte sich. Mr. Linton rief mich herbei, und mit vieler Mühe und nachdem wir die verschiedensten Mittel angewendet hatten, gelang es endlich, Catherine ins Leben zurückzurufen. Aber sie war völlig verwirrt: sie seufzte und stöhnte und erkannte niemanden.

In seiner Angst um sie hatte Edgar ihren verhaßten Freund ganz vergessen. Ich jedoch nicht. Sobald sich die Gelegenheit bot, eilte ich ins Wohnzimmer und beschwor ihn fortzugehen, indem ich versicherte, daß es Catherine besser gehe, und daß er am Morgen von mir hören solle, wie sie die Nacht verbracht habe.

»Ich will mich nicht weigern, das Haus zu verlassen«, sagte er, »aber ich werde im Garten bleiben. Doch daß du dein Versprechen hältst, Nelly! Ich werde unter jenen Lärchen warten. Komm bestimmt, sonst werde ich hier einen zweiten Besuch abstatten, ob nun Linton da ist oder nicht.«

Er warf einen schnellen Blick durch die halboffene Tür ins Nebenzimmer, und da er sah, daß Catherine tatsächlich aus ihrer Ohnmacht erwacht war, befreite er das Haus von seiner unglückbringenden Gegenwart.

XVI.

In dieser Nacht gegen zwölf Uhr wurde jene Catherine geboren, die Sie auf Sturmheid gesehen haben: ein kümmerliches Siebenmonatskind. Und zwei Stunden später starb die Mutter, ohne soviel Bewußtsein zurückerlangt zu haben, um Heathcliff zu vermissen oder Edgar zu erkennen. Des letzteren Verzweiflung über seinen Verlust ist eine zu schmerzliche Sache, um dabei zu verweilen. Der Kummer sank so tief, daß er sein Leben lang auf ihm lastete. Sicherlich betrübte es ihn auch sehr, daß ihm kein männlicher Erbe geboren war, der nach seines Vaters Tode das Besitztum in fester Hand hätte halten können. So war die kleine Waise ein armes unwillkommenes Kindchen. Sie hätte in diesen ersten Daseinsstunden ruhig wieder aus dem Leben schwinden können – und niemand hätte das bedauert. Später machten wir diese Vernachlässigung wieder gut, aber ihr Lebensanfang war so verlassen und trüb, wie ihr Ende es voraussichtlich einmal sein wird.

Der andere Morgen brach strahlend heiter an, drang gedämpft durch die Vorhänge des schweigenden Gemachs und übergoß das Sterbebett und die Gestalt darauf mit mildem sanftem Licht. Edgar Linton hatte den Kopf auf das Kissen gepreßt und die Augen geschlossen. Seine jungen und schönen Züge waren fast so totenbleich wie diejenigen Catherines und fast ebenso starr. Doch sein Gesicht trug den Ausdruck von Sorge und Erschöpfung, ihres dagegen die Zeichen vollkommenen Friedens: die Stirn glatt, die Lider geschlossen, die Lippen von Lächeln umspielt. Kein Engel im Himmel konnte schöner und friedevoller aussehen als sie. Unwillkürlich wiederholte ich mir die Worte, die sie vor wenig Stunden geäußert hatte: ›Ich werde unermeßlich weit von euch – hoch erhaben über euch sein!‹ Und ich fühlte, ihr Geist ist daheim bei Gott.

Wenn ich in einem Totenzimmer wache, so fühle ich stets eine glückselige Ruhe. Ich betrachte die ruhende Gestalt und sehe ein Ausruhen, das weder Erde noch Hölle stören kann, und mich erlöst ein Glaube an das endlose und ungetrübte Dasein, in das der Tote nun eingegangen ist – ein Dasein, in dem die Lebensdauer keine Grenzen kennt, ebensowenig wie Liebe und Freude dort Grenzen haben.

An diesem Totenbett bemerkte ich, wieviel Selbstsucht sogar in einer so innigen Liebe, wie Mr. Linton sie hegte, sein kann; er bedauerte so sehr Catherines segensvolles Erlöstsein! Gewiß, in anbetracht des eigensinnigen, ungeduldigen und unliebenswürdigen Daseins, das sie geführt hatte, konnte man in Zweifel sein, ob sie die himmlische Ruhe verdiente. In Stunden kalter Überlegung konnte man das bezweifeln, aber damals, vor dem Leichnam, konnte ich es nicht. Eine eigene beschauliche Ruhe lag über ihm, die davon sprach, daß die Seele, die ihn bewohnt hatte, ebenfalls Frieden gefunden habe.

Der Herr rührte sich nicht; er schlief wohl. So wagte ich es denn, mich bald nach Sonnenaufgang hinauszustehlen in die erfrischende Morgenluft. Ich wollte Heathcliff suchen. War er die ganze Nacht unter den Lärchen geblieben, so hatte er von dem Aufruhr im Hause wohl kaum etwas wahrgenommen; höchstens hatte er das Galoppieren des Boten, den wir nach Gimmerton schickten, hören können. Hatte er sich jedoch näher gewagt, so war ihm wahrscheinlich das Hin- und Herirren der Lichter und das mehrfache Öffnen und Schließen der Außentüren aufgefallen, und er wußte bereits, daß nicht alles in Ordnung war. Ich wünschte ihn zu finden – und fürchtete es zugleich. Ich fühlte, die schreckliche Mitteilung muß gemacht werden, und ich sehnte mich, die Sache hinter mir zu haben, wie ich es aber sagen sollte, das eben wußte ich nicht.

Er war da. Ein paar Schritte tiefer im Park. An einer alten Esche lehnte er, ohne Hut, das Haar naß vom Tau, der an allen den knospenden Zweigen hing und neben ihm zu Boden tropfte. Er mußte lange Zeit so dagestanden haben, denn kaum drei Fuß an ihm vorbei flog ein Amselpaar fleißig hin und her. Sie waren am Nestbau und achteten seine Nähe nicht anders, als sei er ein Baum. Bei meinem Kommen entflohen sie, und er hob den Blick und sprach.

»Sie ist tot!« sagte er. »Ich habe nicht auf dich gewartet, um das zu erfahren. Tu dein Taschentuch fort; heul mir nichts vor. Der Teufel hol euch alle! Sie braucht eure Tränen nicht!«

Ich weinte ebenso sehr um ihn als um sie. Gleich als ich sein Gesicht sah, wußte ich, daß er Kenntnis von der Katastrophe hatte. Und ein dummer Einfall ließ mich glauben, daß sein hartes Herz demütig geworden sei im Leid, und daß er bete – denn seine Augen waren gesenkt und seine Lippen bewegten sich.

»Ja, sie ist tot«, antwortete ich, indem ich meine Seufzer unterdrückte und meine Tränen trocknete, »in den Himmel eingegangen, wie ich hoffe, wo wir, jeder von uns, sie wiederfinden dürfen, wenn wir uns rechtzeitig warnen lassen und unsere bösen Wege aufgeben, um nur auf guten zu wandeln.«

»So? Ließ sie sich denn warnen?« fragte Heathcliff. »Starb sie wie eine Heilige? Komm, gib mir einen wahren Bericht von dem Ereignis. Wie starb –«

Er versuchte, den Namen auszusprechen, brachte es aber nicht fertig. Er kniff die Lippen zusammen und kämpfte mit seiner Bewegung, bannte aber meine Teilnahme durch einen kalten abweisenden Blick.

»Wie starb sie?« sagte er dann und lehnte sich an den Baum zurück, denn sein Körper bebte.

»Armer Kerl!« dachte ich. »Du hast grad soviel Herz und ebenso schwache Nerven wie wir anderen auch. Warum bemühst du dich, das zu verbergen? Dein Stolz kann Gott nicht täuschen! Du wolltest seinen Schmerzen trotzen, und nun erzwingt er auch von dir den Schrei um Gnade.«

»Sanft wie ein Lamm!« antwortete ich laut. »Sie seufzte tief und streckte sich, wie ein halbwaches Kind, das sich zu neuem Schlaf zurechtlegt. Und fünf Minuten später fühlte ich den letzten schwachen Schlag ihres Herzens und dann nichts mehr.«

»Und – hat sie – meiner irgendwie Erwähnung getan?« fragte er zögernd, als fürchte er, die Beantwortung dieser Frage werde Einzelheiten enthüllen, die er nicht ertragen könne.

»Sie hatte das Bewußtsein nicht mehr zurückerlangt. Sie hat, seit Sie abends von ihr gingen, niemanden mehr erkannt«, sagte ich. »Sie liegt da mit einem süßen Lächeln auf den Lippen, und ihre letzten Vorstellungen glitten zurück zu frühen, fröhlichen Tagen. Ihr Leben endete in einem sanften Traum; möge sie in der anderen Welt ebenso freundlich erwachen!«

»Möge sie erwachen in den Qualen der Hölle!« donnerte er und stampfte in zügelloser Leidenschaft mit den Füßen. »Wo ist sie, wo? *Nicht dort*, nicht im Himmel! Wo? – O, du sagtest, meine Qualen kümmerten dich nicht! Und meine Qualen sind nur dies eine Gebet: Catherine Earnshaw, mögest du keine Ruhe finden, solange ich noch leben muß! Du sagst, ich habe dich getötet – so räche dich! Verfolge, hetze mich! Die Ermordeten verfolgen ihre Mörder – ich glaube daran! Ich *weiß* es: Gespenster *können* auf Erden wandeln! O, du mußt immer um mich sein! Nimm alle Gestalten an, hetze mich bis zum Wahnsinn! Nur laß mich nicht allein in diesem Abgrund, in dem ich dich nicht finden kann! Es ist ja gar nicht auszudenken! Ich kann nicht leben ohne mein Leben – ich kann nicht leben ohne meine Seele!«

Er schlug mit dem Kopf gegen den knotigen Stamm, verdrehte die Augen und heulte – nicht wie ein Mensch, sondern wie ein wildes Tier, das man mit Speeren und Dolchen zu Tode hetzt. Jetzt erst bemerkte ich auf der Rinde des Baumes mehrere breite Blutflecke, auch Stirn und Hand Heathcliffs waren blutig. Vermutlich also hatten in der Nacht schon ähnliche Verzweiflungsszenen stattgefunden. Ich konnte kein Mitgefühl mehr aufbringen – ich entsetzte mich! Dennoch mochte ich ihn so nicht verlassen. Aber er hatte sich bald so weit gesammelt, um meine Anwesenheit zu bemerken, und er donnerte mir den Befehl zu, mich zu entfernen. Ich gehorchte, denn es lag nicht in meiner Macht, ihm Ruhe oder Trost zu bringen. –

Mrs. Lintons Begräbnis war auf den Freitag nach ihrem Ableben festgesetzt, und bis dahin stand ihr Sarg offen, mit Blumen und duftendem Laub bestreut, im Salon. Linton verbrachte Tag und Nacht dort, ein immer wacher Hüter. Und noch ein anderer wachte in der Nähe: Heathcliff war Nacht für Nacht draußen unter den Fenstern und wartete. Ich unterhielt keine Verbindung mit ihm, dennoch wußte ich, daß es sein rastloser Wunsch war, Catherine noch einmal zu sehen.

Am Dienstag, als es dunkel geworden und mein Herr sich, übermüdet, für ein paar Stunden zurückgezogen hatte, ging ich und öffnete eins der Fenster. Heathcliffs Ausdauer rührte mich, er sollte Gelegenheit haben, seiner Geliebten ein letztes Lebewohl zu sagen. Er unterließ es nicht, sich bald und geschickt der Gelegenheit zu bedienen – so geschickt sogar, daß nicht das leiseste Geräusch seine Gegenwart verriet, Ich würde kaum entdeckt haben, daß er dagewesen war, wäre nicht der Kopf des Leichnams etwas verschoben gewesen, und hätte ich nicht auf dem Fußboden eine Locke lichten Haares, mit silbernem Faden gebunden, entdeckt. Bei näherer Prüfung fand ich, daß diese Locke einem Medaillon entnommen war, das Catherine an einem Kettchen am Halse trug. Heathcliff hatte es geöffnet und seinen Inhalt hinausgeworfen, um ihn durch eine seiner eigenen schwarzen Locken zu ersetzen. Ich schlang sie beide zusammen und legte sie ins Medaillon zurück.

Selbstredend war Mr. Earnshaw aufgefordert worden, die sterbliche Hülle seiner Schwester zu Grabe zu geleiten. Er sagte nicht ab, aber er kam auch nicht, so daß außer ihrem Gatten nur die Dienerschaft ihr das Geleite gab. Isabella hatte man nicht eingeladen.

Catherines Ruhestätte war zum Erstaunen der Dorfbewohner weder in der Kapelle unter dem prächtigen Grabmal der Lintons, noch draußen neben den Gräbern ihrer eigenen Familie. Sie befand sich vielmehr auf einer grünen Böschung in einem Winkel des Kirchhofs, dort wo die Mauer so niedrig ist, daß Heidekraut und Heidelbeere vom Moor herübergeklettert sind und Torfgras die Stätte völlig überwuchert hat. Ihr Gatte liegt nun am selben Ort. Und sie haben beide einen schlichten Stein zu Häupten und einen flachen grauen Block zu Füßen, um die Grabstelle kenntlich zu machen.

XVII.

Jener Freitag war der letzte schöne Tag gewesen – für die Dauer eines Monats. Am Abend schlug das Wetter um: der Wind drehte sich von Süd nach Nordost und brachte zunächst Regen und dann Hagel und Schnee. Am anderen Morgen konnte man es kaum begreifen, daß wir drei sommerliche Wochen gehabt hatten. Krokus und Primeln lagen in Wind wehen begraben; die Lerchen schwiegen, und das junge Laub an Baum und Strauch war erfroren und schwarz geworden. Und öde und frostig und traurig schlich der Morgen herein. Mein Herr verließ sein Zimmer nicht Ich ergriff Besitz von dem verlassenen Wohnzimmer und verwandelte es in eine Kinderstube. Und da saß ich nun mit dem jammernden püppchenzarten Säugling auf den Knien; ich wiegte ihn leise und beobachtete dabei, wie die lautlos fallenden Flocken sich draußen am Fenster in die Höhe türmten. Da öffnete sich die Tür, und jemand trat atemlos und lachend herein. Für den Augenblick war mein Zorn größer als mein Erstaunen. Ich vermutete eine der Mägde und schrie:

»Gib Ruhe! Wie kannst du dich unterstehen, solch albernes Gelächter anzuschlagen! Was würde Mr. Linton sagen, wenn er dich hörte?«

»Entschuldige!« antwortete eine vertraute Stimme; »aber ich weiß, Edgar ist im Bett, und ich kann mich nicht beherrschen.«

Mit diesen Worten trat die Sprecherin an das Feuer heran. Sie atmete hastig und hatte die Hand aufs Herz gepreßt.

»Ich bin den ganzen Weg von Sturmheid hergelaufen«, fuhr sie nach einer Pause fort. »Ich konnte nicht zählen, wie oft ich hingefallen bin. O, alle Glieder tun mir weh! Reg dich nicht auf. Sobald ich mich etwas erholt haben werde, will ich dir alles erklären. Nur sei so gut und geh und bestelle dem Kutscher, daß er mich nach Gimmerton fahren muß, und laß von einer der Mägde aus meinem Kleiderschrank paar warme Sachen heraussuchen.«

Die Eingetretene war Mrs. Heathcliff. Ihr Zustand war gewiß nicht zum Lachen: die zerzausten Haare flossen, triefend von Schneewasser, auf Schultern und Rücken herab. Sie trug ein Kleid aus ihrer Mädchenzeit, das wohl zu ihrem jugendlichen Alter, doch schlecht zu ihrem jetzigen Stande paßte: ein kurzes Hängekleid mit halblangen Ärmeln; Kopf und Hals waren unbedeckt. Das leichte Seidenkleidchen war durch und durch naß, und an den Füßen trug sie nur dünne Morgenschuhe. Unter dem einen Ohr hatte sie eine tiefe Schnittwunde, die wohl nur der Frost momentan geschlossen hatte, das bleiche Gesicht war zerkratzt und gedunsen, und die Augenbrauen zitterten vor Übermüdung. Sie können sich also denken, daß sich mein erster Schreck, nun ich Gelegenheit hatte, sie näher zu betrachten, wenig verminderte.

»Meine liebe gnädige Frau«, rief ich aus, »ich werde nicht eher einen Auftrag entgegennehmen noch ausrichten, als bis Sie jedes Stück Ihrer Kleidung abgelegt und trockene Sachen angezogen haben werden. Und es ist ja ganz ausgeschlossen, daß Sie heut noch nach Gimmerton kommen. Es ist daher zwecklos, den Wagen zu bestellen.«
»Ganz gewiß werde ich hinkommen«, sagte sie; »zu Fuß oder zu Pferd. Ich habe aber nichts dagegen, mich anständig anzuziehen. Und – ach, schau, wie das Blut rinnt! Das Feuer hat die Wunde wieder geöffnet.«
Sie bestand darauf, daß ich zunächst ihre Befehle ausführte; und nicht eher gab sie mir Erlaubnis, die Wunde zu verbinden und ihre nasse Kleidung gegen trockene zu vertauschen, als bis der Kutscher angewiesen worden, den Wagen anzuspannen, und einer Magd der Auftrag gegeben war, einige nötige Kleidungsstücke zusammenzupacken.
»So, Ellen«, sagte sie, als mein Werk getan und sie beim Feuer in einem bequemen Lehnstuhl untergebracht war und ihren Tee schlürfte, »setz dich her zu mir und tu das Baby beiseite. Ich mag es nicht sehen. Du mußt nicht denken, daß meine Trauer um Catherine gering sei, weil ich mich beim Eintreten so albern benommen habe. Ich habe auch bitterlich geweint – ja, mehr als irgend ein anderer vielleicht. Wir schieden unversöhnt, du entsinnst dich doch, und das kann ich mir nicht verzeihen. All das konnte mich aber doch nicht veranlassen, Mitleid mit ihm zu haben – dem rohen Viehkerl! Komm, gib mir das Schüreisen! Dies hier ist das Letzte, was ich noch von ihm bei mir habe.« Sie streifte den goldenen Reif vom Finger und warf ihn auf die Erde. »Zertreten will ich ihn«, rief sie in kindischem Zorn, »und dann ihn verbrennen«, und sie ließ den mißhandelten Gegenstand in die Glut fallen. »Da! Wenn es ihm gelingt, mich wieder einzufangen, soll er nur einen neuen kaufen. Er ist fähig, mich hier zu suchen, um Edgar zu reizen. Ich darf also nicht bleiben. Und übrigens, Edgar ist nicht liebevoll zu mir gewesen, nicht wahr? Und ich bin nicht gekommen, um seinen Beistand zu erbitten, möchte ihm auch keine Ungelegenheiten machen. Ich mußte notgedrungen hier Schutz suchen; aber hätte ich nicht bestimmt gewußt, daß er jetzt nicht hier ist, so wäre ich nur in die Küche gegangen, hätte mich gewaschen und gewärmt, hätte mir die Kleider bringen lassen, die ich nötig habe, und wäre wieder fortgegangen, irgendwohin, wo ich vor meinem verfluchten – vor jenem Dämon in Menschengestalt geborgen wäre. Ha! Er war in

solcher Wut! Wenn er mich erwischt hätte! Es ist ein Jammer, daß Earnshaw ihm nicht an Kraft überlegen ist. Ich wäre nicht eher fortgelaufen, bis er zerschmettert am Boden gelegen hätte – wäre Hindley nur fähig gewesen, ihn zu erschlagen!«»Bitte, sprechen Sie etwas langsamer«, fiel ich ein;»das Tuch, mit dem ich Ihre Wunde verbunden habe, verschiebt sich sonst, und der Schnitt wird von neuem bluten. Trinken Sie Ihren Tee und hören Sie auf zu lachen. Unsere Trauer und Ihr Zustand verbieten das wirklich!«

»Unwiderlegbar wahr!« erwiderte sie.»Hör nur das Kind! Es wimmert ununterbrochen. Laß es doch für ein Stündchen fortschaffen; ich werde nicht länger bleiben.«

Ich klingelte und übergab das Kleine einem Mädchen; und dann erkundigte ich mich, was sie veranlaßt haben könne, in so jammervollem Zustand von Sturmheid zu entfliehen, und wohin sie sich wenden wolle, da sie sich weigere, hier bei uns zu bleiben.

»Ich sollte und ich möchte bleiben«, entgegnete sie,»um Edgar aufzuheitern und das Kindchen zu pflegen, und weil Drosselkreuz mein wirkliches Heim ist. Aber ich sage dir, er würde es nicht zugeben! Meinst du, er könne es ertragen, mich wohlgenährt und fröhlich zu sehen? Er könne den Gedanken ertragen, daß wir hier in Ruhe und Behagen leben? Er würde unfehlbar danach trachten, unseren Frieden zu vergiften. Aber ich weiß es nun gewiß, daß er mich verabscheut, so sehr, daß es ihn ernstlich belästigt, mich um sich zu haben. Wenn ich in seine Nähe komme, kann ich wahrnehmen, wie seine Gesichtsmuskeln sich unwillkürlich zusammenziehen – zu einem Ausdruck blinden Hasses. Er haßt mich aus unwiderstehlicher Abneigung und aus dem Bewußtsein, daß ich allen Grund habe, für ihn Haß zu empfinden. Ich fühle, seine Abneigung ist stark genug, ihn davon zurückzuhalten, Jagd auf mich zu machen, falls es mir gelingt, zu entfliehen. Und darum darf ich hier nicht bleiben. Von dem Wunsch, durch ihn getötet zu werden, bin ich abgekommen; es wäre mir lieber, er tötete sich selbst! Er hat meine Liebe vollständig vernichtet, ich fühle mich frei. Doch kann ich mich noch erinnern, wie sehr ich ihn liebte, und kann mir schwach vorstellen, daß ich ihn noch immer lieben könnte, wenn – nein, nein! Selbst wenn er mich geliebt hätte, seine teuflische Natur wäre doch eines Tages durchgebrochen. Catherine hatte einen sehr unheimlichen Geschmack, ihn so hoch zu verehren, trotzdem sie ihn so genau kannte. Ich wollte, dieser Vampyr hätte nie gelebt! Ich wollte, ich könnte ihn herausreißen aus meinem Gedächtnis!«

»Still, still! Auch er ist ein Gottesgeschöpf«, sagte ich. »Seien Sie gütiger! Es gibt noch schlimmere Menschen als er einer ist!«

»Er ist kein Mensch«, gab sie zurück; »und er hat keinen Anspruch auf meine Güte. Ich gab ihm mein Herz, und er nahm es und quälte es zu Tode und warf es mir wieder vor die Füße. Aber, Ellen, wir Menschen fühlen mit unseren Herzen; und da er meines zerstört hat, habe ich keine Fähigkeit mehr, etwas für ihn zu empfinden, und werde nie mehr mit ihm fühlen, und wenn er auch bis zu seinem Todestag sich marterte in Sehnsucht nach Catherine und blutige Tränen um sie weinte! Nein, wirklich ich kann es nicht!« Und hier begann Isabella zu weinen. Aber schnell trocknete sie die Tränen und begann von neuem: »Du fragst, was mich schließlich zur Flucht getrieben habe? Ich war gezwungen, die Flucht zu wagen, weil es mir gelungen war, seine Wut noch mehr zu wecken als seine Schadenfreude. Er war so sehr gereizt, daß er den teuflischen Stolz vergaß, mit dem er sich sonst brüstet, und in mörderische Wut geriet. Ich empfand Freude, als ich sah, daß es mir gelungen war, ihn bis zur Erbitterung zu treiben. Und dies Gefühl der Freude erweckte in mir den Selbsterhaltungstrieb, so brannte ich denn durch. Und wenn ich je wieder in seine Hände falle, so kann er einer großartigen Rache gewiß sein.

Mr. Earnshaw hätte, wie du weißt, gestern an Catherines Begräbnis teilnehmen sollen. Aus diesem Grunde hielt er sich nüchtern – leidlich nüchtern: ging nicht um sechs Uhr betrunken ins Bett, um erst um zwölf wutrasend wieder aufzustehen. Nein, diesmal erhob er sich natürlich sehr niedergeschlagen – und statt zur Kirche zu gehen, setzte er sich ans Feuer und trank den Branntwein aus Wassergläsern.

Heathcliff – es graust mich, seinen Namen auszusprechen – hat sich seit letztem Sonntag kaum im Hause sehen lassen. Seit einer Woche hat er nicht mehr mit uns gegessen. Er kam erst zur Dämmerung nach Haus und stieg sofort hinauf in sein Zimmer; und als ob es irgend jemandem einfallen könne, seine Gesellschaft zu suchen, schloß er sich ein. Da saß er dann und betete wie eine Muckerseele; nur daß die Gottheit, die er anrief, nur Staub und Asche ist. Hatte er aber diese seltsamen Gebete beendet – und sie dauerten gewöhnlich so lange, bis er heiser war und die Zunge ihm nicht mehr gehorchen wollte – so machte er sich wieder davon, immer geradewegs nach Drosselkreuz!

Es wundert mich, daß Edgar nicht nach einem Polizisten schickte und ihn verhaften ließ! Mir war es trotz meines Kummers um Catherine unmöglich, dies tagelange Befreitsein von schmählicher Unterdrückung nicht freudig willkommen zu heißen.

Ich wurde mutig genug, Josefs ewige Ermahnungen zu ertragen, ohne in Tränen auszubrechen, und mich im Hause freier zu bewegen, statt angstbebend wie ein ertappter Dieb herumzuschleichen. Du kannst dir wohl nicht vorstellen, wie man über Josefs Worte weinen kann; aber er und Hareton sind ekelhafte Gesellen. Ich sitze lieber bei Hindley und höre sein schreckliches Geschwätz, als bei dem »kleen Här« und seinem getreuen Beschützer, dem widerlichen alten Mann! Ist Heathcliff zu Hause, so bin ich oft gezwungen, mich in der Küche und in ihrer Gesellschaft aufzuhalten oder in den feuchten unbewohnten Zimmern zu frieren; ist er aber aus, so wie es in dieser Woche der Fall war, so stelle ich mir auf der Diele an einer Ecke des Kaminfeuers Tisch und Stuhl auf und frage nicht danach, was Mr. Earnshaw treibt und redet; und er kümmert sich nicht um mich. Er ist, falls niemand ihn herausfordert, jetzt stiller, als er es früher war: niedergeschlagener und stumpfer und weniger wild. Josef versichert, er sei ein anderer Mensch geworden, der Herr habe sein Herz gewendet und ihn gerettet. Ich bin verwundert, diese Zeichen einer günstigen Veränderung zu sehen, aber was geht's mich schließlich an.

Gestern abend saß ich, in alten Büchern lesend, bis gegen zwölf in meiner Ecke. Es grauste mich hinaufzugehen, solange Wind und Schnee stürmten und meine Gedanken immer wieder zum Kirchhof und zu dem frischen Grab dort wanderten. Kaum daß ich den Blick von meinem Buch erhob, so sahen meine Augen dies melancholische Bild. Hindley saß, den Kopf in die Hand gestützt, mir gegenüber; er dachte vielleicht an ähnliche Dinge. Er hatte so wenig getrunken, daß er noch bei klaren Sinnen war, doch hatte er seit zwei oder drei Stunden sich nicht gerührt und nicht ein Wort gesprochen. Man hörte keinen Laut im Hause, nur das Heulen des Windes, der an den Fenstern rüttelte, das schwache Knistern der verglühenden Kohlen und das Geräusch der Lichtschere, mit der ich ab und zu den Docht meiner Kerze kürzte. Hareton und Josef schliefen wahrscheinlich schon längst. Ich fühlte mich sehr, sehr unglücklich, und während ich las, seufzte ich, denn es war, als sei alle Freude auf Nimmerwiederkehr aus der Welt verschwunden.

Das schmerzliche Schweigen wurde schließlich durch das Quietschen der Küchentürklinke unterbrochen. Heathcliff kehrte früher als sonst von seinem Wachposten zurück; der Sturm hatte ihn wohl heimgetrieben. Die Küchentür war verschlossen, und wir hörten ihn ums Haus schreiten, um den anderen Eingang zu gewinnen. Unwillkürlich entschlüpfte meinen Lippen ein Ausruf tiefsten Hasses, was meinen Gefährten, der nach der Tür geblickt hatte, veranlaßte, sich nach mir umzuwenden.

»Ich werde ihn ein paar Minuten aussperren«, rief er.»Sie haben nichts dagegen?«

»Nein; meinethalben können Sie ihn die ganze Nacht aussperren«, antwortete ich.»Los! Den Schlüssel ins Schloß und die Riegel vor!«

Earnshaw gehorchte, noch ehe der andere die Hausfront erreicht hatte. Dann rückte er mit seinem Stuhl an meinen Tisch, beugte sich weit herüber und suchte in meinen Augen nach der hassenden Glut, die aus den seinen brannte.

Die Mordgier, von der er besessen war, fand er ja nicht bei mir, immerhin aber entdeckte er genug, um Mut zum Reden zu finden.

»Wir beide, Sie und ich«, sagte er,»haben jeder mit jenem Mann da draußen abzurechnen! Wenn wir keine Feiglinge sind, könnten wir gemeinsam vorgehen. Sind Sie so sanft wie Ihr Bruder? Wollen Sie dulden bis zuletzt und nie versuchen, ihm mit gleicher Münze heimzuzahlen?«

»Ich bin des Duldens müde«, entgegnete ich;»und über eine Wiedervergeltung, die nicht auf mich zurückfiele, würde ich mich freuen. Doch Wut und Verrat sind ein zweischneidiges Schwert: es verwundet den, der zu ihm greift, schlimmer als den Feind.«

»Wut und Verrat sind die einzige Waffe gegen Wut und Verrat!«schrie Hindley.»Mrs. Heathcliff, ich will keine Hilfe von Ihnen erbitten, aber lassen Sie mich handeln, ohne Widerspruch zu erheben. Können Sie das? Sagen Sie, schnell! Sicherlich werden Sie dieselbe Befriedigung empfinden wie ich, wenn Sie das Ende dieses Schurken sehen: wenn Sie ihm nicht zuvorkommen, so wird er Ihr Tod sein – und mein Untergang. Zum Teufel mit ihm! Er donnert ans Tor, als wäre er schon der Herr hier! Versprechen Sie den Mund zu halten, und ehe die Uhr geschlagen hat – es ist in drei Minuten eins – sind Sie frei!«

Er griff in die Brusttasche und holte die Werkzeuge hervor, von denen ich dir in meinem Brief geschrieben habe, und wollte das Licht auslöschen. Aber ich riß es ihm fort und packte seinen Arm. »Ich werde nicht den Mund halten!« sagte ich. »Sie dürfen ihn nicht anrühren. Lassen Sie das Tor zu und seien Sie still!« »Nein! Ich habe meinen Entschluß gefaßt und werde ihn halten. Bei Gott!« schrie der verzweifelte Mensch. »Ich werde Ihnen diese Wohltat auch gegen Ihren Willen erweisen und Hareton Gerechtigkeit schaffen! Und Sie brauchen sich nicht anzustrengen, mich zurückzuhalten. Catherine ist fort; niemand auf Erden würde um mich trauern, wenn es mir jetzt einfiele, mir den Hals abzuschneiden – und es ist Zeit, ein Ende zu machen.«

Ich hätte mich ebenso leicht mit einem Bären in einen Kampf einlassen oder einem Wahnsinnigen mit Vernunftgründen kommen können. Der einzige Ausweg, der mir noch blieb, war, ans Fenster zu rennen und Hindleys Opfer von dessen Absichten in Kenntnis zu setzen.

»Du solltest dir heut nacht lieber eine andre Unterkunft suchen«, rief ich ziemlich triumphierend. »Mr. Earnshaw hat die Absicht, dich zu erschießen, falls du noch weitere Versuche machst, einzudringen.«

»Du tätest besser daran, schleunigst das Tor zu öffnen, du –«, antwortete er, mich mit einem so gemeinen Wort titulierend, daß ich es nicht wiederholen kann.

»Ich werde mich nicht einmischen«, gab ich zurück. »Komm herein und laß dich erschießen, wenn du Lust hast! Ich habe meine Pflicht getan.«

Damit schloß ich das Fenster und kehrte an meinen Sitz beim Feuer zurück. Ich war ganz ruhig und konnte auch nicht soviel Heuchelei aufbringen, um über die Gefahr, die ihm drohte, Besorgnis zu zeigen. Earnshaw schimpfte auf mich los, weil ich so wenig Mut habe, und behauptete, ich liebte den Kerl noch immer. Ich aber dachte in meinem tiefsten Herzen, welch ein Segen es für ihn sein würde, wenn Heathcliff ihn von seinem elenden Leben befreite, und welch ein Segen für mich, wenn er Heathcliff zur Hölle schickte!

Ich brütete über diesen Gedanken, als die Fensterscheiben hinter mir zu Boden klirrten und Heathcliffs schwarzes Antlitz unheilverkündend hereingrinste. Das Fensterkreuz war so eng gebaut, daß er durch die Scheibenöffnung nicht hindurchkriechen konnte, und ich lächelte in meiner eingebildeten Sicherheit. Sein Haar und sein Anzug war weiß von Schnee, und seine scharfen Kannibalenzähne schimmerten durch das Dunkel. »Isabella, laß mich ein, oder du wirst es zu bereuen haben!« knirschte er.

»Ich kann doch keinen Mord begehen«, erwiderte ich. »Mr. Hindley steht mit einem Messer und mit geladener Pistole Wache.«

»So öffne mir die Küchentür«, sagte er.

»Hindley würde eher dort sein als ich«, antwortete ich. »Das ist mir übrigens eine armselige Liebe, die keinen Schneeschauer ertragen kann! Solange der Sommermond schien, hatten wir Ruhe in unsern Betten, aber sowie der Winterwind wieder bläst, mußt du hier Zuflucht suchen! Wenn ich du wäre, Heathcliff, so würde ich mich auf ihr Grab strecken und sterben wie ein treuer Hund! Es lohnt sich jetzt nicht mehr zu leben, nicht wahr? Du hast mir so deutlich klar gemacht, Catherine sei deines Lebens einzige Freude, daß ich mir nun nicht vorstellen kann, wie es dir möglich ist, ihren Verlust zu überleben.«

»Ah! Er ist dort, wie?« rief Hindley, an das Loch rennend. »Wenn ich den Arm durchstecke, so kann ich ihn treffen!«

Ich fürchte, Ellen, du wirst mich für sehr schlecht halten; aber du weißt ja nicht alles, darum urteile nicht. Ich würde um nichts in der Welt bei einem Anschlag gegen Heathcliffs Leben geholfen, noch einen solchen geduldet haben. Doch seinen Tod wünschen, muß ich; und darum war ich schrecklich enttäuscht und vor Entsetzen regungslos, als er, durch meine Worte gereizt, sich auf Earnshaws Waffe stürzte und sie ihm entwand.

Die Ladung entlud sich, und das Messer klappte zurück und grub sich seinem Eigentümer tief ins Handgelenk. Heathcliff riß es mit Gewalt heraus, wobei er jenem das Fleisch aufschnitt, und ließ es, bluttriefend wie es war, in seiner Tasche verschwinden. Dann nahm er einen Stein, zersplitterte damit das Fensterkreuz und sprang herein. Sein Gegner war, besinnungslos vor Schmerz und Blutverlust, zu Boden gesunken; eine große Ader schien zerschnitten. Der Teufel stieß mit dem Fuß nach ihm und trampelte auf ihm herum und schmetterte seinen Kopf mehrmals auf die Fliesen. Dabei hielt er mich mit einer Hand fest, um mich zu verhindern, Josefs Beistand zu suchen.

Er bewies übermenschliche Selbstbeherrschung, indem er davon abstand, dem anderen den Rest zu geben. Aber der Atem ging ihm aus, und da ließ er endlich von seinem Opfer ab und schleppte den sichtlich leblosen Körper hinauf auf die Herdsteine. Dort zerriß er den Ärmel von Earnshaws Rock und verband die Wunde mit brutaler Roheit. Er spuckte und fluchte bei dieser Arbeit ebenso energisch, wie er vorher geschlagen und getreten hatte.

Da ich nun frei war, verlor ich keine Zeit mehr, den alten Knecht aufzusuchen, der, sobald er meinen hastigen Bericht verstanden hatte, hinuntereilte. Er nahm zwei Stufen auf einmal und keuchte im Lauf: »Wat sull do geschiehn? Wat sull do geschiehn?«

»Folgendes hat zu geschehen!« donnerte Heathcliff; »wisch das Zeug dort auf! Dein Herr ist toll, und wenn er nicht bald krepiert, so werde ich ihn in eine Anstalt sperren. Und wie zum Teufel hast du dich unterstanden, du zahnloser Hund, mich auszusperren? Halt keine Maulaffen feil! Her mit dir, ich werde hier nicht den Krankenwärter spielen. Wisch das Zeug auf und hab acht auf deine Kerze – das da ist Sprit – nicht Blut!«

»Un Ehr hott 'n ermord't!« rief Josef, Arme und Augen in Entsetzen erhebend. »Hot en Minsch jemols su wat gesiehn!«

Heathcliff stieß ihn mitten in die Blutlache hinein auf die Knie nieder und warf ihm ein Handtuch zu. Doch anstatt mit dem Auftrocknen zu beginnen, faltete Josef die Hände und begann ein Gebet, das mich infolge seiner wunderlichen Redewendungen zu lautem Gelächter hinriß. Mein Zustand war derart, daß mich ein Nichts erschütterte; wirklich, ich war so ruchlos, wie manche Bösewichter sich selbst noch unterm Galgen zeigen.

»0, ich hatte dich fast vergessen«, sagte mein Tyrann. »Du sollst das machen! Nieder mit dir! Und du hast dich mit ihm gegen mich verschworen, wie, du Viper? Da, da ist die rechte Arbeit für dich!«

Er schüttelte mich, bis meine Zähne aufeinanderschlugen und schleuderte mich an Josefs Seite nieder, der ruhig sein Gebet beendete und sich dann erhob – und schwur, er werde sofort nach Drosselkreuz laufen. Mr. Linton sei Friedensrichter, und wenn ihm selbst fünfzig Frauen gestorben wären, so müsse er für die Angelegenheit hier auf dem Posten sein.

Er war so verbohrt in seine Absicht, daß Heathcliff es für angebracht hielt, durch meinen Mund dem Alten die Ereignisse nochmals klar zu machen. Er hielt mich, bebend vor Bosheit, mit seinen Fäusten nieder, während ich durch zögernde Beantwortung seiner Fragen den Tatbestand enthüllte. Es war ein gut Stück Arbeit erforderlich, um dem alten Mann begreiflich zu machen, daß Heathcliff nicht der Angreifer gewesen sei. Man mußte mir jede Antwort mühsam herauspressen. Doch Mr. Earnshaw zeigte bald, daß er noch am Leben sei. Josef eilte, ihm etwas belebendes einzuflößen, und mit dieser Hilfe kam seinem Herrn Bewußtsein und Bewegungsfähigkeit zurück.

Heathcliff – in der Überzeugung, daß sein Gegner nicht wissen könne, was ihm während seiner Bewußtlosigkeit widerfahren sei – sagte, er sei bis zur Tollheit betrunken, und sein schauderhaftes Benehmen sei nicht mehr zu ertragen, er solle sich ins Bett scheren. Zu meiner Freude verließ er uns, nachdem er diesen Befehl erteilt hatte, und Hindley streckte sich auf die Herdsteine. Ich begab mich auf mein Zimmer, erstaunt, daß ich so leicht davongekommen war.

Als ich dann heut vormittag, etwa gegen halb zwölf, hinunterkam, saß Mr. Earnshaw todkrank beim Feuer; sein böser Dämon – er war wirklich so dürr und schattenhaft bleich wie ein Gespenst – lehnte daneben. Keiner von ihnen setzte sich zu Tisch, und nachdem ich gewartet hatte, bis alles kalt geworden war, begann ich allein zu essen. Nichts hielt mich ab, herzhaft zuzugreifen, und ich hatte ein gewisses Empfinden der Befriedigung und Überlegenheit, wenn ich hie und da einen Blick auf meine schweigenden Gefährten warf und mein Gewissen ruhig wußte. Nachdem ich mit Essen fertig war, nahm ich mir die ungewöhnliche Freiheit, auch meinerseits die Wärme des Feuers zu genießen. Ich schritt um Earnshaws Stuhl hinten herum und hockte mich an seiner Seite auf die Steine.

Heathcliffs Blick traf mich nicht, ich sah zu ihm hin und betrachtete mir seine Züge so dreist, als seien sie aus Stein gemeißelt. Seine Stirn, die mir einst so männlich schien, und die ich jetzt so teuflisch finde, war von einer schweren Wolke beschattet. Seine Basiliskenaugen waren vor Schlaflosigkeit erschöpft und gerötet – oder war es vom Weinen, denn seine Wimpern waren feucht. Sein Mund war diesmal nicht zu einem wilden Grinsen geöffnet, sondern in unaussprechlicher Trauer geschlossen, die Lippen bebten. Wenn es ein anderer gewesen wäre – ich hätte mich weinend abwenden müssen beim Anblick solchen Kummers. Da er es war, war ich erfreut, und obgleich es unedel ist, einen gefallenen Feind zu kränken, konnte ich doch nicht widerstehen, ihm einen Dolchstoß zu versetzen. Seine Schwachheit war die einzige Gelegenheit, die mich die süße Rache kosten ließ, Böses mit Bösem zu bezahlen.

»Pfui, pfui, Miß!« unterbrach ich sie. »Man könnte denken, Sie hätten nie in Ihrem Leben eine Bibel geöffnet. Wenn Gott Ihre Feinde heimsucht, so sollte Ihnen das doch genügen. Es ist sowohl boshaft als vermessen, zu den Plagen, die er schickt, noch etwas dazuzutun.«

»Das mag im großen und ganzen zutreffend sein, Ellen«, fuhr sie fort, »doch welches Elend, das Heathcliff befiele, könnte mich befriedigen, wenn ich nicht selbst die Hand dabei im Spiele hätte? Da wäre es mir sogar lieber, er litte weniger, aber dies Leiden käme von mir und er wisse, daß ich die Veranlassung sei. O, ich schulde ihm so viel! Und nur eine Möglichkeit gibt es, unter der ich ihm vergeben könnte. Das ist, wenn ich Auge um Auge, Zahn um Zahn nehmen, für jeden Hieb und Stoß ihm Hieb und Stoß zurückversetzen könnte. So wie er bislang triumphierte, müßte er jetzt um Gnade betteln, und dann, Ellen, dann – könnte ich vielleicht großmütig sein. Doch es ist ganz und gar unmöglich, daß ich je gerächt sein könnte, und darum kann ich ihm nicht vergeben. – Hindley bat um Wasser, und ich reichte ihm ein Glas und fragte ihn, wie er sich befinde.

»Nicht so krank als ich es wünschte«, antwortete er. »Doch ganz abgesehen von meinem Arm ist jeder Zoll an meinem Leibe so schmerzhaft, als hätte ich mich mit einem Heer von Teufeln herumgeschlagen.«

»Ja, kein Wunder«, bemerkte ich. »Catherine prahlte damit, daß sie es sei, die Sie vor körperlichen Insulten bewahre; sie wollte damit sagen, daß gewisse Leute sich hüten würden, Ihnen zu nahe zu treten – aus Furcht, sie zu kränken. Es ist nur gut, daß die Toten nicht aus dem Grab heraus können; anderenfalls hätte sie in dieser Nacht eine abstoßende Szene gesehen! Fühlen Sie sich denn nicht ganz zerschlagen?«

»Ich weiß nicht recht«, antwortete er. »Aber was meinen Sie damit? Hat er es gewagt, mich zu schlagen, als ich umgefallen war?«

»Er trampelte herum auf Ihnen und stieß Sie und schmetterte Ihren Kopf auf den Steinboden«, flüsterte ich. »Und er lechzte danach, Sie mit den Zähnen zu zerreißen, denn nur ein Teil von ihm ist Mensch, der andere ist Teufel.«

Mr. Earnshaw sah nun auch unserem gemeinsamen Feind ins Gesicht, der so vertieft war in seinen Gram, daß er nichts sah noch hörte. Und je länger er so stand, desto deutlicher grinsten aus seinen Zügen seine schwarzen satanischen Gedanken hervor.

»Wenn Gott mir nur Kraft geben wollte, in meinem Todeskampf diesen Feind zu erdrosseln und mit hinüber zu nehmen, so würde ich gern zur Hölle fahren«, grollte der ungeduldige Mann und mühte sich aufzustehen. Aber er sank kraftlos in den Stuhl zurück, sein Körper war solcher Anstrengung nicht gewachsen.

»O, es ist genug«, bemerkte ich laut, »daß er einen von Ihnen gemordet hat. Auf Drosselkreuz weiß jeder, daß Ihre Schwester noch leben würde, wenn Mr. Heathcliff nicht gewesen wäre. Alles in allem ist es vorteilhafter, von ihm gehaßt zu sein, als geliebt. Wenn ich mir vergegenwärtige, wie glücklich wir waren – wie glücklich Catherine war, ehe er kam – so könnte ich den Tag seiner Ankunft verfluchen.«

Heathcliff hatte meine letzten Worte anscheinend verstanden, doch ohne zu erfassen, wer gesprochen hatte. Jedenfalls sah ich, daß seine Aufmerksamkeit geweckt war, denn unter seinen gesenkten Augenlidern regneten Tränen hervor, und seine Atemzüge waren von Schluchzen erstickt.

Ich blickte ihm voll ins Gesicht und lachte höhnisch. Die höllischen, tränenverdunkelten Augen flammten mich an.

»Steh auf und geh mir aus den Augen«, sagte der Trauernde.

»Verzeihung!« erwiderte ich; »aber auch ich habe Catherine lieb gehabt; und ihr Bruder bedarf der Pflege, die ich ihm um ihretwillen angedeihen lassen will. Nun sie tot ist, sehe ich sie in Hindley. Hindley hat ganz ihre Augen, freilich sind sie dank deiner Bemühungen krank und wund; und –«

»Steh auf, verfluchtes Ding, oder ich stampfe dich zu Boden!« schrie er und machte eine Bewegung, die mich veranlaßte, mich tiefer in die Ecke zu drücken.

»Aber«, fuhr ich fort und hielt mich sprungbereit, »wenn die arme Catherine dir vertraut hätte und den lächerlichen, gemeinen, entwürdigenden Titel einer Mrs. Heathcliff angenommen hätte, so hätte sie wohl bald ein ähnliches Bild geboten wie heute Hindley! *Sie* hätte dein unerhörtes Betragen nicht schweigend erduldet; Verachtung und Ekel hätten ihr Worte verliehen.«

Zwischen mir und ihm stand Earnshaws Sessel; er versuchte daher nicht, mich zu greifen, sondern riß vom gedeckten Mittagstisch ein Messer und schleuderte es mir an den Kopf. Es traf mich unterm Ohr und fiel mir in die erhobene Hand. Ich sprang zur Tür und warf es von dort aus nach ihm zurück; und wie ich glaube, ging es ein wenig tiefer als vorher sein Geschoß. Ich sah noch, wie er eine wütende Bewegung machte, mich einzufangen, und wie Hindley ihn zurückhielt. Sie fielen ringend zu Boden. Auf meiner Flucht durch die Küche hieß ich Josef seinem Herrn zu Hilfe zu eilen, im Flur stolperte ich über Hareton, der dabei war, einen Wurf junger Hunde an einer Stuhllehne zu erhängen, und dann jagte ich in großen Sätzen den steilen Pfad hinunter – so froh wie eine dem Fegefeuer entronnene Seele. Drunten bog ich vom Wege ab, schoß quer über die Heide, stolperte über Böschungen und watete durch Morast – immer auf das Leuchtfeuer von Drosselkreuz zu. Und viel lieber möchte ich zu ewiger Verdammnis verurteilt werden, als – selbst für eine Nacht nur – unter das Dach von Sturmheid zurückzukehren.«

Isabella schloß ihren Bericht und nahm einen Schluck Tee. Dann erhob sie sich, ließ sich von mir die Winterhaube umbinden und warm in einen großen Shawl hüllen und blieb all meinen Bitten gegenüber, noch eine Stunde zu verweilen, taub. Sie stieg auf einen Stuhl, küßte die Bilder von Edgar und Catherine, küßte auch mich zum Abschied und stieg zum Wagen hinunter, begleitet von Fanny, die vor Freude über die wiedergefundene Herrin in ein Freudengeheul ausbrach.

Sie fuhr fort, um diese Gegend nie mehr wiederzusehen. Doch entspann sich späterhin zwischen ihr und meinem Herrn ein regelmäßiger Briefverkehr. Ich glaube, ihr neuer Aufenthaltsort war im Süden, nicht weit von London. Dort wurde ihr, wenige Monate nach ihrer Flucht, ein Sohn geboren. Er wurde auf den Namen Linton getauft, und sie berichtete, er sei von Anfang an ein wehleidiges weinerliches Ding gewesen.

Mr. Heathcliff, der mir eines Tages im Dorf begegnete, fragte mich nach ihrem Wohnort. Ich weigerte mich, ihn anzugeben. Er meinte, es sei auch weiter von keinem Belang, nur solle sie sich hüten, zu ihrem Bruder herzuziehen. Trotzdem ich ihm die Auskunft verweigert hatte, erfuhr er, vermutlich durch irgend einen anderen von der Dienerschaft, sowohl ihren Aufenthaltsort wie auch das Vorhandensein eines Sohnes. Dennoch behelligte er sie nicht. Diese Schonung hatte sie wohl nur seiner Antipathie zu verdanken. Er erkundigte sich, so oft er mich sah, nach dem Kinde, und als er seinen Namen hörte, lächelte er grimmig und bemerkte:

»Man will, daß ich auch ihn hassen soll, wie?«

»Ich denke, man will, daß Sie überhaupt nichts von ihm erfahren«, antwortete ich.

»Doch ich werde ihn mir holen«, sagte er, »wenn ich ihn haben will. Damit sollen sie rechnen.« Glücklicherweise starb seine Mutter, ehe es so weit kam – etwa dreizehn Jahre nach Catherines Ableben, als der junge Linton zwölf Jahre alt war.

Am Tage nach Isabellas unerwartetem Besuch fand ich keine Gelegenheit, mit meinem Herrn zu sprechen. Er scheute jede Unterhaltung und war in schwermütigster Stimmung. Als es mir dann gelang, ihm von dem Ereignis Mitteilung zu machen, sah ich, daß es ihm lieb war, daß Isabella ihren Mann verlassen hatte, den er mit einer Intensität verabscheute, die bei seinem sonst so milden Charakter auffallend war. So tief und empfindsam war seine Abneigung, daß er es scheute, irgend wohin zu gehen, wo er irgend etwas von Heathcliff sehen oder hören konnte. Dies und der Kummer, den er um Catherine trug, machten ihn zu einem wahren Einsiedler. Er gab seine amtliche Stellung auf, ging nicht mehr in die Kirche, vermied, wo er nur konnte, einen Gang ins Dorf und verbrachte ein Leben vollkommener Abgeschlossenheit auf seiner Besitzung. Die einzige Abwechslung gewährten ihm einsame Streifereien durch Moor und Heide und der Besuch des Grabes seiner Gattin – und das auch nur zu einer Zeit, da er gewiß war, niemandem zu begegnen, abends und frühmorgens. Aber er war zu gut, um lange so tief unglücklich sein zu können. Er flehte nicht, daß Catherines Seele ihn verfolgen möge. Die Zeit lehrte ihn, sich im Verzicht begnügen, und brachte ihm eine Melancholie, die süßer war als die Freuden der Welt. Er hielt ihr Gedenken wach mit heißer, zärtlicher Liebe und hoffendem Sehnen nach jener besseren Welt, in die sie, wie er nicht zweifelte, eingegangen war.

Und er hatte auch irdischen Trost und lebendige Zuneigung. Für ein paar Tage war er, wie ich schon sagte, gleichgültig gegen das kümmerliche Erbe der Dahingeschiedenen. Doch diese Kälte schmolz so schnell wie Schnee in der Sonne, und noch ehe das winzige Ding ein Wort stammeln oder einen Schritt machen konnte, schwang es schon das Szepter in seinem Herzen. Es bekam den Namen Catherine. Aber er nannte es nie bei vollem Namen, so wie er die erste Catherine nie mit ihrem Kosenamen gerufen hatte – wahrscheinlich weil dies eine Gewohnheit Heathcliffs gewesen war. Das Kleine war stets »Cathy«;

dies unterschied sie von ihrer Mutter und verband sie dennoch mit ihr. Und seine Anhänglichkeit an das Kind rührte hauptsächlich daher, weil es ein Stück von ihr war, nicht weil er sein Vater war.

Oftmals zog ich in Gedanken Vergleiche zwischen ihm und Hindley Earnshaw und mühte mich, eine befriedigende Erklärung dafür zu finden, warum bei fast gleichen Umständen beider Betragen doch so abweichend war voneinander. Beide waren sie zärtliche Gatten gewesen, und beide liebten ihre Kinder. Und ich konnte nicht begreifen, warum sie nicht beide denselben Weg gewandelt waren – im Guten oder Bösen. Statt dessen, mußte ich mir sagen, hatte sich Hindley, ersichtlich der klügere Kopf, als der weitaus schwächere und haltlosere erwiesen. Als sein Schiff sich festrannte, hatte der Kapitän seinen Posten verlassen, und die Mannschaft raste in Verzweiflung, anstatt die Rettung zu versuchen, und weihte so das unglückliche Schiff dem Untergang. Linton dagegen entfaltete den wahren Mut einer pflichtgetreuen und gläubigen Seele. Er vertraute auf Gott, und Gott tröstete ihn. Der eine hoffte und der andere verzweifelte. Sie hatten sich ihr Los selbst gewählt und waren verurteilt, es zu tragen. Doch mein Moralisieren wird Ihnen nicht unterhaltend sein, Mr. Lockwood, Sie können diese Dinge ebensogut beurteilen wie ich, oder glauben wenigstens, es zu können, und das ist dasselbe.

Earnshaws Ende war so, wie man es erwarten mußte. Er folgte seiner Schwester bald nach – kaum sechs Monate lagen dazwischen. Wir auf Drosselkreuz haben niemals etwas Genaueres über seine letzte Lebenszeit erfahren. Alles was ich weiß, hörte ich, als ich mich auf den Weg machte, bei den Vorbereitungen zur Leichenfeier drüben zu helfen. Mr. Kenneth kam, um meinem Herrn das Ereignis mitzuteilen. »Nun, Nelly«, sagte er, als er eines Morgens in den Hof einritt, »jetzt müssen wir zwei trauern, du und ich. Wer ist es, der uns jetzt verlassen hat, rate!«

»Wer?« fragte ich aufgeregt.

»So rate!« antwortete er, vom Pferd steigend. Er befestigte die Zügel an einem Haken in der Mauer und fuhr dann fort: »Und nimm den Schürzenzipfel an die Augen, ich bin sicher, daß du ihn nötig hast.«

»Doch nicht etwa Mr. Heathcliff?« rief ich.

»Wie? Hättest du für den denn Tränen?« sagte der Doktor. »Nein, Heathcliff ist ein kräftiger junger Bursch. Er sieht heut blühend aus.

Ich habe ihn soeben gesehen. Er erholt sich ungeheuer schnell, seitdem er seine bessere Hälfte verloren hat.«

»Wer aber ist es, Mr. Kenneth?« wiederholte ich ungeduldig.

»Hindley Earnshaw! Dein alter Freund Hindley«, erwiderte er, »und mein schlimmer Kamerad; allerdings ist er seit langem schon ein zu wilder Kerl gewesen. Da! Ich wußte ja, es würden Tränen regnen. Komm, beruhige dich! Er lebte nach seiner Veranlagung, soff wie ein Pfaff! Armer Junge! Auch ich bin betrübt. So ein alter Kamerad fehlt einem doch.«

Ich bekenne, dieser Schlag war mir schmerzlicher, als Mrs. Lintons Tod. Alte Kindheitserinnerungen erblühten in meinem Herzen. Ich setzte mich im Torweg hin und weinte wie um einen Blutsverwandten. Mr. Kenneth mußte sich nach einem anderen Dienstboten umsehen, der seinen Besuch melden konnte.

Ich brütete und brütete über der Frage: »Ist das mit rechten Dingen zugegangen?« Was ich auch vornahm an diesem Tage, der Gedanke verfolgte mich. Das war so ermüdend, daß ich beschloß, um Urlaub zu bitten. Ich wollte nach Sturmheid gehen und helfen, dem Toten den letzten Dienst zu erweisen. Mr. Linton wollte sich durchaus nicht einverstanden damit erklären, aber ich hielt ihm in beredten Worten vor, wie verlassen der Arme dort lag, und ich sagte, mein früherer Herr, der zudem mein Milchbruder sei, habe denselben Anspruch an meine Dienste wie er. Und außerdem erinnerte ich ihn daran, daß das Kind Hareton der Neffe seiner Frau sei, und daß er in Ermangelung näherer Verwandten als dessen Hüter auftreten müsse. Und er müsse sich darum kümmern, was für Erbgut vorhanden sei und wie die Geschäfte seines Schwagers ständen.

Er war damals nicht fähig, sich mit solchen Dingen abzugeben, aber er hieß mich mit seinem Advokaten sprechen und gewährte mir schließlich meine Bitte. Sein Advokat war auch Earnshaws Anwalt gewesen. Ich sprach im Dorfe vor und bat ihn, mich zu begleiten. Er schüttelte den Kopf und riet, Heathcliff in Ruhe zu lassen, indem er versicherte, wenn die Wahrheit bekannt würde, so werde man erfahren, daß Hareton nicht mehr sei als ein Bettler.

»Sein Vater starb verschuldet«, sagte er. »Das ganze Gut ist verpfändet, und alles was der Sohn tun kann, ist, das persönliche Interesse des Gläubigers zu erwecken, damit dieser vielleicht sich veranlaßt sieht, großmütig an ihm zu handeln.«

Als ich auf Sturmheid ankam, erklärte ich, daß ich gekommen sei, um nach dem Rechten zu sehen und für eine würdevolle Bestattung Sorge zu tragen, und Josef, der ziemlich verzweifelt schien, war über mein Kommen recht zufrieden. Mr. Heathcliff sagte, er sehe nicht ein, wozu ich nötig sei, aber ich könne nun bleiben und – wenn mir daran liege – alles zum Begräbnis ordnen.

»Von Rechts wegen«, bemerkte er, »sollte der Narr am Kreuzweg eingescharrt werden, ohne irgendwelche Umstände. Gestern Nachmittag ließ ich ihn zufällig zehn Minuten allein, und diese Gelegenheit benutzte er, um seine beiden Türen vor mir zuzusperren und er verbrachte die Nacht damit, sich freiwillig zu Tode zu saufen. Heut morgen brachen wir ein, denn wir hörten ihn schnaufen wie ein Pferd. Und da lag er, quer über der Bank. Man hätte ihn prügeln und skalpieren können, ohne ihn aufzuwecken. Ich schickte zu Kenneth, und er kam, aber da hatte die Verwesung schon begonnen. Er war tot und kalt und steif. Und du wirst zugeben, daß es nutzlos war, noch mehr Wesens um ihn zu machen!«

Der alte Diener bestätigte diese Schilderung, aber er murmelte auch: »Et war besser gewes', är wär no dem Dokter gang! Eich hätt besser for mei Här gesoorgt als är – und wie eich furt gang sin, war er noch nit dot, nit im geringste!«

Ich bestand darauf, daß das Begräbnis würdig gestaltet werde. Mr. Heathcliff sagte, ich könne darin nach eigenem Ermessen handeln, nur solle ich mir klar darüber sein, daß das Geld zu der ganzen Geschichte aus seiner Tasche fließe. Er gab sich hart und gleichgültig und ließ weder Trauer noch Freude erkennen – höchstens eine gewisse Zufriedenheit darüber, ein schweres Stück Arbeit erfolgreich zu Ende geführt zu haben. In der Tat lag einmal auf seinem Antlitz etwas wie ein Frohlocken: das war, als die Leute den Sarg aus dem Hause trugen. Er hatte die Keckheit, den Leidtragenden zu spielen, doch ehe er mit Hareton den anderen folgte, hob er das unglückliche Kind auf einen Tisch und betrachtete es. Dabei murmelte er mit eigentümlicher Betonung: »Nun, mein kleiner Kerl, bist du mein! Und wir werden sehen, ob nicht ein Baum so krumm wächst wie der andere, wenn derselbe Wind ihn beugt!«

Das arglose Kind erfreute sich an dieser Rede. Es spielte mit Heathcliffs Bart und streichelte seine Wangen. Ich aber erriet den Sinn dieser Worte und bemerkte trocken:

»Der Junge muß mit mir nach Drosselkreuz zurück, Herr. Nichts in der Welt gehört Ihnen weniger als gerade er!«

»Sagt Linton das?« fragte er.

»Natürlich – er hat mir Auftrag gegeben, ihn mitzunehmen«, erwiderte ich.

»Gut«, sagte der Schurke, »wir wollen die Sache jetzt nicht verhandeln; aber ich habe es mir mal in den Kopf gesetzt, so ein Junges großzuziehen, darum bedeute deinem Herrn, daß ich in diesem Fall mir meinen eigenen Jungen holen werde. Ich beabsichtige nicht, Hareton so ohne weiteres herzugeben, aber wenn er versuchen sollte, mir den einen zu nehmen, so lasse ich unwiderruflich den anderen kommen. Vergiß nicht, ihm das zu sagen.«

Dieser Hinweis genügte, unsere Hände zu binden. Ich wiederholte zu Hause die Worte, und Edgar Linton, der anfangs wenig Interesse zeigte, sprach nie mehr davon, sich einzumischen. Ich bin nicht sicher, ob er es überhaupt gekonnt hätte, selbst wenn er den besten Willen dazu gehabt hätte.

Der Gast war nun der Herr von Sturmheidhof. Er hielt die Zügel straff und bewies dem Rechtsanwalt – der seinerseits den Bericht an Linton weitergab – daß Earnshaw jeden Zoll seiner Liegenschaften verpfändet hatte, um Bargeld für seine Spielwut zu bekommen, und er, Heathcliff, war der Gläubiger.

Auf diese Weise wurde Hareton, der jetzt der erste Edelmann dieser Gegend sein müßte, in völlige Abhängigkeit von seines Vaters wütendstem Feind hinuntergedrückt und lebt in seinem eigenen Hause als Knecht – ohne einen Pfennig Lohn zu erhalten – und ist unfähig, zu seinem Recht zu kommen, weil er ohne Freunde dasteht und weil er nicht einmal weiß, daß ihm Unrecht geschehen ist.

XVIII.

Die zwölf Jahre, fuhr Mrs. Dean fort, die dieser trüben Zeit folgten, waren die glücklichsten meines Lebens. Meine größten Sorgen damals waren die, die mir aus den verschiedenen Krankheiten meiner kleinen Herrin erwuchsen, Krankheiten, die eben alle Kinder – ob reich oder arm – durchmachen müssen. Im übrigen wuchs und gedieh sie nach den ersten sechs Monaten prächtig und konnte gehen und auf ihre

Weise sprechen, noch ehe das Heidekraut auf ihrer Mutter Grab zum zweiten Male blühte. Sie war das sieghafteste kleine Ding, das jemals Sonne in ein einsames Haus gebracht. Ihr Gesicht war das einer wirklichen Schönheit: sie hatte die prachtvollen dunklen Augen der Earnshaws, aber die helle Haut und zarten Züge und gelben Locken der Lintons. Ihr Geist war lebhaft, aber nicht derb oder zügellos, und sie war durch ein empfindsames Herz ausgezeichnet, das, wo es liebte, zu Überschwang geneigt war.

Die Fähigkeit zu intensiver Zuneigung erinnerte mich an ihre Mutter. Dennoch glich sie ihr nicht; denn sie konnte sanft und mild sein wie ein Täubchen, und sie hatte eine gütige Stimme und einen nachdenklichen Ausdruck. Ihr Zorn war nie rasend, ihre Liebe nie flammend, sondern tief und zärtlich. Dennoch muß gesagt werden, daß sie Fehler hatte, die ihren guten Gaben die Wage hielten. Ein Hang zu kecken Reden plagte sie und ein trotziger Eigenwille, wie ihn verzogene Kinder – mögen sie gutherzig oder übelwollend sein – stets haben. Wenn einer der Leute sie ärgerte, so hieß es gleich:»Ich werde es Papa sagen!« Und wenn der ihr auch nur mit einem Blick einen Vorwurf machte, so schien es ihr fast das Herz zu brechen. Ich glaube nicht, daß er ihr jemals ein strenges Wort gab. Er nahm ihre Erziehung ganz und gar selbst in die Hand und machte sich eine Freude daraus. Wißbegier und schnelle Fassungsgabe machten sie allerdings zu einem gelehrigen Schüler. Sie lernte erstaunlich schnell und eifrig und belohnte seinen Unterricht aufs beste.

Bis zu ihrem dreizehnten Jahre war sie nicht einmal ohne Begleitung über die Grenzen des Parks hinausgekommen. Mr. Linton nahm sie bei seltenen Gelegenheiten ein oder zwei Meilen mit hinaus, aber er vertraute keinem anderen das Amt des Begleiters. Gimmerton war ihr ein Wort, mit dem sie keinen Begriff verband, und die Kapelle war das einzige Gebäude, das sie gesehen oder betreten hatte – ihr eigenes Heim natürlich ausgenommen. Sturmheidhof und Mr. Heathcliff existierten für sie nicht. Sie war nicht viel mehr als eine Gefangene und dennoch anscheinend vollkommen glücklich. Doch manchmal, wenn sie aus dem Fenster ihres Stübchens in die Gegend schaute, fragte sie:»Ellen, wie lange wird es noch dauern, bis ich auf diese Berge dort steigen kann? Was mag drüben auf der anderen Seite wohl liegen – das Meer?«

»Nein, Miß Cathy«, antwortete ich,»wieder Berge.«

»Und wie sehen die goldenen Felsmassen dort aus, wenn man ganz nah davor steht?« –

Der steile Abhang von Penistone Crags zog ganz besonders ihre Aufmerksamkeit auf sich; besonders wenn die untergehende Sonne die kahlen Gipfel vergoldete und das ganze Land rundum in Schatten lag. Ich erklärte ihr, daß diese Goldberge nur Steine seien, in deren Klüften kaum Erde genug sei, um einen krummen Baum zu nähren.

»Und warum sind sie so voll Glanz, wenn es hier bei uns schon lange Abend ist?« fuhr sie fort.

»Weil sie viel, viel höher sind als wir hier«, antwortete ich. »Sie könnten sie niemals ersteigen; sie sind zu hoch und steil. Im Winter ist der Frost dort droben, lange bevor er zu uns kommt, und tief im Sommer habe ich in der schwarzen Höhle dort an der Nordostseite noch Schnee gefunden.«

»O, du bist droben gewesen!« schrie sie entzückt. »Dann kann ich auch hin, wenn ich erwachsen bin. Ist Papa dort gewesen, Ellen?«

»Papa wird Ihnen sagen, Miß«, antwortete ich eilig, »daß die Berge einen Besuch durchaus nicht lohnen. Die Heide, die Sie mit ihm durchstreifen, ist viel schöner, und der Drosselkreuzpark ist der herrlichste Platz in der Welt.«

»Aber ich kenne den Park, und die Berge kenne ich nicht«, sprach sie zu sich selbst. »Und ich würde entsetzlich gern von der höchsten Spitze dort oben rundum blicken. Mein kleiner Pony Minny soll mich später mal hinauftragen.«

Eine der Mägde, die von der »Feenhöhle« dort in den Bergen erzählte, verdrehte ihr ganz den Kopf. Sie hatte nur noch den einen Wunsch, ihren Plan durchzusetzen. Sie quälte Mr. Linton darum, und er sagte ihr die Reise zu, wenn sie älter geworden sei. Aber Miß Catherine berechnete ihr Alter nach Monaten, und »bin ich noch nicht alt genug für Penistone Crags?« war eine Frage, die sie beständig im Munde führte. Der Weg dorthin wand sich nahe an Sturmheidhof vorbei. Edgar hatte nicht den Mut, sich dorthin zu wagen. So bekam sie ebenso beständig die Antwort: »Nicht jetzt, Liebling, nicht jetzt.«

Ich sagte schon, Mrs. Heathcliff lebte, nachdem sie ihren Mann verlassen hatte, noch über zwölf Jahre. Die Familie der Lintons war von zarter Konstitution. Sowohl ihr als Edgar mangelte die robuste Gesundheit, die sonst die Bewohner dieser Gegend hier auszeichnet. An welcher Krankheit sie gestorben ist, weiß ich nicht genau. Ich nehme an, sie starben beide am derselben Sache: einer Art Fieber, das langsam einsetzte, aber unheilbar war und schließlich mit rasender Schnelligkeit die Lebenskraft aufzehrte.

Sie schrieb an ihren Bruder, um ihm das voraussichtliche Ende ihres viermonatigen Leidens mitzuteilen und ersuchte ihn, wenn möglich, zu ihr zu kommen; denn sie habe vieles zu ordnen und wolle von ihm Abschied nehmen und den kleinen Linton sicher in seine Arme legen. Sie hoffte, daß Linton bei ihrem Bruder bleiben könne, so wie man ihn ihr gelassen hatte. Sie redete sich ein, sein Vater habe schwerlich Lust, die Last seiner Erziehung auf sich zu laden. Mein Herr zögerte nicht einen Augenblick, ihrer Bitte Folge zu leisten. So sehr er davor zurückscheute, anderen Einladungen zu folgen, so sehr eilte er, diesem Ruf zu gehorchen. Er befahl Catherine für die Zeit seiner Abwesenheit meiner besonderen Wachsamkeit und gab strengsten Auftrag, daß sie den Park nicht verlassen dürfe, selbst nicht unter meinem Schutz. Daß sie sich ohne Begleitung hinauswagen könne, kam ihm gar nicht in den Sinn.

Er war drei Wochen fort. Die ersten zwei Tage saß meine Schutzbefohlene in der Bibliothek im Winkel; sie war so bekümmert, daß sie weder lesen noch spielen mochte. Solange sie so ruhig war, machte sie mir wenig Mühe, aber dieser Stille folgte eine Zeit ungeduldiger jammernder Langeweile. Und da ich zu beschäftigt und auch schon zu alt war, um zu ihrer Unterhaltung mit ihr herumzuspringen, kam ich auf ein Mittel, ihr Abwechslung zu schaffen, ohne selbst dabei beteiligt sein zu müssen. Ich schickte sie auf Streifen durch den ausgedehnten Park – bald zu Fuß, bald auf dem Pony, und hörte, wenn sie hineinkam, geduldig den Bericht ihrer erlebten und erträumten Abenteuer an.

Der Sommer prangte in voller Blüte, und sie fand solchen Geschmack an diesen einsamen Streifzügen, daß sie oft vom Frühstück bis zum Abendtee draußen blieb. Und des Abends erzählte sie dann ihre phantastischen Geschichten. Ich fürchtete nicht, daß sie ausbrechen würde, denn die Tore waren für gewöhnlich verschlossen, und ich meinte, selbst wenn sie offen ständen, würde sie sich schwerlich allein hinauswagen. Unglücklicherweise bewies sich mein Vertrauen als unangebracht. Catherine kam eines Morgens um acht Uhr zu mir und sagte, heute sei sie ein arabischer Handelsmann, der mit seiner Karawane die Wüste durchkreuze, und ich müsse ihr für sich und die

Tiere reichlich Proviant mitgeben. Sie habe ein Pferd und drei Kamele; die drei letzteren wurden von einem großen Hofhund und zwei Pointern gestellt. Ich brachte einen ansehnlichen Vorrat an Leckerbissen zusammen und packte sie in einen Korb, den wir an einer Seite des Sattels befestigten. Und sie sprang aufs Pferd, so heiter wie eine Elfe. Gegen die Julisonne schützte sie ein breitkrämpiger Hut und ein Gazeschleier, und sie trottete mit fröhlichem Jubel davon; für meine Ermahnung, nicht zu galoppieren und rechtzeitig heimzukehren, hatte ihr Übermut nur ein Lachen. Das unartige Ding kam zur Teezeit nicht heim. Einer der Reisenden, der Hofhund, der ein alter Kerl war und seine Bequemlichkeit liebte, kehrte zurück. Doch weder Catherine, noch das Pony, noch die zwei Pointer waren irgendwo sichtbar. Ich schickte Leute nach ihr aus, diesen Pfad hinab und jenen Weg hinauf, und ging schließlich selbst auf die Suche. Ich stieß auf einen Arbeiter, der bei einer Anpflanzung an der Grenzhecke arbeitete, und fragte diesen, ob er unser junges Fräulein gesehen habe.

»Am Morgen habe ich sie gesehen«, erwiderte er. »Sie ließ sich von mir eine Haselgerte schneiden und jagte dann ihren Gaul dort über die Hecke und galoppierte davon.«

Sie können sich denken, was ich bei dieser Mitteilung empfand. Sofort kam es mir in den Sinn, daß sie sich nach Penistone Crags auf den Weg gemacht haben müsse. »Was wird mit ihr geschehen?« seufzte ich, als ich durch ein Loch hinausschlüpfte, mit dessen Ausbesserung der Mann gerade beschäftigt war. Ich ging sogleich den Hochweg hinauf. Ich schritt aus wie ein Wettläufer, Meile um Meile, bis eine Wendung mir den Sturmheidhof in Sicht brachte. Doch fern und nah war keine Catherine zu entdecken. Die Crags liegen etwa anderthalb Meilen hinter Mr. Heathcliffs Besitzung, und diese ist vier Meilen von Drosselkreuz entfernt, so begann ich zu fürchten, es werde Nacht werden, ehe ich auf sie stoßen würde. »Und was dann, wenn sie beim Umherklettern in den Felsen ausgeglitten und abgestürzt ist«, dachte ich, »und tot ist oder mit gebrochenen Gliedern irgendwo hilflos liegt?« Meine Vermutung war wahrhaft qualvoll; darum empfand ich zunächst etwas wie Erlösung, als ich, dem Gutshof zueilend, unter einem Fenster einen der Pointer liegen sah. Sein Kopf war aufgeschwollen, und sein Ohr blutete. Ich öffnete das Tor und rannte zur Haustür, wo ich wild um Einlaß klopfte. Eine Frau, die ich kannte und die früher in Gimmerton wohnte, antwortete. Sie war seit dem Tode Mr. Earnshaws hier in Dienst.

»Ach«, sagte sie, »Ihr kommt Euer kleines Fräulein suchen! Seid ohne Sorge. Sie ist hier und ganz wohlauf. Aber ich bin froh, daß Ihr's seid und nicht der Herr.« »Er ist also nicht zu Hause, wie?« keuchte ich, atemlos vom schnellen Lauf und von der Aufregung.

»Nein, nein«, antwortete sie. »Beide sind sie fort, er und Josef, und ich denke, sie kommen nicht so bald zurück. Tretet ein und ruht Euch ein wenig aus.«

Ich ging ins Haus und erblickte mein verirrtes Schäflein. Sie saß in einem kleinen Stuhl, in dem auch ihre Mutter als Kind gesessen hatte, und schaukelte sich. Ihr Hut hing an der Wand, und sie schien sich völlig zu Haus zu fühlen. Sie war in denkbar fröhlichster Stimmung, lachte und schwatzte zu Hareton – jetzt ein großer starker Bursch von achtzehn Jahren –, der sie mit grenzenloser Verwunderung anstarrte und augenscheinlich recht wenig von den Fragen und Bemerkungen verstand, die sie unermüdlich von sich gab.

»Nun, Miß!« rief ich aus, meine Freude unter einer bösen Miene verbergend. »Dies ist Ihr letzter Ritt, solange Papa fort: ist. Ich werde Ihnen keinen Schritt mehr trauen, Sie böses unfolgsames Mädchen!«

»Aha, Ellen!« schrie sie lustig, sprang auf und lief auf mich zu. »Heut abend hab ich eine ganz besonders schöne Geschichte zu erzählen. Und da hast du mich also entdeckt! Bist du je in deinem Leben schon mal hier gewesen?«

»Setzen Sie Ihren Hut auf, und dann nach Hause, sofort!« sagte ich. »Ich bin schrecklich betrübt über Sie, Miß Cathy. Sie haben außerordentlich Unrecht getan! Da hilft kein Jammern und Weinen. Das macht die Sorge nicht wieder gut, die ich hatte, als ich die ganze Gegend nach Ihnen absuchte. Wenn ich denke, wie Mr. Linton mich beschwor, Sie nicht hinauszulassen, und da stehlen Sie sich so davon! Das beweist, daß Sie ein schlauer, kleiner Fuchs sind, und niemand wird mehr ein Vertrauen in Sie setzen.« »Was hab ich denn getan«, schluchzte sie, augenblicklich verletzt. »Papa hat mir nichts anbefohlen; er wird mich nicht ausschelten, Ellen, er ist nie bös, so wie du!«

»Kommen Sie, kommen Sie!« wiederholte ich. »Ich will die Schleife binden. Nun machen Sie keine Szene! – O, pfui! Dreizehn Jahre alt und solch ein Baby!«

Diese Äußerung machte ich, weil sie den Hut vom Kopfe stieß und in eine Ecke hinter das Ofenrohr flüchtete, wo ich sie schwer erwischen konnte.

»Nein«, sagte die Magd,»seid nicht hart zu dem lieben Mädel, Mrs. Dean. Wir veranlaßten sie, zu bleiben. Sie wäre schon längst fortgeritten, denn sie glaubte, daß Ihr unruhig sein würdet. Hareton bot ihr an, sie zu begleiten, und ich meinte, das sei gut Es ist ein rauher Weg da über die Hügel.«

Hareton stand während dieses Gesprächs mit den Händen in den Taschen stumm da und schien über meine Einmischung recht mißvergnügt, doch war er viel zu tölpelhaft, um selbst etwas zu sagen.

»Wie lange soll ich warten?« fuhr ich fort, ohne die Fürbitte der Frau zu beachten.»In zehn Minuten ist es dunkel. Wo ist Ihr Pferd, Miß Cathy? Und wo ist Phönix? Wenn Sie sich nicht beeilen, so überlasse ich Sie einfach Ihrem Schicksal. Also bequemen Sie sich!«

»Das Pony ist im Hof«, erwiderte sie,»und Phönix ist dort drüben eingeschlossen. Er ist gebissen – und ebenso Charlie. Ich wollte dir gerade alles davon erzählen, aber du bist schlechter Laune und verdienst nicht, es zu hören.«

Ich hob ihren Hut auf und ging auf sie zu, um ihn ihr wieder aufzusetzen. Aber da sie sah, daß die anderen ihre Partei ergriffen, so lief sie davon und jagte durchs Zimmer und wie eine Maus über, unter und hinter die Möbel, während ich ihr nachsprang und vergebens versuchte, sie einzufangen. Hareton und die Frau lachten, und sie stimmte mit ein und wurde immer dreister, bis ich in großer Verstimmung ausrief:

»Na, Miß Cathy, wenn Sie wüßten, wessen Haus das hier ist, so wären Sie froh genug, so schnell als möglich hinauszukommen.«

»Es ist doch Ihres Vaters Haus, nicht wahr?« wandte sie sich an Hareton.

»Nein«, erwiderte er, zu Boden blickend und tief errötend.

Er konnte es nicht ertragen, wenn ihre Augen, die übrigens ganz den seinen glichen, ihn anblickten.

»Wessen denn – Eures Herrn?« fragte sie.

Er errötete von neuem, murmelte einen Fluch und wandte sich ab.

»Wer ist sein Herr?« fuhr der kleine Plagegeist, zu mir gewendet, fort.

»Er sprach doch von ›unserem Haus‹ und ›unsere Leute‹. Ich dachte, er sei der Sohn des Eigentümers. Und er hat auch nicht ein einziges

Mal ›Miß‹ gesagt; und das hätte er doch tun müssen, wenn er ein Dienstbote ist, nicht wahr?«

Haretons Antlitz verfinsterte sich bei dieser kindischen Sprache wie ein Gewitterhimmel. Ich packte die Fragestellerin und schüttelte sie tüchtig und hatte sie endlich so weit hergerichtet, daß wir fortgehen konnten.

»So, jetzt holt mein Pferd!« wandte sie sich an ihren Vetter. Sie behandelte ihn nicht anders wie die Stallburschen auf Drosselkreuz. »Und Ihr könnt mit mir kommen. Ich möchte sehen, wo im Moor der Koboldjäger haust, und möchte hören, was Ihr von den Elfen wißt, Ihr müßt mir das alles erzählen. Aber beeilt Euch! Nun, holt mein Pferd, sag ich!«

»Du kannst zur Hölle fahren, ehe ich deinen Knecht spiele!« grollte der junge Mann.

»Ich kann was?!« fragte Catherine überrascht.

»Zur Hölle fahren! Du launische Hex!« antwortete er.

»Da, Miß Cathy! Sie sehen, Sie sind in schöne Gesellschaft geraten«, fiel ich ein. »Eine feine Sprache einer jungen Dame gegenüber! Bitte, streiten Sie nicht mit ihm. Kommen Sie, wir wollen selbst Minny suchen gehen und uns davonmachen.«

»Aber Ellen«, schrie sie, starr vor Staunen. »Wie darf er so zu mir sprechen? Muß man ihn nicht zwingen, zu tun, was ich ihm sage? Du elender Kerl, ich werde Papa erzählen, was du gesagt hast. – Da hast du es!«

Hareton schien diese Drohung nicht zu fürchten. Da traten ihr vor Entrüstung Tränen in die Augen. »Also dann bringt Ihr das Pony«, rief sie der Frau zu, »und laßt im Augenblick meine Hunde frei!«

»Ruhe, Ruhe, Miß!« antwortete die Angeredete. »Höflichkeit wird Ihnen nichts schaden. Wenn Mr. Hareton da auch nicht des Herren Sohn ist, so ist er doch Ihr Vetter, und ich bin nicht hier angestellt worden, um Sie zu bedienen.«

»Er mein Vetter!« schrie Cathy mit höhnischem Lachen.

»Ja, in der Tat«, entgegnete die Frau.

»O, Ellen, verbiete ihnen, so etwas zu sagen«, flehte sie bestürzt. »Papa ist nach London gereist, um meinen Vetter zu holen; mein Vetter ist ein wohlerzogener Edelmann. Der dort mein –«, sie hielt inne und brach in Tränen aus, außer sich über die Zumutung, daß so ein Bauerntölpel verwandt mit ihr sein könne.

»Still, still!« flüsterte ich. »Man kann mehr als einen Vetter haben, und einer gleicht nicht dem anderen. Dennoch braucht deshalb keiner dem anderen nachzustehen, Miß Cathy, man muß nur, falls sie unangenehm und bösartig sind, ihre Gesellschaft meiden.«

»Nein, nein! Er ist niemals mein Vetter, Ellen!« schluchzte sie von neuem und stürzte sich, Rettung suchend, in meine Arme.

Ich war sehr ärgerlich über die Enthüllungen, die beide, sie und die Magd, einander gemacht hatten; denn ich zweifelte nicht, daß des kleinen Lintons bevorstehende Ankunft nun unfehlbar Heathcliff zu Ohren kommen werde, und wußte andererseits, daß Catherines erste Frage beim Anblick ihres Vaters sich auf Hareton beziehen werde.

Dieser, der sich von seinem Zorn, für einen Dienstboten gehalten zu werden, erholt hatte, schien von ihrem Kummer gerührt. Er holte das Pony und brachte dann aus dem Hundestall einen winzigen kleinen Terrier herbei, den er zum Trost in ihre Arme legte. Sie hielt mit Weinen inne, betrachtete ihn mit einem Blick voll Abscheu und Entsetzen und brach in neue Tränen aus.

Ich konnte mich eines Lächelns über ihre Antipathie gegen den armen Jungen nicht erwehren. Er war ein wohlgewachsener kräftiger Jüngling, stark und gesund und mit einem hübschen Gesicht; doch seine Kleidung war abgerissen und schmutzig, da er tägliche harte Arbeit verrichten mußte und selbst seine freie Zeit nicht besser auszunutzen wußte, als in Moor und Heide den Kaninchen und anderem Getier nachzuspüren. Dennoch glaubte ich aus seinen Zügen auf eine bessere, stärkere Seele schließen zu können, als sein Vater sie je besaß. Mr. Heathcliff schien ihn körperlich nicht mißhandelt zu haben, wahrscheinlich weil des Knaben furchtloser Charakter nicht dazu herausforderte. Er hatte nicht jene Eigenschaften, die Heathcliff zum Äußersten reizen konnten, nämlich Scheu und Argwohn, und so hatte er dem Knaben nichts schlimmeres anzutun gewußt, als ihn zum Dummkopf zu machen. Man hatte ihn weder lesen noch schreiben gelehrt, ihm keine Rüpelhaftigkeit untersagt, keine Tugenden gezeigt und ihn nicht einen Schritt vor dem Laster behütet. Und auch Josef hatte wohl viel zu seiner Vernachlässigung beigetragen, indem er schon das Kind – weil es das Haupt der alten Familie war – verhätschelte und seinem Eigensinn schmeichelte. So wie der Alte seinerzeit Catherine Earnshaw und Heathcliff bei Hindley schlecht machte und ihrem schlimmen Wesen die Schuld für des letzteren

Trunksucht beimaß, so legte er jetzt die ganze Last für Haretons Fehler auf die Schultern Heathcliffs, des Usurpators. Er ließ den Jungen fluchen, soviel er wollte, und untersagte ihm keine Roheit. Es war für Josef ersichtlich eine Befriedigung, zu sehen, wie es mit ihm abwärts ging. Er hatte durchaus nichts dagegen, daß er beiseite gedrängt und ins Elend gestürzt wurde, und daß seine Seele ins ewige Verderben sank, denn, so sagte er sich: Heathcliff wird dafür zur Rechenschaft gezogen! Auf seine Hände komme Haretons Blut. Und in diesem Gedanken lag ein großer Trost. Josef hatte in dem Knaben einen tiefen Stolz geweckt auf seinen alten Namen. Er hätte, wenn er nur den Mut gefunden hätte, zwischen ihm und dem jetzigen Besitzer von Sturmheid gern wütenden Haß gesät. Aber seine abergläubische Furcht vor diesem Manne war grenzenlos und hielt ihn in Bann. Er wagte seinem Empfinden nur in geheimen Drohungen Luft zu machen.

Ich will nicht behaupten, über das Leben damals auf Sturmheid genau unterrichtet zu sein. Ich spreche nur vom Hörensagen, denn selber etwas zu sehen hatte ich wenig Gelegenheit. Die Dörfler versicherten, Heathcliff sei sehr genau in Geldsachen und ein harter Gutsherr gegen seine Pächter. Doch das Haus selbst hatte unter weiblicher Leitung seine frühere Behaglichkeit wiedergewonnen, und Schwelgereien, wie sie zu Hindleys Zeiten üblich waren, kamen nicht mehr vor. Der Herr war zu mürrisch, um irgendwelchen Anschluß – sei er gut oder böse – zu suchen, und so ist er noch heute.

Jedoch, ich komme in meiner Erzählung schlecht voran. Miß Cathy wies den kleinen Friedensanwalt, den Terrier, zurück und verlangte nach ihren eigenen Hunden Charlie und Phönix. Sie kamen hinkend und ließen die Köpfe hängen; und wir machten uns auf den Heimweg, alle beide höchst unruhig und bedrückt.

Ich konnte aus meinem kleinen Fräulein nicht herausbringen, wie sie den Tag verbracht hatte, nur soviel, daß, wie ich schon angenommen hatte, das Ziel ihrer Wanderung Penistone Crags war. Und sie war ohne Unfall oder Abenteuer beim Tor von Sturmheid angekommen, als zufällig Hareton, gefolgt von ein paar Hunden, heraustrat. Die Tiere fielen Catherines Gefolge an, und es gab eine tüchtige Schlacht, ehe es ihren Herren gelang, sie auseinanderzubringen. Das gab eine Anknüpfung. Catherine berichtete Hareton, wer sie sei und wohin sie reise, und bat ihn, ihr den Weg zu zeigen und sie zu begleiten. Er erzählte von den Geheimnissen der Feenhöhle und vielen anderen sonderbaren Plätzen. Doch da ich in Ungnade war, wurde mir keine Beschreibung der interessanten Dinge, die sie sah, zu teil. Immerhin konnte ich dem Bericht entnehmen, daß ihr Führer bei ihr in Gunst gestanden hatte, bis sie dadurch, daß sie ihn für einen Dienstboten hielt, sein Gefühl verletzte und Heathcliffs Haushälterin Catherines Stolz beleidigte, indem sie Hareton als ihren Vetter bezeichnete. Dann hatte seine dreiste Sprache ihr Herz erbittert. Sie, für die alle Welt auf Drosselkreuz nur Namen wie »Liebling«, »Herzchen«, »Prinzeßchen« und »Engel« hatte, wurde von einem Fremden so unerhört beleidigt. Sie konnte das nicht begreifen, und ich hatte harte Arbeit, von ihr das Versprechen zu erhalten, daß sie diesen Kummer nicht ihrem Vater berichte. Ich erklärte ihr, wie er einen Widerwillen gegen alle Bewohner von Sturmheid habe, und wie sehr es ihn betrüben würde, zu erfahren, daß sie dort gewesen sei. Besonders aber betonte ich die Tatsache, daß, wenn sie ihm meine Mißachtung seiner strengen Anordnung entdecke, er vielleicht so zornig werden könne, mich aus seinen Diensten zu entlassen. Und diese Aussicht konnte Catherine nicht ertragen; sie gab mir ihr Wort, zu schweigen, und sie hielt es. Sie war eben – trotz allem – ein herziges kleines Ding.

XIX.

Ein Brief mit einem Trauerrand meldete mir den Tag der Ankunft meines Herrn. Isabella war tot. Und er schrieb, um mich zu ersuchen, für seine Tochter Trauerkleider zu beschaffen und ein Zimmer für seinen jungen Neffen instand zu setzen.

Catherine war voll ausgelassener Freude bei dem Gedanken, den Vater wiederzusehen und entwickelte sehr zuversichtliche Ansichten über die zahllosen Vorzüge ihres »wirklichen« Vetters.

Der Abend, der unsere Reisenden bringen sollte, war gekommen. Seit dem frühen Morgen hatte Cathy mit dem Ordnen ihrer kleinen nichtigen Angelegenheiten zu tun gehabt. Jetzt hatte sie ihr neues schwarzes Kleidchen an und wußte mich durch unausgesetztes Bitten zu bewegen, den Ankömmlingen durch den Park entgegenzugehen.

»Linton ist genau sechs Monate jünger als ich bin«, schwatzte sie, als wir gemächlich im Schatten der Bäume über moosige Pfade schlenderten. »Wie herrlich es sein wird, ihn als Spielgefährten zu haben! Tante Isabella hat Papa eine wundervolle Locke von ihm geschickt; sie ist heller als mein Haar, goldiger und ebenso seidig. Ich habe sie in einer kleinen Glasschachtel sorgfältig aufbewahrt. Und oft habe ich gedacht, wie ich mich freuen würde, den Jungen zu sehen, dem sie gehört. O! Ich bin so glücklich – und Papa, der liebe, liebe Papa! Komm, Ellen! Wir wollen rennen! Komm, lauf mit mir!«

Sie rannte und kehrte zurück und rannte wieder vorauf und lief viele Male so hin und her, ehe mein schwerer Schritt das Tor erreichte, und dann setzte sie sich auf die Rasenbank am Weg und versuchte, geduldig zu warten. Aber das war unmöglich; sie konnte nicht eine Minute still sitzen.

»Wie lange sie bleiben!« rief sie. »Ah, ich sehe Staub aufwirbeln – sie kommen! Nein! Wann werden sie hier sein? Können wir nicht noch ein wenig weitergehen – ein kleines Stückchen, Ellen? Nur ein kleines Stückchen?! Bitte, sag ja! Bis zu den Birken dort an der Biegung!«

Ich weigerte mich standhaft. Endlich fand ihre Ungeduld ein Ende: der Wagen kam in Sicht. Miß Cathy jubelte laut und hob die Arme, sobald sie nur das Gesicht des Vaters am Wagenfenster erblickte. Er stieg aus und schloß sie in die Arme; er war fast ebenso bewegt wie sie, und eine geraume Zeit verstrich, ehe sie für irgend etwas anderes als ihr Wiedersehen einen Gedanken übrig hatten.

Während sie sich liebkosten, warf ich einen Blick in den Wagen, um nach Linton zu sehen. Er lag schlafend in einer Ecke, eingehüllt in einen warmen Pelzmantel, als sei es schon Winter. Er war ein bleicher, zarter, weibischer Knabe, den man für den jüngeren Bruder meines Herrn hätte halten können, so stark ähnelte er ihm. Aber aus seinen Zügen sprach eine krankhafte Reizbarkeit, die Edgar Linton nie besaß. Dieser sah, daß ich den Knaben betrachtete, und nachdem er mir die Hand geschüttelt hatte, hieß er mich die Wagentür schließen, das Kind sei von der Reise sehr ermüdet und müsse Ruhe haben. Cathy hätte gern einen Blick hineingeworfen, aber ihr Vater nahm sie bei der Hand und ging mit ihr dem Hause zu, während ich voraneilte, um die Dienerschaft zu benachrichtigen.

»Nun, Liebling, hör zu«, sagte Linton zu seiner Tochter, als sie am Fuß der Freitreppe stehen blieben. »Dein Vetter ist nicht so kräftig und fröhlich als du bist, und bedenke, er hat vor ganz kurzer Zeit seine Mutter verloren. Darum verlange nicht von ihm, daß er sogleich mit

dir spielt und herumrennt. Und ermüde ihn nicht durch zu viel Geplapper. Laß ihn heut Abend wenigstens in Ruh, willst du?«
»Ja, ja, Papa!« antwortete Catherine. »Aber ich möchte ihn so gerne sehen, und er hat nicht ein einzigesmal herausgeschaut.«
Der Wagen war inzwischen angekommen. Der Schläfer wurde geweckt und von seinem Oheim herausgehoben.
»Dies ist deine Cousine Cathy, Linton«, sagte er, die Hände der Kinder ineinanderlegend. »Sie hat dich schon sehr lieb, und darum darfst du nun nicht mehr weinen, das würde sie zu sehr bekümmern. Versuch einmal, fröhlich zu sein. Die Reise ist zu Ende, und du kannst dich nun ausruhen und tun, was dir beliebt.«
»Dann laß mich schlafen gehen«, antwortete der Knabe, vor Catherines Begrüßung zurückweichend. Und er wischte mit dem Finger die Tränen aus den Augen.
»Kommen Sie, seien Sie ein guter Junge!« flüsterte ich, ihn ins Haus führend. »Sie werden sie auch gleich zum Weinen bringen – sehn Sie nur, wie besorgt sie um Sie ist!«
Ich weiß nicht, ob es wirklich Sorge um ihn war, aber seine Cousine setzte ein ebenso trauriges Gesicht auf wie er und kehrte zu ihrem Vater zurück. Alle drei traten ein und stiegen ins Bibliothekzimmer hinauf, wo der Tee bereit stand. Ich nahm Linton Mantel und Mütze ab und setzte ihn auf einen Stuhl, den ich an den Tisch rückte; aber kaum saß er, so begann er von neuem zu weinen. Mein Herr forschte, was los sei.
»Ich kann nicht auf einem Stuhl sitzen«, schluchzte der Junge.
»So leg dich aufs Sofa, und Ellen wird dir deinen Tee reichen«, antwortete sein Onkel geduldig.
Wie sehr mußte er während der Reise von dem übellaunigen Kinde geplagt worden sein. Linton trollte sich zum Sofa und legte sich nieder. Cathy holte eine Fußbank und setzte sich mit ihrer Tasse zu ihm. Zuerst schwieg sie ein Weilchen; aber das konnte nicht dauern. Sie hatte beschlossen, ihren kleinen Vetter wie ein Schoßpüppchen zu behandeln, und so begann sie seine Locken zu streicheln und seine Wange zu küssen und ihm aus ihrer Untertasse Tee zu trinken zu geben. Das gefiel ihm, denn er war nicht anders als ein Baby; er trocknete sich die Augen und verstieg sich sogar zu einem schwachen Lächeln.

»O, er wird sich schon machen«, sagte der Herr zu mir, nachdem er den Kindern ein Weilchen zugeschaut hatte; »er wird sich schon machen, wenn wir ihn behalten dürfen, Ellen. Die Gesellschaft eines gleichalterigen Kindes wird ihm bald neuen Lebensmut geben, und das Verlangen, mit ihr herumzuspielen, wird ihm auch Kräfte geben.«

»Ja, wenn wir ihn behalten dürfen!« grübelte ich bei mir selbst; und trübe Vorahnung beschlich mich, daß dafür nur geringe Hoffnung vorhanden sei. Und dann fragte ich mich, wie dieser Schwächling wohl auf Sturmheid leben könne. Sein Vater und Hareton! Was für Erzieher und Spielkameraden!

Wir wurden bald von unseren Zweifeln befreit. Ich hatte gerade die Kinder zu Bett gebracht – Linton ließ mich nicht von seiner Seite, bis er eingeschlafen war – und stand jetzt unten im Gang, um eine Kerze für Mr. Edgar anzuzünden, als eine Magd aus der Küche trat und mir mitteilte, daß Mr. Heathcliffs Diener Josef da sei und mit dem Herrn zu sprechen wünsche.

»Ich werde ihn erst fragen, was er will«, sagte ich in begreiflicher Angst. »Eine seltsame Stunde, die Leute zu belästigen, und gerade, wenn sie von einer langen Reise zurückgekehrt sind. Ich glaube nicht, daß der Herr Zeit hat für ihn.«

Josef war währenddessen aus der Küche herbeigekommen und stand jetzt in der Vorhalle. Er hatte seinen Feiertagsanzug an und setzte seine scheinheiligste und sauerste Miene auf. Er hielt in einer Hand seinen Hut, in der anderen seinen Stock und reinigte umständlich seine Stiefel auf der Matte.

»Guten Abend, Josef«, sagte ich frostig. »Was führt Euch her heut nacht?«

»Et is Mr. Linton, mit dem eich ze rede hon«, antwortete er, mich achtlos beiseite schiebend.

»Mr. Linton geht jetzt schlafen. Ich bin sicher, daß er Euch jetzt nicht anhören wird, es sei denn, daß Ihr etwas sehr Wichtiges zu sagen habt«, fuhr ich fort. »Ihr solltet Euch lieber dorthinsetzen und mir die Botschaft ausrichten.«

»Wo is sei Stub?« fuhr er eigensinnig fort, die Reihe geschlossener Türen musternd.

Ich sah, daß er meine Einmischung keinesfalls dulden würde. So ging ich denn sehr zögernd hinauf ins Bibliothekzimmer und meldete den unzeitgemäßen Besuch, indem ich den Rat hinzufügte, ihn bis zum anderen Tag abzuweisen. Mr. Linton hatte keine Zeit, mich dazu zu ermächtigen, denn Josef folgte mir dicht auf den Fersen, schob sich hinter mir ins Zimmer und pflanzte sich neben dem Tisch auf; er umklammerte mit beiden Fäusten seinen Knotenstock und begann mit erhobener Stimme, wie um jeden Widerspruch niederzudonnern:

»Heathcliff hot meich geschickt, um sei Bub ze hule, un eich sull nit ohne den wierer furtgehn.«

Edgar Linton schwieg einen Augenblick. Ein Ausdruck tiefen Kummers trat in seine Züge. Er hatte nicht nur Mitleid mit dem Kinde, sondern erinnerte sich an Isabellas Hoffen und Fürchten und an ihre besorgten Wünsche für ihren Sohn, den sie seinem Schutz anbefohlen hatte. Der Gedanke, ihn hergeben zu müssen, grämte ihn bitter, und er suchte in seinem Innern nach Rettung, nach einem Mittel, dies zu vermeiden. Kein Plan bot sich ihm. Die geringste Verlautbarung eines Wunsches, den Knaben zu behalten, hätte nur eine noch dringendere Aufforderung zur Herausgabe zur Folge gehabt. Es blieb nichts übrig, als ihn herzugeben. Keinesfalls aber wollte er ihn aus dem Schlaf holen.

»Sagt Mr. Heathcliff«, antwortete er ruhig, »daß sein Sohn morgen nach Sturmheidhof gehen wird. Er ist im Bett und zu müde, um den weiten Weg jetzt machen zu können. Ihr könnt ihm ferner sagen, daß Lintons Mutter wünschte, daß er unter meiner Obhut bleibe, und daß seine Gesundheit gegenwärtig sehr angegriffen ist.«

»Nä«, sagte Josef, seinen Stock dröhnend auf den Boden stoßend.»Nä, dat geht nit. Heathcliff kimmert sich nit um die Mudder im aach nit um Eich. Awer er will sei Suhn honn, un eich muß 'n mitnemme. – Su, jetz hott Ehr 't gehoort!«

»Heut nacht wird das keinesfalls mehr geschehen!« antwortete Linton fest.»Geht sofort hinunter und richtet Eurem Herrn aus, was ich gesagt habe. Ellen, zeig ihm den Weg! Geht! –«

Und er nahm den widerstrebenden Alten beim Arm und schob ihn zur Tür hinaus.

»Sehen, sehen!« brüllte Josef, als er sich langsam trollte.»Morge werd er selwer kumme, un versucht et emol, ihn enaus ze werfe!«

XX.

Um zu vermeiden, daß diese Drohung sich bewahrheite, beauftragte mich Mr. Linton, den Knaben frühzeitig in sein neues Heim zu geleiten, auf Cathys Pony. Und ferner sagte er:
»Da wir nun auf sein Geschick keinen Einfluß mehr haben werden, so darfst du meiner Tochter nicht sagen, wohin er gegangen ist. Sie kann nun doch keinen Umgang mehr mit ihm haben, und daher ist es besser, daß sie nicht weiß, in wie erreichbarer Nähe er lebt, denn dann würde sie ihn auf Sturmheid besuchen wollen. Sage ihr nur, sein Vater habe unerwartet nach ihm geschickt, und er sei genötigt gewesen, uns zu verlassen.«

Linton war sehr unwillig, um fünf Uhr aus dem Bett geholt zu werden, und erstaunt, als er vernahm, er müsse sich für eine Fortsetzung der Reise herrichten. Ich suchte ihm die Sache angenehm darzustellen, indem ich ihm berichtete, daß er einige Zeit bei seinem Vater, Mr. Heathcliff, zubringen solle. Dieser möchte ihn so gerne sehen, daß er das Wiedersehen nicht aufschieben wolle, bis der Sohn sich von seiner bisherigen Reise erholt habe.

»Mein Vater!« schrie er in höchstem Erstaunen. »Mama hat mir nie gesagt, daß ich einen Vater habe! Wo lebt er? Ich möchte lieber beim Onkel bleiben.«

»Er lebt in geringer Entfernung von Drosselkreuz«, erwiderte ich; »grad dort hinter den Hügeln. Nicht so weit, daß Sie nicht, wenn Sie etwas wohler sind, herüberkommen könnten zu uns. Und Sie sollten sich freuen, nach Hause zu kommen und ihn zu sehen. Sie müssen versuchen, ihn so lieb zu haben, wie Sie Ihre Mutter hatten, und dann wird er Sie auch lieb haben.«

»Aber warum habe ich nicht früher schon von ihm gehört?« fragte Linton. »Warum lebten Mama und er nicht zusammen wie andere Eltern?«

»Er hatte Geschäfte, die ihn im Norden festhielten«, antwortete ich, »und der Gesundheitszustand Ihrer Mutter bedingte einen Aufenthalt im Süden.«

»Und warum hat Mama mir nicht von ihm erzählt?« beharrte das Kind. »Vom Onkel hat sie oft gesprochen, und ich mußte ihn schon lange lieb haben. Wie kann ich Papa lieben? Ich kenne ihn nicht.«

»O, alle Kinder lieben ihre Eltern«, sagte ich. »Ihre Mutter glaubte vielleicht, wenn sie von ihm spreche, so würden Sie Sehnsucht nach ihm bekommen. Wir müssen uns beeilen. Ein früher Ritt an einem so prächtigen Morgen ist einem Stündchen Schlaf doch weit vorzuziehen.«

»Wird sie mit uns gehen?« fragte er. »Das kleine Mädchen, das ich gestern hier gesehen habe?«

»Nicht jetzt«, erwiderte ich.

»Aber Onkel?« fuhr er fort.

»Nein, ich werde Sie begleiten«, sagte ich.

Linton sank auf das Kissen zurück und verfiel in trübes Nachsinnen.

»Nein, ich werde nicht ohne Onkel gehen«, rief er schließlich. »Ich weiß ja nicht, wohin Sie mich bringen wollen.«

Ich versuchte ihm klar zu machen, wie unartig es sei, daß er sich weigere, seinen Vater aufzusuchen; er widerstand aber trotzdem jeder Bemühung, ihn anzukleiden, und ich mußte den Beistand meines Herrn nachsuchen, um ihn aus dem Bett zu treiben.

Endlich war ich mit dem armen Jungen unterwegs, nachdem man ihm die Versicherung gegeben hatte, daß seine Abwesenheit nur kurz sein solle, und daß Mr. Edgar und Cathy ihn besuchen würden. Unterwegs mußte ich ihm noch eine Menge ebenso unwahrer Zusicherungen machen.

Die reine Luft, der Heuduft, die helle Sonne und der sanfte Trab von Minny, dem Pony, nahmen ihm dann bald seine Verzagtheit. Er begann mit fröhlicherem Interesse Fragen zu stellen nach seinem neuen Heim und dessen Bewohnern.

»Ist Sturmheidhof ein ebenso schöner Platz als Drosselkreuz?« forschte er, als er bei einer Biegung nochmals zurückblickte.

»Es liegt nicht so in alten Bäumen verborgen«, antwortete ich, »und es ist nicht ganz so groß, aber Sie können rundum weit ins Land schauen, und die Luft dort ist Ihnen zuträglicher, sie ist frischer und trockener. Sie werden vielleicht im Anfang das Haus alt und düster finden, trotzdem es ein ansehnlicher Bau ist, der zweitschönste in der Umgegend. Und Sie werden so schöne Streifzüge durch Moor und Heide machen. Hareton Earnshaw – das ist Miß Cathys anderer Vetter und somit in gewisser Beziehung auch der Ihre – wird Ihnen all die reizenden Stellen zeigen. Und bei schönem Wetter können Sie ein Buch mit hinaus nehmen und in grünem Moosversteck lesen. Und hie und da mag wohl auch Ihr Onkel Sie zu einem Spaziergang treffen; er geht häufig aufs Moor hinaus.«

»Und wie sieht mein Vater aus?« fragte er. »Ist er so jung und hübsch wie Onkel?«

»Er ist ebenso jung«, sagte ich. »Aber er hat schwarzes Haar und dunkle Augen und sieht ernster aus, und er ist größer und kräftiger. Er wird Ihnen vielleicht zunächst nicht ganz so sanft und freundlich vorkommen, denn das ist nicht seine Art. Dennoch, beachten Sie, was ich sage, dennoch seien Sie frei und fröhlich zu ihm, und naturgemäß wird er Sie lieber haben als irgend ein Onkel, weil Sie sein eigen sind.«

»Schwarzes Haar und schwarze Augen!« sann Linton. »Ich kann ihn mir nicht vorstellen. Da bin ich ihm also gar nicht ähnlich, wie?«

»Nicht sehr«, antwortete ich; nicht die Spur, dachte ich, als ich mit Bedauern das weiße Gesicht und die schmale Stirn des Knaben betrachtete und seine großen matten Augen. Es waren die Augen seiner Mutter, nur daß sie – wenn sie nicht gerade in krankhafter Reizbarkeit aufflackerten – nicht den geringsten Funken ihrer schimmernden Lebhaftigkeit aufwiesen.

»Wie sonderbar, daß er nie gekommen sein sollte, Mama und mich zu besuchen!« murmelte er. »Hat er mich überhaupt schon gesehen? Das kann höchstens gewesen sein, als ich noch ein Baby war. Ich weiß aber auch absolut gar nichts von ihm!«

»Nun, Herr Linton«, sagte ich, »dreihundert Meilen sind ein weiter Raum, und zehn Jahre erscheinen einem erwachsenen Menschen nicht so lang als vielleicht Ihnen. Es ist wahrscheinlich, daß Mr. Heathcliff Sommer nach Sommer diese Reise beabsichtigte, aber nie eine passende Gelegenheit fand. Und nun ist es zu spät. Plagen Sie ihn nicht mit Fragen darüber; das würde ihn unnütz belästigen.«

Für den Rest des Weges war der Knabe vollauf mit seinen Gedanken beschäftigt, und schließlich hielten wir am Gartentor des Landhauses. Ich beobachtete ihn, um den Eindruck zu sehen, den der Ort auf ihn machte. Er prüfte die Ornamentik der Hausfront und die niederen Fenster, die vereinzelten Stachelbeersträucher und krummen Fichten mit trüber Aufmerksamkeit und schüttelte dann den Kopf. Seinem Empfinden mißfiel das Äußere seines neuen Wohnorts ganz und gar. Doch er war vernünftig genug, sich vorläufig nicht zu beklagen: vielleicht war innen etwas zu finden, das die äußere Dürftigkeit aufwog.

Ehe er abstieg, ging ich und öffnete die Haustür. Es war halb sieben. Die Familie hatte soeben das Frühstück eingenommen. Die Magd räumte den Tisch ab. Josef stand neben dem Stuhl seines Herrn und berichtete irgend etwas von einem lahmen Gaul. Hareton bereitete sich zu einem Gang ins Heu.

»Halloh, Nelly!« sagte Mr. Heathcliff, als er mich erblickte. »Ich fürchtete schon, ich müsse zu euch kommen und meine Habe selber holen. Du hast sie also hergebracht, ja? So laß uns sehen, was wir damit anfangen können.«

Er stand auf und schritt zur Tür. Hareton und Josef folgten in gaffender Neugier. Der arme Linton ließ einen erschreckten Blick über die drei Gesichter gleiten.

Heathcliff starrte seinen Sohn so lange an, bis dieser vor Verwirrung blutrot war und zitterte. Dann lachte er höhnisch auf.

»Gott, was für eine Schönheit! Was ein liebliches reizendes Dingchen!« rief er. »Man hat ihn gewiß mit Schnecken und saurer Milch aufgezogen, wie, Nelly? O verflucht! Das ist schlimmer als ich dachte – und der Teufel weiß, ich war nicht optimistisch!«

Ich hieß den erschreckten Knaben absteigen und eintreten. Er hatte nicht begriffen, was die Worte des Vaters bedeuteten und ob sie sich überhaupt auf ihn bezogen hatten; er war wohl nicht einmal sicher, ob dieser grimmige grinsende Fremde sein Vater sei. Aber er klammerte sich an mich mit wachsendem Grauen. Und als Mr. Heathcliff sich auf einen Stuhl niederließ und ihn zu sich rief, barg er das Gesicht an meiner Schulter und weinte.

»Still, still!« sagte Heathcliff, streckte den Arm aus und zog den Knaben zu sich heran. Er faßte ihn am Kinn und sah ihm ins Gesicht. »Keinen solchen Unsinn! Wir beabsichtigen nicht, dir wehe zu tun, Linton – das ist doch dein Name? Du bist ganz und gar deiner Mutter Kind! Wo aber ist mein Teil an dir, piependes Küken?«

Er nahm dem Kind die Mütze ab und strich die dicken gelben Locken zurück, befühlte seine dünnen Arme und schmalen Finger. Linton hörte auf zu weinen und hob die blauen Augen, um nun seinerseits den anderen zu prüfen.

»Kennst du mich?« fragte Heathcliff, nachdem er sich überzeugt hatte, daß die Gliedmaßen alle gleich schwach und zerbrechlich waren.

»Nein«, sagte Linton mit einem angstvollen Blick.

»Du hast aber von mir gehört?«

»Nein«, erwiderte er nochmals.

»Nein? Welch eine Schande, daß deine Mutter nie daran dachte, deine kindlichen Gefühle zu mir zu wecken. Du bist also mein Sohn, will ich dir sagen. Und deine Mutter war ein niederträchtiges Frauenzimmer, daß sie dich in Unkenntnis darüber ließ, welcher Art dein Vater sei. Nun, heule nicht und faß Mut! Du brauchst nicht so rot zu werden. Es ist allerdings immerhin etwas, zu sehen, daß du nicht *weißes* Blut hast. Sei ein guter Junge, und ich werde dir nichts tun. Nelly, wenn du müde bist, magst du dich ausruhen, wenn nicht, so geh wieder nach Haus. Ich kann mir denken, daß du dem Wicht dort auf Drosselkreuz haarklein berichten wirst, was du hier hörst und siehst; und hier der Junge wird sich nicht beruhigen, solange du so um ihn herumschwänzelst.«

»Gut«, erwiderte ich, »ich hoffe, Mr. Heathcliff, Sie werden freundlich zu dem Knaben sein, oder Sie werden ihn nicht lange behalten; und er ist das einzige Wesen, das Sie noch auf der Welt besitzen, denken Sie daran!«

»Ich werde *sehr* freundlich zu ihm sein, du kannst unbesorgt sein«, sagte er lachend. »Nur darf kein anderer gut zu ihm sein. Ich bin eifersüchtig auf seine Zuneigung. Und um mit der Freundlichkeit den Anfang zu machen: Josef, bring dem Jungen etwas zum Frühstück! Hareton, du verdammtes Kalb, geh an deine Arbeit! Ja, Nelly«, fügte er hinzu, als die anderen gegangen waren, »mein Sohn wird voraussichtlich Eigentümer eures Gutes, und ich wünsche nicht, daß er stirbt, ehe ich gewiß bin, sein Nachfolger zu sein. Außerdem: er ist *mein*, und ich brauche den Triumph, *meinen* Abkömmling als Herrn auf ihren Besitzungen zu sehen; zu sehen, wie mein Sohn ihre Kinder dingt, damit sie die Felder ihres Vaters gegen Lohn beackern. Das ist der einzige Gedanke, der mir den Knirps da erträglich macht. Ich verabscheue ihn um seiner selbst willen und hasse ihn wegen der Erinnerungen, die er wachruft! Doch dieser eine Gedanke genügt. Er ist so sicher bei mir wie bei euch und soll ebenso sorgsam gepflegt werden, wie dein Herr sein eigenes Kind hegt. Ich habe droben ein hübsch eingerichtetes Zimmer für ihn, ich habe auch einen Lehrer berufen, der dreimal wöchentlich kommen soll, und der drei Meilen von hier wohnt. Ich habe Hareton befohlen, ihm zu gehorchen, und tatsächlich habe ich alles in Hinsicht darauf angeordnet, daß man in ihm den Edelmann sehe, der über seine Gefährten emporragt. Ich bedaure allerdings, daß er diese Mühe so wenig verdient. Wenn ich irgend etwas auf Erden gewünscht habe, so war es dies, ihn so zu finden, daß ich stolz auf ihn sein könne, und ich bin bitter enttäuscht über den wehleidigen winselnden Wicht!«

Während dieser Rede trat Josef wieder ein. Er trug einen Napf mit Milchsuppe und stellte ihn vor Linton hin. Der rührte in dem Zeug herum und erklärte mit einem Ausdruck des Ekels, er könne es nicht essen.

Ich sah, der alte Diener verachtete das Kind ebenso wie sein Herr, obschon er genötigt war, seine Gefühle zurückzuhalten, denn Heathcliff duldete nicht, daß seine Untergebenen sich unehrerbietig zeigten.

»Ehr kennt 't nit esse?« wiederholte er, Linton nahe ins Gesicht sehend und scheu die Stimme dämpfend. »Awer de Här Hareton hot neist annerst gegess', su lang als 'r klän wor. Un wat for ihn gut genug wor, dat iß aach for Eich gut genug – man eich.«

»Ich werde es nicht essen!« antwortete Linton schnippisch. »Fort damit!«

Josef riß die Schüssel wütend an sich und brachte sie uns.

»Iß do wat nit in Ordnung mit de Supp?« fragte er, sie Heathcliff unter die Nase haltend.

»Weshalb soll sie nicht in Ordnung sein?« sagte er.

»Jo, dä verzärtelt Borsch do säht, er kinnt se nit esse. Awer eich sahn, se iß gut. Sei Mudder wor grad su, mer ware ehr suzesahn ze dreckig, um for ehr Brot dat Koorn ze säe.«

»Erwähne mir nicht seine Mutter«, sagte der Herr ärgerlich. »Bring ihm etwas, das er essen kann, und damit gut. Was pflegt er denn zu essen, Nelly?«

Ich meinte, vermutlich gekochte Milch und Tee; und der Knecht bekam Auftrag, dies zu bereiten. Nun, dachte ich bei mir, die Selbstsucht seines Vaters sichert ihm anscheinend eine gute Pflege. Er sieht, daß er von zarter Gesundheit ist und daß man Geduld haben muß mit ihm. Ich werde Mr. Edgar trösten können, wenn ich ihm mitteile, welche Wendung Heathcliffs Launen genommen haben.

Da ich keinen Grund finden konnte, um noch länger zu verweilen, schlüpfte ich hinaus, während Linton beschäftigt war, die freundliche Zudringlichkeit eines Schäferhundes schüchtern zurückzuweisen. Aber er war doch viel zu mißtrauisch, als daß man ihn hätte betrügen können. Als ich die Tür schloß, hörte ich einen Schrei und den gellenden Angstruf:

»Geh nicht fort! Ich will nicht hier bleiben! Ich will nicht hier bleiben!« Dann drehte sich der Schlüssel im Schloß. Sie ließen das Kind nicht heraus. Ich bestieg Minny und ritt nach Hause – und so wurde der kleine Linton uns genommen.

XXI.

An jenem Tage hatten wir schlimme Arbeit mit klein Cathy. Sie konnte das Aufstehen kaum erwarten, so begierig war sie, den Spielgenossen wiederzusehen. Als man ihr dann mitteilte, daß er uns wieder habe verlassen müssen, gab es viel Jammer und Tränen. Edgar selber mußte sie trösten, indem er ihr des Vetters baldige Rückkehr zusicherte. Er fügte jedoch hinzu:»wenn es mir möglich ist, ihn wieder zu bekommen«, und dafür war keine Aussicht vorhanden. Dies Versprechen befriedigte sie auch nur wenig; aber die Zeit tat das ihrige. Gelegentlich, wenn ich der Haushälterin vom Sturmheidhof in Gimmerton begegnete, erkundigte ich mich, wie es dem jungen Herrn ginge und ob er sich einlebe; man sah ihn nämlich nie, er wurde dort ebenso von der Außenwelt abgeschlossen wie Catherine bei uns. Ich erfuhr von ihr, daß seine schwache Gesundheit sich nicht bessere und daß er ein rechter Plagegeist sei. Sie sagte, Mr. Heathcliff hasse ihn mehr und mehr, obschon er sich Mühe gebe, das zu verbergen. Lintons Stimme sei ihm unerträglich, und er könne kaum einige Minuten mit ihm im selben Zimmer sein. Die beiden wechselten nur wenig Worte miteinander. Linton lernte seine Aufgaben und verbrachte die Abende in einem kleinen Raum, den sie»Salon« nannten, oder er lag den ganzen Tag im Bett, denn er hatte fortwährend Husten oder Schnupfen oder Kopfweh oder Gliederschmerzen.

»Und nie in meinem Leben hab ich so ein zimperliches Wesen gesehen«, fügte die Frau hinzu.»Und wie er besorgt ist um sich, wie er jammert, wenn ich mal abends ein wenig spät das Fenster schließe! Als ob so ein Sommerlüftchen gleich tödlich sei! Und jetzt, mitten im Sommer, muß ich ihm ein Kaminfeuer machen, und Josefs Pfeifenrauch ist Gift, und er muß immer Süßigkeiten und Schleckereien haben und immer Milch, nichts als Milch. Und da sitzt er dann in seinen Pelzrock gewickelt beim Feuer, und auf dem Kaminsims muß immer Toast und irgend etwas zum Trinken bereitstehen. Und wenn Hareton aus Mitleid mal nach ihm sehen kommt – denn Hareton hat trotz seines derben Wesens ein gutes Herz – so gibt es sicher bald Streit, und sie gehen auseinander: der eine flucht, der andere weint. Ich glaube, unser Herr hätte nichts dagegen, daß Hareton den anderen zum Krüppel schlüge, wenn es nicht gerade sein Sohn wäre. Und ich bin sicher, er würde Linton an die Luft setzen, wenn er wüßte, was der für ein Wesen mit sich macht; aber er geht der Versuchung aus dem Wege, er betritt nie den Salon, und wenn er Linton draußen irgendwo bei seinem albernen Benehmen ertappt, so schickt er ihn sofort hinauf in sein Zimmer.«

Ich schloß aus diesem Bericht, daß der junge Heathcliff aus Mangel an Teilnahme und Fürsorge noch selbstsüchtiger und unliebenswürdiger geworden war, als dies früher der Fall war. Mein Interesse an ihm nahm sehr ab, trotzdem mich sein Schicksal betrübte und ich bedauerte, daß man ihn uns genommen hatte. Mr. Edgar ermunterte mich, weitere Erkundigungen einzuziehen. Ich glaube, er dachte viel an ihn. Einmal trug er mir auf, die Haushälterin zu fragen, ob er wohl manchmal ins Dorf ginge. Sie sagte, er sei nur zweimal dort gewesen, er habe seinen Vater zu Pferde begleitet, und beide Male habe er sich danach wie zerschlagen gefühlt und drei, vier Tage lang den Kranken gespielt. – Wenn ich mich recht erinnere, so verließ diese Haushälterin den Sturmheidhof etwa zwei Jahre nach Lintons Einzug, und ihre Nachfolgerin lebt jetzt noch dort; ich kenne sie aber nicht.

Auf Drosselkreuz ging das Leben seinen stillen, freundlichen Gang, bis Cathy sechzehn Jahr alt wurde. Ihr Geburtstag wurde nie festlich begangen, denn er war ja der Todestag meiner seligen Herrin. Linton verbrachte diesen Tag stets allein im Bibliothekzimmer und wanderte zur Dämmerzeit zum Gimmerton-Friedhof hinaus, wo er sich bis nach Mittemacht aufzuhalten pflegte. Catherine mußte daher selbst für ihre Erheiterung sorgen. Dieser zwanzigste März nun war ein prächtiger Frühlingstag, und nachdem ihr Vater sich zurückgezogen hatte, kam mein junges Fräulein hübsch gekleidet zu mir und verlangte, ich solle sie hinaus auf die Heide begleiten; Mr. Linton habe ihr den Spaziergang gestattet, wenn wir nicht zu weit gehen und nicht länger als eine Stunde ausbleiben wollten.

»So eile dich, Ellen!« rief sie. »Ich weiß schon, wo wir hingehen wollen – zu den Birkhühnern. Ich will nachsehen, ob sie schon am Nestbauen sind.«

»Das muß schon ziemlich weit sein von hier«, entgegnete ich, »die Birkhühner brüten tief drinnen im Moor.«

»Nein, nein«, sagte sie. »Ich bin mit Papa schon einmal fast dort gewesen.«

Ich nahm meinen Hut und machte mich auf den Weg. Sie tollte vor mir her und lief zurück zu mir und wieder in großen Sätzen davon – wie ein junger Windhund. Zuerst gefiel es mir ganz gut, dem Singen der Lerchen nah und fern zu lauschen und den wundervollen warmen Sonnenschein zu genießen; und ich erfreute mich an der strahlenden Munterkeit meines Lieblings: ihre goldenen Locken flogen, ihre Wangen blühten so zart und duftig wie Wildrosen, und ihre Augen leuchteten in wolkenlosem Glück. Sie war ein fröhliches Geschöpf in jenen Frühlingstagen, ein wahrer Engel. Schade, daß sie sich nicht zu begnügen wußte.

»Nun«, sagte ich, »wo sind Ihre Birkhühner, Miß Cathy? Wir sollten sie jetzt längst erreicht haben; das Parkgitter von Drosselkreuz liegt ein gut Stück hinter uns.«

»O, ein bißchen weiter noch – nur ein bißchen weiter, Ellen«, gab sie stets zu Antwort. »Du mußt noch den Hügel da erklettern, und ehe du auf der anderen Seite wieder unten angekommen bist, werde ich die Vögel aufgescheucht haben.«

Da waren aber so viele Hügel zu erklettern, daß ich schließlich müde wurde und ihr Halt gebot. Ich rief nach ihr, da sie mir weit vorauf war. Aber sie hörte nicht oder wollte nicht hören und sprang unbekümmert weiter, und ich mußte folgen. Schließlich verschwand sie in einer Niederung, und als ich ihrer wieder ansichtig wurde, war sie dem Sturmheidhof um zwei Meilen näher als ihrem eigenen Heim. Und ich sah, daß sie von zwei Personen angehalten wurde, und war überzeugt, daß einer davon Mr. Heathcliff selber war.

Cathy war beim Plündern der Nester oder wenigstens beim Aufscheuchen der Birkhühner ertappt worden. Das Heideland hier war Heathcliffs Grund und Boden, und er machte dem Wilddieb Vorhaltungen.

»Ich habe keine gefunden und keine genommen«, sagte sie, als ich hinzutrat, und hielt zum Beweis die leeren Hände hin. »Ich wollte sie

gar nicht fortnehmen, aber Papa sagte mir, daß sie hier droben haufenweise leben, und ich wollte mir ihre Eier ansehen.«
Heathcliff sah mich mit boshaftem Lächeln an und fragte, wer »Papa« sei.

»Mr. Linton auf Drosselkreuz«, erwiderte sie. »Ich dachte mir wohl, daß Sie mich nicht kannten, denn sonst hätten Sie nicht so zu mir gesprochen.«

»Sie meinen also, Papa sei hochgeachtet und respektiert, wie?« sagte er sarkastisch.

»Und wer sind Sie?« forschte Catherine, den Sprecher neugierig betrachtend. »Den jungen Mann da habe ich schon früher gesehen. Ist er Ihr Sohn?«

Sie wies auf Hareton, der in diesen zwei Jahren nur an Größe und Stärke zugenommen zu haben schien; er blickte noch ebenso abweisend und blöde drein wie sonst.

»Miß Cathy«, fiel ich ein, »wir sind jetzt statt einer Stunde schon drei Stunden fort. Wir müssen wirklich heimkehren.«

»Nein, der Mann ist nicht mein Sohn«, antwortete Heathcliff, mich beiseite schiebend. »Aber ich habe einen, und Sie haben ihn auch schon früher gesehen; und obgleich Ihre Begleiterin Eile hat, meine ich, es wäre Ihnen beiden besser, ein wenig zu ruhen. Sie brauchen nur hier um den Heidehügel herumzugehen, und Sie sind vor meinem Hause. Sie werden sich ausruhen und um so rascher heimgehen können.«

Ich flüsterte Catherine zu, daß sie dem Vorschlag keineswegs folgen dürfe, eine Annahme sei ganz und gar ausgeschlossen.

»Warum?« fragte sie laut. »Ich bin müde vom Laufen, und der Boden ist feucht; ich kann mich hier nicht hinsetzen. Komm, Ellen. Übrigens sagt er auch, ich hätte seinen Sohn schon gesehen; ich denke, er irrt sich, aber ich weiß, wo er wohnt: in dem Landhaus, in dem ich damals gewesen bin, als ich von Penistone Crags zurückkam – nicht wahr?«

»Ganz richtig. Komm, Nelly, halt den Mund – es wird ein rechter Spaß für sie sein, bei uns hereinzuschauen. Hareton, geh mit dem Mädel voran. Du sollst bei mir bleiben, Nelly.«

»Nein, sie wird keinesfalls dorthin gehen«, schrie ich und suchte mich von seinem festen Griff loszumachen. Aber sie war schon fast an der Hausschwelle, so begierig lief sie vorwärts. Ihr Begleiter bezeigte keine Lust, weiter neben ihr her zu trotten, er drückte sich beiseite und verschwand hinterm Hügel.

»Sie tun sehr unrecht, Mr. Heathcliff«, sagte ich. »Sie haben sicherlich nichts gutes vor. Und sie wird dort Linton sehen, und sowie wir zu Hause sind, wird alles haarklein meinem Herrn berichtet werden, und ich bekomme Vorwürfe.«

»Ich will, daß sie Linton sieht«, antwortete er. »Er ist gerade in diesen Tagen etwas wohler, er sieht nicht oft so aus, daß man ihn zeigen kann. Wir werden sie schon überreden, die Sache geheim zu halten – was ist also dabei?«

»Wenn ihr Vater herausbekommt, daß ich ihr gestatte, Ihr Haus zu betreten, wird er einen bitteren Haß auf mich bekommen. Und ich bin überzeugt, daß Sie sie nur darum einladen, weil Sie etwas böses im Sinne haben«, erwiderte ich.

»Mein Plan ist so ehrenhaft als möglich; ich will ihn dir offenbaren«, sagte er. »Die beiden sollen sich ineinander verlieben und sich heiraten. Ich handle großmütig an deinem Herrn. Wenn seine Tochter meinen Wünschen nachkommt, so wird sie, die so gut wie nichts zu erwarten hat, mit Linton gemeinsam das Erbe antreten.«

»Wenn Linton sterben sollte«, antwortete ich, »so würde Catherine die Erbin sein.«

»Nein, das würde sie nicht«, sagte er. »Das Testament hat keine Klausel, um das zu ermöglichen; sein Besitztum würde an mich fallen. Um jedoch einen Disput zu vermeiden: ich wünsche die Vereinigung der beiden und bin entschlossen, sie durchzusetzen.«

»Und ich bin entschlossen, daß sie nie wieder mit mir in die Nähe Ihres Hauses kommen soll«, gab ich zurück, als wir das Tor erreichten, wo Miß Catherine uns erwartete.

Heathcliff befahl mir zu schweigen und führte uns den Weg hinauf ans Haustor, das er einladend öffnete. Mein junges Fräulein sah nachdenklich zu ihm auf; sie wußte wohl nicht recht, was sie von ihm denken sollte. Er aber lächelte, wenn er ihrem Blick begegnete, und gab seiner Stimme einen sanften Klang, wenn er mit ihr sprach. Und ich war töricht genug, mir einzubilden, das Andenken an ihre Mutter werde ihn verhindern, ihr etwas kränkendes zuzufügen. Linton stand auf der Diele beim Feuer. Er war draußen im Freien gewesen, denn er hatte die Mütze auf dem Kopfe, und er rief nach Josef, damit er ihm trockene Schuhe bringe. Er war groß für sein Alter – es fehlten ihm noch einige Monate an sechzehn. Seine Züge waren auch jetzt noch hübsch und sein Auge und seine Farbe frischer als früher; aber das mußte wohl dem momentanen Einfluß der stärkenden Luft und wärmenden Sonne zugeschrieben werden.

»Nun, wer ist das?« fragte Mr. Heathcliff, sich an Cathy wendend.

»Ihr Sohn?« sagte sie, nachdem sie zweifelnd von einem zum anderen geblickt hatte.

»Ja, ja«, antwortete er. »Aber haben Sie ihn denn nicht früher gesehen? Denken Sie nach. Ah! Sie haben ein kurzes Gedächtnis. Linton, erinnerst du dich nicht deiner Kousine? Du hast mich oft genug gequält um ein Wiedersehen mit ihr.«

»Was, Linton!« schrie Cathy freudig überrascht. »Ist das der kleine Linton? Er ist größer als ich! Bist du Linton?« Der Jüngling trat näher und gab sich zu erkennen. Sie küßte ihn innig, und sie betrachteten einander verwundert. Catherine war schon stattlich groß; sie hatte eine volle und dennoch biegsame Gestalt. Das ganze entzückende Mädchen strahlte in Gesundheit und Lebenslust. Lintons Blicke und Bewegungen waren sehr träge, seine Haltung schlapp und müde, aber er hatte eine gewisse Anmut, die diese Mängel milderte und ihm etwas Sympathisches gab. Nachdem Cathy ihm noch einmal um den Hals gefallen war, trat sie zu seinem Vater, der an der offenen Tür stand und so tat, als blicke er hinaus in die Heide. In Wahrheit hatte er die Kinder sehr aufmerksam beobachtet.

»Und Sie sind also mein Onkel!« rief sie und hob die Arme zu ihm auf. »Ich habe gleich gedacht, daß ich Sie gern haben könnte, trotzdem Sie zuerst bös waren. Warum kommen Sie nie mit Linton nach Drosselkreuz? So nahe beieinander haben wir all die Jahre gewohnt und uns nicht gesehen – wie merkwürdig! Weshalb nicht?«

»Ich bin vor deiner Geburt ein- oder zweimal zu oft auf Drosselkreuz gewesen«, entgegnete er. »Da – verflucht! Wenn du Küsse zu verschwenden hast, so gib sie Linton; ich weiß sie nicht zu würdigen.«

»Böse Ellen!« rief Catherine, mir an den Hals fliegend. »Böse, böse Ellen! Wie konntest du mich nicht hierhergehen lassen wollen? Aber ich werde von jetzt ab jeden Morgen hierherkommen. Darf ich, Onkel? Und manchmal werde ich Papa mitbringen. Wirst du dich nicht freuen, uns zu sehen?«

»Natürlich!« erwiderte der Onkel, mühsam eine Grimasse unterdrückend. »Doch höre«, fuhr er fort, »da ich gerade daran denke, will ich dir reinen Wein einschenken. Mr. Linton hat ein Vorurteil gegen mich. Wir haben uns einmal miteinander gezankt, sehr ernstlich gezankt. Und wenn du ihm davon sprichst, herkommen zu wollen, so wird er dir's ganz gewiß verbieten. Darum sage ihm nichts davon, es sei denn, daß du keinen Wert darauf legst, deinen Vetter wiederzusehen. Komm, wann du magst, aber sprich nicht darüber.«

»Warum habt ihr euch gestritten?« fragte Catherine niedergeschlagen.

»Er hielt mich nicht für würdig, seine Schwester zu heiraten«, antwortete Heathcliff, »und war betrübt, als ich sie doch bekam. Sein Stolz war verletzt, und er wird das nie vergessen.«

»Das ist unrecht!« sagte das junge Mädchen. »Ich will es ihm gelegentlich sagen. Aber Linton und ich haben keinen Teil an eurem Streit. Ich kann also nicht herkommen, aber er muß nach Drosselkreuz kommen.«

»Das ist zu weit für mich«, brummte der Jüngling. »Vier Meilen zu gehen – das würde mein Tod sein. Nein, Catherine, komm du lieber zu uns; nicht jeden Morgen, aber ein- oder zweimal in der Woche.«

Der Vater warf auf den Sohn einen Blick voll bitterer Verachtung.

»Ich fürchte, Nelly, meine Mühe wird umsonst sein«, raunte er mir zu. »Catherine wird bald heraushaben, was für eine elende Kreatur er ist, und wird ihn zum Teufel jagen. Ja, wenn es Hareton wäre! – Weißt du, daß ich wohl zwanzigmal des Tages denke, – wie schön es wäre, wenn ich Hareton zum Sohn hätte statt dieses jammervollen Burschen dort? Wäre Hareton nicht der Sohn seines Vaters – ich hätte ihn heben können. Aber vor *ihrer* Liebe ist er wohl sicher. Wenn der erbärmliche Wicht da sich aber nicht bald zu einem anständigen Menschen herausmacht, so werde ich doch noch Hareton den Vorzug geben, ich werde sie gegeneinander austauschen. Zum Henker mit diesem Weichling! Er kümmert sich nur um seine nassen Füße und hat nicht einen Blick für sie. – Linton!«

»Ja, Vater?« antwortete der Knabe.

»Hast du deiner Cousine nichts zu zeigen, nicht einmal ein Kaninchen oder ein Wieselnest? Geh in den Garten mit ihr, ehe du die Schuhe wechselst; und geh in den Stall und zeige ihr dein Pferd.

»Möchtest du nicht lieber hier sitzen bleiben?« fragte Linton die Cousine in einem Ton, der seinen Widerwillen, sich vom Fleck zu rühren, deutlich genug kundgab.

»Ich weiß nicht«, antwortete sie mit einem sehnsüchtigen Blick nach der Tür.

Er blieb aber sitzen und rückte nur näher ans Feuer. Heathcliff ging in die Küche und von da in den Hof und rief nach Hareton. Dieser antwortete, und Heathcliff brachte ihn mit herein. Der junge Mann schien sich gewaschen zu haben, denn seine Wangen glänzten und sein Haar war naß.

»O, Onkel, du wirst es mir sagen«, rief Miß Cathy. »Dieser Mensch ist doch nicht mein Vetter, nicht wahr?«

»Doch«, erwiderte er, »der Neffe deiner Mutter. Magst du ihn nicht?«

Catherine wußte nicht, was sie sagen sollte.

»Ist er nicht ein hübscher Junge?« fuhr er fort.

Das unhöfliche kleine Ding stellte sich auf die Zehen und flüsterte Heathcliff etwas ins Ohr. Er lachte; Hareton wurde rot. Ich sah, daß er sehr empfindlich war gegen eine geringschätzige Behandlung, er wußte offenbar, daß er recht ungebildet war. Sein Herr oder Beschützer aber sagte:

»Du bist der Bevorzugte unter uns, Hareton! Sie sagt, du seiest – was war es? Nun, irgend etwas sehr schmeichelhaftes. Also geh und zeige ihr Hof und Garten. Und nimm dich zusammen, daß du keine schlechten Manieren zeigst! Du darfst keine rohen Worte gebrauchen; auch darfst du nicht die junge Dame heimlich anstarren und, wenn sie mit dir spricht, den Kopf abwenden; und sprich langsam und deutlich und nimm die Hände aus den Taschen. Also marsch und unterhalte sie so gut als irgend möglich!«

Er beobachtete die beiden durchs Fenster. Earnshaw hatte das Gesicht soviel als möglich von seiner Begleiterin abgewendet. Catherine blickte ihn ziemlich unzufrieden von der Seite an. Dann sah sie aufmerksam um sich und summte ein Liedchen.

»So, ich habe ihm die Zunge gebunden«, bemerkte Heathcliff. »Er wird die ganze Zeit nicht den Mund auftun. Nelly, habe ich in seinem Alter je so dumm drein geblickt wie er?«

»Schlimmer«, sagte ich, »denn Sie waren dabei noch mürrisch.«

»Er macht mir Freude«, fuhr Heathcliff versonnen fort »Er hat meine Erwartungen erfüllt. Wenn er ein geborener Dummkopf wäre, würde es mir nicht halb so viel Spaß machen. Aber er ist kein Dummkopf, und ich kann nachfühlen, was er empfindet, denn ich war selbst einmal in seiner Lage. Ich weiß zum Beispiel genau, was er momentan leidet; das ist aber nur der Beginn von dem, was er überhaupt leiden soll. Und er wird sich nie aus dieser Unwissenheit und Roheit herausarbeiten können. Ich habe ihn schneller und tiefer geduckt, als sein Schuft von Vater mich; denn er ist stolz auf seine Dummheit Ich habe ihn gelehrt, Bildung und gute Erziehung für albern zu halten. Ja, Hindley kann stolz sein auf seinen Sohn, fast so stolz, wie ich auf meinen bin. Allerdings ist da ein kleiner Unterschied: der eine ist Gold, das man zum Pflasterstein herabwürdigte, der andere ist Zinn, das man putzt und hütet wie wertvolles Silber. Der eine war ungeheuer begabt und ist jetzt mehr als beschränkt, der andere ist eine armselige hohle Nuß – zu gar nichts nütze. Immerhin werde ich das Verdienst haben, das menschenmöglichste aus ihm gemacht zu haben. Das beste aber ist, daß Hareton mich verteufelt gern hat! Darin habe ich Hindley völlig geschlagen, das mußt du zugeben, Nelly. Wenn der tote Hallunke aus dem Grabe steigen könnte, um mir die ungerechte Behandlung seines Sprößlings vorzuwerfen, so würde ich den Spaß erleben, daß besagter Sprößling ihn mit derben Streichen zurück ins Grab treiben würde, weil er seinen einzigen Freund in der Welt nicht ungestraft schmähen ließe.«

Heathcliff lachte bei diesem Gedanken. Ich antwortete nicht, da ich sah, daß er es nicht erwartete. Linton, der zu entfernt von uns saß, als daß er das Gesagte hätte hören können, wurde unruhig. Wahrscheinlich bereute er, daß er aus Angst vor Ermüdung sich Catherines Gesellschaft beraubt hatte. Sein Vater bemerkte die forschenden Blicke, die er nach dem Fenster warf, und sah, daß seine Hand unentschlossen nach der Mütze griff.

»Steh auf, du Faulenzer!« rief er mit geheuchelter Freundlichkeit. »Geh, hole sie ein! Sie sind gerade an der Ecke beim Bienenhaus.«

Linton raffte sich auf und schob zur Tür. Sie stand offen, und als er hinaustrat, hörte ich, wie Cathy ihren unzugänglichen Begleiter fragte, was die Inschrift über der Haustür bedeute. Hareton starrte hinauf und kratzte sich verlegen den Kopf – ganz wie ein Bauerntölpel.

»'s ist irgend 'ne verfluchte Schreiberei«, antwortete er. »Ich kann's nicht lesen.«

»Nicht lesen?« schrie Katherine. »Ich kann es lesen; es ist englisch. Aber ich möchte wissen, warum das da oben steht.«

Linton kicherte – es war das erste Zeichen von Fröhlichkeit, das ich an ihm bemerkte.

»Er kennt die Buchstaben nicht, er kann nicht lesen«, sagte er zu seiner Cousine. »Kannst du das glauben, daß es so einen Dummkopf gibt?«

»Es ist wohl nicht alles in Ordnung mit ihm?« fragte Cathy ernsthaft.
»Er ist gewiß einfältig? Ich habe ihn zweimal nach etwas gefragt, und jedesmal sah er so dumm drein, als habe er mich nicht verstanden. Und ich kann *ihn* nicht verstehen, das ist gewiß!«

Linton lachte wieder und sah höhnisch auf Hareton, der in diesem Augenblick jedenfalls nicht ganz begriff, was vorging.

»Nichts weiter als Faulheit ist es, wie, Earnshaw?« sagte er. »Meine Cousine denkt, du seist ein Idiot Da hast du nun die Folgen von deiner Verachtung für Lernen und Lesen.«

»Was hat es denn für 'nen Zweck, zum Teufel?« grollte Hareton, der seinem täglichen Gefährten gegenüber die Sprache wiederfand. Er wollte noch mehr sagen, aber die beiden Kinder brachen in fröhliches Lachen aus. Mein kleines Fräulein schien entzückt, daß seine groben Manieren ihr zur Erheiterung dienen konnten.

»Was zum Teufel hat der Spruch wohl für 'nen Zweck?« äffte Linton nach. »Papa hat dir verboten, schlimme Worte im Munde zu führen, aber du weißt überhaupt keine anständigen. Versuche doch, ein Gentleman zu sein, versuch es doch!«

»Wenn du ein Junge wärst und nicht so ein jämmerliches Mädel, ich würde dich in Grund und Boden schmettern, du Memme, du Bohnenstange du!« gab der zornige Bursch zurück. Scham und Wut stiegen ihm zu Kopf, denn er merkte, daß man ihn beleidigt hatte, und wußte doch nicht, wie er die Kränkung heimzahlen sollte.

Mr. Heathcliff, der gleich mir das Gespräch mit angehört hatte, lächelte, als er Hareton fortgehen sah. Aber er warf dem jungen Pärchen, das schwatzend im Torweg stehen blieb, einen Blick tiefster Verachtung zu. Und auch ich empfand jetzt kein Mitleid mit Linton, sondern entschuldigte sogar bis zu einem gewissen Grade, daß sein Vater ihn kurz hielt.

Wir blieben bis zum Nachmittag; Miß Cathy konnte sich nicht früher losreißen. Glücklicherweise hatte mein Herr sein Arbeitszimmer gar nicht verlassen und von unserem langen Ausbleiben keine Kenntnis erhalten. Auf dem Heimweg hätte ich gern meine Schutzbefohlene über den Charakter der Leute, von denen wir kamen, aufgeklärt, aber sie hatte es sich in den Kopf gesetzt, ich sei voreingenommen gegen jene.

»Aha!« rief sie, »du nimmst Papas Partei, Ellen. Ich weiß, du bist parteiisch, sonst hättest du mir nicht jahrelang vorgeredet, Linton lebe sehr weit von hier. Ich bin wirklich furchtbar böse auf dich; ich bin nur auch so vergnügt, darum kann ich es nicht zeigen. Aber du darfst nichts gegen meinen Onkel sagen. Bedenke, er ist *mein* Onkel! Und ich werde Papa dafür schelten, daß er Streit mit ihm gehabt hat.«

Und so trieb sie es solange, bis ich davon absah, sie von ihrem Irrtum zu überzeugen. Diesen Abend erwähnte sie nichts von ihrem Besuch, da sie Mr. Linton nicht zu sehen bekam. Am anderen Tag aber kam alles heraus – zu meinem großen Kummer. Und dennoch fühlte ich mich dadurch erleichtert: ich hoffte, der Herr sei besser als ich geeignet, seine Tochter zu warnen und zurückzuhalten. Aber er war zu zaghaft, um befriedigende Gründe für seinen Wunsch, daß sie alle Beziehungen mit dem Sturmheidhof meiden solle, anzuführen; und Catherine verlangte triftige Gründe für jede Anordnung, die ihrem verwöhnten Willen Zügel anlegen wollte.

»Papa«, hatte sie am Morgen zu ihm gesagt,»rate, wen ich gestern beim Spaziergang gesehen habe. Ah, Papa, du bist erschrocken! Siehst du, das kommt, weil du unrecht tatest. Ich traf – doch hör zu, ich bin hinter deine Schliche gekommen; und auch Ellen, die immer so mitleidig tat, wenn ich über Lintons langes Ausbleiben unglücklich war, war mit dir im Bunde.«

Und sie berichtete getreulich ihr ganzes Abenteuer. Und mein Herr sagte nichts, bis sie geendet hatte, trotzdem er mir mehr als einen vorwurfsvollen Blick zuwarf. Dann zog er sie an sich und fragte, ob sie wisse, weshalb er Lintons nahe Nachbarschaft vor ihr verborgen gehalten habe. Ob sie denn denken könne, daß es geschehen sei, um ihr ein harmloses Vergnügen vorzuenthalten?

»Du tatest es, weil du Mr. Heathcliff nicht leiden magst«, antwortete sie.

»Du meinst also, deine Gefühle gingen mir weniger nahe als meine eigenen, Cathy?« sagte er.»Nein, es geschah nicht, weil ich Mr. Heathcliff nicht leiden mochte, sondern weil er mich haßte. Und er ist ein ganz teuflischer Mann, der eine wahre Wonne darin findet, denjenigen, die er haßt, Schaden zuzufügen und sie zugrunde zu richten, wenn es ihm irgendwie möglich ist. Ich wußte, daß du nicht mit deinem Vetter verkehren konntest, ohne auch mit ihm, seinem Vater, in Berührung zu kommen, und ich wußte, daß er dich um meinetwillen verabscheuen würde. Es geschah also zu deinem eigenen Besten und aus keinem anderen Grunde, wenn ich Maßregeln ergriff, um dein Wiedersehen mit Linton zu verhindern. Ich hatte vor, dir gelegentlich Mitteilung davon zu machen, wenn du erst etwas älter wärest, und ich bedauere nun, das hinausgeschoben zu haben.«

»Aber Mr. Heathcliff war sehr herzlich, Papa«, bemerkte Catherine, keineswegs überzeugt;»und *er* hatte nichts gegen mein Wiedersehen mit Linton. Er sagte, ich könne ihn besuchen kommen, wann ich wolle, nur dürfe ich dir nichts davon sagen, da du Streit mit ihm gehabt habest und es ihm nicht vergeben könnest, daß er Tante Isabella geheiratet habe. Und du willst es auch nicht. Du bist derjenige, der unrecht tut. Er hat wenigstens nichts dagegen, daß wir Freunde sind – Linton und ich. Du aber willst selbst das nicht dulden.«

Mein Herr erzählte ihr nun, wie Heathcliff sich gegen Isabella aufgeführt hatte, und auf welche Weise der Sturmheidhof in seinen Besitz gelangt sei. Er konnte es aber nicht ertragen, bei diesem Thema zu verweilen, denn obschon er sich darüber nicht äußerte, so fühlte er doch noch dasselbe Entsetzen vor seinem alten Feind wie damals nach Mrs. Lintons Tode.»Sie könnte noch am Leben sein, wenn er nicht gewesen wäre!« war seine ständige Reflexion, und in seinen Augen war Heathcliff ein Mörder.

»Du siehst nun, Liebling«, schloß Mr. Edgar seine Rede,»weshalb ich wünsche, daß du sein Haus und seine Familie meidest. Also kehre zu deinen bisherigen Beschäftigungen und Freuden zurück und vergiß das gestrige Erlebnis.«

Catherine küßte den Vater und saß für ein paar Stunden still über ihren Büchern, wie gewöhnlich. Danach ging sie mit ihm in die Felder, und der ganze Tag verging in gewohnter Weise. Des Abends aber, als sie sich in ihr Zimmer zurückgezogen hatte und ich zu ihr ging, um ihr beim Auskleiden behilflich zu sein, fand ich sie weinend vor ihrem Bett knieen.

»O pfui, wie kindisch!« rief ich.»Wenn Sie wahren Kummer kennen würden, so würden Sie sich schämen, wegen dieses kleinen Verbots eine Träne zu vergießen. Sie haben noch keinen Schatten wirkliches Leid erfahren, Miß Catherine. Stellen Sie sich einmal vor, der Herr und ich, wir wären tot und Sie ständen allein in der Welt, wie würden Sie dann fühlen? Vergleichen Sie den heutigen Fall mit solch einem Leid und seien Sie dankbar für die Freude, die Sie haben, anstatt neue zu begehren.«

»Ich weine nicht um mich, Ellen«, antwortete sie, »ich weine um ihn. Er denkt mich morgen wiederzusehen, und er wird so enttäuscht sein; er wird auf mich warten, und ich werde nicht kommen!«

»Unsinn!« sagte ich. »Glauben Sie, er habe an Sie ebensoviel gedacht, wie Sie an ihn? Hat er nicht Hareton zur Gesellschaft? Unter Hunderten würde kaum einer weinen, eine Cousine zu verlieren, die er zweimal einen halben Tag lang gesehen hat. Linton wird den Zusammenhang erraten und Ihnen nicht weiter nachtrauern.«

»Darf ich ihm nicht wenigstens schreiben, weshalb ich nicht kommen kann?« fragte sie sich erhebend. »Und ihm diese Bücher schicken, die ich ihm zu leihen versprochen habe? Seine Bücher sind längst nicht so interessant wie meine, und er bat mich sehr darum. Darf ich, Ellen?«

»Nein, keinesfalls! Keinesfalls!« erwiderte ich mit Nachdruck. »Dann würde er Ihnen antworten, und die Sache würde nie ein Ende nehmen. Nein, Miß Catherine, die Beziehungen müssen vollständig abgebrochen werden. So wünscht es Papa, und ich werde dafür sorgen, daß sein Wunsch befolgt wird.«

»Aber wie kann denn ein ganz kleines Briefchen – « fing sie wieder an und machte ein flehendes Gesicht.

»Still!« unterbrach ich sie. »Nichts mehr von kleinen Briefchen. Gehen Sie ins Bett.«

Sie warf mir einen so bösen Blick zu, daß ich ohne Gutenachtkuß fortging. Ich deckte sie zu und schloß die Tür hinter mir und fühlte mich sehr mißgestimmt. Ich bereute aber doch, ihr keinen Kuß gegeben zu haben, und trat daher leise wieder ins Zimmer. Und o! da stand Cathy am Tisch, vor ihr lag ein Stückchen weißes Papier, und in der Hand hielt sie einen Bleistift, den sie bei meinem Wiedereintritt schuldbewußt zu verbergen suchte.

»Sie werden niemanden finden, der Ihnen den Zettel befördert, Catherine«, sagte ich. »Und jetzt werde ich Ihnen die Kerze fortnehmen.«

Als ich das Licht löschte, gab sie mir einen Schlag auf die Hand und sagte zornig: »Pfui, du böse Nelly!« Ich ging nun hinaus, und sie schob hinter mir den Riegel vor die Tür und überließ sich zügellos ihrer Mißstimmung. Der Brief wurde dennoch geschrieben und durch einen Buben aus dem Dorf, der von uns Milch holte, an seinen Bestimmungsort gebracht. Das erfuhr ich jedoch erst später.

Wochen vergingen, und Catherine fand ihre gute Laune wieder. Aber sie fand ein merkwürdiges Gefallen daran, sich heimlich davonzuschleichen und sich in einsame Winkel zurückzuziehen. Sie hatte fast stets irgend ein Buch vor sich, und wenn ich zufällig in ihre Nähe kam, so erschrak sie und suchte das Buch zu verstecken, und zwischen den Blättern sah ich allerlei Zettel herausgucken. Des Morgens kam sie auffallend früh herunter und trieb sich in der Nähe der Küche herum, als warte sie auf irgend etwas. Und in einem Schrank des Bibliothekzimmers hatte sie ein kleines Schubfach, in dem sie stundenlang herumkramte und dessen Schlüssel sie sorgfältig abzog, wenn sie anderer Beschäftigung nachging.

Eines Tages, als sie dies Fach wieder einmal besichtigte, entdeckte ich, daß der Tand, die Bänder und Spitzen, mit denen es früher angefüllt gewesen, durch lauter Papierbogen ersetzt worden waren. Meine Neugier und mein Argwohn waren geweckt. Ich beschloß, mir ihre geheimnisvollen Schätze einmal näher anzusehen. Des Abends also, als mein Herr und sie schlafen gegangen waren, suchte und fand ich an meinem Schlüsselbund einen Schlüssel, der zu dem bewußten Fach paßte. Ich öffnete es, schüttete den ganzen Inhalt in meine Schürze und ging in mein Zimmer hinauf, um alles in Ruhe zu untersuchen. Trotzdem ich ahnte, daß mein Verdacht sich hier bestätigen werde, war ich doch überrascht, daß dies viele Papier von Linton Heathcliff stammte: er mußte fast täglich geschrieben haben. Es waren Antworten auf Zuschriften Catherines. Die ersten dieser Briefe waren unbeholfen und kurz, später erweiterten sie sich jedoch zu wortreichen Liebesbriefen, die – wie das jugendliche Alter des Schreibers es bedingte – recht albern waren, aber dennoch hier und da eine Note trugen, die aus erfahrenerer Quelle zu kommen schien. Einige fielen mir durch ihre seltsame Zusammensetzung von Glut und Plattheit geradezu auf. Ob sie Catherine gefielen, weiß ich nicht, mir erschienen sie als sehr wertloses Zeug. Nachdem ich eine genügende Anzahl durchgesehen hatte, band ich sie in ein Taschentuch und legte sie beiseite. Das leere Fach schloß ich wieder ab.

Am folgenden Morgen kam meine junge Herrin wie üblich schon frühzeitig herunter und betrat die Küche. Ich sah sie beim Eintreffen eines kleinen Jungen zur Tür treten, und während das Milchmädchen dem Knaben seine Milchkanne vollgoß, steckte Cathy ihm etwas in die Tasche und nahm etwas anderes heraus. Ich durchquerte den Garten und fing draußen den Boten ab; er verteidigte tapfer sein anvertrautes Gut, und unser Kampf war so heftig, daß wir die Milch verschütteten. Aber es gelang mir, ihm die Epistel zu entreißen. Ich drohte ihm mit empfindlicher Strafe, falls er nicht schleunigst nach Hause laufe. Dann öffnete ich den Brief und überlas Miß Cathys verliebtes Machwerk. Es war schlichter und gewandter verfaßt als Lintons Schreibereien: es war sehr hübsch und sehr naiv. Ich schüttelte den Kopf und ging ins Haus zurück.

Da es regnerisch war, konnte Catherine nicht draußen herumtollen. Nach Beendigung des Vormittagsunterrichtes nahm sie daher zu ihrem geliebten Geheimfach ihre Zuflucht. Ihr Vater saß lesend am Tisch. Ich hatte mich daran gemacht, die Zugschnüre einer der Gardinen, die sich verwirrt hatten, wieder zu ordnen. Ich hatte absichtlich diese Beschäftigung gewählt, um Cathy beobachten zu können. Ein Vogel, der zum Neste heimkehrt und statt der zirpenden Brut nur tote Leere findet, könnte in seinem angstvollen Rufen und Umherflattern keine tiefere Verzweiflung bekunden, als sie mit ihrem einzigen »o!« und der Enttäuschung, die sich auf ihrem eben noch so heiteren Gesicht malte.

»Was gibt's, Liebling? Hast du dir weh getan?« sagte Linton.

»Nein, Papa —« ächzte sie. »Ellen, Ellen! komm hinauf mit mir – ich bin krank!«

Ich gehorchte und begleitete sie hinaus.

»O, Ellen! Du hast sie genommen«, rief sie, als wir in ihrem Zimmer angekommen waren, und brach in die Kniee. »O, gib sie mir, und ich will es nie, nie wieder tun! Sag es nicht Papa. Du hast es ihm noch nicht gesagt, Ellen? O, sag, daß du es nicht getan hast! Ich habe sehr unrecht getan, aber ich will es gewiß nicht wieder tun!«

Mit strenger Miene hieß ich sie aufstehen.

»So, Miß Catherine!« rief ich aus, »Sie haben es ja schon hübsch weit gebracht, wie es scheint. Ein schöner Haufen Unsinn, den Sie da in Ihren Freistunden studieren. Was wird der Herr wohl dazu sagen, wenn ich ihm das Zeug vorlege, wie? Noch habe ich es nicht gezeigt, aber Sie brauchen sich nicht einzubilden, daß ich ihm Ihr lächerliches Geheimnis vorenthalten werde. O pfui! Und Sie haben noch dazu den Anfang gemacht mit dem Gekritzel; er würde sicherlich gar nicht daran gedacht haben.«

»Das hab ich nicht getan! Das hab ich nicht getan!« schluchzte Cathy herzbrechend. »Ich habe nie daran gedacht ihn zu lieben, bis —«

» *Lieben*!« schrie ich so hohnvoll als es mir nur möglich war.»Lieben! Hat man je so etwas gehört! Mit demselben Recht könnte ich behaupten, den Müller zu lieben, der einmal im Jahr unser Korn kaufen kommt. Eine schöne Liebe das! Alles in allem haben Sie Linton zweimal im Leben gesehen – vier Stunden etwa im ganzen! Da, hier habe ich das kindische Zeug. Ich gehe jetzt damit in die Bibliothek, und wir wollen sehen, was Ihr Vater zu dieser › *Liebe*‹ sagt.«

Sie wollte mir die kostbaren Episteln entreißen, aber ich hielt sie hoch über meinen Kopf. Und dann begann sie mich zu beschwören, sie lieber zu verbrennen – nur zeigen, zeigen solle ich sie nicht. Und da ich wirklich ebenso geneigt war zu lachen als zu schelten – ich hielt alles für kindische Einbildung – so gab ich schließlich etwas nach und fragte:

»Wenn ich damit einverstanden wäre, sie zu verbrennen, würden Sie mir aufrichtig versprechen, keine Briefe mehr zu schreiben noch in Empfang zu nehmen, ebensowenig ein Buch (denn, wie ich sehe, haben Sie ihm auch Bücher geschickt), auch keine Haarlocken oder Ringe oder Spielsachen?«

»Wir schicken uns keine Spielsachen!« rief Catherine in verletztem Stolz.

»Dann also nichts anderes, absolut nichts, mein Fräulein«, sagte ich.»Also entscheiden Sie!«

»Ich verspreche es, Ellen!« rief sie, mich am Kleide festhaltend.»O, wirf sie ins Feuer, bitte, bitte!«

Als ich dann aber mit dem Feuerhaken die Glut aufschüren wollte, schien ihr das Opfer doch zu schmerzlich. Sie bettelte heiß, ihr ein oder zwei Briefe zurückzugeben.

»Ein oder zwei, Ellen, um Lintons Willen!«

Ich öffnete das Taschentuch und ließ die Zettel einen nach dem anderen ins Feuer fallen, und die Flamme kräuselte zum Schornstein hinauf.

»Ich muß einen für mich haben, du grausame Kreatur!« schrie sie, die Hand ins Feuer streckend, und zog mit übel zugerichteten Fingern ein paar halbverkohlte Fetzen heraus.

»Schön, schön – und ich werde einige behalten, um sie Papa vorzulegen!« antwortete ich, den Rest ins Bündel zurückschüttelnd und mich zur Türe wendend.

Sie ließ die geschwärzten Stücke wieder ins Feuer fallen und bewog mich, die Opferung zu vollenden. Es war bald getan. Ich schürte die

Asche auf und begrub alles unter einer Schaufel Kohlen. Sie zog sich stumm und tief beleidigt in ihr Schlafzimmer zurück. Ich stieg hinunter, um meinem Herrn zu sagen, daß der Übelkeitsanfall meines kleinen Fräuleins fast behoben sei, daß ich es aber für das beste hielt, sie eine Weile in Ruhe zu lassen. Sie wollte nicht Mittag essen, aber sie erschien zum Tee, bleich und mit rotgeränderten Augen und seltsam würdevoll und milde.

Am anderen Morgen beantwortete ich den letzten Brief Lintons mit einem Zettel, der die Worte enthielt:»Herr Heathcliff wird ersucht, kein Schreiben mehr an Miß Linton zu senden, da sie keines mehr empfangen wird.« Und von da ab kam der kleine Junge mit leeren Taschen.

XXII.

Der Spätsommer nahte seinem Ende. Es war nach Michaelis, aber die Ernte war spät in diesem Jahr, und einige unserer Felder waren noch nicht eingebracht. Mr. Linton und seine Tochter wanderten häufig hinaus zu den Schnittern. Als die letzten Ähren eingefahren wurden, blieben sie bis zum Abend draußen, und da es kalt und feucht geworden war, erkältete sich mein Herr schwer. Auch die Lungen wurden ergriffen, und er mußte den ganzen Winter über im Hause bleiben.

Die arme Cathy, der man ihre kleine Romanze genommen hatte, war seitdem viel ernster, fast traurig. Ihr Vater bestand darauf, daß sie weniger lese und mehr spazieren gehe. Er konnte sie nicht begleiten, ich hielt es daher für meine Pflicht, ihn soviel als möglich zu ersetzen. Ein nutzloses Bemühen, denn ich konnte mich von der Last meiner täglichen Arbeiten kaum zwei oder drei Stunden frei machen, um ihren Schritten zu folgen, und außerdem war meine Gesellschaft ersichtlich weniger erwünscht als seine.

Eines Nachmittags – es war Ende Oktober oder Anfang November, wo es in Gras und Pfaden von welken, feuchten Blättern raschelte und der kalte blaue Himmel von dunkelgrauen Regenwolken halb verhangen war – ersuchte ich meine kleine Herrin von einem Ausgang abzustehen, da es Regen geben werde. Sie lehnte es ab, und ich nahm widerstrebend den Mantel um und griff nach dem Regenschirm, um sie auf einer Streife zum Ende des Parkes zu begleiten. Es war dies ein

Spaziergang, den sie stets wählte, wenn sie niedergeschlagen war – und das war sie immer, sobald es Mr. Edgar schlechter ging. Er klagte allerdings nie, aber er war an solchen Tagen außergewöhnlich schweigsam und melancholisch.

Sie schritt traurig einher. Da gab es kein Springen und Rennen mehr, trotzdem der kühle Wind eigentlich dazu herausforderte. Und wenn ich sie von der Seite anblickte, so gewahrte ich oft, daß sie mit der Hand über die Wangen wischte. Ich blickte mich suchend um; vielleicht fand sich irgend etwas, um ihre Gedanken zu zerstreuen. An einer Seite des Weges erhob sich eine hohe Böschung, auf der Haselsträucher und verkrüppelte Eichen ein unsicheres Leben führten. Der lockere Boden bot den Wurzeln keinen Halt, und heftige Winde hatten die Eichen fast wagerecht umgelegt. Im Sommer war es Miß Catherines Entzücken gewesen, auf diesen Bäumen herumzuklettern und in den Zweigen zu sitzen, die sich zwanzig Fuß über dem Boden wiegten. Von Mittag bis Abend lag sie droben in ihrer luftigen Wiege und sang sich die alten Kinderlieder vor, die ich sie gelehrt hatte, oder beobachtete die Vögel, die ihre Brut auffütterten oder im Fliegen unterrichteten, oder sie saß mit geschlossenen Augen eng zusammengeduckt und träumte, glücklicher als Worte sagen können.

»Sehen Sie nur, Miß!« rief ich, unter das Wurzelwerk eines krummen Baumes deutend. »Noch ist es nicht Winter. Dort blüht noch ein kleines Blümchen. Wollen Sie es pflücken, um es Papa zu zeigen?«

Cathy starrte lange Zeit auf die einsame zitternde Blüte und sagte endlich:

»Nein, ich mag es nicht anrühren. Es sieht traurig aus, nicht, Ellen?«

»Ja«, bemerkte ich, »fast so betrübt und erfroren wie Sie selber. Sie sind sehr bleich und abgehärmt. Kommen Sie, wir wollen ein wenig rennen!«

»Nein«, antwortete sie und schlenderte weiter. Ab und zu blieb sie stehen und sah tiefsinnig auf ein Häuflein welkes Gras oder ein Stückchen Moos oder einen Pilz, der grell im welken Laube stand; und dann und wann fuhr sie mit der Hand über ihr abgewendetes Gesicht.

»Catherine, Liebling, warum weinen Sie?« fragte ich und legte den Arm um sie. »Sie dürfen nicht weinen, weil Papa erkältet ist; seien Sie dankbar, daß es nichts schlimmeres ist.«

Jetzt hielt sie die Tränen nicht länger zurück; sie schluchzte laut.

»O, es wird etwas schlimmeres sein«, sagte sie.»Und was soll ich tun, wenn Papa von mir geht – und du – und ich allein in der Welt bin? Ich kann deine Worte nicht vergessen, Ellen. Immer tönen Sie mir im Ohr. Wie anders das Leben sein wird, wenn Papa tot ist und du tot bist, wie öde und traurig!«

»Niemand kann wissen, ob Sie nicht vor uns sterben werden«, erwiderte ich.»Es ist unrecht, übles vorauszusehen. Ich hoffe, daß noch Jahre und Jahre vergehen, ehe einer von uns fort muß. Der Herr ist jung, und ich bin kräftig und kaum fünfundvierzig. Und angenommen, Mr. Linton würde über sechzig Jahre alt, so hätte er noch länger zu leben, als Sie bis jetzt Jahre zählen, Miß. Und ist es nicht albern, um etwas zu trauern, das erst in zwanzig Jahren eintritt? Sie brauchen nur hübsch für Ihren Vater zu sorgen und ihn zu erheitern, indem Sie selber fröhlich sind. Beachten Sie wohl, Cathy! eines könnte ihn wohl umbringen: wenn Sie trotzig und unverständig wären und an den Sohn jenes Mannes, der froh wäre, Ihren Vater im Grabe zu sehen, eine dumme eingebildete Zuneigung verschwendeten, und wenn Sie über die Trennung, die er anzuordnen für gut befand, bekümmert sein wollten.«

»Nichts auf Erden bekümmert mich außer Papas Krankheit«, antwortete sie.»Alles andere ist mir nichts im Vergleich mit ihm. Und ich will nie – nie – o, nie, solange ich bei Sinnen bin, etwas tun oder sagen, was ihn erzürnen könnte. Ich liebe ihn mehr als mich selber, Ellen, und ich weiß das daher: ich bete jede Nacht, daß ich ihn überleben möge; denn lieber will ich unglücklich sein, als daß er es sein soll. Das beweist, daß ich ihn mehr liebe als mich selbst.«

»Gute Worte«, antwortete ich.»Aber sie müssen erst durch die Tat bewiesen werden. Vergessen Sie also nie diese Worte, die Sie in Stunden der Angst gesprochen.«

Wir gingen weiter und kamen an eine Tür, die hinaus auf die Straße führte; und meine junge Herrin, die wieder fröhlicher wurde, kletterte hinauf und setzte sich oben auf die Mauer. Sie langte nach ein paar Zweigen des wilden Rosenstrauchs, der draußen stand und der noch rote Hagebutten trug. Da entfiel ihr der Hut, und da die Tür verschlossen war, kletterte sie drüben hinunter, um ihn zu holen. Ich ermahnte sie, recht vorsichtig zu sein, damit sie nicht falle; und sie entschwand meinen Blicken. Das Zurückklettern aber war nicht so leichte Arbeit: die Steine waren glatt und fest zusammenzementiert, und die Ruten des Rosenstrauchs konnten keinen Halt geben. Ich hatte das vorher nicht bedacht, und nun hörte ich Cathy lachen und ausrufen: »Ellen, du wirst den Schlüssel holen müssen, oder ich muß um die Mauer herum bis zum Torwärter laufen. Die Steine sind so glatt, ich kann nicht hinaufkommen.«

»Bleiben Sie da, wo Sie sind«, antwortete ich. »Ich habe meinen Schlüsselbund bei mir. Vielleicht kann ich das Schloß öffnen. Wenn nicht, so gehe ich zurück.«

Catherine tanzte draußen vor dem Tore auf und ab, während ich der Reihe nach alle großen Schlüssel probierte. Keiner paßte. Ich hieß Cathy also warten und wollte gerade davoneilen, als mich ein näherkommendes Geräusch aufhielt. Es war der Hufschlag eines Pferdes. Cathy hielt mit Tanzen inne.

»Wer kommt da?« flüsterte ich.

»Ich wollte, Ellen, du könntest die Tür öffnen!« flüsterte sie ängstlich zurück.

»Ho, Miß Linton!« rief eine tiefe Stimme – die Stimme des Reiters. »Ich freue mich, Sie zu sehen. Ich möchte Sie um eine Erklärung bitten, also bleiben Sie noch ein wenig.«

»Ich werde nicht mit Ihnen sprechen, Mr. Heathcliff«, antwortete Catherine. »Papa sagt, Sie sind ein schlechter Mensch und Sie hassen ihn und mich; und Ellen sagt es auch.«

»Das hat mit meiner Frage nichts zu tun«, sagte Heathcliff – denn er war es. »Ich hasse doch wohl nicht meinen Sohn; und was ich Sie fragen will, betrifft nur ihn. Ja, Sie haben alle Ursache, zu erröten. Pflegten Sie nicht vor zwei, drei Monaten etwa ihm Briefe zu schreiben, die Verliebte zu spielen, wie? Sie verdienten alle beide Prügel dafür! Sie besonders, die ältere – und gefühllosere, wie sich herausstellt. Ich besitze Ihre Briefe, und wenn Sie mir vorwitzige Antworten geben, so werde ich Ihrem Vater diese Briefe zuschicken. Ich nehme an, Sie wurden des Spieles müde und gaben es auf, wie? Schön – Sie haben Linton in den Pfuhl der Verzweiflung gestürzt. Er meinte es sehr ernst mit der Liebe. So wahr ich lebe, er stirbt vor Sehnsucht nach Ihnen. Ihr Wankelmut bricht ihm das Herz – nicht bildlich, sondern tatsächlich! Trotzdem Hareton ihn nun seit sechs Wochen verspottet und ich mit strengeren Maßregeln versuchte, ihn von seiner Idiotie zu heilen, trotzdem wird er von Tag zu Tag elender.

Und wenn Sie ihn nicht retten, so wird er den Sommer nicht mehr erleben.«

»Wie können Sie es wagen, das arme Kind so frech anzulügen!« rief ich von drinnen. »Bitte, entfernen Sie sich! Wie können Sie so unerhörte Lügen auftischen! Miß Cathy, ich werde mit einem Stein das Schloß zerschmettern. Glauben Sie nicht, was er sagt. Sie müssen ja fühlen, daß es unmöglich ist, daß einer aus Liebe zu einem Unbekannten stirbt.«

»Ich wußte nicht, daß hier Lauscher sind«, murmelte der Schuft. »Werte Mrs. Dean, ich habe Sie gern, Ihre Doppelzüngigkeit aber habe ich höchst ungern«, fügte er laut hinzu. »Wie konnten Sie so unverschämt lügen und dem ›armen Kinde‹ einreden, daß ich es hasse! Und wie konnten Sie Schreckgeschichten erfinden, um sie von meiner Schwelle fernzuhalten, he? Catherine Linton (wie ich den Namen liebe), mein liebes Mädel, ich werde eine ganze Woche lang von Hause fern sein. Gehen Sie und sehen Sie nach, ob ich nicht wahrgesprochen habe. Bitte, seien Sie gut! Ich schwöre Ihnen bei meinem Seelenheil, Linton siecht in den Tod, und niemand kann ihn retten, – nur Sie!«

Das Schloß gab nach, und ich trat hinaus.

»Ich schwöre es, Linton stirbt«, wiederholte Heathcliff, mich scharf fixierend. »Und Gram und Unglück beschleunigen seinen Tod. Nelly, wenn du sie nicht hingehen lassen willst, so geh du selbst. Ich werde erst heute in einer Woche zurückkehren; und ich denke, selbst dein Herr würde kaum etwas dagegen haben, daß sie ihrem kranken Vetter einen Besuch abstattet«

»Kommen Sie herein«, sagte ich, Catherine beim Arm ziehend, denn sie zögerte, so eifrig forschte sie im Antlitz des Sprechers nach seiner wahren Gesinnung; aber sein Gesicht war starr und verriet nichts von seinem wahren Empfinden.

Er ritt dicht an sie heran, beugte sich nieder und sagte:

»Miß Catherine, ich gestehe Ihnen, daß ich wenig Geduld mit Linton habe; und Josef und Hareton haben noch weniger. Er dürstet nach Güte ebenso wie nach Liebe. Und ein gutes Wort von Ihnen wäre das beste Heilmittel. Beachten Sie nicht Mrs. Deans grausame Warnung, sondern seien Sie großmütig und versuchen Sie es, ihn zu sehen. Er träumt Tag und Nacht von Ihnen, und man kann ihn nicht davon überzeugen, daß Sie ihn nicht hassen – da Sie ja weder schreiben noch kommen.«

Ich schloß die Tür und rollte als Halt einen schweren Stein davor. Dann öffnete ich den Regenschirm, zog meinen Schützling an mich und eilte mit ihm heim, denn der Regen tropfte schon durchs kahle Gezweig der Bäume. Ich erriet instinktiv, daß Catherines Herz jetzt doppelt beschwert war. Ihre Züge waren so bekümmert, sie schienen gar nicht ihr, der sonst so heiteren, anzugehören. Ich sah deutlich, daß sie von dem, was sie soeben gehört hatte, jedes Wort glaubte. Als wir zu Hause ankamen, hatte sich der Herr schon zurückgezogen. Cathy schlich sich zu ihm, um sich nach seinem Befinden zu erkundigen. Er war eingeschlafen. Sie kam wieder zu mir und bat mich, mit ihr noch ein wenig im Bibliothekzimmer zu sitzen. Wir tranken gemeinsam unseren Tee, und später legte sie sich auf ein Ruhebett und bat mich still zu sein: sie wolle schlafen. Ich nahm ein Buch und gab vor, zu lesen. Sobald sie mich abgelenkt glaubte, begann sie wieder vor sich hin zu weinen. Da es sie zu erleichtern schien, ließ ich sie eine Zeitlang gewähren. Dann aber machte ich ihr Vorhaltungen und widerlegte eingehend alles, was Mr. Heathcliff betreffs seines Sohnes geäußert hatte. Ach! er hatte ganz erreicht, was er wollte.

»Du magst recht haben, Ellen«, entgegnete sie; »aber ich werde nicht eher Ruhe haben, als bis ich Gewißheit habe. Und ich *muß* Linton sagen, daß es nicht meine Schuld ist, wenn ich nicht schreibe, und ihm versichern, daß ich ganz unverändert bin.«

Was halfen mein Zorn und mein Widerspruch? An diesem Abend gingen wir böse auseinander. Aber der andere Tag sah mich auf dem Wege zum Sturmheidhof – zur Seite meiner jungen eigensinnigen Herrin, die schweigend ihr Pferd antrieb. Ich konnte sie nicht länger bekümmert sehen und bleich und mit schweren rotgeweinten Augen. So gab ich nach – in der schwachen Hoffnung, daß Linton selber bei unserem Empfang beweisen möge, wie wenig der Bericht Heathcliffs den Tatsachen entsprach.

XXIII.

Ein kalter nebliger Morgen war es, und ein unangenehmer Sprühregen fiel. Meine Füße waren vollständig naß. Ich war ärgerlich und mißgestimmt – also gerade in der rechten Laune, um diesen unerfreulichen Gang besonders schwer zu nehmen.

Wir betraten das Landhaus von der Küchenseite, um uns zu vergewissern, daß Heathcliff wirklich abwesend sei; denn ich hatte wenig Vertrauen in seine eigene Aussage.

Wir fanden in der Küche Josef, der neben einem mächtigen Feuer saß. Vor ihm auf dem Tisch stand der Alekrug, und große Stücke gerösteten Eichelkuchens lagen daneben. Er saß und paffte vor sich hin. Catherine lief an den Herd, um sich zu wärmen. Ich fragte, ob der Herr daheim sei. Meine Frage blieb solange unbeantwortet, daß ich dachte, der alte Mann sei taub geworden. Ich wiederholte also meine Frage lauter. »Nää!« schrie er plötzlich heraus. »Nää! Macht Ehr Eich nor wierer hämm, vun wu Ehr kumme seid.«

»Josef!« rief da von der Diele her eine verdrießliche Stimme. »Wie oft muß ich denn rufen? Das Feuer ist fast ganz ausgebrannt. Josef! Komm jetzt sofort!«

Der Alte paffte unbekümmert weiter. Die Haushälterin und Hareton waren unsichtbar. Wir erkannten Lintons Stimme und traten ein.

»O, ich hoffe, du wirst mal vor Frost umkommen!« sagte der Knabe, in der Meinung, der Knecht sei eingetreten. Catherine eilte zu ihm. »Sind Sie es, Miß Linton?« sagte er, den Kopf hebend. »Nein bitte – küssen Sie mich nicht. Es benimmt mir den Atem. Genug! Genug!« Er befreite sich von Catherines Armen. »Wollen Sie bitte die Tür schließen? O, diese – diese ekelhaften Menschen wollen keine Kohlen bringen. Es ist so kalt!«

Ich schürte die Asche auf und holte einen Eimer Kohlen und legte sie in die Glut. Der Kranke jammerte, ich hätte ihn mit Asche beschmutzt. Aber er hustete so sehr und sah so fiebernd und elend aus, daß ich ihm seine Übellaunigkeit nicht vorwerfen mochte.

»Linton«, flüsterte Catherine, als seine Stirn sich wieder geglättet hatte, »freust du dich, mich zu sehen? Kann ich dir irgendwie helfen?« »Warum bist du nicht früher gekommen?« fragte er. »Du hättest lieber kommen sollen, anstatt zu schreiben. Es war gräßlich ermüdend, diese langen Briefe zu schreiben. Ich hätte mich viel lieber mit dir unterhalten. Jetzt kann ich das Sprechen nicht mehr ertragen – überhaupt nichts ertragen. – Wo bleibt nur Zillah? Würden Sie wohl (er sah mich an) mal in der Küche nachsehen?«

Er hatte mir für meine bisherigen Dienstleistungen keinen Dank gewußt, und da ich es müde war, für ihn herumzulaufen, antwortete ich:

»In der Küche ist niemand außer Josef.«

»Ich möchte etwas trinken!« rief er klagend. »Seit Papa fort ist, läuft Zillah tagtäglich ins Dorf. Und ich habe mein Zimmer verlassen und mich hier in die Kälte setzen müssen. Droben wollte mich keiner hören.«

»Ist Ihr Vater fürsorglich zu Ihnen, Herr Heathcliff?« fragte ich, um Catherine aus der Verlegenheit zu helfen.

»Fürsorglich? Er weiß wenigstens die Leute anzutreiben«, rief er. »Diese Schurken! Hareton lacht mich aus, Catherine! Ich hasse ihn! Ich hasse sie überhaupt alle!«

Cathy suchte nach Wasser. Sie fand einen Krug voll auf dem Büffet stehen, füllte ein Glas und reichte es Linton. Er ließ sich aus einer neben ihm stehenden Flasche noch etwas Wein hinzugießen und nahm dann ein paar kleine Züge. Sie sei sehr freundlich, sagte er dann.

»Freust du dich, mich zu sehen?« fragte sie wieder.

»Ja, das schon. Es ist schön, deine Stimme zu hören – es ist etwas neues!« antwortete er. »Aber ich war böse, weil du nicht kamst. Und Papa behauptete, ich sei schuld. Er sagte, ich sei ein elendes, wankelmütiges Ding, und er sagte, du verachtetest mich, und wenn er an meiner Stelle gewesen wäre, so würde er jetzt längst Herr sein auf Drosselkreuz. Aber du verachtest mich doch nicht, wie, Cathy?«

»Verachten? Nein!« erwiderte sie. »Außer Papa und Ellen bist du mir der liebste Mensch. Aber ich liebe nicht Mr. Heathcliff. Und wenn er wiederkommt, darf ich dich nicht besuchen. Bleibt er lange fort?«

»Nicht lange«, antwortete Linton. »Aber er geht jetzt häufig auf die Jagd. Und wenn er fort ist, kannst du ganz gut ein oder zwei Stunden bei mir sein. Sage ja, bitte! Ich werde nicht unfreundlich sein zu dir. Du würdest mich nicht reizen, und du würdest immer bereit sein mir zu helfen, nicht wahr?«

»Ja«, sagte Catherine und streichelte sein langes weiches Haar. »Wenn ich nur Papas Zustimmung bekäme – ich würde die Hälfte meiner Zeit ganz dir widmen. Wie hübsch du bist, Linton! Ich wollte, du wärest mein Bruder.«

»Und dann hättest du mich ebenso lieb wie deinen Vater?« bemerkte er herzlicher. »Aber Papa sagt, du würdest mich lieber haben als deinen Vater und als alles auf der Welt, wenn du meine Frau wärest. Das wäre mir daher das liebste.«

»Nein, ich würde nie jemanden lieber haben als Papa«, erwiderte sie ernst. »Und manche Leute hassen ihre Frauen, aber nicht ihre Brüder und Schwestern. Und wenn du mein Bruder wärest, so würdest du mit uns leben, und Papa würde dich ebenso gern haben wie mich.«

Linton leugnete, daß man jemals auf die eigene Frau einen Haß haben könne, aber Catherine blieb bei ihrer Behauptung und führte als Beispiel seines eigenen Vaters Haß gegen ihre Tante an. Ich versuchte, sie zum Schweigen zu bringen, aber sie ließ sich nicht aufhalten und berichtete alles, was ihr Vater ihr kürzlich erzählt hatte. Linton versicherte, ihr Bericht sei unwahr.

»Papa hat es mir gesagt, und Papa spricht keine Unwahrheit«, antwortete sie beleidigt.

» *Mein* Papa verachtet deinen!« schrie Linton. »Er nennt ihn feiger Dummkopf.«

»Deiner ist ein gottloser Mann«, gab Catherine zurück. »Er muß gottlos und verrucht sein, sonst hätte Tante Isabella nicht von ihm gehen müssen.«

»Sie ist nicht von ihm gegangen«, sagte der Knabe, »du sollst mir nicht widersprechen!«

»Sie hat es doch getan«, rief meine junge Herrin.

»So, dann will *ich dir* mal was sagen!« rief Linton. »Deine Mutter haßte deinen Vater. Da!«

»O!« rief Catherine ganz außer sich.

»Und sie liebte den meinen«, fuhr er fort.

»Du Lügner du! Ich hasse dich jetzt!« keuchte sie.

»Sie tat es, sie tat es!« sang Linton, warf sich in den Stuhl zurück und lehnte den Kopf zur Seite, um seinen Triumph ganz zu genießen.

»Still, Master Heathcliff!« sagte ich. »Das hat Ihnen Ihr Vater vorgeredet.«

»Nein, gar nicht. Überhaupt halten Sie den Mund. Sie tat es, Catherine! Sie tat es, sie tat es!«

Cathy, die ganz außer sich war, gab seinem Stuhl einen wütenden Stoß, so daß Linton seitwärts gegen die Armlehne fiel. Er wurde sofort von erstickendem Husten befallen, der seinem Triumph ein schnelles Ende setzte und der so anhaltend war, daß selbst ich besorgt wurde. Seine Cousine weinte herzbrechend; sie war verzweifelt über das Unheil, das sie angerichtet.

Ich stützte Linton bis der Anfall vorüber war. Dann schob er mich von sich und lehnte den Kopf zurück und blieb stumm. Catherine unterdrückte ihr Weinen und blickte schweigend ins Feuer.

»Wie fühlen Sie sich jetzt, Master Heathcliff?« fragte ich nach zehn Minuten.

»Ich wollte, sie fühlte sich so schlecht wie ich momentan«, antwortete er. »So ein grausames Ding wie sie ist! Hareton rührt mich niemals an. Er hat mich noch niemals geschlagen. Und gerade heute ging es mir etwas besser, und da kommt sie –« seine Stimme erstarb in einem Wehlaut.

»Ich habe dich auch nicht geschlagen«, sagte Cathy leise.

Er seufzte und stöhnte wie in großen Schmerzen und blieb wohl eine Viertelstunde dabei, und sowie er von Catherine ein unterdrücktes Schluchzen vernahm, gab er seinem Ächzen schmerzlichere und pathetischere Töne.

»Es tut mir leid, daß ich dir weh getan habe, Linton«, sagte sie schließlich gequält. »Aber mir hätte der kleine Stoß nichts gemacht, und ich hatte keine Ahnung, daß er dir schaden könnte. Hat es dir sehr geschadet, Linton? Laß mich nicht mit dem Gedanken nach Hause gehen, daß ich dir Schmerz bereitet habe. Antworte, sag ein Wort!«

»Ich kann nicht mit dir sprechen«, murmelte er. »Du hast mir so weh getan, daß ich die ganze Nacht husten werde. Du aber wirst behaglich schlafen, während ich halb ohnmächtig sein werde und ohne Hilfe. Ich möchte wissen, wie es dir gefallen würde, so fürchterliche Nächte durchzumachen!« Und er begann aus lauter Mitleid mit sich selbst laut zu heulen.

»Da Sie gewöhnt sind, unangenehme Nächte zu haben«, sagte ich, »so hat Miß Cathy dieselben ja nicht verschuldet. Jedoch – sie wird Ihre Ruhe nicht wieder stören; es wird das beste sein, wenn wir jetzt gehen.«

»Soll ich gehen?« fragte Catherine schmerzlich, sich zu ihm neigend. »Willst du, daß ich gehe, Linton?«

»Du kannst nicht wieder gut machen, was du getan hast«, antwortete er bitter, »willst du mich auch noch mit Reden quälen?«

»Gut also, ich soll gehen?« wiederholte sie.

»Laß mich wenigstens allein«, sagte er. »Ich kann dich nicht sprechen hören.«

Sie zögerte und widerstand meiner Aufforderung nach Hause zu gehen eine lange Zeit. Da er aber weder aufblickte noch sprach, machte sie endlich eine Bewegung zur Tür, und ich folgte. Wir wurden durch einen Aufschrei zurückgerufen. Linton war von seinem Stuhl auf die Herdsteine hinabgeglitten und wand sich in einem krampfartigen Wutanfall. Ich sah sofort, daß es unsinnig sein würde, trösten zu wollen. Nicht so Catherine. Sie rannte entsetzt zurück, kniete nieder und weinte und streichelte und beschwor ihn, bis er schließlich aus Mangel an Atem still wurde.

»Lassen Sie ihn liegen, wo er Lust hat«, sagte ich, »wir können ihn nicht behüten. Ich denke, Miß Catherine, daß Sie nun gesehen haben, daß Sie nicht die Person sind, nach der er sich gesehnt hat, und daß sein Krankheitszustand nicht seiner Zuneigung zu Ihnen entspringt. Kommen Sie fort! Sobald er merkt, daß keiner sich um seine Albernheit kümmert, wird er froh sein, still zu liegen.«

Sie legte ihm ein Kissen unter den Kopf und bot ihm etwas Wasser zum Trinken. Er wies letzteres zurück und wälzte sich auf ersterem so unbefriedigt herum, als sei es ein harter Stein.

»Ich kann damit nicht zurechtkommen«, sagte er. »Es ist nicht hoch genug.«

Catherine brachte ein zweites.

»Das ist *zu* hoch«, grollte er.

»Wie muß ich sie legen?« fragte sie besorgt.

Sie kniete auf den Steinen, er hob sich etwas auf und bettete den Kopf an ihre Schulter.

»Nein, das geht nicht«, sagte ich. »Sie müssen sich mit dem Kissen begnügen, Master Heathcliff. Miß hat schon zu viel Zeit auf Sie verwendet. Wir können keine fünf Minuten mehr bleiben.«

»Ja, ja, wir können!« rief Cathy. »Er ist jetzt gut und geduldig. Er weiß, daß ich sehr unglücklich wäre und eine schlimmere Nacht haben würde als er, wenn ich glauben müßte, daß mein Besuch ihn kränker gemacht hätte; und dann dürfte ich nicht wieder kommen. Sage die Wahrheit, Linton! Wenn ich dir weh getan habe, darf ich ja nicht wieder kommen.«

»Du mußt kommen, um mich gesund zu machen«, antwortete er. »Du hast zu kommen, denn du hast mich krank gemacht!«

»Aber du hast dich doch selbst mit Weinen und Zorn krank gemacht«, sagte seine Cousine. »Doch laß uns wieder gut sein. Du brauchst mich also; du möchtest mich gern manchmal hier sehen?«

»Ich sagte es ja schon«, antwortete er ungeduldig. »Setz dich auf den Boden und laß mich den Kopf auf dein Knie legen. So habe ich bei Mama halbe Tage lang gelegen. Sitz ganz still und rede gar nichts. Aber du magst etwas singen, wenn du das kannst. Oder du magst auch eine schöne lange Ballade aufsagen oder eine Geschichte erzählen. Nein, ich möchte lieber eine Ballade hören. Fang an!«

Catherine sagte die längste, die sie wußte. Und sie unterhielten sich damit beide vorzüglich. Linton wollte noch eine Ballade hören und noch eine, ungeachtet meines energischen Protestes. Und so erzählte Catherine weiter, bis es zwölf Uhr schlug und wir Haretons Schritt im Hof vernahmen.

»Und morgen, Catherine, wirst du morgen herkommen?« fragte der junge Heathcliff, sie am Rock festhaltend, als sie widerstrebend aufstand.

»Nein«, antwortete ich. »Ebensowenig übermorgen.« Sie gab jedoch anscheinend eine andere Erwiderung, denn seine Stirn erhellte sich, als sie sich niederbeugte und ihm etwas zuflüsterte.

Als wir das Haus verlassen hatten, sagte ich: »Beachten Sie das wohl, Miß, Sie können morgen nicht hierhergehen. Sie bilden sich doch wohl nicht so etwas ein?«

Sie lächelte.

»O, ich werde gut achtgeben«, fuhr ich fort. »Ich werde das Schloß an der kleinen Parktür wieder instand setzen lassen, das Haupttor ist ja sowieso verschlossen.«

»Ich kann über die Mauer steigen«, lachte sie. »Drosselkreuz ist kein Gefängnis, Ellen, und du bist nicht mein Wächter. Und übrigens bin ich fast siebzehn. Ich bin erwachsen. Und ich bin sicher, Linton würde sich schnell erholen, wenn ich mich um ihn kümmern könnte. Ich bin älter als er, weißt du, und verständiger. Und bald wird er meinen Anordnungen folgen, wenn ich ihm nur gut zurede. Er ist ein so lieber Kerl, wenn er gut ist. Ich würde ihn so hätscheln, wenn er mein wäre. Wir würden nie Streit haben, denn wir würden uns aneinander gewöhnen. Magst du ihn nicht gern, Ellen?«

»Gern mögen, ihn!« rief ich aus. »Diesen übellaunigen unleidlichen Burschen! Glücklicherweise wird er keine zwanzig werden. Ich bezweifle sogar, daß er noch das Frühjahr erleben wird. Seine Familie verliert wenig an ihm; und für uns war es ein Glück, daß sein Vater ihn fortholte. Je besser man ihn behandelt, desto anspruchsvoller und selbstsüchtiger wird er. Ich bin froh, daß Sie keine Aussicht haben, ihn zum Mann zu bekommen, Miß Catherine.«

Meine Begleiterin wurde nachdenklich.

»Er ist jünger als ich«, antwortete sie, »und er sollte eigentlich der Überlebende von uns sein. Er ist jetzt so kräftig wie damals, als er zuerst hierher in den Norden kam. Es ist nur eine Erkältung, die ihn plagt – gerade wie Papa. Du sagst, Papa wird sich erholen, und warum sollte Linton es nicht ebenso?«

»Schön, schön«, rief ich. »Wir wollen abwarten. Aber beachten Sie wohl, Miß, ich halte mein Wort: wenn Sie nochmals – mit oder ohne meine Begleitung – versuchen sollten, nach Sturmheid zu gehen, so werde ich Mr. Linton davon in Kenntnis setzen, und wenn er seine Erlaubnis nicht gibt, so muß die Freundschaft zwischen Ihnen und Ihrem Vetter aufhören.«

»Wir wollen sehen«, gab sie zur Antwort, und sie galoppierte davon.

Wir kamen beide noch vor Tisch daheim an. Mein Herr nahm an, wir wären im Park gewesen, und verlangte daher keine Aufklärung über unsere lange Abwesenheit. Sobald ich Zeit fand, eilte ich, meine durchnäßten Schuhe und Strümpfe zu wechseln. Aber das lange Sitzen auf Sturmheid hatte mir geschadet. Am anderen Morgen mußte ich im Bett bleiben, und drei volle Wochen war ich an der Ausübung meiner Pflichten verhindert – ein Unglücksfall, der bis dahin nie vorgekommen war und, Gott sei Dank, auch später nie wieder eingetreten ist.

Meine kleine Herrin betrug sich wie ein Engel. Sie kam und pflegte mich und erheiterte meine Einsamkeit. Sowie sie Mr. Lintons Zimmer verließ, eilte sie zu mir. Nicht eine Minute hatte sie für sich. Sie vernachlässigte die Mahlzeiten, das Studium, das Spiel; sie war die zärtlichste Pflegerin, die man sich denken kann. Welch ein weiches Herz mußte sie haben, um mir, trotz ihrer großen Liebe zu ihrem kranken Vater, so viel Zeit zu opfern! Ich sagte, sie teilte ihren Tag zwischen ihm und mir; aber der Herr ging schon zeitig zur Ruhe, und ich hatte nach sechs Uhr auch keine Ansprüche mehr. Armes Ding! Ich ahnte nicht im geringsten, was sie nach dem Tee tat. Wohl fiel mir die rote Frische ihrer Wangen auf, wenn sie spät abends noch mir gute

Nacht sagen kam – aber ich schrieb das der Glut eines warmen Feuers im Bibliothekzimmer zu, anstatt an einen Ritt über die kühle Heide zu denken.

XXIV.

Nach drei Wochen konnte ich das Zimmer verlassen und den häuslichen Obliegenheiten nachgehen. Und als ich zum erstenmal den Abend in der Bibliothek verbrachte, bat ich Cathy, mir etwas vorzulesen, denn meine Augen waren noch schwach. Der Herr war schlafen gegangen. Sie schien keine rechte Lust zu haben, ich sagte daher, sie möge ein Buch wählen, das ihr selbst lieb und unterhaltend sei. Sie tat es und las wohl eine Stunde lang. Dann stellte sie Fragen.

»Ellen, bist du nicht müde? Wäre es nicht besser, wenn du dich jetzt hinlegtest? Du wirst dich überanstrengen, wenn du solange aufbleibst, Ellen.«

»Nein, nein, Herzchen, ich bin nicht müde«, gab ich zurück.

Da sie mich so unzugänglich fand, verfiel sie auf einen anderen Weg, um frei zu kommen. Sie gähnte und dehnte sich und sagte:

»Ellen, ich bin müde.«

»So hören Sie auf, und wir wollen uns was erzählen«, antwortete ich.

Das war noch schlimmer. Sie schmollte und seufzte und sah nach der Uhr; und um acht ging sie, ganz überwältigt von Müdigkeit, auf ihr Zimmer. Am anderen Abend schien sie noch ungeduldiger, und am dritten klagte sie über Kopfweh und ließ mich schon früh allein. Ich fand ihr Benehmen merkwürdig. Und nachdem ich ziemlich lange allein gesessen hatte, beschloß ich nachzusehen, ob es ihr besser ginge. Keine Catherine war zu finden, weder oben in ihrem Zimmer noch unten im Hause. Die Dienstboten versicherten, sie nicht gesehen zu haben. Ich horchte an Mr. Edgars Tür. Alles war ruhig. Ich kehrte in ihr Zimmer zurück, löschte das Licht und setzte mich ans Fenster. Der Mond schien hell. Ein leichter Schnee deckte den Boden, und ich überlegte, es könne ihr möglicherweise in den Sinn gekommen sein, sich durch einen Gang in den Garten zu erfrischen. Ich erkannte eine Gestalt, die innen am Parkgitter entlang schlich. Aber es war nicht meine junge Herrin; als die Gestalt ins Licht trat, erkannte ich einen der Stalljungen. Er stand eine lange Zeit und lugte die Allee hinunter.

Dann plötzlich eilte er davon und kehrte gleich darauf mit Catherines Pony zurück. Und da war sie, schweigend neben dem Pferde hergehend. Der Bursche führte das Tier vorsichtig quer übers Gras zum Stall hinüber. Cathy stieg durchs Fenster des Wohnzimmers ins Haus und kam lautlos herauf in ihr Zimmer. Sie schloß leise die Tür, zog die schneenassen Schuhe aus, legte den Hut ab und entledigte sich ihres Mantels, als ich plötzlich aufstand und mich zu erkennen gab. Die Überraschung überrumpelte sie: sie sah mich an und rührte sich nicht.

»Meine liebe Miß Catherine«, begann ich milde, »wohin sind Sie zu so ungewöhnlicher Stunde geritten? Und warum sollten Sie mich hintergehen wollen? Wo sind Sie gewesen? Antworten Sie!«

»Bis ans Ende des Parks«, stammelte sie. »Das ist die Wahrheit.«

»Und nirgends sonst?« fragte ich.

»Nein«, murmelte sie.

»O Catherine!« rief ich bekümmert. »Sie wissen, Sie haben Unrecht getan, sonst würden Sie sich nicht veranlaßt sehen, mir die Unwahrheit zu sagen. Das schmerzt mich sehr. Ich möchte lieber drei Monate krank sein, als eine so offenkundige Lüge von Ihnen hören.«

Sie fiel mir um den Hals und brach in Tränen aus.

»Ach, Ellen, ich fürchte so sehr, daß du böse bist«, sagte sie.

»Versprich mir, nicht böse zu sein, und du sollst die ganze Wahrheit hören.«

Wir setzten uns am Fenster nieder. Ich versprach ihr, sie nicht zu schelten, was für ein Geheimnis sie auch haben möge, und ich hatte es natürlich längst erraten. Sie begann:

»Ich war auf Sturmheid, Ellen, und ich bin seit Beginn deiner Krankheit jeden Tag dort gewesen – bis auf zwei oder dreimal. Ich gab Michael Bücher und Bilder, damit er Minny sattele und nach meiner Rückkehr wieder in den Stall führe. Du darfst auch ihn nicht schelten, hörst du? Um halb sieben war ich drüben in Sturmheid und blieb gewöhnlich bis halb neun, und dann galoppierte ich heim. Ich ging wirklich nicht zu meinem Vergnügen hin, ich war oft sehr unglücklich dort. Manchmal war ich glücklich – einmal wöchentlich vielleicht. Weißt du, ich fürchtete zuerst, du würdest mir nicht erlauben, Linton mein Wort zu halten; ich hatte ihm nämlich damals, als wir gingen, mein Wort gegeben, am anderen Tag wiederzukommen. Da du aber an jenem Tag in deinem Zimmer bliebst, ging alles ganz glatt. Als Michael an der Parktür das Schloß ausbesserte, nahm ich den Schlüssel an mich und erzählte ihm, wie sehr mein Vetter auf meinen Besuch rechne, da er krank sei, und wie Papa sich dem widersetze; und dann unterhandelte ich mit ihm wegen des Ponys. Er liest gerne und er will bald fortgehen, um zu heiraten. Ich bot ihm also an, daß ich ihm Bücher leihen wolle, wenn er meinen Wünschen nachkomme.

Bei meinem zweiten Besuch schien Linton ziemlich aufgeräumt. Zillah (das ist die Wirtschafterin dort) machte uns ein gemütliches Feuer an. Josef war zu irgend einer frommen Versammlung ins Dorf gegangen, und Hareton Earnshaw war auf Jagd; wir waren also ganz für uns allein. Zillah brachte mir Glühwein und Honigkuchen und war sehr zuvorkommend; und Linton saß im Lehnstuhl und ich im Schaukelstuhl beim Feuer, und wir lachten und sprachen so fröhlich und hatten uns soviel zu sagen. Wir besprachen, wo wir im Sommer hingehen und was wir alles tun würden.

Einmal aber hätten wir uns beinahe gezankt. Er sagte, die angenehmste Art, einen heißen Julitag hinzubringen, sei von morgens bis abends mitten in der Heide zu liegen, wenn die Bienen durchs Kraut summen und die Lerchen singen und die Sonne frei am wolkenlosen Himmel steht. Das war seine Idee von Himmelsseligkeit. Meine aber war: in einem rauschenden Baum zu schwingen, wenn der Westwind droben die kleinen weißen Wolken jagt. Und nicht nur Lerchen, sondern Amseln und Drosseln und Hänflinge und Kuckucke müßten rundum Musik machen, in der Ferne müßte man die Heide sehen, die sonnigen Hügel und kühlen dunklen Täler. Nahebei aber wehen die langen Gräser im Wind, und Wald und Wasser rauschen, und die ganze Welt ist wach und toll vor Freude. Er wollte, alles solle in einem Friedensrausche liegen, ich wollte, alles solle glänzen und leuchten und tanzen in jubelnder Seligkeit. Ich sagte, sein Himmel würde halb im Schlaf liegen, und er sagte, der meine sei wie betrunken, er könne darin nicht atmen. Und er wurde ganz ungezogen. Aber schließlich sagten wir, sobald das rechte Wetter käme, wollten wir beide Himmel ausprobieren, und wir küßten uns und waren wieder Freunde.

Später bat ich Linton, draußen auf der Diele mit mir Ball zu spielen. Wir fanden zwei Bälle in dem alten Büffet, unter allerlei anderem Spielkram. Einer war mit C, der andere mit H gezeichnet. Ich wollte das C haben, weil ich Catherine heiße, aber Linton wollte nicht das H, denn dieser Ball hatte ein Loch. Ich spielte viel besser als er, und er wurde wieder zornig und hustete und setzte sich wieder in seinen

Armstuhl. Aber ich sang ihm schöne Lieder – deine Lieder, Ellen. Und als ich gehen mußte, ließ er mich nicht fort, bis ich versprochen hatte, am nächsten Abend wiederzukommen. Minny flog mit mir wie ein Sturmwind nach Hause, und ich träumte von Sturmheid und meinem süßen geliebten Vetter bis zum Morgen.

Am anderen Morgen war ich traurig; zunächst weil du krank warst, Ellen, und dann, weil mein Vater nichts von meinem Ausflug wußte. Aber abends war wieder herrlichster Mondschein, und während ich davonritt, wurde ich wieder fröhlich. Ich werde doch einen frohen Abend haben, dachte ich bei mir, und vor allem: mein lieber Linton wird Freude haben. Ich ritt durch den Garten hinauf und wollte mich nach der Hinterseite des Hauses wenden, als jener Bursche Earnshaw mir begegnete und das Pferd zur Vordertreppe zurückführte. Er streichelte Minny und sagte, sie sei ein schönes Tier, und er tat so, als wolle er mir etwas sagen. Ich gebot ihm aber, mein Pferd in Ruh zu lassen, da es sonst nach ihm ausschlagen werde. Aber er lachte nur dazu. Er ging dann vorauf und öffnete die Tür, und als er den Griff in der Hand hielt, blickte er zu der Inschrift über derselben auf und sagte: »Miß Catherine, das da oben – jetzt kann ich das lesen.«

»Großartig«, rief ich aus. »Also lassen Sie hören.«

Er buchstabierte und stolperte über die Silben und brachte es schließlich heraus: ›Hareton Earnshaw‹.

»Und die Ziffern?« rief ich ermunternd, da er innehielt

»Die kann ich jetzt noch nicht«, antwortete er.

»O, Sie Schlaukopf!« rief ich und lachte ihn gewaltig aus.

Der Narr glotzte, und es schien fast, als habe er große Lust, in meine Fröhlichkeit einzustimmen. Da wurde ich aber gleich wieder ernst und befahl ihm, aus dem Weg zu gehen, denn mein Besuch gelte nicht ihm sondern Linton. Er errötete, gab den Türgriff frei und schob davon – ganz gekränkte Eitelkeit! Er hielt sich, wie ich vermute, für ebenso gebildet wie Linton, weil er jetzt seinen eigenen Namen buchstabieren konnte. Daß ich nicht dasselbe dachte, hatte ihn ganz furchtbar empört.«

»Halt, Miß Catherine, Liebling!« fiel ich ein. »Ich will nicht schelten, aber Ihr Betragen da gefällt mir gar nicht. Hätten sie daran gedacht, daß Hareton ebensogut wie Mr. Heathcliff Ihr Vetter ist, so hätten Sie gefühlt, wie unpassend Ihr Benehmen war. Zum wenigsten war es doch ein lobenswerter Ehrgeiz von ihm, ebenso gebildet sein zu wollen wie

Linton. Sicherlich wollte er sich nicht mit seinem Können brüsten. Gewiß haben Sie ihn früher wegen seiner Unwissenheit verhöhnt, und er wollte das nun wieder gut machen. Es war sehr häßlich von Ihnen, seinen mißglückten Versuch zu verlachen. Wären Sie unter den gleichen Umständen aufgewachsen wie er – Sie wären um kein Haar gebildeter. Er war ein ebenso aufgewecktes und intelligentes Kind als Sie, und es verletzt mich sehr, daß er nun verachtet wird, weil dieser Hallunke Heathcliff so ungerecht gegen ihn verfahren ist.«

»Aber, Ellen – du wirst doch nicht deswegen weinen?« rief sie erstaunt.

»Aber wart nur: gleich sollst du hören, ob er mit seinem Abc versuchte, mir zu gefallen. Ich trat ins Haus; Linton lag am Herd in seinem gewohnten Stuhl.«

»Liebste Catherine«, sagte er, »ich bin krank heut abend. Du mußt die Unterhaltung allein führen und mich zuhören lassen. Komm, setz dich zu mir. Ich war sicher, du würdest dein Wort halten, und auch heut mußt du mir, ehe du wieder gehst, versprechen, morgen wiederzukommen.«

Ich wußte nun, daß ich sanft sein mußte zu ihm, weil er sich krank fühlte, und ich sprach leise und stellte keine Fragen. Ich hatte ein paar schöne Bücher mitgebracht und wollte ihm daraus vorlesen. Da stürzte plötzlich Earnshaw ins Zimmer. Er ging direkt auf uns zu, ergriff Linton beim Arm und warf ihn vom Stuhl herunter.

»Geh in dein eigenes Zimmer!« schrie er ihn an, und er sah schrecklich wütend aus, als er das sagte. »Sie kann dorthin gehen, wenn sie dich besuchen will. Ich lasse mich hier nicht austreiben von euch. Marsch, fort mit euch beiden!«

Er fluchte und ließ Linton keine Zeit zu einer Entgegnung, sondern schleuderte ihn zur Tür hinaus; und er drohte mir mit der Faust und hatte nicht übel Lust, mich niederzuhauen. Er warf die Tür hinter uns zu, und wir flüchteten in die Küche. Josef lachte heiser und rieb sich vor Freude die Hände.

»Eich hon et gewußt, datt er Eich enauswerfe dhät. Er' is en feiner Borsch! Er wääß et – jo, er wääß et grad su gut als eich, wer' hie der Här sein sullt, hiehä hä hää! Er hot Eich dichtig geschierelt! Hä hä hää!«

Linton war bleich und zitterte. O, er sah schrecklich aus, Ellen! Gar nicht mehr hübsch. Sein Gesicht war von hilfloser Wut ganz entstellt. Er rüttelte an der Türklinke.

»Wenn du mich nicht einläßt, töte ich dich! Ich töte dich!« so kreischte er fassungslos. »Satan! Satan! Ich töte dich – ich töte dich!« Josef krächzte wieder. »Do! Dat is der Vatter! Dat is der Vatter!« rief er. »Mir hon alsu doch aach vun seiner Seit ebbes in uns. Nor los, nor kä Angst, Bub – er kann dir neist dhun! Hä hä hä!« Ich hielt Lintons Hände fest und versuchte ihn fortzuziehen. Aber er bekam einen furchtbaren Hustenanfall, Blut goß aus seinem Munde, und er fiel zu Boden. Ich lief entsetzt in den Hof und rief so laut ich nur konnte nach Zillah. Sie kam aus dem Kuhstall, und ich zog sie ins Haus und sah mich nach Linton um. Earnshaw trug ihn schon die Treppe hinauf in sein Zimmer. Mich ließ er nicht mit hineingehen, und ich stand draußen und weinte, bis die Wirtschafterin wieder herauskam. Sie sagte, es sei nicht sehr schlimm mit ihm; ich solle aber nicht mehr weinen, er könne es nicht vertragen. Sie führte mich ins Wohnzimmer, und ich weinte und weinte.

Ellen, ich hätte mir die Haare ausraufen mögen! Der Grobian kam wieder ins Zimmer und versuchte mich fortzutreiben und leugnete seine Schuld an Lintons Anfall. Und als sie mich schließlich dazu gebracht hatten, fortzureiten, hatte ich noch immer keine Ruhe vor diesem Menschen, den du so gern hast.

Er stürzte plötzlich aus dem Schatten am Wegrand hervor, hielt Minny an und rief mir zu:

»Miß Catherine, es tut mir sehr leid, aber es ist doch zu schlimm, daß —«

Ich gab ihm einen Hieb mit der Peitsche, weil ich Angst hatte, er wolle mich ermorden. Da ließ er mich los, und ich galoppierte halb von Sinnen nach Haus.

Am anderen Tag ging ich nicht nach Sturmheid. Ich fürchtete mich zu hören, daß Linton tot sei, und ich fürchtete mich, Hareton zu begegnen. Am nächsten Tag aber war ich mutiger und stahl mich wieder davon. Ich ging zu Fuß – um fünf Uhr hier fort. Die Hunde bellten, als ich dort ankam, und Zillah empfing mich und führte mich in ein kleines, sauberes, teppichbelegtes Zimmer. Wie groß war meine Freude, als ich Linton hier auf dem Sofa liegen sah; er blätterte in meinen Büchern. Aber er wollte weder mit mir sprechen noch mich ansehen. Eine ganze Stunde lang beachtete er mich nicht, Ellen. Und als er dann den Mund öffnete, so war es nur um zu behaupten, ich hätte den Aufruhr neulich verursacht, und Hareton treffe keine Schuld. Ich konnte gar nichts antworten, so empört war ich, und ich ging schweigend aus dem Zimmer. Er rief mir ein schwaches ›Catherine‹ nach. Aber ich drehte mich nicht um.

Am anderen Tag blieb ich zum zweitenmal zu Hause und hatte beinahe beschlossen, ihn nie wieder zu besuchen. Aber es war so traurig, zu Bett zu gehen und wieder aufzustehen und nie etwas über ihn zu hören. Es war unrecht gewesen, daß ich diese heimlichen Besuche anfing – jetzt schien es unrecht, sie wieder einzustellen. Michael kam und fragte, ob er Minny satteln solle. Ich sagte ›ja‹ und hatte das Gefühl, eine gute Tat zu tun, als ich wieder unterwegs war nach Sturmheid. Ich mußte, um nach dem Hof zu gelangen, vorn am Hause vorbei; es hatte keinen Zweck, mein Kommen verbergen zu wollen.

»Der junge Herr ist auf der Diele«, sagte Zillah. Ich trat ein. Earnshaw war auch da, aber er verließ sofort das Zimmer. Linton saß halb schlafend im großen Armstuhl. Ich stellte mich ans Feuer und hielt ihm eine Rede, mit der es mir fast ernst war:

»Da du mich nicht leiden kannst, Linton, und da du meinst, ich komme nur, um dir weh zu tun, so ist dies heut unser letztes Zusammentreffen. Laß uns Abschied nehmen. Und sage Mr. Heathcliff, daß dir nichts daran liegt, mich zu sehen, und daß er mir nicht wieder solche Lügen vorreden soll.«

»Setz dich, Catherine und nimm den Hut ab«, antwortete er. »Du bist so viel glücklicher als ich bin – du solltest auch besser sein. Papa spricht so viel von meinen Mängeln und verhöhnt mich so sehr, daß es natürlich ist, wenn ich an mir selbst zweifle. Ich denke oft, ich sei wohl wirklich so elend und überflüssig, wie er behauptet, und dann bin ich so bös und bitter – ich hasse dann jeden Menschen! Ich *bin* schlecht und übellaunig und langweilig, ich weiß es; und wenn du willst, so magst du mir Lebewohl sagen. Nur, Catherine, glaube mir: wenn es mir *möglich* wäre, so lieb und gut und herzlich zu sein, wie du es bist, dann *wäre* ich es! Und glaube: deine unverdiente Güte ist mir mehr zu Herzen gedrungen, als wenn ich deiner wert gewesen wäre. Und wenn ich auch launenhaft und ungezogen zu dir bin, so bedaure ich doch, daß es so ist, und bereue es und werde es bereuen, bis ich sterbe!«

Ich fühlte, daß er die Wahrheit sagte, und ich fühlte, daß ich ihm vergeben mußte, und hätte er im nächsten Augenblick wieder gestritten und wäre lieblos gewesen – ich hätte ihm wiederum vergeben müssen.

Wir versöhnten uns; aber wir weinten alle beide die ganze Zeit, die ich da war. Ich war so traurig, daß Linton einen so verkehrten Charakter hat. Er kann nie seine Freunde in Ruhe lassen, und er wird selbst nie zur Ruhe kommen. – Am anderen Tag kam sein Vater zurück, und von da ab habe ich Linton immer in seinem eignen kleinen Wohnzimmer besucht. Dreimal vielleicht waren wir froh und hoffnungsvoll, sonst immer trüb und bekümmert. Aber ich habe gelernt, Lintons Launen zu ertragen, und auch an sein Kranksein habe ich mich gewöhnt. Mr. Heathcliff geht mir anscheinend aus dem Wege; ich habe ihn kaum gesehen. Letzten Sonntag allerdings kam ich früher als sonst, da hörte ich, wie er Linton gräßlich ausschalt wegen seines Benehmens am Abend vorher. Er muß uns belauscht haben, denn wie konnte er sonst etwas davon wissen. Linton hatte sich wirklich schlimm aufgeführt, aber das war meine Sache und ging keinen sonst etwas an; und ich unterbrach Mr. Heathcliffs Vorlesung, indem ich eintrat und ihm das sagte. Er brach in Lachen aus und ging fort, nachdem er gesagt hatte, es freue ihn, daß ich die Sache so auffasse. Seitdem muß Linton mir seine Klagen immer leise sagen; ich lasse sie mir zuflüstern.

So, Ellen! Nun hast du alles gehört. Wenn man mich verhindert nach Sturmheid zu gehen, so macht man zwei Menschen unglücklich; wenn du hingegen Papa nichts sagst, so würde mein Besuch dort niemanden stören. Du wirst nichts sagen, nicht wahr? Es wäre herzlos, wenn du es tätest!«

»Ich werde mir die Sache bis morgen überlegen, Miß Catherine«, antwortete ich.»Sie muß bedacht werden. Ich überlasse Sie also jetzt dem so nötigen Schlaf und gehe, mir den Fall zu bedenken.«

Ich bedachte ihn laut – in Gegenwart meines Herrn. Ich ging geradewegs von ihr zu ihm und erzählte ihm die ganze Geschichte, mit Ausnahme ihrer Gespräche mit Linton und Hareton. Mr. Linton war bestürzt und bekümmerter, als er mich sehen lassen wollte. Am anderen Morgen erfuhr Catherine, wie sehr ich ihr Vertrauen mißbraucht hatte, und sie erfuhr ferner, daß ihre heimlichen Besuche ein Ende hatten. Vergebens weinte sie und lehnte sich gegen das Verbot auf und beschwor ihren Vater, Mitleid zu haben mit Linton. Alles was man ihr als Trost gab, war die Zusicherung, daß ihr Vater ihm schreiben und gestatten wolle, wenn er Lust habe, nach

Drosselkreuz zu kommen, daß er aber nicht mehr erwarten solle, Catherine auf Sturmheid zu sehen.

XXV.

Das alles geschah im vorigen Winter, Herr, sagte Mrs. Dean. Damals dachte ich noch nicht, daß ich zwölf Monate später einen Fremden mit diesen Geschichten unterhalten würde. Doch wer weiß, wie lange Sie noch ein Fremder sein werden? Sie sind zu jung, um immer am Einsamsein Genüge zu finden. Und ich bilde mir ein, keiner könne Catherine Linton sehen, ohne sich in sie zu verlieben. Sie lächeln; aber weshalb leuchten denn Ihre Blicke so, wenn ich von ihr spreche? Und weshalb haben Sie mich gebeten, ihr Bild hier bei Ihnen aufzuhängen? Und weshalb –

»Halt, gute Frau!« rief ich. »Es wäre ganz gut möglich, daß *ich* sie lieben könnte; aber würde sie mich lieben? Ich bezweifle es zu sehr, um meine Ruhe an diese Möglichkeit zu wagen. Und dann – mein Heim ist nicht hier. Ich gehöre der Welt, dem geschäftigen Leben an, und zu ihm muß ich zurückkehren. Fahren Sie fort. Gehorchte Catherine der Anordnung des Vaters?«

O ja, fuhr Mrs. Dean fort. Ihre Liebe zu ihm war noch immer das stärkste Gefühl in ihrem Herzen. Und er hatte ohne Zorn gesprochen. Er sprach wie einer, der seinen Schatz von Gefahren und Feinden umringt zurücklassen muß, und der weiß, daß die Erinnerung an seine Worte der einzige Schutz ist, den er noch geben kann. Ein paar Tage später sagte er mir:

»Ich wollte, Ellen, mein Neffe würde schreiben oder kommen. Sage mir ehrlich, was du von ihm hältst: hat er sich zum Guten verändert, oder ist wenigstens Aussicht vorhanden, daß er als Mann stark und verständig sein wird?«

»Er ist sehr zart, Herr«, antwortete ich. »Und er sieht nicht aus, als würde er alt werden. Aber dies kann ich sagen: er gleicht gar nicht seinem Vater. Und wenn Miß Catherine das Unglück haben sollte, ihn zu heiraten, so wird sie ihn stets überwachen können. Nun, Herr, Sie haben Zeit genug, ihm näher zu treten und ihn zu beobachten. Es sind noch über vier Jahre bis zu seiner Volljährigkeit.«

Edgar seufzte. Er trat ans Fenster und sah in die Ferne, zum Kirchhof hinüber. Es war ein nebliger Nachmittag, und die Februarsonne schien nur matt; dennoch konnten wir die zwei Fichten, die den Eingang bewachten, deutlich erkennen.

»Ich habe oft herbeigewünscht«, sagte er, »was nun nahe ist; und jetzt wehre ich mich dagegen und fürchte es. Ellen! Ich bin sehr glücklich gewesen mit meiner kleinen Cathy. In dunklen Wintern und hellen Sommern war sie an meiner Seite – eine blühende Lebenshoffnung! Aber ich war ebenso glücklich, wenn ich dort einsam zwischen den Gräbern wandelte oder an langen Juniabenden auf dem grünen Hügel vor ihrer Mutter Grab lag und mich nach der Zeit sehnte, da man mich neben sie betten würde. Was kann ich tun für Cathy? Wie kann ich sie trösten? Ich würde nichts danach fragen, daß Linton Heathcliffs Sohn ist, wenn ich wüßte, daß er ihr meinen Verlust ersetzen könnte. Es sollte mich auch nicht bekümmern, wenn Heathcliff sein Ziel erreichte und mich triumphierend meines letzten Glücks beraubte! Doch sollte Linton ihrer unwert sein – ein Spielzeug nur in seines Vaters Händen – ich könnte sie ihm nicht anvertrauen! Meinen Liebling! Lieber würde ich sie Gott hingeben, lieber sie vor mir ins Grab betten mögen!«

»Vertrauen Sie sie Gott an und dem Leben«, antwortete ich. »Und sollten wir Sie verlieren – was er verhüten möge – so will ich bis ans Ende ihr Freund und Ratgeber sein. Miß Catherine ist ein gutes Mädchen, und Menschen, die ihre Pflicht tun, werden stets ihren Lohn finden.«

Der Frühling nahte dem Sommer, doch meines Herrn Gesundheit wollte sich nicht kräftigen, trotzdem er die Spaziergänge mit seiner Tochter durch Feld und Heide wieder aufgenommen hatte. Cathy freilich war dies allein schon ein Zeichen der Besserung, denn die Luft rötete seine Wangen und gab seinen Augen Glanz. An ihrem siebzehnten Geburtstag besuchte er nicht den Kirchhof; es regnete, und ich bemerkte:

»Bei diesem Wetter, Herr, gehen Sie sicherlich nicht hinaus?«

Er antwortete:

»Nein, ich werde es dies Jahr noch ein wenig hinausschieben.«

Er schrieb wieder an Linton und sprach ihm seinen innigen Wunsch aus, ihn zu sehen. Und, wäre der Kranke präsentabel gewesen – ich bin überzeugt, sein Vater hätte ihm den Besuch gestattet. So jedoch schickte er eine offenbar diktierte Antwort, daß Mr. Heathcliff ihm verbiete, nach Drosselkreuz zu kommen, das freundliche Gedenken seines Onkels erfreue ihn aber sehr, und er hoffe, daß er ihm gelegentlich draußen in der Heide begegnen und ihn persönlich bitten könne, ihm den Verkehr mit seiner Cousine wieder zu gestatten. »Ich verlange nicht«, schrieb er, »daß sie mich hier im Hause besucht, aber soll ich sie nie wiedersehen, weil mein Vater mir verbietet, sie in ihrem Heim aufzusuchen, und du ihr das meine verbietest? Lieber Onkel! Sende mir morgen ein paar Zeilen, mit der Erlaubnis, euch irgendwo außerhalb Drosselkreuz zu treffen. Ich bin gewiß, du würdest dich schnell davon überzeugen, daß meines Vaters Charakter nicht der meinige ist: er versichert, ich sei mehr dein Neffe als sein Sohn. Und obgleich ich Fehler habe, die mich Catherines nicht wert erweisen, so hat sie dieselben doch entschuldigt. Du fragst nach meiner Gesundheit? Es geht mir besser, aber da ich ganz einsam bin, nur umgeben von denen, die mich nie leiden mochten und nie leiden werden – wie kann ich fröhlich und wohl sein?«

Obschon Edgar Mitleid hatte mit dem Jungen, so wollte er ihm doch seinen Wunsch nicht erfüllen: weil er selbst Catherine nicht begleiten konnte. Aber er gestattete ihm, ab und zu zu schreiben, und gab ihm in Briefen Rat und Trost. Linton fügte sich; doch hätte sein Vater nicht ein wachsames Auge auf diesen Briefwechsel gehabt, so hätte er wohl bald mit Klagen und Lamentieren alles verdorben. So aber durfte er nicht von dem reden, was seine Gedanken am meisten beschäftigte, sondern mußte das grausame Geschick anklagen, das ihn von seiner Freundin und Angebeteten trennte; und er bat immer wieder um eine Zusammenkunft.

Cathy war ihm eine machtvolle Verbündete; und schließlich erreichten sie von meinem Herrn die Erlaubnis, etwa einmal wöchentlich einen gemeinsamen Ritt oder Spaziergang unter meiner Aufsicht machen zu dürfen – draußen auf der Heide, nahe bei Drosselkreuz. Denn im Juni noch war Cathys Vater leidend und hinfällig. Obgleich er jährlich einen Teil seines Einkommens für Cathys Zukunft beiseite gelegt hatte, so hatte er doch den begreiflichen Wunsch, daß das Haus ihrer Ahnen ihr nicht verloren gehen möge, und er sah die einzige Möglichkeit hierzu in einer Vereinigung mit Linton, seinem Erben. Er hatte ja keine Ahnung, daß dieser fast ebenso nahe dem Grabe war, als er selbst sich fühlte – und auch kein anderer ahnte das: kein Arzt kam nach Sturmheid, und keiner von uns erblickte je den jungen Heathcliff.

Sogar *ich* begann anzunehmen, meine Ahnung habe mich getäuscht, und er müsse sich tatsächlich erholt haben, da er von Reiten und Wandern sprach und so ernsthaft seinem Ziel zustrebte. Konnte ich mir denn einen Vater vorstellen, der sein sterbendes Kind mit Drohungen zu einer Lebensenergie aufpeitschte, die dem Tode trotzen sollte – so lange, bis seine schwarzen Pläne erfüllt waren?

XXVI.

Sommers Anfang war schon vorbei, als Edgar sich den vereinten Bitten der Kinder widerstrebend fügte und Catherine und ich den ersten Ausritt unternahmen, der ihr das ersehnte Wiedersehen mit dem Vetter bringen sollte. Es war ein schwüler, doch sonnenloser Tag. Unser Treffpunkt sollte der große Wegstein sein, der die Grenze bildete zwischen den Besitzungen von Drosselkreuz und Sturmheid. Als wir jedoch dort ankamen, berichtete uns ein kleiner Hirtenjunge, Mr. Linton sei drüben auf der anderen Hügelseite, und er ließe uns bitten, ihm noch ein Stückchen weiter entgegenzukommen.

»So hat Mr. Linton offenbar die erste Bedingung seines Onkels vergessen«, bemerkte ich; »er sagte, wir sollten den Boden von Drosselkreuz nicht verlassen.«

»Nun«, antwortete Cathy, »sobald wir Linton gefunden haben werden, wenden wir unsere Pferde und reiten in der Richtung nach Drosselkreuz zurück.«

Aber als wir ihn fanden – und das war kaum eine Viertelmeile vom Sturmheidhof – sahen wir, daß er kein Pferd hatte, und wir mußten absteigen und unsere Gäule grasen lassen. Er lag auf einem Heuhaufen und erhob sich erst, als wir dicht vor ihm waren. Er schritt so unsicher und sah so bleich aus, daß ich erschrocken ausrief:

»Es scheint mir nicht, Master Heathcliff, als sei heut ein Ausgang gut für Sie. Wie krank sehen Sie aus!«

Catherine betrachtete ihn mit Verwunderung und Besorgnis. Der Freudenausruf erstarb ihr auf den Lippen, und sie fragte ängstlich, ob es ihm in letzter Zeit schlechter gegangen sei.

»Nein, besser – besser!« keuchte er zitternd und hielt ihre Hand fest, als brauche er einen Halt, während seine großen blauen Augen schüchtern auf ihr ruhten.

»Aber du siehst viel schlechter aus als früher: du bist magerer und –«
»Ich bin müde«, fiel er hastig ein. »Es ist zu heiß zum Gehen; laß uns hier ruhen. Ich fühle mich des morgens häufig unwohl – Papa sagt, ich wachse so schnell.«
Cathy setzte sich nieder, und er lehnte sich neben ihr tief ins Heu. Sie gab sich alle Mühe, ihn fröhlich zu unterhalten, aber er schien gar nicht zu hören, was sie sagte. Sein Mangel an Interesse, sein völliges Unvermögen, ihre Reden aufzugreifen und zu beantworten, war so auffallend, daß sie ihre Enttäuschung nicht verbergen konnte. Eine unerklärliche Wandlung war mit ihm – seiner Erscheinung und seinem Wesen – vorgegangen. Seine Übellaunigkeit, die früher durch Zärtlichkeit gemildert werden konnte, war einer vollständigen Apathie gewichen. Da war nichts mehr von Unlust und Trotz eines Kindes, das gekost sein möchte, da war nur die Schwermut eines vollständig Kranken, die jeden Trost zurückweist und den Frohsinn anderer als Beleidigung empfindet. Catherine sah ebensogut wie ich, daß es ihm eher eine Strafe als ein Vergnügen war, unsere Gesellschaft zu ertragen, und sie machte ganz offenherzig den Vorschlag, sogleich wieder heimreiten zu wollen. Dieser Vorschlag weckte Linton unerwarteter Weise aus seiner Lethargie und gab ihm eine merkwürdige Lebhaftigkeit. Er blickte scheu nach Sturmheid hinüber und bat sie, wenigstens noch eine halbe Stunde zu bleiben.
»Aber es scheint mir«, sagte Cathy, »daß du dich zu Hause behaglicher fühlen würdest als hier bei uns. Ich sehe, ich kann dich heut nicht aufheitern mit meinen Späßen und Liedern. Du bist in diesen sechs Monaten viel vernünftiger geworden, als ich bin; du findest keinen Geschmack mehr an meiner Unterhaltung. Wenn ich dich wirklich irgendwie zerstreuen könnte, so bliebe ich herzlich gern.«
»Bleibe noch und ruhe dich aus«, antwortete er. »Und, Catherine, du mußt nicht denken oder sagen, daß ich *sehr* krank sei. Es ist die schwüle, schwere Luft, die mich so angreift. Und ehe du kamst, bin ich eine lange Zeit hier herumgegangen. Sage Onkel, ich sei leidlich gesund, willst du?«
»Ich werde ihm sagen, daß *du* das findest, Linton. Ich selbst könnte das nicht behaupten«, bemerkte meine junge Herrin, erstaunt, daß er eine so offensichtliche Unwahrheit von ihr verlangte.
»Und sei nächsten Donnerstag wieder hier«, fuhr er fort, ihrem Blick ausweichend. »Und sage ihm meinen Dank dafür, daß er dir zu

kommen erlaubte – meinen besten Dank, Catherine. Und – und, *solltest* du meinem Vater begegnen, und sollte er dich ausfragen über mich, so laß ihn nicht mutmaßen, daß ich auffallend schweigsam und dumm gewesen sei. Sieh nicht so traurig und niedergeschlagen aus – so wie jetzt – er wird böse werden.«

»Ich fürchte nicht seinen Zorn«, rief Cathy.

»Aber ich«, sagte ihr Vetter zusammenschreckend. »O, reize ihn nicht auf gegen mich, Catherine, denn er ist sehr hart.«

»Ist er streng mit Ihnen, Master Heathcliff?« forschte ich. »Ist seine Geduld erschöpft und läßt er seinen Haß tätlich an Ihnen aus?«

Linton sah mich an, antwortete aber nicht. Weitere zehn Minuten vergingen. Sein Kopf sank auf die Brust, die Müdigkeit übermannte ihn vollständig; er sprach kein Wort mehr, nur schwere Seufzer der Erschöpfung oder des Schmerzes ließ er vernehmen. Cathy begann sich zu zerstreuen: sie suchte nach Heidelbeeren und teilte dann die Ernte mit mir. Ihm bot sie keine an, denn sie sah, daß jede weitere Annäherung zwecklos sein würde.

»Ist jetzt die halbe Stunde um, Ellen?« flüsterte sie mir schließlich zu. »Ich weiß nicht, warum wir noch bleiben sollen. Er schläft, und Papa wird Sehnsucht haben nach uns.«

»Wir können ihn nicht so verlassen«, antwortete ich. »Warten Sie, bis er aufwacht. Sie waren ja so begierig, ihn zu sehen; ist Ihr Gefühl für den armen Linton so rasch verflogen?«

»Warum wollte er mich sehen?« entgegnete Catherine. »Er war mir früher in seinen gräßlichsten Stimmungen lieber als heut. Welch merkwürdiges Gebaren! Es ist gerade, als habe man ihm eine Aufgabe gestellt – als habe er aus Furcht vor seinem Vater dies Zusammentreffen verabredet. Aber ich habe keine Lust, Mr. Heathcliff mit meinen Besuchen ein Vergnügen zu bereiten. Und wenn es mich auch freut, daß Lintons Gesundheitszustand besser geworden ist, so betrübt es mich noch mehr, daß seine Liebe zu mir nachgelassen hat.«

»Sie meinen, sein Gesundheitszustand habe sich gebessert?« fragte ich.

»Ja«, antwortete sie. »Er klagt doch nicht mehr. Er ist wohl nicht so gesund, als er selbst meint, aber es geht ihm anscheinend besser.«

»Da sind wir verschiedener Meinung, Miß Cathy«, bemerkte ich. »Ich würde ihn für viel kränker halten.«

Linton fuhr plötzlich entsetzt aus seinem Schlummer auf und fragte, ob jemand ihn gerufen habe.

»Nein«, sagte Cathy, »das wirst du geträumt haben.«

»Ich glaubte meinen Vater zu hören«, ächzte er. »Du bist sicher, daß niemand rief?«

»Ganz sicher«, erwiderte sie. »Nur Ellen und ich sprachen über deine Gesundheit. Bist du wirklich kräftiger, Linton, als damals im Winter? Wenn das der Fall ist, so ist eines sicher nicht ebenso erstarkt: dein Gefühl für mich. Bist du kräftiger? sprich!«

Tränen stürzten aus Lintons Augen, als er antwortete: »Ja, ja!« Und sein Blick wanderte noch immer angstvoll umher. Cathy erhob sich. »Für heute müssen wir gehen«, sagte sie. »Und ich will nicht verbergen, daß ich von unserer Begegnung sehr enttäuscht bin.«

»Still«, flüsterte Linton; »um gotteswillen sei still! Er kommt.« Und er klammerte sich an Catherines Arm, um sie zurückzuhalten. Aber sie machte sich hastig los und pfiff Minny herbei, die ihr wie ein Hund gehorchte.

»Nächsten Donnerstag komme ich wieder«, rief sie, in den Sattel springend. »Adieu! Schnell, Ellen!«

Und so ritten wir fort. Er war so gelähmt vom Anblick seines Vaters, daß er kaum unser Fortgehen bemerkte.

Ehe wir daheim ankamen, hatte Catherines Mißvergnügen sich in Bedauern und Mitleid umgewandelt. Ich riet ihr, mit einem Urteil vorläufig noch zurückzuhalten: eine zweite Begegnung würde uns mehr Gewißheit schaffen. Der Herr verlangte einen Bericht von uns. Wir richteten Lintons Danksagung getreulich aus, das übrige hüllte Miß Cathy in Dunkel. Und auch ich gab seinen Fragen nur unbefriedigende Antwort, da ich kaum wußte, was ich verbergen und was ich aufdecken sollte.

XXVII.

Sieben Tage gingen hin und jeder brachte für Edgar Lintons Zustand eine merkliche Verschlimmerung. Die Vernichtung, die sich durch viele Monate hindurch vorbereitet hatte, schritt jetzt von Stunde zu Stunde voran. Wir hätten gern Catherine seinen wahren Zustand verheimlicht, aber sie erriet ihn instinktiv und brütete schmerzvoll über der gräßlichen Möglichkeit, daß der Vater ihr entrissen werden könne. Als der Donnerstag herangekommen war, hatte sie nicht das Herz, von ihrem beabsichtigten Ausritt zu sprechen; ich tat es für sie und erhielt die Erlaubnis, sie ins Freie zu schicken. Die Bibliothek, in der ihr Vater täglich eine kurze Zeit zubrachte, und sein Zimmer waren ihre ganze Welt geworden. Sie murrte gegen alles, was sie von seiner Pflege fernhielt. Wachen und Sorgen machte sie bleich und müde, und mein Herr entließ sie daher gern, besonders da er in diesem Fall für sie eine angenehme Unterhaltung und Zerstreuung erhoffte. Er hatte sich vollständig in den Gedanken eingelebt, daß sein Neffe, da er ihm äußerlich ähnlich sei, ihm auch an Geist und Charakter gleichen müsse; denn Lintons Briefe trugen keine Merkmale seines krankhaften schwächlichen Wesens.

Wir warteten mit unserem Ausflug bis zum Nachmittag – einem goldenen Sommernachmittag. Catherines Antlitz glich ganz der Landschaft: Sonnenschein und Schatten glitten in raschem Wechsel darüber hin. Aber die Schatten waren dauerhafter als der Sonnenschein, und ihr armes kleines Herz schien sich wegen dieser kurzen Vernachlässigung ihrer Kindespflicht schon Vorwürfe zu machen.

Wir fanden Linton an derselben Stelle wie damals. Er empfing uns diesmal mit größerer Lebhaftigkeit: einer Lebhaftigkeit, die jedoch mehr von Furcht als von Freude eingegeben zu sein schien.

»Es ist spät«, sagte er, und das Sprechen schien ihm schwer zu fallen. »Ist dein Vater nicht sehr krank? Ich dachte, du würdest nicht kommen.«

» *Warum* kannst du nicht aufrichtig sein?« rief Catherine, ihren freundlichen Gruß unterdrückend.»Warum kannst du nicht gleich sagen, daß du mich nicht haben willst? Es ist seltsam, Linton, daß du mich zum zweitenmal herbestellt hast, anscheinend nur, um uns beide zu plagen!«

Linton schauerte zusammen und sah halb demütig, halb beschämt zu ihr auf. Aber die Geduld seiner Cousine war erschöpft gegenüber diesem unbegreiflichen Betragen.

»Mein Vater ist sehr krank«, sagte sie.»Und weshalb holt man mich von seinem Krankenlager? Warum schicktest du mir nicht Nachricht, mich von meinem Versprechen zu entbinden, da du doch wünschst, daß ich es nicht halte? Ich verlange eine Erklärung! Spiel und Scherz liegen mir jetzt sehr fern, und es ist mir ganz unmöglich, an deiner Affektiertheit Interesse zu nehmen!«

»Ich bitte dich um himmelswillen, Cathy, sieh mich nicht so bös an!«
murmelte er. »Verachte mich, so viel du willst; ich bin ein armseliger
feiger Wicht. Verspotte mich – für deinen Zorn aber bin ich zu gering.
Hasse meinen Vater, mich aber verachte nur.«
»Unsinn!« rief Catherine leidenschaftlich. »Alberner, dummer Junge!
Da! Er zittert, als ob ich ihn prügeln wollte! Du brauchst nicht um
Verachtung zu betteln, Linton. Jedermann wird dir sowieso damit
dienen. Geh! Ich kehre wieder heim. Es ist Tollheit, dich vom
Kaminfeuer wegzuholen! Laß mein Kleid los! Wenn ich wirklich
Mitleid für dich empfinden könnte, so müßtest du es doch
zurückweisen. Ellen, sag ihm, wie lächerlich sein Benehmen ist. Steh
auf und entwürdige dich nicht zu einem kriechenden Reptil – nicht,
nicht!«
Tränenüberströmt, halb ohnmächtig warf Linton sich zu Boden. Er
schien von unerhörtestem Entsetzen geschüttelt.
»O!« schluchzte er. »Ich kann es nicht ertragen! Catherine, Catherine,
auch ich bin ein Betrüger, und ich darf es dir nicht sagen! Doch wenn
du mich im stich läßt, so wird man mich töten! Liebe Catherine, mein
Leben ist in deiner Hand! Du hast gesagt, daß du mich lieb hast. So
beweise es doch! Geh nicht! Gute, liebe, süße Catherine! Und
vielleicht würdest du zustimmen – und er ließe mich bei dir sterben!«
Meine junge Herrin beugte sich zu ihm nieder. Seine wahnsinnige
Angst rührte sie, und ihr Zorn wandelte sich in Bestürzung.
»Zustimmen?« fragte sie. »Zu was zustimmen? Sei ruhig und sei frei
und beichte offen alles, was du auf dem Herzen hast. Du willst mich
doch gewiß nicht beleidigen, Linton, wie? Du würdest nicht dulden,
daß irgend jemand mich verletzt und kränkt? Ich könnte glauben, daß
du für dich selbst feig bist, aber nicht, daß du an deinem besten Freund
zum feigen Betrüger werden könntest.«
»Aber mein Vater bedroht mich doch«, stammelte der Jüngling, »und
ich fürchte ihn – o ich fürchte ihn! Ich darf, ich kann nichts verraten!«
»Also gut!« sagte Catherine mit höhnischem Mitleid, »behalte dein
Geheimnis. Ich bin kein Feigling. Rette dich selbst. Ich habe keine
Furcht!«
Ihre Großmut rührte ihn zu Tränen. Er weinte heftig, küßte ihre Hände
und konnte dennoch nicht den Mut zu einem offenen Worte finden. Ich
sann darüber nach, welch ein Geheimnis das sein möge, als ich Schritte
nahen hörte; aufblickend sah ich Mr. Heathcliff dicht vor uns den

Hügelabhang herabsteigen. Er warf den jungen Leuten keinen Blick zu, obschon er Lintons Schluchzen gehört haben mußte, und begrüßte mich mit dem fast herzlichen Ton, den er mir gegenüber stets anzuschlagen pflegte.

»Nun, Ellen, es ist ein Ereignis, dich so nahe bei meinem Hause zu sehen! Wie geht es euch auf Drosselkreuz? Laß hören. Es geht die Rede«, fügte er leise hinzu, »daß Edgar Linton im Sterben liege. Man übertreibt wohl seine Krankheit?«

»Nein, mein Herr stirbt«, antwortete ich. »Es ist nur zu wahr.«

»Wie lang denkst du, daß er sich noch hält?« fragte er.

»Ich weiß nicht«, sagte ich.

Er sah jetzt zu der Gruppe hinüber: Linton lag unbeweglich in Catherines Arm. »Es scheint nämlich, als wolle der Bursche da ihm zuvorkommen; ich wäre seinem Oheim dankbar, wenn er sich beeilen und vor ihm sterben wollte. Halloh! Führt der Nichtsnutz sich schon lange so auf? Ich dachte, ich hätte ihm das Greinen ausgetrieben. Ist er für gewöhnlich lebhaft und fröhlich zu Miß Linton?«

»Lebhaft? Nein – er ist nur bekümmert und halb abwesend. Er gehörte ins Bett und unter ärztliche Aufsicht.«

»Soll er – soll er auch, in ein paar Tagen«, murmelte Heathcliff. »Zunächst aber – steh auf, Linton! Steh auf!« schrie er. »Was tust du da auf dem Boden? Sofort auf mit dir!«

Linton war wieder der Länge nach hingesunken. Anscheinend war es Heathcliffs Blick, der ihn in so lähmende, hilflose Angst versetzte. Er versuchte, zu gehorchen, aber er hatte sein bißchen Kraft für diesmal schon verbraucht, und er fiel mit einem Seufzer wieder nieder. Mr. Heathcliff ging hin und hob ihn so weit hoch, daß er sich gegen einen Torfstoß lehnen konnte.

»Ich werde böse werden«, sagte er mit unterdrückter Wut. »Nimm deinen Verstand zusammen und beherrsche dich – zum Teufel! Auf mit dir!«

»Ja, Vater«, stöhnte er. »Nur laß mich allein, ich werde sonst ohnmächtig. Ich habe getan, was du wolltest. Catherine wird dir sagen, daß ich – daß ich – liebenswürdig gewesen bin. O! Bleib bei mir, Catherine; gib mir deine Hand.«

»Nimm meine«, sagte sein Vater, »stell dich auf die Füße. So – und nun wird sie dir den Arm reichen. So ist's recht, blicke sie an. Sie müssen denken, Miß Linton, ich sei der Teufel selber, solches

Entsetzen verursache ich. Bitte, führen Sie ihn ins Haus, ja? Er schaudert, sowie ich ihn berühre.«

»Linton, Liebling!« flüsterte Catherine, »ich kann nicht euer Haus betreten, Papa hat es mir verboten. Warum fürchtest du dich so? – Er wird dir nichts tun.«

»Ich kann nie wieder ins Haus gehen«, antwortete er. »Ich darf – ich will es nicht ohne dich betreten.«

»Halt!« rief sein Vater. »Wir wollen Catherines kindliche Gefühle respektieren. Nelly, führ ihn hinein, und ich werde deinem Rat, einen Arzt zu holen, ohne Verzug nachkommen.«

»Sie tun recht daran«, erwiderte ich. »Aber ich muß bei meiner Herrin bleiben. Es ist nicht mein Amt, Ihren Sohn zu bedienen.«

»Du bist sehr förmlich«, sagte Heathcliff, »ich weiß es wohl. Du zwingst mich dadurch, den Helden zu zwicken und heulen zu machen, damit er dein Mitleid rührt. Also komm, mein Junge! Bist du bereit, in meiner Begleitung nach Haus zu gehen?«

Er trat wieder auf Linton zu und tat, als wolle er ihn packen. Doch der klammerte sich an seine Cousine und beschwor sie, ihn zu begleiten. Er war in unerhörter Aufregung. Was ihn so entsetzte – wir wußten es nicht, aber Catherine fühlte sich unfähig, seine Bitte abzuschlagen, und all mein Widerraten war fruchtlos. Und tatsächlich hegte ich selbst die Besorgnis, eine Steigerung seiner Angst könne ihn wahnsinnig machen. Wir erreichten die Schwelle. Catherine trat ein, und ich blieb abwartend stehen, da ich annahm, sie werde ihn zu einem Stuhl führen und sofort wieder herauskommen. Da stieß Mr. Heathcliff mich ins Haus und sagte:

»Mein Haus ist nicht eine Pestbeule, Nelly, und ich habe die Absicht, heut gastfreundlich zu sein. Setz dich und gestatte, daß ich die Tür zumache.«

Er machte sie zu und schloß sie ab. Ich fuhr auf.

»Ihr sollt einen Tee haben, ehe ihr heimgeht«, fügte er hinzu. »Ich bin allein. Hareton ist mit den Herden draußen, und Zillah und Josef haben einen freien Tag. Und obschon ich ja gewohnt bin, allein zu sein, so liebe ich doch interessante Gesellschaft, wenn ich sie haben kann. Miß Linton, setzen Sie sich zu ihm. Ich gebe Ihnen, was ich habe. Das Präsent ist allerdings nicht viel wert; doch ich habe nichts anderes zu bieten. Es ist Linton, von dem ich spreche. – Wie sie mich anstarrt! Es ist merkwürdig, wie alles, was sich vor mir fürchtet, meine

Grausamkeit reizt. Wenn wir in einem Lande lebten, wo die Gesetze weniger streng und das Gefühl weniger verzärtelt wäre, so würde ich mich an einer langsamen Vivisektion dieser beiden da ergötzen.« Er schlug auf den Tisch und knirschte:»Beim Himmel! Ich hasse sie.«
»Ich habe keine Angst vor Ihnen«, sagte Catherine, die seine letzten Worte nicht vernommen hatte. Sie trat an ihn heran; ihre schwarzen Augen loderten.»Geben Sie mir diesen Schlüssel. Ich will ihn haben! Ich werde hier nichts essen oder trinken – und wenn ich verhungern sollte!«
Heathcliff hatte den Schlüssel in der geschlossenen Faust, die auf dem Tische lag. Er sah auf; ihre Kühnheit erstaunte ihn, oder vielleicht erinnerten ihn ihre Stimme und ihr Blick an jene Catherine, von der sie beides geerbt hatte. Sie griff nach dem Schlüssel und löste ihn halb aus seinen Fingern. Dies brachte ihn aber wieder zur Besinnung. Hastig schloß er ihn fest in die Hand.
»Catherine Linton«, sagte er,»laß das, oder ich haue dich nieder, und das würde Mrs. Dean toll machen.«
Ungeachtet dieser Warnung versuchte sie von neuem, seine Hand zu öffnen.»Wir *werden* gehen!« wiederholte sie und nahm ihre äußerste Kraft zusammen, die Spannung dieser eisernen Muskeln zu lösen. Da ihre Nägel nichts erreichten, biß sie mit den Zähnen in seine Finger. Heathcliff warf mir einen Blick zu, der mich einen Moment lang bannte. Catherine sah nicht sein Gesicht, sie war über seine Hand gebeugt. Da öffnete er diese plötzlich und ließ den Schlüssel fallen, doch ehe sie ihn noch aufgehoben hatte, packte er sie mit der freien Hand, riß sie zu Boden und verabreichte ihr einen Hagel furchtbarer Hiebe auf den Kopf.
Ich stürzte auf ihn zu:»Schurke!« schrie ich,»Schurke!« Ein Stoß gegen die Brust brachte mich zum Schweigen. Ich rang nach Atem und tastete mich halb schwindlig nach meinem Stuhl zurück. Die Exekution war in zwei Minuten vorbei. Catherine zitterte und lehnte vollständig verwirrt am Tisch.
»Du siehst, ich verstehe Kinder in Respekt zu halten«, sagte der Schuft, als er sich nach dem Schlüssel bückte.»Geh jetzt zu Linton, so wie ich es dir befohlen habe, und weine, so viel du Lust hast. Ich werde morgen dein Vater sein – in wenig Tagen dein einziger Vater überhaupt – und du sollst noch mehr derartiges zu schmecken bekommen. Du kannst viel vertragen; du bist kein Schwächling. Und wenn ich in deinen

Augen noch einmal solche Wildheit entdecke, so wirst du noch viel schlimmere Hiebe bekommen!«

Cathy lief nicht zu Linton, sondern zu mir, kniete hin und barg ihren heißen Kopf in meinen Schoß, laut weinend. Ihr Vetter hatte sich in einen Winkel zurückgezogen und verhielt sich mäuschenstill. Mr. Heathcliff, der uns vollständig verblüfft sah, erhob sich und bereitete selbst den Tee. Tassen standen schon bereit. Er goß ihn ein und reichte mir eine Tasse.

»Hier, Nelly, erhole dich!« sagte er, »und sorge für die beiden Nichtsnutze. Ich gehe nach euren Pferden sehen.«

Sowie er aus dem Zimmer war, versuchten wir, zu entfliehen. Die Küchentür war von außen abgeschlossen; die Fenster waren viel zu schmal – selbst für Cathys zierliche Gestalt.

»Master Linton«, rief ich, als ich sah, daß wir regelrecht gefangen waren, »Sie wissen, was Ihr teuflischer Vater mit uns vorhat. Heraus mit der Sprache, oder ich versetze Ihnen ebensoviel Ohrfeigen, als er Catherine gegeben hat!«

»Ja, Linton, du mußt bekennen!« sagte Catherine. »Es geschah um deinetwillen, daß ich hier eintrat, und es wäre furchtbar undankbar, wenn du dich weigertest.«

»Gib mir eine Tasse Tee, ich bin durstig; dann will ich es dir sagen«, antwortete er. »Mrs. Dean, gehen Sie beiseite.«

Die Ruhe dieses kleinen Bösewichts empörte mich tief. Seine ganze Aufregung, die er draußen gezeigt hatte, verschwand mit einem Schlag, als wir das Haus betreten hatten. Wahrscheinlich hatte man ihm eine fürchterliche Strafe angedroht, falls es ihm nicht gelänge, uns hierherzubringen. Und da letzteres erreicht war, hatte er vorläufig keine Angst mehr.

Cathy brachte ihm den Tee, und er begann: »Papa wünscht, daß wir uns heiraten. Und er weiß, daß dein Vater uns das jetzt noch nicht erlauben würde. Und er fürchtet, daß ich vorher sterbe, wenn wir noch zögern. Darum sollen wir morgen früh getraut werden, und ihr müßt die ganze Nacht hierbleiben. Und wenn du tust, was er verlangt, so darfst du dann morgen wieder nach Haus und darfst mich mitnehmen.«

»Dich mitnehmen, erbärmlicher Tropf?« rief ich aus. »Dich heiraten? Der Mann ist toll! Oder er hält uns alle für Narren. Bildest du dir ein, diese schöne, herrliche, junge Dame, dies gesunde, fröhliche Mädel werde sich an so einen kleinen, sterbenden Affen binden, wie du bist?

Meinst du denn, *irgendwer* würde dich zum Mann nehmen? Du verdientest Prügel, die Peitsche verdientest du dafür, daß du uns auf so hinterlistige, niederträchtige Weise hergelockt hast. Tu jetzt nicht so dumm! Ich habe ungeheure Lust, dich gehörig durchzurütteln für deine Niedertracht!«

Ich gab ihm einen Stoß, aber er begann sofort zu husten und zu ächzen und zu weinen. Catherine schob mich beiseite.

»Die ganze Nacht hierbleiben? Nein!« sagte sie entschieden und blickte sich im Räume um. »Ellen, ich werde die Türe niederbrennen, aber herauskommen werde ich.«

Und sie würde sofort ihre Drohung verwirklicht haben, aber Linton begann wieder für sein liebes Ich zu fürchten, und er legte die dünnen Ärmchen um sie und schluchzte:

»Du willst mich nicht haben, mich nicht retten? O, liebste Catherine! Du darfst mich nicht mehr verlassen! Du *mußt* meinem Vater gehorchen – du *mußt!*«

»Ich muß meinem eignen Vater gehorchen«, antwortete sie, »und ihm seine Besorgnis nehmen. Die ganze Nacht! Was würde er denken? Er wird schon jetzt außer sich sein. Ich muß mir einen Durchgang brechen oder brennen. Sei ruhig! Dir geschieht ja nichts, doch wenn du mich zurückhältst – Linton, ich liebe Papa mehr als dich!«

Die tödliche Angst, die er vor Mr. Heathcliffs Zorn empfand, gab dem Knaben seine feige Beredsamkeit wieder. Catherine war verzweifelt. Doch sie bestand darauf, nach Haus zu müssen und versuchte alles, um ihn zu beschwichtigen. Da trat unser Kerkermeister wieder ein.

»Eure Tiere sind davon getrabt«, sagte er, »und – was, Linton! greinst du schon wieder? Was hat sie dir getan? Komm, komm – hör auf und geh ins Bett. In ein, zwei Monaten, mein Junge, wirst du in der Lage sein, ihr ihr grausames Betragen reichlich heimzuzahlen. Du vergehst nach reiner wahrer Liebe, nicht wahr? So; nun ins Bett mit dir! Still, hör auf. Bist du erst in deinem Zimmer, so werde ich dir nicht mehr zu nahe kommen. Du hast ja noch leidliches Glück gehabt, deine Sache ganz gut gemacht, den Rest überlaß nur mir!«

Während er das sagte, hielt er die Tür geöffnet, damit sein Sohn hinausgehe, und dieser schlich sich an ihm vorbei wie ein Hund, der einen Fußtritt erwartet. Heathcliff schloß die Tür und zog den Schlüssel wieder ab. Er näherte sich dem Kamin, an dem meine Herrin und ich schweigend standen. Catherine sah auf und hob instinktiv die Hand an die Wange. Kein anderer wäre beim Anblick dieser kindlichen Handlungsweise ernst geblieben, er aber fuhr sie an:

»O! Du fürchtest mich nicht? Sagtest du nicht so? Dein Mut ist dir entfallen, wie? Du scheinst verfluchte Angst zu haben!«

»Ich habe allerdings Angst«, erwiderte sie, »denn wenn ich bleibe, wird Papa unglücklich sein; und wie kann ich ihn leiden lassen, jetzt, wo er – wo er – Mr. Heathcliff, lassen Sie mich nach Haus! Ich verspreche, Linton zu heiraten: Papa würde es auch gern sehen, und ich liebe ihn. Warum sollten Sie mich zu etwas zwingen wollen, was ich sowieso tun würde?«

»Er soll nur wagen, Sie zu zwingen!« schrie ich. »Gott sei Dank haben wir noch Gesetze – wenngleich wir in so weltentlegener Gegend hier sind! Ich würde ihn anzeigen, und wenn er mein eigener Sohn wäre! Die Sache ist ein Verbrechen, ohne den Segen eines Geistlichen!«

»Ruhe!« sagte der Unhold. »Zum Teufel mit deinem Gejammer! Mit dir rede ich nicht. Miß Linton, der Gedanke, daß Ihr Vater unglücklich sein wird, bereitet mir außerordentliches Vergnügen: ich werde vor Befriedigung nicht einschlafen können. Sie hätten keinen sichereren Weg einschlagen können, um Ihren Aufenthalt unter meinem Dach für die nächsten vierundzwanzig Stunden festzulegen. Was Ihr Versprechen anlangt, Linton zu heiraten, so werde ich Sorge tragen, daß Sie es halten, denn Sie werden diesen Ort nicht eher verlassen, als bis es erfüllt ist.«

»So schicken Sie Ellen, um Papa zu benachrichtigen, daß ich am Leben bin!« rief Catherine bitterlich weinend. »Oder trauen Sie mich jetzt gleich. Armer Papa! Ellen, er wird denken, wir hätten uns verirrt, wir seien umgekommen! Was sollen wir tun?«

»O nein«, antwortete Heathcliff. »Er wird denken, Sie sind es müde geworden, ihn zu pflegen und irgend einer kleinen Erholung nachgelaufen. Sie können nicht leugnen, daß Sie mein Haus freiwillig betreten haben – entgegen seinem ausdrücklichen Wunsch. Und es ist ganz natürlich, daß Sie in Ihrem Alter nach Unterhaltung verlangen und es müde sind, einen kranken Mann zu pflegen, besonders wenn dieser Mann *nur* Ihr Vater ist. Seine frühesten Tage, Catherine, waren vorbei, als Ihre Tage begannen. Ich kann wohl sagen, er verfluchte Ihren Eintritt in die Welt – ich wenigstens tat es – und es wäre darum gerade das Richtige, wenn er nun, da er diese Welt *verläßt*, Ihnen wiederum fluchte. Ich würde ihm beistimmen. Ich liebe dich nicht!

Wie sollte ich? Weine nur zu. Soviel ich voraussehen kann, wird das von heute an deine hauptsächlichste Beschäftigung sein; es sei denn, daß Linton ein Trost sei für den Verlust des anderen. Dein besorgter Vater scheint das ja anzunehmen. Seine ratenden und tröstenden Briefe haben mich großartig amüsiert. In einem der letzten empfiehlt er meinem Juwel, das seinige sorgsam zu hüten und gut mit ihm zu sein. Sorgsam und gut – das ist väterlich. Aber Linton beansprucht seinen ganzen Vorrat von Güte und Sorgsamkeit für sich selbst. Er kann vorzüglich den Tyrannen spielen. Er würde eine beliebige Anzahl Katzen zu Tode martern, vorausgesetzt, daß man ihnen die Zähne gezogen und die Krallen gestutzt hätte. Du wirst seinem Onkel schöne Geschichten von seiner *Güte* berichten können, wenn du wieder nach Haus kommst.«

»So ist's recht!« sagte ich. »Enthüllen Sie ihr den Charakter Ihres Sohnes. Zeigen Sie, wie sehr er Ihnen gleicht. Und dann, so hoffe ich, wird Miß Cathy sich's zweimal überlegen, ehe sie diesen Basilisken nimmt.«

»Es liegt mir momentan nichts daran, von seinen liebenswürdigen Eigenschaften zu sprechen«, antwortete er. »Denn entweder sie nimmt ihn oder sie muß hier gefangen bleiben, und du mit ihr, bis dein Herr stirbt. Ich kann euch beide hier zurückhalten, ohne daß das geringste davon geahnt wird. Zweifelst du etwa daran, so rede ihr zu, ihr Wort zurückzunehmen, und du wirst Gelegenheit haben, selbst zu urteilen!«

»Ich werde mein Wort nicht zurücknehmen«, sagte Catherine. »Ich würde ihn noch in dieser Stunde heiraten, wenn ich danach nach Drosselkreuz gehen dürfte. Mr. Heathcliff, Sie sind ein grausamer Mann, aber Sie sind kein Teufel; und Sie werden nicht, aus reiner Bosheit, all mein Glück für immer zerstören. Wem Papa dächte, ich sei absichtlich davongelaufen, und wenn er stürbe, ehe ich heimgekehrt wäre – wie könnte ich das Leben noch ertragen? Ich habe aufgehört zu weinen, aber ich werde hier zu Ihren Füßen niederknieen. Und ich werde nicht eher aufstehen und meine Blicke nicht von Ihrem Antlitz nehmen, bis Sie mich anschauen werden! O, wenden Sie sich nicht ab! Sehen Sie her! Sie werden nichts finden, das Sie zornig machen könnte. Ich hasse Sie nicht. Ich bin nicht böse, weil Sie mich geschlagen haben! Haben Sie niemanden in Ihrem Leben geliebt, Onkel? Niemals? Ach, Sie müssen mich ansehen! Ich bin so unglücklich, Sie können ja nicht anders als Mitleid haben.«

»Nimm die Hände weg und steh auf, oder ich stoße dich mit den Füßen weg!« schrie Heathcliff brutal. »Ich möchte eher von einer Schlange umarmt werden! Ich verabscheue dich!« Er schüttelte sich tatsächlich vor Ekel. Es war nun vollends dunkel geworden. Wir vernahmen vom Gartentor her Stimmen. Heathcliff eilte sofort hinaus. Er unterhandelte mit den Leuten und kehrte nach einigen Minuten allein zurück.

»Ich dachte, es sei vielleicht Hareton«, bemerkte ich zu Catherine. »Ich wollte, er käme! Wer weiß, ob er nicht vielleicht unsere Partei ergriffen hätte?«

»Es waren drei Knechte vom Drosselkreuzhof«, sagte Heathcliff. »Ihr hättet ein Fenster öffnen und rufen sollen. Aber wahrscheinlich ist sie froh, daß du es nicht tatest, Ellen. Ich bin sicher, sie freut sich, daß sie zum Bleiben gezwungen ist.«

Daß wir eine so günstige Gelegenheit versäumt hatten, schmerzte uns furchtbar; wir weinten beide, und er störte uns nicht, bis es neun Uhr war. Dann hieß er uns in Zillahs Zimmer hinaufsteigen, auf dem Weg durch die Küche; und ich flüsterte Catherine zu, zu gehorchen: vielleicht gab es dort einen Ausweg für uns zu finden. Das Fenster war hier jedoch ebenso schmal wie unten, und wie vorhin wurden wir eingeschlossen. Keiner von uns legte sich hin. Catherine setzte sich ans Fenster und wartete angstvoll auf das Morgengrauen; auf meine mehrmalige Aufforderung, sich ein wenig zu ruhen, antwortete sie jedesmal nur mit einem Seufzer. Ich setzte mich auf einen Stuhl und überdachte die Ereignisse des Tages und überließ mich meinen Selbstvorwürfen. Ich schrieb das ganze Unheil meiner nachlässigen Pflichterfüllung zu und hielt Heathcliff für weniger schuldig als mich selbst.

Um sieben Uhr kam er und fragte, ob Miß Linton aufgestanden sei. Sie lief sofort zur Tür und antwortete »ja«. »Also komm!« sagte er, öffnete und zog sie hinaus. Ich erhob mich, um zu folgen, aber er schloß sofort wieder ab.

»Gedulde dich!« rief er. »Ich schicke dir bald das Frühstück herauf.«

Ich rüttelte zornig an der Klinke und donnerte gegen das Holz, und Catherine fragte, weshalb ich nicht zu ihr gelassen werde. Er antwortete, ich müsse schon noch eine Stunde hier aushalten, und sie gingen fort. Ich hielt zwei oder drei Stunden aus. Endlich vernahm ich Schritte.

»Ich bringe Euch was zu essen«, sagte eine Stimme,»macht auf!«
Ich gehorchte eilig und gewahrte Hareton, der so reichliche Eßvorräte
brachte, als solle ich den ganzen Tag davon zehren.
»Da, nehmt!« sagte er und drückte mir das Tablett in die Hände.
»Warten Sie einen Augenblick, bleiben Sie!« begann ich.
»Nää«, rief er und verschwand trotz der inständigen Bitten, die ich ihm
nachschickte.
Und da blieb ich nun den ganzen Tag eingesperrt – und die ganze
folgende Nacht, und noch eine – und noch eine. Fünf Nächte und vier
Tage blieb ich dort und sah niemanden als jeden Morgen Hareton. Und
er war das Ideal eines Kerkermeisters: griesgrämig und taub und
stumm, und er widerstand allen meinen Versuchen, seinen
Gerechtigkeitssinn oder sein Mitleid zu erwecken.

XXVIII.

Am Nachmittag des fünften Tages näherten sich andere Schritte, und
diesmal trat die Person ins Zimmer. Es war Zillah.
»Lieber Gott, Mrs. Dean!« rief sie aus.»In Gimmerton heißt es, Sie
seien im Moor ertrunken, und Ihr kleines Fräulein auch. Hat mein Herr
Sie herausgezogen?«
»Ihr Herr ist ein Schurke!« antwortete ich.»Doch er wird sich zu
verantworten haben. Es wird alles aufgedeckt werden!«
»Was meinen Sie damit?« fragte Zillah.»Man erzählt das im Dorf. Und
als ich vorhin nach Haus kam, fragte ich Hareton, ob er etwas davon
wisse; der Herr stand auch dabei, und er sagte:»Jetzt jedenfalls sind
sie wieder heraus aus dem Moor. Nelly Dean ist in deinem Zimmer,
Zillah; du magst hinaufgehen und ihr sagen, sich davon zu machen. Sie
soll gleich nach Drosselkreuz laufen und kann von mir ausrichten, daß
ihre junge Herrin rechtzeitig folgen werde, um dem Begräbnis
beizuwohnen!«
»Mr. Edgar ist tot?« ächzte ich.»O! Zillah, Zillah!«
»Nein, nein!« antwortete sie.»Er ist nicht tot. Dr. Kenneth meint, er
könne noch einen Tag am Leben bleiben. Ich traf ihn unterwegs und
fragte ihn.«
Ich hörte nicht mehr auf sie, sondern eilte hinunter. Als ich die Diele
betrat, blickte ich mich nach Catherine um. Der Raum war voll Sonne,

und die Haustür stand weit offen; niemand war zu sehen. Während ich überlegte, ob ich mich davonmachen oder lieber erst nach Catherine suchen solle, vernahm ich von der Herdstelle her ein schwaches Husten. Linton lag auf den Steinen; er sog an einer Zuckerstange und verfolgte meine Bewegungen mit apathischen Blicken. »Wo ist Miß Catherine?« fragte ich streng. Er beachtete meine Worte nicht.

»Ist sie fort?« sagte ich.

»Nein«, antwortete er; »sie ist oben. Sie hat hier zu bleiben. Wir lassen sie nicht fort.«

»Ihr laßt sie nicht, du Idiot!« rief ich. »Führe mich sofort zu ihr, oder du sollst etwas erleben!«

»Papa würde Sie schwer bestrafen, wenn Sie das versuchen wollten«, antwortete er. »Catherine ist meine Frau, und es ist schmachvoll, daß sie von mir fort will. Papa sagt, sie haßt mich und wartet, daß ich sterbe, damit sie mein Geld bekommt. Aber sie soll es nicht haben; und sie soll nicht nach Haus gehen! Niemals! Sie soll nur weinen und krank sein, so viel sie mag!«

Er schloß die Augen und beschäftigte sich wieder mit seinem Zuckerzeug.

»Master Heathcliff«, begann ich wieder, »haben Sie vergessen, wie gut Catherine zu Ihnen war? Wie sie Ihnen Bücher brachte und Lieder sang und viele Male durch Schnee und Wind hergeeilt kam, um Sie zu sehen? Damals fühlten Sie, daß sie viel, viel zu gut zu Ihnen war, und nun glauben Sie die Lügen, die Ihr Vater Ihnen auftischt, trotzdem Sie wissen, daß er Sie beide verabscheut? Und Sie helfen ihm gegen Catherine? Welch schnöde Undankbarkeit!«

»Ich kann es nicht aushalten bei ihr«, antwortete er ärgerlich. »Sie weint, das kann ich nicht ertragen. Und sie hört nicht auf, auch nicht wenn ich ihr drohe, Papa zu rufen. Einmal tat ich das, und er drohte, sie zu erdrosseln, wenn sie nicht ruhig wäre. Aber sowie er das Zimmer verlassen hatte, fing sie wieder an und weinte und stöhnte die ganze Nacht, trotzdem ich schrie vor Wut, daß ich nicht schlafen konnte.«

»Ist Mr. Heathcliff draußen?« fragte ich, da ich sah, daß der elende Bursche kein Mitgefühl hatte für Cathys Seelenpein.

»Er ist im Hof«, entgegnete er, »und spricht mit Doktor Kenneth. Onkel wird nun sterben, sagt der Doktor. Ich bin froh, denn ich werde dann Herr auf Drosselkreuz. Catherine sprach immer von ihrem Haus. Es ist nicht ihres! Es ist meines! Papa sagt, alles was sie hat, ist mein.

All ihre schönen Bücher sind mein, und ihre Vögel und Minny. Alles das wollte sie mir schenken, falls ich sie freilassen würde. Aber ich habe ihr gesagt, daß sie gar nichts hat zum Verschenken, denn alles, alles ist mein! Und da weinte sie und nahm ein kleines Bildchen, das sie an einer Kette am Halse trug und sagte, das wolle sie mir geben. Zwei Bildchen waren es, in einem goldenen Medaillon: ihre Mutter und mein Onkel als sie jung waren. Das geschah gestern, und ich sagte, auch diese Bilder seien mein und versuchte, sie ihr fortzunehmen. Aber das mißgünstige Ding stieß mich fort und tat mir weh. Ich schrie auf – sie hörte Papa kommen, da zerbrach sie das Medaillon und gab mir die eine Hälfte mit dem Bild ihrer Mutter; das andere Stück wollte sie verstecken, aber Papa trat ein und fragte, was los sei, und ich erzählte ihm die Sache. Er nahm mir mein Bildchen fort und befahl ihr, das andere mir zu geben. Sie weigerte sich und er – er schlug sie nieder und riß das Bild von der Kette ab und zertrat es.«

»Und freute es Sie, daß sie geschlagen wurde?« fragte ich, denn ich wollte ihn zum Weiterreden veranlassen. »O ja – sie verdiente Strafe, weil sie mich gestoßen hatte. Aber als Papa gegangen war, rief sie mich ans Fenster und zeigte mir, wie der Schlag ihr im Mund das Wangenfleisch zerrissen hatte und wie es blutete. Und dann hob sie die Scherben des Medaillons und Bildchens auf und setzte sich mit dem Gesicht zur Wand, und seitdem hat sie kein Wort mehr gesprochen, und manchmal denke ich, daß sie vor Schmerz nicht reden kann. Es ist sehr rücksichtslos von ihr, fortwährend zu weinen, und sie sieht so bleich und wild aus, ich fürchte mich vor ihr.«

»Und Sie können den Schlüssel zu Catherines Zimmer finden, wenn Sie wollen?« fragte ich.

»Ja, wenn ich oben bin«, antwortete er. »Aber ich kann jetzt nicht hinaufgehen.«

»In welchem Zimmer liegt er?« fragte ich.

»O«, schrie er, »das werde ich *Ihnen* nicht sagen! Es ist unser Geheimnis. Niemand, weder Hareton noch Zillah, wissen es. Da! Nun bin ich vom Sprechen ganz müde geworden – gehen Sie, gehen Sie!« Und er legte den Kopf auf den Arm und schloß die Augen.

Ich hielt es für das beste fortzugehen, ohne Mr. Heathcliff zu begegnen, und von Drosselkreuz Hilfe zu holen zu Catherines Befreiung. Als ich dort ankam, war das Erstaunen meiner Dienstgenossen sehr groß und größer noch die Freude, daß unsere junge Herrin heil und lebendig sei.

Wie verändert fand ich Mr. Edgar! Er lag vollständig teilnahmlos und wartete auf den Tod. Sehr jung sah er aus. Er war nun neununddreißig Jahre alt, man hätte ihn aber für zehn Jahre jünger schätzen können. Seine Gedanken waren bei Catherine, denn er flüsterte ihren Namen. Ich berührte seine Hand und sprach.

»Catherine wird kommen, lieber Herr!« sagte ich leise; »sie lebt und ist gesund und wird, wie ich hoffe, noch heut hier eintreffen.«

Er wurde aufmerksam, richtete sich halb auf, blickte sich begierig im Zimmer um und sank ohnmächtig zurück. Sobald er sich erholt hatte, berichtete ich von unserem Besuch auf Sturmheid und unserer Gefangenschaft dort. Ich sagte, Heathcliff habe mich gezwungen, hineinzugehen – was nicht ganz der Wahrheit entsprach. Über Linton sagte ich so wenig nachteiliges als nur möglich und beschrieb auch nicht das ganze brutale Benehmen seines Vaters, denn ich wollte das überströmende Leid meines Herrn nicht noch vermehren.

Er erriet, daß einer von Heathcliffs Plänen dahin ging, sein Geld und seine Liegenschaften für seinen Sohn Linton zu sichern – vielmehr: sich selbst diese Dinge anzueignen. Weshalb aber der andere nicht warten könne, bis er gestorben sei, war meinem Herrn rätselhaft – er wußte ja nicht, wie bald nach ihm sein Neffe hingehen werde. Jedenfalls empfand er, daß er sein Testament noch ändern müsse: anstatt Catherine ihr Vermögen zur Verfügung zu stellen, beschloß er, dieses einem Kurator zu übergeben, der es für sie und ihre etwaigen Kinder verwalten solle. Infolge dieser Maßregel konnte es, falls der junge Linton sterben sollte, nicht an Mr. Heathcliff fallen.

Auf seinen Wunsch hin schickte ich einen der Leute zum Notar, und vier andere sandte ich, mit tauglichen Waffen versehen, nach Sturmheid, um meine junge Herrin ihrem Kerkermeister zu entreißen. Beide Botschaften wurden sehr spät abgesandt. Der einzelne Dienstknecht kehrte zuerst zurück. Er sagte, Mr. Green, der Notar, sei zunächst nicht daheim gewesen, er habe zwei Stunden auf ihn warten müssen; und dann habe Mr. Green ihm gesagt, er habe eine kleine Sache im Dorf zu erledigen, er könne nicht vorm anderen Morgen in Drosselkreuz eintreffen. Die vier Knechte kamen ebenso unverrichteter Sache zurück. Catherine sei krank, habe man ihnen gesagt, zu krank, um ihr Zimmer verlassen zu können, und Heathcliff gestattete ihnen nicht, sie zu sehen. Ich schalt die dummen Kerle gehörig aus, weil sie diesen Schwindel geglaubt hatten. Ich beschloß, am anderen Morgen mit einem ganzen Heer von Leuten nach Sturmheid zu ziehen und es, falls die Gefangene nicht freiwillig ausgeliefert werden sollte, einfach zu stürmen. Ihr Vater *soll* sie sehen, darauf gab ich mir mein Wort – und wenn dieser Satan auf seiner eignen Schwelle niedergemacht werden müßte!

Glücklicherweise blieb mir diese Mühe erspart. Als ich in der Morgenfrühe – es mochte drei Uhr sein – mit einem Krug Wasser durch den Hausgang schritt, erschreckte mich ein energischer Schlag gegen das Haustor. »O, es ist Green«, sagte ich, mich sammelnd – »nur Green«, und ich ging weiter, in der Absicht, irgend jemand anders zum Öffnen zu schicken. Aber das Klopfen wiederholte sich – nicht laut und dennoch gebieterisch. Ich setzte den Krug auf den Kaminsims und eilte zur Tür. Der Mond schien hell draußen. Es war nicht der Notar. Meine einzige liebe kleine Herrin fiel mir um den Hals und schluchzte: »Ellen! Ellen! Ist Papa am Leben?«

»Ja!« rief ich. »Ja, mein Engel! Gott sei Dank, daß Sie wieder lebendig bei uns sind!«

Sie wollte, atemlos wie sie war, hinauf in Mr. Lintons Zimmer laufen. Aber ich veranlaßte sie, sich erst niederzusetzen, und ließ sie etwas Wasser trinken und wusch ihr blasses Gesichtchen und rieb ihre Wangen mit meiner Schürze rot. Dann sagte ich, ich wolle zunächst ihre Ankunft verkünden und beschwor sie, zu sagen, daß sie glücklich sei mit dem jungen Heathcliff. Sie stutzte, aber sie erfaßte schnell, weshalb ich ihr zu dieser Lüge riet, und versprach mir, nicht klagen zu wollen.

Ich konnte es nicht ertragen, das Wiedersehen zu beobachten. Ich blieb eine Viertelstunde hinter der geschlossenen Tür und wagte mich auch dann kaum ans Krankenlager. Aber alles war feierlich friedevoll. Catherines Verzweiflung schwieg ebenso wie ihres Vaters Entzücken. Sie hielt ihn ruhig in den Armen, und er heftete seine großen Augen auf ihr Antlitz, Augen, die in Seligkeit zu wachsen schienen.

Er hatte einen gesegneten Tod, Mr. Lockwood. Er starb so: er küßte ihre Wangen und flüsterte:

»Ich gehe zu ihr – und du geliebtes Kind, sollst zu uns kommen!« Und er rührte sich nicht mehr und sprach nicht mehr. Nur seine Augen hingen strahlend, verzückt an ihrem Antlitz, bis sein Puls stillstand und seine Seele entschwebte. Keiner konnte die genaue Minute seines Todes angeben, so ganz ohne Kampf verschied er.

Hatte Catherine keine Tränen mehr, oder war ihr Schmerz so wuchtig, daß er sich nicht lösen konnte? Sie saß trockenen Auges bis Sonnenaufgang, sie saß bis mittag und würde noch länger in dumpfem Sinnen gesessen haben, aber ich führte sie gewaltsam fort und brachte sie zur Ruhe. Mittags kam der Notar, nachdem er sich in Sturmheid Instruktionen geholt hatte. Er hatte sich Mr. Heathcliff verkauft, das war der Grund gewesen, weshalb er dem Rufe meines Herrn nicht sofort gefolgt war. Glücklicherweise hatte den letzteren nach der Ankunft seiner Tochter kein Gedanke an irdische Dinge mehr gestört. Mr. Green machte sich selbst daran, alles zu ordnen. Er sagte allen Dienstleuten – ausgenommen mir – daß sie entlassen seien. Er würde seine Autorität so weit getrieben haben, zu verhindern, daß Edgar Linton neben seinem Weib beerdigt werde. Da war jedoch das Testament, das anders bestimmte, und gegen das er nichts machen konnte. Das Begräbnis wurde sehr beschleunigt. Catherine, jetzt Mrs. Linton Heathcliff, hatte Erlaubnis, auf Drosselkreuz zu bleiben, bis ihr Vater hinausgetragen sei.

Sie erzählte mir, daß ihre peinvolle Angst schließlich Linton bewogen habe, ihre Befreiung zu wagen. Sie hörte die Leute, die ich geschickt hatte, drunten reden, und sie vernahm Heathcliffs Antwort. Das brachte sie zur Verzweiflung. Linton, der bald, nachdem ich gegangen, in sein kleines Wohnzimmer verbannt worden war, wurde so in Schrecken gejagt, daß er den Schlüssel holte, ehe sein Vater wieder vom Gartentor zurückgekehrt war. Er war so schlau, das Schloß auf- und wieder zuzuschließen – ohne es *wirklich* zu schließen. Und als er schlafen gehen sollte, bat er bei Hareton nächtigen zu können. Es wurde ihm ausnahmsweise erlaubt. Catherine stahl sich vor Tagesanbruch fort. Die Haustüren durfte sie nicht zu öffnen wagen, sonst hätten die Hunde Alarm geschlagen. Sie untersuchte die Fenster in den unbewohnten Zimmern. Und als sie glücklicherweise auch dasjenige ihrer Mutter betrat, konnte sie von dort aus durchs geöffnete Fenster in den Fichtenbaum klettern und zu Boden steigen.

XXIX.

Am Abend nach der Beerdigung saß ich mit meiner jungen Herrin im Bibliothekzimmer. Wir sannen – die eine trauernd, die andere verzweiflungsvoll – unserem herben Verlust nach und wagten Vermutungen über die düstere Zukunft.

Wir waren gerade übereingekommen, daß das beste Schicksal, das Catherine erwarten konnte, die Erlaubnis sein würde, auf Drosselkreuz zu verbleiben, wenigstens so lange Linton am Leben bliebe. Er und sie könnten gemeinsam hier wohnen, und ich würde Haushälterin bleiben. Doch dieses Arrangement schien zu angenehm, als daß man es erhoffen durfte. Und dennoch hoffte ich und begann heiterer zu werden im Gedanken, mein Heim und meine Pflichten behalten zu können und vor allem, meine geliebte junge Herrin wiederzuhaben. Da kam einer der Diener eilig hereingerannt und sagte,»jener Satan Heathcliff« käme über den Hof gegangen, ob er die Tür vor seiner Nase zuschließen solle?

Wären wir toll genug gewesen, ein solches Vorgehen anzuordnen – es wäre keine Zeit mehr gewesen, es auszuführen. Er hielt es nicht für nötig, anzuklopfen oder seinen Namen zu nennen: er war Herr hier und bediente sich des Vorrechts des Gebieters, einfach einzudringen. Unsere Stimmen führten ihn zur Bibliothek, er trat ein, schob den Mann zur Tür hinaus und schloß sie wieder.

Es war dasselbe Zimmer, in das er vor achtzehn Jahren – ein Gast – eingedrungen war. Derselbe Mond leuchtete durchs Fenster, und dieselbe Herbstlandschaft breitete sich draußen. Wir hatten noch kein Licht angezündet, aber das ganze Zimmer war erkennbar, selbst bis auf die Bilder an der Wand: der strahlende Kopf Mrs. Lintons und der anmutige ihres Gatten. Heathcliff näherte sich dem Kamin. Catherine hatte sich erhoben, wahrscheinlich um davonzulaufen.

»Halt!« sagte er, sie am Ann ergreifend.»Kein Ausreißen mehr! Wohin wolltest du gehen? Ich komme, um dich heimzuholen; und ich hoffe, du wirst eine folgsame Tochter sein und nicht wieder meinen Sohn zum Ungehorsam verleiten. Ob du nun deinen kostbaren Gefährten liebst oder nicht, du mußt kommen. Deine Angelegenheit ist es, dich um ihn zu kümmern.«

»Warum nicht Catherine hier lassen?« plädierte ich,»und Herrn Linton zu ihr schicken? Da Sie sie beide hassen, würden Sie sie nicht vermissen.«

»Ich suche einen Mieter für Drosselkreuz«, antwortete er;»und ich will, der Sicherheit halber, meine Kinder um mich haben. Übrigens muß Catherine dafür, daß ich sie ernähre, arbeiten. Ich habe nicht die Absicht, sie nach Lintons Abgang in Überfluß und Nichtstun wandeln zu lassen. Beeile dich und mach dich fertig, und nötige mich nicht, dich zu zwingen.«

»Ich komme«, sagte Catherine.»Linton ist das einzige in der Welt, das meiner Liebe noch bleibt, und obgleich Sie getan haben, was Sie nur konnten, um ihn mir hassenswert zu machen – und mich ihm – so können Sie uns doch nicht *zwingen*, einander zu hassen.«

»Du bist sehr prahlerisch«, sagte Heathcliff,»du sollst den ganzen Segen seiner Liebe kennen lernen. Nicht ich bin es, der ihn dir hassenswert macht, seine eigene liebliche Seele ist es. Er ist seit deiner Ausreißerei und ihren Folgen bitter wie Galle: erwarte also keinen Dank für diese Ergebenheit. Ich hörte, wie er Zillah ein anmutiges Bild davon entwarf, was er dir antun würde, wenn er so stark wäre wie ich: die Anlagen sind bei ihm vorhanden, und seine große Schwäche wird seinen Verstand schärfen, einen Ersatz für den Mangel an Kraft zu finden.«

»Ich weiß, er hat einen schlechten Charakter«, sagte Catherine.»Er ist Ihr Sohn. Aber ich bin froh, einen besseren zu haben – so kann ich ihm vergeben. Und ich weiß, er liebt mich, und aus diesem Grunde liebe ich ihn. Mr. Heathcliff, *Sie* haben niemanden, der Sie lieb hat, und wie elend Sie uns auch machen mögen, wir werden immer gerächt sein in dem Gedanken, daß Ihre Grausamkeit Ihrem größeren Elend entspringt. Sie *sind* unglücklich, nicht wahr? Einsam wie der Teufel und neidisch wie er? *Niemand* liebt Sie – *niemand* wird weinen, wenn Sie sterben! Ich möchte nicht Sie sein!«

Catherine sprach wie in düsterem Triumph. Sie schien willens zu sein, sich die Geistesart ihrer neuen Familie anzueignen und aus dem Leid ihrer Feinde Beglückung zu schöpfen.

»Du wirst gleich bereuen, du selbst zu sein, Hexe!« sagte ihr Schwiegervater.»Nicht ein Wort mehr! Geh und hole deine Sachen!«

Sie ging. Während ihrer Abwesenheit versuchte ich, Heathcliff zu bewegen, mir Zillahs Stellung auf Sturmheid zu übertragen, sie könne ja die meine hier übernehmen. Aber er wollte davon nichts wissen. Er gebot mir Schweigen. Und nun, zum erstenmal, sah er sich im Zimmer um und warf auch auf die Bilder einen Blick. Nachdem er das von Mrs. Linton eine Zeitlang betrachtet hatte, sagte er: »Ich werde das zu mir hinüberschaffen. Nicht, weil ich es nötig hätte, aber –«

Er drehte mir brüsk den Rücken und fuhr fort – fast schien es, als lächle er: »Ich will dir sagen, was ich gestern tat. Ich bewog den Totengräber, der Lintons Grab herrichtete, von ihrem Sargdeckel die Erde zu entfernen, und ich öffnete ihn. Als ich ihr Antlitz wieder sah – es ist noch ganz das ihre – da hatte er schwere Arbeit, mich wieder loszureißen. Aber er sagte, es werde sich an der Luft verändern, und so riß ich denn eine Seitenwand ihres Sarges los und deckte das Ganze wieder mit Erde zu, – nicht Lintons Seite natürlich. Und ich habe den Totengräber bestochen, die Wand fortzunehmen, wenn ich dort eingebettet werde, und auch an meinem Sarg das entsprechende Brett abzuschlagen.«

»Das war sehr böse von Ihnen, Mr. Heathcliff!« rief ich aus; »wie konnten Sie die Ruhe der Toten stören!«

»Ich habe niemanden gestört, Nelly«, erwiderte er; »und mir ist es eine große Beruhigung, und ihr habt mehr Aussicht, mich drunten festzuhalten, wenn ich mal hinausgetragen sein werde. Nein – sie ist es, die mich gestört hat, Nacht und Tag – achtzehn Jahre lang – ununterbrochen – unerbittlich – bis gestern nacht. Und gestern nacht war ich ruhig. Ich träumte, ich läge zum letzten Schlaf an ihrer Seite, und meine Wange lag erstarrt an ihrer.«

»Und wenn ihr Körper schon verwest gewesen wäre, was hätten Sie wohl dann geträumt?« fragte ich.

»Mit ihr zu verwesen und noch glücklicher zu sein!« antwortete er. »Meinst du, ich fürchte solch einen Vorgang? Ich erwartete, eine derartige Veränderung zu finden, als ich den Deckel entfernte; aber ich bin noch mehr erfreut, daß sie erst dann beginnen wird, wenn ich daran teilnehmen werde. Übrigens, hätte ich nicht einen so klaren Eindruck von ihren leidenschaftlichen Zügen bekommen, so wäre ich auch wohl mein seltsames Empfinden nicht losgeworden. Du sollst hören, wann es mich zuerst befiel. Du weißt, ich war rasend, als sie gestorben war, und ich flehte sie an, ruhelos, immer flehte ich, sie solle mir ihre Seele wiedergeben! Ich habe einen starken Glauben an Geisterseelen: ich habe die Überzeugung, daß sie unter uns leben können – vielleicht müssen!

Am Tag ihres Begräbnisses war starker Schneefall. Abends ging ich auf den Kirchhof. Es wehte ein kalter Winterwind – alles ringsum war einsam. Ich brauchte nicht zu fürchten, daß ihr läppischer Mann so spät noch hier herumstreifen würde. Da ich mich also allein sah und wußte, daß nur ein paar Fuß lockerer Erde uns trennten, sagte ich mir: ›Ich will sie wieder in den Armen halten! Ist sie kalt, so werde ich denken, es ist der Nordwind, der mich durchschauert, und ist sie regungslos, so ist es Schlaf‹. Ich holte aus dem Werkzeugschuppen einen Spaten und begann mit aller Macht zu graben. Als ich auf den Sarg stieß, wühlte ich mit den Händen weiter. Das Holz krachte in den Angeln, bald würde ich mein Ziel erreicht haben. Da war mir, als höre ich von oben her jemanden seufzen, als stehe einer am Rand der Grube und beuge sich hinab. Wenn ich nur erst den Deckel losreißen kann, dachte ich, dann könnten sie auf uns beide die Erde niederschaufeln; das würde mich nur freuen. Und ich zerrte verzweiflungsvoll an dem Holz. Da hörte ich wieder ein Seufzen, dicht an meinem Ohr. Ich fühlte, wie statt des eisigen Windes plötzlich ein warmer Atem wehte. Ich wußte, kein lebendes Wesen von Fleisch und Blut war in der Nähe. Aber ebenso deutlich, wie du im Dunkel das Nahesein eines Menschen verspürst, Nelly, ebenso sicher fühlte ich, daß Cathy da sei: nicht unter mir, sondern oben auf der Erde. Ein großes Gefühl der Erleichterung durchflutete, vom Heizen ausgehend, meinen ganzen Leib. Ich entsagte meinen ohnmächtigen Bemühungen und war vollständig getröstet – unaussprechlich getröstet. Ihre Gegenwart war bei mir! Sie blieb, während ich das Grab zuschüttete, und sie führte mich nach Haus. Du magst lachen, aber ich war sicher, ich würde sie dort sehen. Ich war sicher, daß sie um mich sei, und ich konnte nicht anders als zu ihr reden.

In Sturmheid angekommen, lief ich erwartungsvoll zur Tür. Sie war verschlossen, und – ich erinnere mich – dieser verfluchte Earnshaw und meine Frau widersetzten sich meinem Eindringen. Ich erinnere mich, daß ich aufgehalten wurde, weil ich ihn niederhauen mußte, und daß ich hinauf eilte – in mein und in ihr Zimmer. Ungeduldig sah ich mich um – ich fühlte sie bei mir – ich konnte sie *fast* sehen – und dennoch *konnte ich es nicht!* Ich glaube, ich schwitzte Blut damals, so unerhört war die Intensität meiner Sehnsucht – das fiebernde

Bemühen, wenigstens einen Schimmer von ihr zu sehen! Ich sah nichts. Sie zeigte sich mir – wie so oft im Leben – als wahre Teufelin! Und seit damals bin ich teils mehr, teils weniger, das Opfer dieser unerträglichen Höllenpein gewesen. Meine Nerven wurden stets in solcher Anspannung gehalten, daß sie – wären sie nicht so elastisch wie Darmsaiten – längst zerrissen sein müßten. Saß ich mit Hareton zu Hause, so schien es mir, daß ich ihr draußen begegnen würde; wanderte ich durch die Heide, so lockte mich die Erwartung ins Haus zurück. Stets jagte ich wieder nach Haus – ich war sicher, sie mußte irgendwo hier auf Sturmheid sein! Und wenn ich in ihrem Zimmer schlief – so war das die schlimmste Tortur. Sowie ich die Augen schloß, so meinte ich, sie sei draußen am Fenster oder trete ins Zimmer oder öffne die Kutschentür oder ruhe auf dem Kissen neben mir, und ich mußte die Lider öffnen und nachsehen. Und so öffnete und schloß ich die Augen viel hundertmal in einer Nacht – und wurde stets enttäuscht. Es machte mich rasend! Ich habe oft laut gebrüllt und wild geächzt, bis der alte Schuft Josef zweifellos zu der Meinung kam, daß mich mein schlechtes Gewissen plage. Nun, seit ich sie wiedergesehen habe, bin ich ein wenig beruhigter. Achtzehn Jahre lang hat mich das Gespenst der Hoffnung gehetzt und genarrt!«

Mr. Heathcliff schwieg und wischte sich die Stirn, an der die feuchten Haare klebten. Er blickte ins Feuer, und sein Gesicht trug einen seltsam qualvollen Ausdruck. Er schien meine Anwesenheit vergessen zu haben – hatte wohl überhaupt mehr zu sich selbst gesprochen. Ich liebte es nicht, daß er solche Reden führte, und schwieg daher. Nach einer Weile glitten seine Blicke wieder auf Catherines Bild; er nahm es von der Wand und lehnte es gegen das Sofa, um es eingehender zu betrachten. Inzwischen trat meine junge Herrin ein und verkündete, daß sie bereit sei, und fragte, ob ihr Pony gesattelt werden könne.

»Laß das morgen nach Sturmheid schaffen«, sagte Heathcliff zu mir, und zu ihr gewendet fügte er hinzu: »Du wirst dich ohne Pony behelfen; es ist ein schöner Abend heut, und auf Sturmheid brauchst du keine Ponys. Also vorwärts!«

»Lebwohl, Ellen!« flüsterte meine süße kleine Herrin. Sie küßte mich – ihre Lippen waren kalt wie Eis.»Komm und besuche mich, Ellen, vergiß es nicht.«

»Hüte dich, Ellen Dean, das zu versuchen!« sagte ihr neuer Vater. »Wenn ich mit dir zu sprechen wünsche, werde ich herkommen. Ich wünsche kein Spionieren in meinem Hause!« Er gab ihr ein Zeichen, ihm zu folgen, und sie gehorchte mit einem Blick, der mir ins Herz schnitt. Ich blickte ihnen vom Fenster aus nach. Sie schritten durch den Garten. Heathcliff zog Catherines Arm in den seinen, trotzdem sie sich heftig dagegen sträubte, und mit eiligen Schritten hastete er mit ihr in die Allee, deren Bäume sie meinen Blicken verbargen.

XXX.

Einmal habe ich auf Sturmheid vorgesprochen, aber ich habe sie nicht zu sehen bekommen. Josef ließ mich nicht ins Haus, er hielt die Tür in der Hand, und ich konnte nicht an ihm vorbei. Mr. Heathcliff sei nicht da, meinte er. Zillah hat mir einiges von dem Leben dort erzählt, andernfalls wüßte ich kaum, wer noch am Leben und wer gestorben ist. Sie findet Catherine hochmütig und kann sie nicht leiden. Meine junge Herrin hatte gleich nach ihrer Ankunft einige Dienstleistungen von ihr erbeten, aber Heathcliff gebot ihr, sich um die Küchengeschäfte zu kümmern und seine Schwiegertochter sich selbst zu überlassen. Und Zillah gehorchte gern – sie ist ein beschränktes selbstsüchtiges Weib. Catherine dankte für diese Vernachlässigung mit Verachtung und schuf sich so noch einen neuen Feind im Hause. Vor sechs Wochen etwa – kurze Zeit vor Ihrem Eintreffen, Mr. Lockwood – hatte ich eine lange Unterredung mit Zillah, der ich zufällig draußen im Heidemoor begegnete. Und das ist, was sie mir erzählte:
»Das erste, was Mrs. Linton bei ihrer Ankunft in Sturmheid tat«, sagte sie, »war, ohne auch nur guten Abend zu sagen, hinaufzulaufen. Sie schloß sich in Lintons Zimmer ein und blieb dort bis zum Morgen. Dann, als der Herr und Earnshaw beim Frühstück saßen, betrat sie die Diele und fragte, ob man nach dem Arzt schicken könne, ihr Vetter sei sehr krank.«
»Wir wissen das«, antwortete Heathcliff, »aber sein Leben ist keinen Heller wert, und ich werde nicht einen Heller für ihn ausgeben.«
»Aber ich weiß nicht, was zu tun ist«, sagte sie, »und wenn keiner mir hilft, wird er sterben.«

»Hinaus mit dir«, schrie der Herr,»und laß mich nie mehr ein Wort über ihn hören! Keiner hier fragt, was mit ihm wird. Wenn es dich dazu treibt, so spiele Pflegerin, wenn nicht, so schließ ihn ein und geh fort.« Nun begann sie mich um Hilfe anzugehen, aber ich sagte, ich hätte mit dem Plagegeist schon genug Arbeit gehabt.»Wir haben jeder unsere Pflichten«, sagte ich,»und Ihre Pflicht ist es, nach Linton zu sehen.« Wie die beiden miteinander auskamen, weiß ich nicht. Ich glaube, er greinte und jammerte Tag und Nacht, und sie kam wenig zur Ruhe, das sah man an ihrem bleichen Gesicht und den müden Augen. Manchmal kam sie wie gehetzt in die Küche, und es schien, als wolle sie um Hilfe bitten. Aber ich war nicht gewillt, ungehorsam zu sein, denn das wäre mir übel bekommen, Mrs. Dean. Ein- oder zweimal öffnete ich nach dem Schlafengehen noch mal meine Stubentür, da sah ich, daß sie weinend auf den Treppenstufen saß; und ich schloß schnell wieder die Tür, weil ich fürchtete, gerührt zu werden. Sie tat mir damals wirklich leid, aber ich hatte keine Lust, meine Stelle zu verlieren.

Eines Nachts aber kam sie geradewegs zu mir ins Zimmer und entsetzte mich mit den Worten:

»Sagt Mr. Heathcliff, daß sein Sohn stirbt – diesmal ist's sicher so. Steht auf, sofort, und sagt es ihm.«

Nach dieser Rede verschwand sie wieder. Eine Viertelstunde lang lag ich und horchte und zitterte. Nichts rührte sich – das Haus lag still.

»Sie irrt sich«, sagte ich mir.»Er hat sich wieder erholt. Ich brauche keinen zu wecken.« Und ich nickte ein. Aber mein Schlaf wurde zum zweitenmal gestört – durch den schrillen Klang einer Glocke. Es war die einzige Klingel, die es im Hause gab, und die man Linton zur Verfügung gestellt hatte. Und der Herr rief, ich solle nachsehen, was es gäbe, und ihm sagen, daß er den Lärm kein zweites Mal hören wolle.

Ich richtete nun Catherines Botschaft aus. Er fluchte und kam mit einer brennenden Kerze heraus und ging zu ihrem Zimmer. Ich folgte. Mrs. Heathcliff saß neben dem Bett, die Hände ums Knie gefaltet. Ihr Schwiegervater ging hin, leuchtete Linton ins Gesicht, betrachtete und befühlte ihn. Dann wandte er sich zu ihr.

»Nun – Catherine«, sagte er,»wie fühlst du dich?«

Sie blieb stumm.

»Wie fühlst du dich, Catherine?« wiederholte er.

»Er ist gerettet, und ich bin frei«, antwortete sie.»Ich sollte mich erleichtert fühlen – aber«, fuhr sie mit schlecht verhehlter Bitterkeit

267

fort,»Ihr habt mich solange ganz allein mit dem Tod ringen lassen, daß ich nichts fühle, nichts sehe als Tod! Ich fühle den Tod!« Und sie sah auch so aus. Ich gab ihr etwas Wein. Hareton und Joseph, die auch erwacht waren und uns sprechen gehört hatten, traten nun ein. Josef war sicherlich froh über das Ereignis, Hareton schien bestürzt. Aber er war ganz in Catherines Anblick versunken und dachte vielleicht gar nicht an Linton. Der Herr schickte ihn gleich wieder hinaus. Dann ließ er den Leichnam von Josef in dessen Kammer schaffen, befahl mir, die meinige aufzusuchen, und Mrs. Heathcliff blieb allein.

Am Morgen schickte er mich mit der Mitteilung zu ihr, daß sie zum Frühstück hinunterkommen solle. Sie hatte sich ausgekleidet und schien sich hinlegen zu wollen. Sie sagte, sie sei krank, was mich nicht wunderte. Ich benachrichtigte Mr. Heathcliff, und er antwortete: »Gut, mag sie bis nach dem Begräbnis Ruhe haben; und geh ab und zu hinauf, um ihr das Nötige zu bringen. Sobald sie wohler scheint, sage es mir.« –

Cathy blieb, nach Zillahs Aussage, vierzehn Tage in ihrem Zimmer. Einmal ging Heathcliff hinauf zu ihr, um ihr Lintons Testament zu zeigen. Er hatte all seine – und ihre – bewegliche Habe seinem Vater vermacht. Der arme Junge war in der Woche ihrer Abwesenheit, damals als ihr Vater starb, zu diesem Akt getrieben worden. Über die Liegenschaften konnte er, da er minderjährig war, nicht verfügen. Jedenfalls aber beanspruchte und behielt Mr. Heathcliff dieselben im Namen seiner Schwiegertochter. Und Catherine, die ohne Geld und ohne Freunde ist, kann ihm nicht wehren.

»An einem Sonntag nachmittag endlich«, so sagte Zillah, »kam sie hinunter auf die Diele. Mittags, als ich ihr das Essen brachte, hatte sie ausgerufen, sie könne es nicht mehr aushalten vor Kälte. Da sagte ich ihr, daß der Herr nach Drosselkreuz gehen werde, und Hareton und ich würden nichts dagegen haben, wenn sie hinunterkäme. Sobald sie Heathcliff abreiten hörte, erschien sie also, ganz in Schwarz; die gelben Locken hatte sie glatt hinter die Ohren zurückgekämmt, wie eine Nonne.

»Josef und ich gehen des Sonntags zur Kirche; Josef war schon fort«, berichtete sie weiter, »aber ich hielt es für richtiger, das Haus zu hüten. Es ist immer gut, wenn man so junge Leute im Auge behält, und Hareton hat – trotz seiner Schüchternheit – kein sehr gesittetes

Betragen. Ich ließ ihn wissen, daß seine Cousine wahrscheinlich bei uns erscheinen werde und daß sie gewohnt sei, den Feiertag geheiligt zu sehen, er täte also gut, sein Flintenputzen solange zu unterlassen. Er wurde rot und besah sich seine Hände und seinen Anzug. Öl und Schießpulver waren im Augenblick beiseite geräumt. Ich sah, er beabsichtigte, ihr Gesellschaft zu leisten, und ich sah ferner, daß er repräsentabel erscheinen wollte. Ich lachte also und bot ihm meine Hilfe an und scherzte über seine Verwirrung. Er wurde wütend und fluchte.

»Ich sehe wohl, Mrs. Dean«, fuhr Zillah fort, »Sie halten die junge Dame für zu fein für Hareton, und Sie mögen recht haben. Aber ich gebe zu, ich hätte gern ihren Stolz etwas gedemütigt. Und was helfen ihr nun ihre Kenntnisse und ihre Geziertheit? Sie ist so arm wie Sie oder ich: ärmer noch; denn Sie sparen, und auch ich lege hie und da etwas beiseite.«

Hareton ließ sich Zillahs Hilfe gefallen, und sie schmeichelte ihn in gute Laune. Als daher Catherine erschien, hatte er ihre früheren Kränkungen vergessen und suchte sich möglichst angenehm zu machen.

»Sie kam herein«, berichtete Zillah, »so kalt wie ein Eiszapfen und so hochnäsig wie eine Prinzessin. Ich stand auf und bot ihr meinen Platz im Armstuhl an. Sie rümpfte aber nur die Nase. Earnshaw erhob sich ebenfalls und bat sie, ans Feuer zu kommen, sie müsse ja halb erfroren sein.

»Ich bin seit einem Monat und länger halb erfroren«, sagte sie höhnisch.

Und sie nahm sich einen Stuhl und setzte sich in angemessene Entfernung von uns beiden. Als sie warm geworden war, blickte sie sich um und bemerkte oben auf dem Büfett einige Bücher. Sie sprang auf und langte nach den Büchern. Aber sie standen zu hoch. Ihr Vetter fand schließlich Mut, ihr zu helfen: sie hielt ihr Kleid auf, und er füllte von den Büchern hinein, was ihm gerade in die Hand kam.

Das war ein großer Fortschritt für den Burschen. Sie sagte ihm keinen Dank, aber er fühlte sich schon beglückt, daß sie seine Hilfe angenommen hatte, und wagte es, hinter ihr zu stehen, als sie die Bände prüfend durchblätterte. Und er ließ sich nicht vertreiben, trotzdem sie jedesmal, wenn er sich über das Buch beugte, hastig und herausfordernd weiterblätterte. Schließlich begnügte er sich, weiter zurückzutreten und auf sie anstatt ins Buch zu blicken. Sie beachtete ihn nicht. Er vertiefte sich mehr und mehr in den Anblick ihrer dicken seidigen Locken; ihr Gesicht konnte er nicht sehen – und sie nicht das seine. Und ohne weiter zu überlegen, halb unbewußt wohl, streckte er die Hand aus und streichelte eine Locke – so sanft, als sei es ein kleiner Vogel. Hätte er ihr ein Messer in den Nacken gerannt, so hätte sie nicht entsetzter auffahren können.

»Geh fort, augenblicklich! Wie *darfst* du mich anfassen? Warum stehst du noch da?« schrie sie voll Abscheu. »Ich kann dich nicht ausstehen! Wenn du mir noch einmal nahe kommst, gehe ich wieder hinauf!«

Mr. Hareton blickte so dumm drein als nur möglich. Er setzte sich ans Feuer und verhielt sich ganz still. Sie blätterte noch eine halbe Stunde in den Büchern und zog sich dann auf ihr Zimmer zurück. Aber der Frost setzte ein und zwang sie, ihren Hochmut abzulegen und sich in unsere Gesellschaft zu begeben. Ich habe mich aber vor weiterer Verhöhnung meines Mitgefühls in acht genommen. Ich war gerade so hölzern wie sie, und sie hat niemanden hier bei uns, der ihr Freund ist, und sie verdient es nicht anders. Sie weist jede Annäherung zurück, sie schnappt sogar nach dem Herrn, und je mehr weh man ihr tut, desto giftiger wird sie.«

Zuerst, als ich diesen Bericht von Zillah vernommen hatte, beabsichtigte ich, meine Stellung aufzugeben, ein Häuschen zu erwerben und Catherine zu veranlassen, bei mir zu leben; aber Mr. Heathcliff hätte das nie zugegeben, und ich kann gegenwärtig keinen Ausweg sehen, es sei denn, sie würde noch einmal heiraten, und das zu bewerkstelligen liegt nicht in meiner Macht.«

So schloß Mrs. Deans Erzählung. – Trotz der gegenteiligen Prophezeiung des Arztes erhole ich mich schnell. Es ist zwar erst die zweite Woche im Januar, aber dennoch beabsichtige ich, in ein oder zwei Tagen nach Sturmheid hinüberzureiten und meinen Hauswirt zu benachrichtigen, daß ich die nächsten sechs Monate in London zuzubringen gedenke. Und wenn er mag, so soll er sich für den nächsten Winter einen neuen Mieter suchen. Ich möchte um keinen Preis einen zweiten Winter hier verbringen.

XXXI.

Gestern war ein klarer, ruhiger Frosttag. Ich begab mich, wie ich es mir vorgenommen hatte, nach Sturmheid. Meine Haushälterin bat mich, ein Briefchen von ihr an ihre junge Herrin zu befördern, und ich sträubte mich nicht, denn die würdige Frau war sich der Seltsamkeit ihres Anliegens durchaus nicht bewußt.

Das Haustor stand offen, aber das Gittertor war wie bei meinem letzten Besuch geschlossen. Ich klopfte, und Earnshaw kam vom Garten herüber. Er öffnete, und ich trat ein. Der Bursche ist außerordentlich hübsch und stattlich. Ich sah ihn mir diesmal genauer an. Er tut aber anscheinend sein möglichstes, um seine Vorzüge zu verbergen.

Ich fragte, ob Mr. Heathcliff zu Hause sei. Er antwortete, nein, aber er werde gegen Mittag zurück sein. Es war elf Uhr, ich gab meine Absicht kund, einzutreten und ihn zu erwarten. Daraufhin warf Earnshaw sofort sein Werkzeug hin und begleitete mich wie ein wachsamer Hund ins Haus.

Wir traten zusammen ein. Catherine war dabei, für das bevorstehende Mahl einen Salat zu bereiten; sie sah trübsinniger aus als damals, als ich sie zuerst gesehen hatte. Sie nahm keine Notiz von mir und fuhr in ihrer Beschäftigung fort – mit derselben Mißachtung der einfachsten Höflichkeitsformen, wie sie sie schon früher bezeigt hatte.

»Sie scheint nicht so liebenswürdig«, dachte ich, »als wie Mrs. Dean mich glauben machen möchte. Es ist wahr, sie ist eine Schönheit, aber kein Engel.«

Earnshaw gebot ihr, mit ihren Sachen in die Küche zu gehen. »Trag sie selber weg«, sagte sie und zog sich auf einen Stuhl ans Fenster zurück. Ich trat zu ihr, indem ich vorgab, ich wolle einen Blick in den Garten tun, aber ich benutzte die Gelegenheit, um Mrs. Deans Briefchen in ihren Schoß fallen zu lassen. Hareton hatte mein Manöver nicht bemerkt – sie aber fragte laut: »Was ist das?« Und sie warf das Briefchen zu Boden.

»Ein Schreiben von Ihrer alten Freundin, der Haushälterin auf Drosselkreuz«, antwortete ich, beschämt, sie könne denken, der Brief sei von mir. Nun wollte sie ihn wieder aufheben, aber Hareton war schneller. Er nahm ihn und steckte ihn in die Rocktasche. Mr. Heathcliff solle ihn zuerst sehen, sagte er. Daraufhin wandte Catherine sich schweigend ab, holte ihr Taschentuch hervor und begann zu

weinen. Und ihr Vetter, der sich vergebens bemühte, seiner Weichherzigkeit Herr zu werden, zog den Brief wieder heraus und warf ihn ihr vor die Füße. Catherine raffte ihn auf und las ihn begierig. Dann blickte sie zum Fenster hinaus nach den Hügeln hinüber und murmelte:
»Wie gern würde ich dort mit Minny umherstreifen! Wie gern diese Hügel erklettern! O, ich bin müde!« Und sie lehnte sich in den Stuhl zurück und versank in Trauer; sie schien weder zu wissen noch danach zu fragen, ob wir sie beobachteten.

»Mrs. Heathcliff«, sagte ich nach einer Weile, »Sie wissen nicht, daß ich ein guter Bekannter von Ihnen bin? Ein so vertrauter Bekannter, daß es mir seltsam scheint, daß Sie sich mir gegenüber nicht aussprechen. Meine Haushälterin wird nie müde, von Ihnen zu sprechen, und sie wäre sehr enttäuscht, wenn ich ohne irgend welche Nachricht von oder über Sie heimkäme.«

Diese Worte verwunderten sie und sie fragte:

»Hat Ellen Sie gern?«

»Ja, sehr gern«, antwortete ich zögernd.

»Sie müssen ihr sagen«, fuhr sie fort, »daß ich ihr gern den Brief beantworten würde, aber ich habe kein Schreibmaterial – nicht einmal ein Buch, aus dem ich eine Seite herausreißen könnte.«

»Keine Bücher?« rief ich aus. »Wie bringen Sie es fertig, ohne Bücher zu leben?«

»Solange ich sie hatte, habe ich eifrig gelesen«, sagte Catherine. »Mr. Heathcliff aber liest niemals. Daher kam er auf den Einfall, meine Bücher zu vernichten. Ich habe schon seit Wochen nicht eines zu sehen bekommen. Nur einmal, Hareton, fand ich in deinem Zimmer eine Anzahl verborgen – Erzählungen und Gedichte: lauter alte Freunde. Ich brachte sie hierher, und du – du rissest sie mir fort, gierig wie eine Elster nach glitzerndem Tand – nur aus Raubgier! Was hast du davon? Sie haben für *dich* doch keinen Wert! Vielleicht war es dein Neid, der Mr. Heathcliff veranlaßte, mir sie zu entreißen?«

Earnshaw errötete tief und stammelte eine Erwiderung.

»Mr. Hareton möchte gewiß gern seine Kenntnisse erweitern«, kam ich ihm zu Hilfe. »Er ist nicht neidisch, sondern eifersüchtig auf Ihre Bildung. Er wird in ein paar Jahren ein gelehriger Schüler sein.«

»Und inzwischen soll ich zu einem Dummkopf werden«, antwortete Catherine. »Ja, ich höre ihn manchmal heimlich lesen, buchstabieren – und köstliche Fehler macht er! Ich habe dich auch gestern gehört,

Hareton, und ich hörte, wie du fluchtest, weil du die Wörter nicht aussprechen konntest.«

Der junge Mann fand es ersichtlich zu gräßlich, wegen seiner Unwissenheit verlacht zu werden.

»Du solltest lieber den Mund halten«, antwortete er hitzig. Und er schritt hastig zur Tür. Ehe er aber die Schwelle übertreten hatte, begegnete ihm Mr. Heathcliff. Er legte ihm die Hand auf die Schulter und fragte:

»Was soll's, mein Junge?«

»Nichts, nichts«, sagte er und stürzte davon.

Heathcliff blickte ihm nach und seufzte.

»Sonderbar«, sagte er leise – er wußte nicht, daß ich hinter ihm stand –»wenn ich in seinem Gesicht die Züge des Vaters suche, finde ich *sie*, nur sie. Wie ähnlich er ihr ist! Ich kann seinen Anblick kaum ertragen.«

Er blickte zu Boden und trat trübsinnig ins Zimmer. Sein Gesicht trug einen, unruhigen, besorgten Ausdruck, den ich früher nicht bemerkt hatte. Er sah überhaupt angegriffen aus. Seine Schwiegertochter, die vom Fenster aus sein Kommen wahrgenommen hatte, flüchtete sogleich in die Küche. Ich blieb also allein mit ihm. »Ich freue mich, Mr. Lockwood, Sie wieder wohlauf zu sehen«, sagte er, meinen Gruß erwidernd. »Teilweise aus selbstsüchtigen Gründen. Ich würde in dieser Einsamkeit Ihren Verlust sehr vermissen. Ich habe mich mehr als einmal gewundert, was Sie hierhergeführt hat.«

»Eine bloße Laune, Herr«, war meine Antwort. »Wie eine Laune mich wieder wegblasen wird. Ich werde in nächster Woche nach London abreisen. Und ich muß Sie darauf aufmerksam machen, daß ich mich nicht in der Lage sehe, Drosselkreuz nach Ablauf des vereinbarten einen Jahres noch länger zu übernehmen. Ich glaube, ich könnte nicht wieder hier hausen.«

»O, wirklich; Sie sind Ihre Verbannung also überdrüssig?« sagte er. »Wenn Sie aber etwa gekommen sind, um einen Erlaß der Miete zu erwirken, so war Ihr Ausflug nutzlos: ich werde Sie keinesfalls von Ihren Verpflichtungen entbinden.«

»Ich bin durchaus nicht in dieser Absicht hergekommen«, rief ich, unangenehm berührt. »Wenn Sie wünschen, rechnen wir auf der Stelle ab«, und ich zog meine Brieftasche heraus.

»Nein, nein«, erwiderte er kühl. »Sollten Sie nicht mehr wiederkommen, so ist hier noch immer genug, um Ihre Schulden damit zu decken. Ich habe es nicht so eilig. Setzen Sie sich und essen Sie mit uns. Ein Gast, von dem eine Wiederholung seines Besuches nicht zu erwarten ist, kann auf guten Willkomm rechnen. Catherine, bring das Essen! Wo bist du?«

Catherine kam und brachte Messer und Gabeln.

»Du kannst in der Küche essen«, grollte er sie an, »und dort bleibst du, bis er gegangen ist.«

Sie gehorchte seinen Anordnungen sehr prompt.

Wir hielten ein ziemlich trübsinniges Mahl, Mr. Heathcliff, Hareton und ich. Ich verabschiedete mich dann und beabsichtigte, an der Küche vorbei zu gehen, um Catherine noch einmal zu sehen. Aber Hareton bekam Befehl, mein Pferd vorzuführen, und mein Wirt selber geleitete mich zur Tür; so konnte ich mein Vorhaben nicht ausführen.

»Wie trüb und öde ist das Leben dort im Hause!« dachte ich, als ich heimritt. »Wie romantisch wäre es gewesen – hätte es Mrs. Linton Heathcliff erscheinen müssen – wenn sie und ich uns ineinander verliebt hätten und in das flutende Leben der Großstadt geeilt wären!«

XXXII.

1802. – Diesen September war ich von einem Freund im Norden der Heidemoore zur Jagd geladen worden. Ich machte mich auf die Reise, die mich unerwarteterweise ganz in die Nähe von Gimmerton führte. Der Pferdejunge, der bei einem Gasthaus an der Landstraße meinen Gäulen einen Eimer Wasser zum Trinken bot, sagte, als ein mit frisch geernteten Eicheln hoch beladener Wagen vorüberfuhr:

»Der gehört nach Gimmerton! Die sind allemal drei Wochen später dran mit der Ernte als andre Leut.«

»Gimmerton?« wiederholte ich – mein Aufenthalt in jener Gegend war meinem Gedächtnis schon fast entschwunden. »Ah! Ich weiß. Wie weit ist es von hier?«

»So vierzehn Meilen über die Hügel; ein schlechter Weg.«

Ein plötzliches Verlangen faßte mich, Drosselkreuz wiederzusehen. Es war kaum Mittag, und ich meinte, ich könne statt in einem Gasthof auch unter meinem eignen Dach die Nacht verbringen. Außerdem konnte ich den folgenden Tag benutzen, um meine Geschäfte mit Mr. Heathcliff zu ordnen, und ersparte mir dadurch eine nochmalige Reise in diese Gegend. Ich gönnte den Pferden etwas Ruhe und beauftragte meinen Diener, sich den Weg zum Dorf genau beschreiben zu lassen. Und nach einer anstrengenden Fahrt von etwa drei Stunden erreichten wir das Dorf.

Ich ließ Wagen und Bedienung dort und wanderte allein ins Tal. Das graue Kirchlein erschien noch grauer, der Kirchhof noch einsamer als damals. Ich sah ein Heideschaf, das auf den Gräbern graste. Es war schönes, warmes Wetter, und ich genoß das wundervolle Panorama mit großem Entzücken. Wäre es August gewesen, ich glaube, ich hätte der Versuchung nicht widerstehen können, einen Monat in dieser wundervollen Abgeschiedenheit zu verbringen. Im Winter gibt es nichts trostloseres, im Sommer nichts erhaben herrlicheres als diese hügelumkränzten Täler und diese dichten sanften Heideteppiche.

Ich erreichte Drosselkreuz vor Sonnenuntergang und pochte um Einlaß. Die Leute schienen sich jedoch in das Rückgebäude zurückgezogen zu haben, denn es hörte mich niemand und aus dem Küchenschornstein kräuselte sich eine dünne blaue Rauchwelle empor. Ich ritt in den Hof. Ein kleines Mädchen saß strickend im Haustor, und ein altes Weib lehnte, gedankenvoll ein Pfeifchen schmauchend, daneben.

»Ist Mrs. Dean zu Haus?« fragte ich die Alte.

»Mrs. Dean? Nein!« antwortete sie. »Die wohnt nicht hier. Die ist auf Sturmheid drüben.«

»Sind Sie also die Hausverwalterin?« fuhr ich fort.

»Ja, das bin ich«, erwiderte sie.

»Also, ich bin Mr. Lockwood, der Herr. Habt Ihr wohl ein Zimmer für mich, das brauchbar ist? Ich will über Nacht hier bleiben.«

»Der Herr!« rief sie ganz erstaunt. »Ja, wer konnte denn das wissen! Ihr hättet Nachricht geben müssen, Euch anmelden müssen. Da ist gar kein anständiges Zimmer zu haben jetzt, alles ist feucht und verstaubt.« Sie warf die Pfeife weg und schob ins Haus. Das kleine Mädchen und ich folgten ihr. Ich sah bald, daß ihr Bericht den Tatsachen entsprach, und daß ich überdies durch mein unwillkommenes Erscheinen die Alte ganz kopflos gemacht hatte. Ich hieß sie also sich beruhigen; ich würde einen Spaziergang machen, sagte ich ihr, und inzwischen müsse sie in einem einigermaßen wohnlichen Raum einen Winkel herrichten, in dem ich zu Nacht speisen könne, und auch ein Schlafzimmer müsse sie vorbereiten. Kein Kehren und Abstäuben, das bäte ich mir aus – nur ein gutes Feuer und saubere Wäsche! Sie war unglaublich konfus, ich machte mich daher sofort wieder davon, in der Hoffnung, sie werde ohne meine bedrückende Gegenwart schon mit dem Auftrag fertig werden. Sturmheid sollte das Ziel meines Ausflugs sein. Als ich den Hof durchschritt, fiel mir noch etwas ein. Ich kehrte um:

»Alles wohl auf Sturmheid?« fragte ich das Weib.

»Was weiß ich!« antwortete sie und eilte mit einer Schaufel glühender Kohlen weiter.

Ich hatte fragen wollen, weshalb Mrs. Dean Drosselkreuz verlassen hatte, aber es war unmöglich, in so kritischer Stunde der Alten eine brauchbare Antwort zu entlocken. Ich wandte mich also ab und machte mich auf den Weg. Ich wanderte langsam dahin, hinter mir flammte ein prächtiger Sonnenuntergang, vor mir hob sich der Mond in mildem Glanz. Ehe ich auf Sturmheid ankam, zeigte der westliche Himmel nur mehr ein glanzlos gelbes Licht, aber der strahlende Mond machte jedes Steinchen auf meinem Weg erkennbar.

Am Tor angekommen, brauchte ich weder zu pochen noch hinüberzuklettern – es gab dem Druck meiner Hand nach. Das ist ein Fortschritt, dachte ich. Und ich bemerkte mit Hilfe meiner Nase noch einen weiteren: ein Duft wie von vielen blühenden Blumen wehte aus den Reihen der Obstbäume zu mir herüber.

Türen und Fenster standen auf, und trotzdem – ein Merkmal aller Kohlendistrikte – flammten aus dem Schornstein rote Feuerfünkchen und erzählten von einem mächtigen behaglichen Kaminfeuer. Wohl war es draußen noch sommerlich warm, aber das Behagen, das so ein Kaminfeuer verbreitet, macht uns die vermehrte Hitze geduldig ertragen. Auf Sturmheid sind überdies die Räumlichkeiten so groß, daß die Inwohner genügend Raum haben, sich der unmittelbaren Einwirkung des Feuers zu entziehen. Dementsprechend bemerkte ich auch nahe am Fenster zwei Menschen und hörte sie reden. Ich sah und lauschte, voll Neugier und Neid.

»Falsch!« sagte eine Stimme, zart wie ein Silberglöckchen. »Zum drittenmal, du Dummkopf! Ich sage dir's aber nicht noch einmal. Besinne dich, oder ich zupfe dich am Haar.«

»Gib mir erst einen Kuß!« antwortete eine tiefe sanfte Stimme.

»Nein; erst mußt du es noch einmal lesen, und ohne Fehler.«

Der männliche Sprecher begann zu lesen. Er war ein gut gekleideter junger Mann und saß, ein Buch vor sich, am Tisch. Sein schönes Gesicht glühte vor Freude, und seine Augen wanderten ungeduldig von dem Buch zu einer schmalen weißen Hand, die auf seiner Schulter ruhte. Und jedesmal, wenn er ein solches Zeichen von Unaufmerksamkeit verriet, versetzte die Hand ihm einen leichten Schlag auf die Wange. Diese Hand gehörte einem jungen Weib, das hinter ihm stand und sich dann und wann zu ihm neigte. Ihre hellen, schimmernden Locken mischten sich dann mit seinem dichten braunen Haar. Und ihr Gesicht – glücklicherweise konnte er ihr Gesicht nicht sehen, anderenfalls wäre er gewiß nicht so folgsam bei der Arbeit geblieben. Ich aber sah es, und ich biß mich in die Lippe beim Gedanken, daß mir die Möglichkeit gegeben gewesen war, diese Schönheit für mich zu erringen, statt sie nur anzustarren.

Die Aufgabe war, nicht ohne einige Fehler, zu Ende gebracht. Der Schüler beanspruchte eine Belohnung und erhielt wenigstens fünf Küsse, die er großmütig zurückgab. Dann kamen die beiden zur Tür, und aus ihrem Gespräch schloß ich, daß sie herauskommen und einen Gang in die Heide machen wollten. Ich vermutete auch, dies Paar werde keineswegs Freude haben bei meinem Anblick, und ich schlich ums Haus, um von der Küche aus einzutreten; ich fühlte mich in meiner Überflüssigkeit sehr niedergeschlagen. Auch hier, bei der Küche, stand die Tür weit auf und davor saß, nähend und singend, meine alte Freundin Nelly Dean. Sie wurde oft von groben höhnischen Worten unterbrochen, die eine nichts weniger als melodische Stimme dazwischen warf.

»Et is 'n Schmach, dei' unheilige Lierer mit anheere ze misse!« sagte die mir bekannte krächzende Stimme. »Su ball eich die heilig Schrift uffmache, kimmst dau mit deine Satanshymne dazwische! Dau bist en Neistnutz, en ganzer Neistnutz, un sie aach. Un der arm Borsch ist verlöre zwischen Eich. Armer Bub!« fügte er knurrend hinzu. »Er is verhext, et is nit anners miehlig. O Herr, richte sie, denn uff Erden is weder Gesetz noch Gerechtigkät!«

»Nein, sonst säßen wir wohl längst im Fegefeuer«, gab die Sängerin zurück. »Doch still, alter Mann, lies deine Bibel wie ein Christ und kümmere dich nicht um mich. Jetzt kommt ›Fee Annars Hochzeitstag‹ – ein schönes Lied – ein Tanzlied.«

Mrs. Dean wollte beginnen, als ich nähertrat. Sie erkannte mich sofort, sprang auf die Füße und rief:

»Mein Himmel, Mr. Lockwood! Wie können Sie so ohne weiteres daherkommen! Auf Drosselkreuz ist alles abgesperrt. Sie hätten sich anmelden sollen!«

»Ich habe für die Zeit meines Dortseins schon für Unterkunft gesorgt«, antwortete ich. »Ich fahre morgen wieder fort. Und wie kommen Sie denn hierher, Mrs. Dean? Sagen Sie mir lieber das!«

»Zillah ging, und da wünschte Mr. Heathcliff mein Kommen. Das geschah sehr bald nach Ihrer Abreise; ich sollte bis zu Ihrer Rückkehr hier bleiben. Aber bitte, treten Sie ein. Kommen Sie heut abend von Gimmerton?«

»Von Drosselkreuz«, erwiderte ich. »Und während man dort meine Zimmer herrichtet, möchte ich mit Ihrem Herrn meine Geschäfte erledigen. Denn ich glaube nicht, daß ich so bald wieder Gelegenheit dazu hätte.«

»Was für ein Geschäft, Herr?« fragte Nelly, mich in die Diele führend. »Er ist soeben ausgegangen und wird nicht so bald wiederkommen.«

»Wegen der Miete«, antwortete ich.

»O, das müssen Sie mit Mrs. Heathcliff abmachen«, bemerkte sie; »oder besser noch mit mir. Sie hat noch nicht gelernt, ihre Geschäfte selbst zu führen, und ich handle für sie.«

Ich sah sie verwundert an.

»Ah! Sie haben noch nicht gehört, daß Heathcliff tot ist?« sagte sie.

»Heathcliff tot?« rief ich erstaunt. »Seit wann?«

»Seit drei Monaten. Aber setzen Sie sich und geben Sie mir Ihren Hut, und ich will Ihnen alles erzählen. Halt! Sie haben noch nichts zu essen gehabt, nicht wahr?«

»Ich brauche nichts. Ich habe mir daheim Essen bestellt. So, setzen Sie sich auch. Ich hätte mir seinen Tod nie träumen lassen! Erzählen Sie, wie es kam. Sie sagen, Sie erwarten sie nicht so bald zurück – die jungen Leute?«

»Ja – ich muß sie jeden Abend wegen ihres langen Ausbleibens schelten; aber sie fragen nichts danach. Trinken Sie wenigstens einen Becher von unserem alten Ale. Das wird Ihnen gut tun: Sie scheinen müde zu sein.«

Sie eilte fort, und ich hörte Josef fragen, »ob et nit en hiemelschreiender Schkandal wär, dat se in ehrem Alter noch Verehrer hätt. Un for die de Keller vum Här ze plündere! Et war en Schand, dat ruhig mit anzusiehn.« Sie hielt sich nicht mit einer Entgegnung auf, sondern kam sofort wieder, beladen mit einem schäumenden Silberkrug, dessen Inhalt ich mit wahrem Behagen leerte. Und dann erzählte sie mir den Rest von Heathcliffs Lebenslauf. Er hatte, wie sie sagte, ein »komisches Ende«. »Etwa vierzehn Tage, nachdem Sie fortgereist waren, wurde ich nach Sturmheid berufen«, sagte sie. »Und ich folgte willig – Catherines wegen. Mein erstes Widersehen mit ihr bekümmerte und erschreckte mich; sie hatte sich seit unserer Trennung so sehr verändert. Mr. Heathcliff nannte mir nicht die Gründe, die ihn veranlaßt hatten, mich her zu beordern; er sagte nur, er brauche mich, und er sei es müde, Catherine beständig sehen zu müssen: ich solle das kleine Wohnzimmerchen Lintons für mich einrichten und Catherine dort behalten. Es sei genug, wenn er sie ein-, zweimal am Tag sehen müsse. Sie schien über diese Wendung der Dinge erfreut; und nach und nach schmuggelte ich von Drosselkreuz eine große Anzahl Bücher und andere Gegenstände ein, die früher ihr Entzücken gewesen waren. Unser Behagen währte nicht lange. Catherine, zuerst sehr zufrieden, wurde nach kurzer Zeit reizbar und unruhig. Um nur eins zu erwähnen: man hatte ihr verboten, die Grenzen des Gartens zu überschreiten, und es quälte sie gräßlich, als der Frühling kam, auf diesen engen Raum beschränkt zu sein. Und noch etwas: meine Pflichten im Haushalt bedingten, daß ich sie häufig allein lassen mußte, und sie klagte über Einsamkeit. Sie zog es vor, in der Küche mit Josef herumzustreiten, statt ruhig in ihrer Zurückgezogenheit zu bleiben. Ich kümmerte mich nicht um diese Gefechte. Aber auch Hareton war oft genötigt, die Küche aufzusuchen, z. B. wenn der Herr allein sein wollte. Anfänglich ging sie davon, wenn er kam, oder half mir schweigend bei meiner Arbeit und vermied es, ihn anzureden, und er war so mürrisch und schweigsam als nur denkbar. Bald aber änderte sie ihr Betragen und ließ ihn nie in Ruhe. Sie sprach ihn an, bewies ihm seine Dummheit und Faulheit, sagte, sie könne nicht begreifen, wie er ein so beschränktes Leben ertragen könne – wie er es fertig bringe, einen ganzen Abend schläfrig ins Feuer zu starren.

»Er ist ganz wie ein Hund, nicht wahr, Ellen?« sagte sie einmal, »oder wie ein Gaul? Er tut seine Arbeit, ißt und trinkt und schläft beständig.

Was für eine langweilige Seele muß er haben! Hast du schon mal geträumt, Hareton?«

Dann sah sie hin zu ihm, aber er öffnete weder den Mund, noch sah er sie an.

»Vielleicht träumt er jetzt gerade«, fuhr sie fort. »Er zuckte mit den Achseln, so wie Juno das im Schlaf tut. Frage ihn, Ellen.«

»Mr. Hareton wird den Herrn bitten, Sie hinaufzuschicken, wenn Sie sich nicht zu benehmen wissen!« sagte ich. Er hatte nicht nur die Schultern gezuckt, sondern auch die Faust geballt, als wolle er zuhauen.

»Ich weiß, weshalb Hareton niemals spricht, wenn ich in der Küche bin«, sagte sie ein andermal. »Er fürchtet, daß ich ihn auslache. Ellen, was meinst du? Einmal fing er an, lesen zu lernen, und weil ich ihn auslachte, gab er es auf und verbrannte die Bücher. War er nicht ein Narr?«

»Waren Sie nicht recht ungezogen?« sagte ich.

»Vielleicht war ich es«, fuhr sie fort. »Aber wie konnte ich erwarten, daß er so dumm sein würde. Hareton, wenn ich dir jetzt ein Buch geben würde, würdest du es nehmen? Ich werde es versuchen.«

Sie legte eines, das sie gerade durchblättert hatte, auf seine Hand. Er schleuderte es fort und grollte, wenn sie nicht aufhöre, werde er ihr den Hals brechen.

»Gut, ich lege es hier hin«, sagte sie, »ins Tischschubfach, und ich gehe jetzt schlafen.«

Dann flüsterte sie mir zu, acht zu geben, ob er es sich hole, und verschwand. Aber das fiel ihm gar nicht ein, und ich sagte es ihr am anderen Morgen. Ich sah, sie war über seine Gleichgültigkeit betrübt. Es belastete ihr Gewissen, daß sie ihn abgeschreckt hatte, sich weiterzubilden. Aber ihr erfinderischer Geist war eifrig tätig, das wieder gut zu machen. Wenn ich in der Küche zu tun hatte, so brachte sie irgend ein unterhaltsames Buch und las es mir vor. Wenn Hareton da war, so hörte sie jedesmal an einer interessanten Stelle auf und ließ das Buch dann liegen. Das tat sie wiederholt, aber er war so störrisch wie ein Esel, und statt nach ihrem Köder zu schnappen, saß er bei Josef und schmauchte. Und da saßen sie wie Automaten, an jeder Seite des Feuers einer.

Eines schönen Abends war Hareton auf die Jagd gegangen, und Catherine gähnte und seufzte und quälte mich, ihr was zu erzählen, und lief in Hof und Garten hinaus, sowie ich nur anfing. Und schließlich weinte sie und sagte, sie habe das Leben satt, ihr Leben sei vollständig überflüssig.

Mr. Heathcliff, der mehr und mehr die Einsamkeit suchte, hatte Earnshaw fast ganz aus den vorderen Räumen verbannt. Im März hatte letzterer einen Jagdunfall, der ihn für einige Tage ans Haus fesselte. Er war also gezwungen, still beim Feuer zu sitzen. Das gefiel Catherine; jedenfalls mied sie ihr Stübchen droben mehr als je, und sie überredete mich, mir in der Küche Arbeit zu suchen, damit sie mich begleiten könne.

Am Ostermontag ging Josef nach Gimmerton, und am Nachmittag war ich damit beschäftigt, in der Küche Wäsche aufzuhängen. Earnshaw saß, finster wie immer, beim Kamin, und meine kleine Herrin zeichnete Figuren auf die Fensterscheiben. Auf eine Bemerkung von mir, daß es nicht länger angängig sei, mir das Licht zu versperren, zog sie sich ans Feuer zurück. Ich widmete ihren Unternehmungen wenig Aufmerksamkeit, aber jetzt hörte ich sie sagen:

»Ich habe mir ausgedacht, Hareton, daß ich möchte – daß ich froh wäre – daß ich dich jetzt gern zu meinem Vetter haben möchte, wenn du nicht so bös zu mir wärest, so grob.«

Hareton gab keine Antwort.

»Hareton, Hareton, Hareton! Hörst du?« rief sie. »Mach, daß du fortkommst!« grollte er.

»Gib mir die Pfeife«, sagte sie, streckte die Hand aus und nahm sie ihm vom Mund.

Ehe er versuchen konnte, sie zurückzureißen, war sie zerbrochen und ins Feuer geworfen. Er fluchte und griff nach einer anderen.

»Halt!« rief sie, »erst mußt du mich hören. Und ich kann nicht reden, wenn diese Wolken mir ins Gesicht schlagen.«

»Scher dich zum Teufel!« schrie er wütend. »Laß mich in Ruhe!«

»Nein«, sagte sie. »Ich weiß nicht, was ich machen soll, damit du mit mir sprichst. Wenn ich sage, du bist dumm, so meine ich damit nichts weiter; ich meine nicht, daß ich dich verachte. Komm, Hareton, du bist mein Vetter und sollst mich beachten.«

»Ich habe nichts zu schaffen mit dir und deinem anmaßenden Stolz und deinen verfluchten Kniffen!« antwortete er. »Ich will lieber mit Leib und Seele zur Hölle fahren, als auch nur noch einmal nach dir hinschielen. Geh mir aus dem Weg, augenblicklich!«

Catherine zog sich an den Fensterplatz zurück und versuchte ein Liedchen zu summen, um die aufsteigenden Tränen hinunterzuwürgen. »Sie sollten Freundschaft schließen mit Ihrer Cousine, Mr. Hareton«, sagte ich, »da sie doch ihre Ungezogenheit bereut. Es würde Ihnen sehr gut tun, es würde sie zu einem ganz anderen Menschen machen, wenn Sie Freundschaft hielten mit ihr.«

»Freundschaft!« schrie er. »Wenn sie mich haßt und mich nicht für wert hält, ihre Schuhe zu putzen. Nein, und wenn es mir sonst was einbrächte, ich möchte nicht noch einmal verlacht und verhöhnt werden.«

»Nicht *ich* hasse *dich, du* bist es, der *mich* haßt!« weinte Cathy, ihren Kummer nicht länger beherrschend. »Du hassest mich ebenso wie Mr. Heathcliff – und mehr noch.

»Du bist ein frecher Lügner«, begann Earnshaw. »Weshalb habe ich ihn denn bös gemacht, weil ich deine Partei ergriff?«

»Ich wußte nicht, daß du meine Partei ergriffen hast«, antwortete sie, ihre Augen trocknend. »Und ich war elend und bitter gegen alle. Aber jetzt danke ich dir und bitte dich um Verzeihung. Was kann ich noch tun?«

Sie ging hin zu ihm und bot ihm die Hand. Er errötete tief und grollte wie eine Donnerwolke und hielt seine Faust fest geschlossen und den Blick zu Boden geheftet. Catherine muß instinktiv erraten haben, daß es nur unüberwindlicher Trotz war und nicht Widerwille, der ihn beherrschte, denn nach kurzer Unentschlossenheit neigte sie sich zu ihm und drückte auf seine Wange einen sanften Kuß. Der kleine Schelm meinte, ich hätte das nicht gesehen, und zog sich still zum Fensterplatz zurück. Ich schüttelte vorwurfsvoll den Kopf, und sie errötete und flüsterte:

»Was hätte ich tun sollen, Ellen? Er wollte mir nicht die Hand geben und mich nicht ansehen. Ich muß ihm irgendwie zeigen, daß ich ihn gern habe – daß ich Freundschaft schließen möchte.«

Ob der Kuß Hareton gefallen hatte, kann ich nicht sagen. Er hütete sich sorgfältig, sein Gesicht sehen zu lassen.

Catherine nahm nun ein hübsches Buch, packte es säuberlich in weißes Papier und schrieb oben darauf: »An Mr. Hareton Earnshaw«. Dann bat sie mich, das Geschenk dem Adressaten zu überbringen.

»Und sag ihm, wenn er es annimmt, so komme ich und zeige ihm, wie er lesen lernen kann«, sagte sie. »Und wenn er es zurückweist, so gehe ich hinauf und werde ihn nie wieder anreden.«

Ich brachte ihm das Buch und richtete die Botschaft aus. Er öffnete nicht die Hand, daher legte ich ihm das Päckchen auf die Knie. Er warf es nicht hinunter. Ich kehrte zu meiner Arbeit zurück. Catherine stützte die Arme auf den Tisch und sah vor sich hin, bis sie das Rascheln des Papiers hörte: Hareton löste den Umschlag. Da stahl sie sich an seine Seite und setzte sich zu ihm. Er zitterte, und sein Gesicht glühte. All seine Grobheit hatte ihn verlassen, er konnte anfänglich nicht einmal Mut finden, ihren fragenden Blick und ihre geflüsterte Bitte zu beantworten.

»Hareton, sag, daß du mir verzeihst, bitte! Du kannst mich so glücklich machen, wenn du es sagst.«

Er murmelte etwas Unverständliches.

»Und du willst mein Freund sein?« fügte Catherine fragend hinzu.

»Nein. Du würdest dich meiner nur schämen, und ich kann das nicht ertragen.«

»So willst du nicht mein Freund sein?« sagte sie mit honigsüßem Lächeln und schmiegte sich dicht an ihn.

Ich hörte keine verständliche Unterhaltung mehr, doch als ich wieder mal hinsah, gewahrte ich zwei so strahlende Gesichter über das Buch gebeugt, daß ich nicht zweifelte, die bisherigen Feinde seien geschworene Freunde geworden.

Das Buch, das sie betrachteten, war voll unterhaltender Bilder, und diese, sowie die innige Nähe, die einer vom anderen spürte, hielt sie regungslos beisammen, bis Josef heimkam. Der arme Mann war einfach entgeistert, als er Catherine mit Hareton auf *einer* Bank sitzen sah, daß ihre Hand auf seiner Schulter ruhte, und daß er diese Keckheit freundlich duldete. Es ging ihm so nahe, daß er an diesem Abend kein Wort darüber sagen konnte. Seine Bewegung verriet sich nur in tiefen Seufzern, mit denen er seine große Bibel holte und feierlich aufschlug. Endlich aber suchte er doch Hareton aufzujagen. Er holte eine Anzahl Banknoten hervor und sagte:

»Breng dat dem Här, Borsch, un bleib do. Eich geh enuff uff mei eigen Stub! Die Höhl hie is nit meh anständig for uns; mer misse uns devunmache un en anner suche.«

»Kommen Sie, Catherine«, sagte ich, »auch wir müssen uns davonmachen. Meine Arbeit ist getan.«

»Es ist noch nicht acht Uhr!« antwortete sie, zögernd aufstehend. »Hareton, ich lege das Buch auf den Kaminsims, und morgen bringe ich noch ein paar andere.«

»Jed Buch, dat Ehr hie erumschmeißt, wär eich dem Här brenge, un et sullt' meich wunnere, wann Ehr dann noch emol änt wiererfinne dhät«, sagte Josef.

Cathy erwiderte, für jedes Buch, das er fortnähme, werde sie ihm das gleiche tun, dann lächelte sie Hareton zu und ging singend hinaus.

Die Freundschaft gedieh zusehends, obgleich sie noch manchen kleinen Stoß erfuhr. Earnshaw war nicht leicht zu regieren, und meine junge Herrin war kein Muster an Geduld. Da aber beide denselben Wunsch hegten, so brachten sie es doch schließlich dahin, ihr Ziel zu erreichen.

XXXIII.

Am folgenden Morgen – am Montag also – lernte ich schnell begreifen, daß meine Schutzbefohlene sich nicht mehr an meine Seite fesseln ließ. Earnshaw konnte noch nicht seinen Arbeiten nachgehen und hantierte statt dessen im Garten herum. Als Cathy ihn entdeckte, stürzte sie eilig hinunter. Als ich sie dann später zum Frühstück rief, gewahrte ich, daß sie ihn überredet hatte, von einem ziemlich großen Beet die Johannis- und Stachelbeersträucher auszuheben, und daß sie nun dabei waren, von Drosselkreuz herübergeschmuggelte Blumen einzusetzen.

Ich war entsetzt über die Verwüstung, die sie in kaum einer halben Stunde angerichtet hatten. Die schwarzen Johannisbeersträucher hütete Josef wie seinen Augapfel, er würde untröstlich sein.

»Ah! das wird alles dem Herrn gezeigt werden«, rief ich. »Wie konnten Sie sich ein solches Verfügungsrecht über den Garten anmaßen? Wir werden ein schönes Unwetter zu überstehen haben.«

Wir alle nahmen unsere Mahlzeiten mit Mr. Heathcliff ein. Catherine pflegte dann an meiner Seite zu sitzen, heut aber rückte sie näher zu Hareton, und ich sah sofort, daß sie aus ihrer neugebackenen Freundschaft ebensowenig ein Hehl machen werde wie früher aus ihrer Feindschaft.

»Hüten Sie sich nur, allzuviel mit Ihrem Vetter zu schwatzen«, flüsterte ich ihr zu, als wir das Zimmer betraten. »Mr. Heathcliff würde sich sicherlich darüber ärgern und vielleicht sehr wütend werden.« »Ich werde wie ein Mäuschen sein«, antwortete sie.

In der nächsten Minute war sie dicht zu Hareton gerückt und streute die abgerissenen Köpfchen einer Handvoll Schlüsselblumen in seinen Suppennapf.

Er wagte nicht ein Wort zu sagen, er wagte kaum sie anzusehen, und sie fuhr mit ihren Spaßen fort; zweimal war er nahe daran, in Lachen auszubrechen. Ich runzelte die Stirn, was sie veranlaßte, zum Herrn hinüberzublicken. Aber sein Geist weilte bei anderen, fernen Dingen, und sie wurde einen Augenblick still und musterte ihn mit tiefem Ernst. Bald aber begann sie wieder mit ihren Neckereien, und schließlich lachte Hareton leise auf. Mr. Heathcliff schrak zusammen, sein Blick überflog uns musternd. Catherine begegnete demselben mit ihrem gewohnten Ausdruck von Trotz und geheimer Angst, den er verabscheute.

»Es ist gut, daß du so weit fort bist von mir!« rief er aus. »Bist du vom Teufel besessen, daß du es wagst, mich so niederträchtig anzustarren? Nieder mit den Augen! Und erinnere mich nicht noch einmal an deine Gegenwart. Ich dachte, das Lachen hätte ich dir abgewöhnt.«

» *Ich* habe gelacht«, murmelte Hareton.

»Was sagst du?« fragte der Herr.

Da erschien Josef in der Tür. Sein Mund zuckte, seine kleinen Augen funkelten. Ich sah sofort, daß er die an seinen geliebten Sträuchern begangene Untat entdeckt hatte. Und er begann:

»Eich muß mei Lohn honn, eich muß gehn! Eich war gärn blieb, wo eich jetz schun sechzig Johr gedient honn, un eich daacht', eich schließ mei heilige Biecher in die Speicherkammer in un all mei bische Eigentum und sie sulle die Kich' for sich allän honn, um des liewen Friedens wille. Et is schwer, meine Platz am Feier uffzegäwe, awer eich daacht', dat *kinnt* eich dhun. Awer jetz – sie hot mer meine Gaarde weggenumm, ausertrahn! Ehr megt wühl de ›Spaß‹ entschullige, un dat werd't Ehr aach – eich bin su wat nit gewohnt, un en alder Mann kann sich an so neie Dinge nit gewiehne. Liewer will eich mei Brot uff der Strooß suche – als Stäänklopper!«

»Also, du Idiot!« fiel Heathcliff ein, »mach's kurz! Was hast du für Kummer? Ich menge mich nicht in deine Streitereien mit Nelly; meinethalben kann sie dich ins Ofenloch stecken!«

»Et is nit Nelly! Nä, iewer die dhät eich nit schwätze – su schlimm se aach is. Gottlob! *die* kann känem meh de Kopp verdrehn, die is niemols su hibsch gewes'. Do, die niererträchtig Prinzessin is et, die unsen Borsch behext hot, bis er – nä – et bricht mer dat Herz! Er hot alles vergeß, wat eich for ihn gedhon honn, un geht un reißt mer en ganz Reih' vun de scheenste Stachelbeerstraicher eraus!« Und hier brach er in ein hilfloses Jammern aus, so sehr hatte Earnshaws Undankbarkeit ihn verletzt.

»Ist der Kerl betrunken?« fragte Mr. Heathcliff. »Hareton, bist du es, den er anklagt?«

»Ich habe so zwei, drei Büsche, herausgenommen«, sagte der junge Mann, »aber ich werde sie wieder einsetzen.«

»Und weshalb hast du das getan?« fragte der Herr.

Catherine mischte sich ein.

»Wir wollten gerade dort ein paar Blumen hinpflanzen«, rief sie. »Es ist meine Schuld, denn ich hatte ihn darum gebeten.«

»Und wer zum Teufel gab dir Erlaubnis, irgend etwas hier anzurühren, he?« fragte ihr Schwiegervater höchst erstaunt. »Und wer gebot *dir*, ihr zu gehorchen?« wandte er sich an Hareton.

Letzterer war sprachlos; seine Cousine antwortete:

»Sie sollten wegen dieses Fleckchens Erde wirklich nicht so viel Worte machen, da Sie mir doch all mein Land weggenommen haben!«

»Dein Land, unverschämtes Ding? Du hast nie Land besessen«, sagte Heathcliff.

»Und mein Geld«, fuhr sie fort, während sie seinen zornigen Blick erwiderte.

»Still!« rief er. »Geh aus dem Zimmer!«

»Und Haretons Land und sein Geld«, trumpfte sie auf. »Hareton und ich sind jetzt Freunde, und ich werde ihm alles erzählen, was ich von Ihrem Vergehen weiß!«

Der Herr schien einen Augenblick bestürzt. Er wurde bleich und erhob sich; aus seinen Blicken flammte ein wilder Haß.

»Wenn Sie mich schlagen, wird Hareton Sie schlagen«, sagte sie; »also setzen Sie sich lieber wieder hin.«

»Wenn Hareton dich nicht sofort hinauswirft, so werde ich ihn zur Hölle befördern«, donnerte Heathcliff. »Verfluchte Hexe! Meintest du, du könntest ihn aufbringen gegen mich? Weg mit ihr! Hörst du nicht? Wirf sie in die Küche! Ellen Dean, ich bringe sie um, wenn du sie mir noch mal vor die Augen kommen läßt!«

Hareton versuchte flüsternd Catherine zum Hinausgehen zu bewegen. »Weg mit ihr, reiß sie nieder!« rief Heathcliff, sinnlos vor Wut. »Willst du noch Reden halten?« Und er näherte sich ihr.

»Er wird Ihnen nicht mehr gehorchen, Sie Bösewicht«, sagte Catherine, »und er wird Sie bald ebenso verachten wie ich.«

»Still, still!« flüsterte der junge Mann vorwurfsvoll. »Ich mag solche Worte nicht hören. Gib Ruh.«

»Aber du wirst nicht dulden, daß er mich schlägt?« schrie sie.

»So komm«, sagte er ernst.

Es war zu spät. Heathcliff hatte sie gepackt.

»So, jetzt machst *du*, daß du hinauskommst, elender Halunke!« sagte er zu Earnshaw. »Diesmal hat sie mich in einem Moment gereizt, da ich es nicht vertragen konnte. Sie soll mir büßen dafür!«

Er griff mit der Hand in ihr dickes Haar. Hareton versuchte sie zu befreien und bat um Schonung für sie. Heathcliffs schwarze Augen loderten; es schien, als wolle er Catherine in Stücke reißen, und ich wollte gerade zu Hilfe eilen, als sich plötzlich seine Finger lösten. Seine Hand sank herab, und er starrte ihr mit unheimlichem Ausdruck ins Gesicht. Dann strich er mit der Hand über die Augen, als wolle er sich sammeln, und schließlich wandte er sich wieder zu ihr und sagte mit erzwungener Ruhe: »Du mußt vermeiden, mich in Zorn zu bringen, denn sonst werde ich dich sicher einmal umbringen. Jetzt geh und begnüge dich damit, deine Unverschämtheiten Mrs. Dean anzuvertrauen. Wenn ich Hareton Earnshaw dabei erwische, daß er deine Reden anhört, so werde ich ihn aus dem Hause jagen! Deine Zuneigung wird ihn also zum Bettler machen. Nelly, geh jetzt hinaus mit ihr; geht alle hinaus! Sofort!«

Meine junge Herrin war froh, so leicht davon gekommen zu sein, und ließ sich willig hinausführen; Earnshaw folgte, und Mr. Heathcliff hatte das Zimmer bis mittags ganz für sich allein. Ich hatte Catherine geraten, in ihrem Zimmer zu essen, aber sowie er ihren leeren Stuhl gewahrte, trug er mir auf, sie zu holen. Er sprach mit keinem von uns, aß sehr wenig und ging sofort nach Tisch ins Freie, mit dem Bemerken, daß er bis zum Abend ausbleiben werde.

Die beiden neuen Freunde machten es sich für die Stunden seiner Abwesenheit auf der Diele behaglich. Zunächst aber hörte ich, wie Hareton seiner Cousine energisch Schweigen gebot, als sie begann, ihm Heathcliffs schmähliches Verhalten gegen seinen Vater aufzudecken. Er wolle kein Wort gegen Heathcliff hören, und wenn er der Teufel selber wäre, so würde er dennoch zu ihm stehen. Catherine ärgerte sich darüber, schließlich aber begriff sie, daß Earnshaw Heathcliffs Ehre wie die eigene hütete, daß enge Bande, von der Gewohnheit geknüpft, die beiden aneinanderfesselte und daß es grausam wäre, sie lockern zu wollen.

Nach diesem Zwischenfall gaben sie sich wieder ganz ihrer Lieblingsbeschäftigung am Lehren und Lernen hin. Ich setzte mich zu ihnen und hatte meine stille Freude an ihrem glühenden Eifer. Sie waren mir ja beide wie eigene Kinder gewesen, und ich war stolz auf beide; denn Haretons ehrliche, hingebende Natur, seine natürliche Intelligenz überwanden wunderbar schnell alle Hindernisse, alle Unwissenheit, die ihn noch von Catherine trennte. Die Freude belebte seine Züge und gab ihnen einen edlen klugen Ausdruck. Ich konnte kaum glauben, daß dies derselbe Mensch war, den ich damals hier sah, als mein kleines Fräulein ihren Karawanenzug in die Berge unternommen hatte und auf Sturmheid eingekehrt war.

Während ich solchen Gedanken nachhing und die beiden lasen und schwatzten, kam die Dämmerung, und der Herr kehrte zurück. Er trat ganz unerwartet ein und überraschte uns alle drei, noch ehe wir den Blick zu ihm erhoben hatten. Nun, dachte ich, wo gibt es einen lieblicheren, harmloseren Anblick; es wäre schändlich, wenn er sie schelten würde. Das rote Licht des Feuers glühte auf ihren schönen Gesichtern und belebte ihre Züge. Sie blickten froh wie Kinder; denn obgleich er dreiundzwanzig und sie achtzehn war, so hatten beide so viel neues zu fühlen und zu lernen, daß keins von ihnen die steife Würde der Erwachsenen zeigte.

Sie blickten gleichzeitig auf und zu Mr. Heathcliff hinüber. Sie haben vielleicht nicht bemerkt, Mr. Lockwood, daß ihre Augen einander vollkommen gleichen, es sind Catherine Earnshaws Augen. Die junge Catherine hat weiter keine Ähnlichkeit mit ihr, ausgenommen die breite Stirn und einen gewissen Schwung der Nasenflügel, der ihrem

Gesicht etwas unbewußt hochmütiges gibt. Bei Hareton geht die Ähnlichkeit viel weiter; sie ist ganz außerordentlich, in jenem Augenblick aber war sie geradezu überraschend, denn sein Geist war jetzt geweckt und seine Sinne glühten. Ich glaube, diese Ähnlichkeit entwaffnete Mr. Heathcliff. Er schritt eilig, gedankenvoll auf die beiden zu. Plötzlich aber erwachte er, nahm dem jungen Mann das Buch aus der Hand, betrachtete die aufgeschlagene Seite und gab es ihm dann zurück. Catherine machte er ein Zeichen, sich zu entfernen. Sie gehorchte, und ihr Freund folgte ihr; auch ich wollte gehen, aber er gebot mir, sitzen zu bleiben.

»Welch ein armseliger Schluß das nun ist, wie?« bemerkte er, »daß meine wütenden Anstrengungen so enden müssen! Ich finde Mittel und Wege, die beiden Geschlechter zu zerstören, ich arbeite wie Herkules, und wenn alles geordnet ist, alles in meiner Macht ist, so kann ich den Willen nicht mehr finden, nicht mehr die Kraft aufbringen, auch nur einen Ziegel vom Dach ihrer Häuser zu nehmen. Jetzt wäre es an der Zeit, mich an den Nachkommen meiner alten Feinde zu rächen, ich könnte es tun, und niemand könnte mich hindern. Doch was für einen Zweck hat es? Es liegt mir nichts daran, zuzuhauen, ich mag nicht einmal die Hand erheben! Ich habe die Fähigkeit verloren, mein Zerstörungswerk zu genießen und weshalb soll ich etwas tun, das mir keine Freude macht?«

»Nelly, es geht etwas Seltsames vor. Schon stehe ich im Schatten dieses Ereignisses. Mein tägliches Leben ist mir so gleichgültig, daß ich fast Essen und Trinken vergesse. Diese zwei, die eben aus dem Zimmer gingen, sind das einzige, was noch eine klare materielle Erscheinung für mich hat. Und ihr Anblick schmerzt mich, schmerzt mich oft tödlich. Von ihr will ich nicht reden, ich mag nicht an sie denken, und ich wollte wirklich, sie wäre mir aus den Augen. Sein Anblick bewegt mich in anderer Weise, und doch, auch ihn möchte ich am liebsten nie mehr sehen!« Er versuchte zu lächeln. »Wenn ich dir die tausend Ideen schildern könnte, die quälenden Gedanken, die er weckt, so würdest du das begreifen. Doch, Nelly, du wirst verschwiegen sein, und meine Seele ist solch eine Ewigkeit zum Schweigen verdammt gewesen – sie fühlt sich versucht, sich einem anderen zu eröffnen.«

»Eben, vor fünf Minuten, erschien mir Hareton wie die Personifikation meiner Jugend, nicht wie ein menschliches Wesen. Mein Empfinden zu ihm war so vielfältig ... Zunächst war es seine erschreckende Ähnlichkeit mit Catherine. Doch das berührt mich vielleicht am wenigsten. Denn was erinnerte mich nicht an sie? Ich kann nicht zu Boden schauen, ohne dort ihre Züge vor Augen zu sehen. In jeder Wolke, in jedem Baum finde ich sie; des Nachts ist sie überall im Dunkel und bei Tag erscheint sie mir wie ein Blitz in allen Menschen und Dingen. Die dümmsten, stupidesten Gesichter von Männern und Frauen – meine eigenen Züge sogar – zeigen mir Ähnlichkeit mit ihr. Die ganze Welt ist wie ein Gedächtnisbuch, ein fürchterliches Buch, das mir von ihrem Dasein spricht, und davon, daß ich sie verloren habe! Haretons Anblick war das Gespenst meiner unsterblichen Liebe, meiner verzweifelten Bemühungen, mir Recht zu verschaffen, meiner Erniedrigung, meines Stolzes, meines Glücklichseins und meiner Sehnsucht –

Aber es ist Wahnsinn, dir von solchen Gedanken zu sprechen. Ich wollte dir nur zu verstehen geben, daß seine Gegenwart keinen Segen bedeutet für mich, eher eine Steigerung meiner ewigen Qualen. Und so kommt es, daß ich wenig acht habe auf die beiden und kein Interesse mehr habe, sie zu beobachten.«

Sein Benehmen, seine Worte erschreckten mich, obgleich er mir weder als ein Sterbender noch als ein Wahnsinniger erschien. Er war ganz gesund und kräftig, sein Geist allerdings hatte sich schon in seiner Kindheit mit trüben seltsamen Dingen beschäftigt und sich abenteuerlichen Träumereien hingegeben. Für seine verstorbene Angebetete hatte er entschieden eine Monomanie, aber im übrigen waren seine Sinne so klar wie meine.

»Sie fühlen sich nicht krank, wie?« fragte ich.

»Nein, Nelly, gar nicht«, entgegnete er.

»Sie haben auch keine Angst vorm Tode?« fuhr ich fort.

»Angst? Nein!« antwortete er. »Ich habe weder Angst vor dem Tod noch ein Hoffen darauf, noch überhaupt eine Vorahnung seines Kommens. Weshalb auch? Bei meiner kräftigen Konstitution und mäßigen Lebensweise und gefahrlosen Beschäftigung, sollte ich – und *werde* wohl auch – auf Erden weilen, bis ich kein schwarzes Haar mehr auf dem Kopfe habe. Und doch kann ich so nicht weiterleben. Ich muß mich aufrütteln, damit ich das Atmen nicht vergesse – ja, fast muß ich mein Herz daran erinnern, daß es das Schlagen nicht vergißt! Es ist wie das gewaltsame Zurückdrängen eines kräftigen Quellstrahls: zu jeder

Handlung, zum allerselbstverständlichsten Tun muß ich mich *zwingen*; zum Hören und Sehen muß ich mich zwingen, denn mein ganzes Sein ist nur dem einen Gedanken hingegeben, der mir die Welt bedeutet! Ich habe nur einen Wunsch, und mein ganzes Ich, all meine Fähigkeiten lechzen seiner Erfüllung entgegen. Sie haben so lange und so ausschließlich danach gelechzt, daß ich gewiß bin: sie *wird* kommen – und *bald* – denn diese Sehnsucht hat mein Dasein zerstört. Die Erwartung hat mich aufgezehrt. – Dies Bekenntnis, Nelly, hat mich nicht freier gemacht; nein, es hat mich nicht erleichtert. Aber es gibt dir vielleicht eine Erklärung für die seltsamen Stimmungen, die du bei mir gewahrst. O Gott! Es ist ein langer Kampf, ich wollte, er wäre zu Ende!«

Er begann auf- und abzugehen und sprach dabei ganz gräßliche Dinge vor sich hin, bis ich geneigt war anzunehmen, daß Gewissensbisse sein Herz in eine Hölle verwandelt hatten. Wie würde das enden? Wenn er auch bisher seinen Geisteszustand zu verbergen gewußt, so sah ich doch, daß er wahr gesprochen hatte, daß ein inneres Feuer ihn verzehrte. Aber keine Seele hätte ihm etwas angemerkt. Auch Ihnen ist das nicht aufgefallen, als Sie ihn damals sahen, Mr. Lockwood, und zu jener Zeit, von der ich hier spreche, war er ganz derselbe wie damals; nur suchte er noch mehr nach Einsamkeit und war in Gegenwart der anderen vielleicht noch lakonischer als sonst.

XXXIV.

Nach diesem Abend vermied es Mr. Heathcliff für ein paar Tage, mit uns zu speisen; aber statt Hareton und Cathy hinauszuweisen, zog er es vor, sich selbst zu entfernen; eine Mahlzeit innerhalb vierundzwanzig Stunden schien genug zu sein für ihn.

Eines Nachts, als alles schon zu Bett war, hörte ich ihn die Treppe hinunter- und aus der vorderen Haustür hinausgehen. Ich hörte ihn nicht wieder eintreten, und am Morgen sah ich, daß er noch immer nicht zurückgekehrt war. Wir hatten damals April. Das Wetter war warm und mild, das Gras so grün, wie es nur im Frühlingsregen und in Frühlingssonne sein kann, und die beiden zwerghaften Äpfelbäume an der südlichen Mauer standen in voller Blüte. Nach dem Frühstück verlangte Catherine, daß ich einen Stuhl in den Garten nehmen und mich mit meiner Arbeit unter die Kiefern am Ende des Hauses setzen solle; und sie bat Hareton, der von seinem Unfall nun völlig genesen war, in ihrem kleinen Garten zu arbeiten, den man auf Josefs Klagen hin an diese Hausecke verlegt hatte. Ich genoß den wundervollen Frühlingsduft, das sanfte Himmelsblau, den Vogeljubel; da kam meine junge Herrin eilig angelaufen. Sie war zum Tor hinuntergegangen, um einige Himmelsschlüsselpflänzchen zu suchen, die sie in ihren Garten setzen wollte. Sie sah etwas verstört aus und sagte, Mr. Heathcliff sei wieder da.

»Was hat er gesagt?« fragte Hareton.

»Er sagte, ich solle ihm schleunigst aus den Augen gehen«, antwortete sie. »Aber sein Blick war so ganz anders wie sonst, daß ich einen Moment stehen blieb und ihn anstarrte.«

»Wie sah er aus?« forschte er.

»Ach, eigentlich strahlend und heiter. Nein, nicht *eigentlich – sehr*, sehr aufgeregt und wild und froh!« erwiderte sie.

»Diese Nachtspaziergänge sind ihm also ganz angenehm«, bemerkte ich, so gleichgültig als ich konnte. In Wahrheit war ich ebenso überrascht wie sie und begierig zu wissen, ob sie wahr gesprochen habe; denn den Herrn froh zu sehen – das war kein gewöhnlicher Anblick. Ich erfand einen Grund ins Haus zu gehen. Heathcliff stand in der offenen Tür. Er war bleich und zitterte; dennoch gewahrte ich deutlich ein frohes Glänzen in seinen Augen, das seinem ganzen Gesicht einen veränderten Ausdruck gab.

»Möchten Sie etwas frühstücken?« sagte ich. »Sie müssen hungrig sein, da Sie die ganze Nacht draußen waren!« Ich hoffte zu erfahren, wo er gewesen war, scheute mich aber, direkt zu fragen.

»Nein, ich habe keinen Hunger«, sagte er in einem Ton, als spotte er meiner Neugier.

Ich war verblüfft, und es erschien mir angebracht, ihm eine kleine Zurechtweisung zu erteilen.

»Ich halte es durchaus nicht für richtig, draußen herumzuwandern anstatt im Bett zu liegen«, bemerkte ich, »und bei so feuchter Witterung ist es geradezu unklug. Sie werden einen Schnupfen bekommen oder gar das Fieber; man sieht Ihnen schon jetzt so was an!«

»Was mich befallen hat, kann ich ertragen«, erwiderte er;»mit Entzücken sogar – vorausgesetzt, daß du mich allein läßt. Geh hinein und belästige mich nicht.«

Ich gehorchte; als ich an ihm vorbeiging, hörte ich sein Herz so schnell und heftig schlagen, wie bei einem erschreckten Kätzchen. »Ja!« dachte ich bei mir selbst,»wir werden eine Krankheit bekommen. Ich kann mir nicht denken, was er getrieben haben mag.« Diesen Mittag setzte er sich mit uns zu Tisch und bekam von mir einen so gehäuften Teller vorgesetzt, als beabsichtige er, tagelang zu fasten. »Ich habe weder Schnupfen noch Fieber, Nelly«, bemerkte er, auf meine Ansprache am Morgen bezugnehmend,»und ich gedenke, mit diesem vollen Teller gründlich aufzuräumen.«

Er ergriff Messer und Gabel und wollte beginnen, als er diese Absicht plötzlich wieder vergaß. Er legte das Besteck auf den Tisch zurück, blickte angestrengt zum Fenster, erhob sich dann und ging hinaus. Während wir unser Mahl beendeten, sahen wir ihn im Garten auf und ab wandern, und Earnshaw sagte, er wolle gehen und ihn fragen, weshalb er nicht esse; er dachte, er habe ihn vielleicht irgendwie bekümmert.

»Nun, kommt er?« rief Catherine, als ihr Vetter zurückkehrte.

»Nein«, antwortete dieser,»aber er ist nicht bös; er scheint geradezu glücklich zu sein. Nur machte ich ihn ungeduldig, weil ich ihn zweimal anredete. Da hieß er mich fortgehen; zu dir solle ich gehen, sagte er, er begreife nicht, wie ich nach anderer Gesellschaft verlangen könne.«

Ich setzte seinen Teller ans Feuer. Und nach ein oder zwei Stunden trat er wieder ein, er war aber in keiner Weise ruhiger als zuvor. Die jungen Leute waren fort. Ich verhielt mich zunächst still und beobachtete ihn: derselbe unnatürliche – überirdische – Freudeglanz lag in seinen schwarzbeschatteten Augen, sein Gesicht war blutlos bleich, und hie und da zeigte er – wie in einem Lächeln – die Zähne. Sein Körper bebte, nicht wie einer vor Frostgefühl oder Schwäche bebt, sondern wie ein sfraffgespanntes Seil zittert – es war mehr ein Vibrieren als ein Zittern.

Ich will ihn fragen, was ihm fehlt, dachte ich, denn wer sollte es sonst? Und ich rief:

»Haben Sie irgend eine gute Nachricht erhalten, Mr. Heathcliff? Sie sehen so ungewöhnlich erfreut aus.«

»Woher sollten mir gute Nachrichten kommen?« sagte er. »Ich freue mich aufs Essen, weil ich Hunger habe, aber anscheinend soll ich nicht dazu kommen.«

»Ihr Essen steht hier«, erwiderte ich, »warum nehmen Sie es nicht?«

»Ich kann es jetzt nicht brauchen«, sagte er hastig. »Ich will bis zum Abend warten. Und, Nelly, ein für allemal: halte mir die zwei jungen Leute fern. Ich will von niemandem belästigt sein. Ich will diesen Raum hier für mich allein haben.«

»Haben Sie irgend eine neue Veranlassung für diese Verbannung der beiden?« fragte ich. »Weshalb sind Sie so sonderbar, Mr. Heathcliff? Wo waren Sie in vergangener Nacht? Ich fragte nicht aus purer Neugier, aber —«

»Du fragst ausschließlich aus purer Neugier«, unterbrach er mich lachend. »Doch, ich will dir Rede stehen. Letzte Nacht war ich auf der Schwelle der Hölle. Heut seh ich meinen Himmel vor Augen. Ich blicke hinein – er ist keine drei Schritte entfernt von mir. Und jetzt geh lieber. Sofern du nicht spionierst, wirst du nichts sehen oder hören, das dich erschrecken könnte.«

Ich reinigte den Herd, wischte den Tisch ab und verschwand – verblüffter noch als bisher.

Er verließ das Zimmer an diesem Nachmittag nicht mehr, und niemand störte seine Einsamkeit. Um acht Uhr hielt ich es für angebracht, ihm eine Kerze und sein Abendbrot zu bringen. Er lehnte am geöffneten Fenster, sah aber nicht hinaus. Sein Gesicht war ins unbestimmte Dunkel des Zimmers gerichtet. Das Feuer war zu Asche zusammengefallen, das Zimmer von der feuchten milden Abendluft erfüllt, und es war so still, daß man das Murmeln des Quellbachs drunten in Gimmerton vernehmen konnte. Ich begann die Fenster eines nach dem anderen zu schließen, bis ich an das seine kam.

»Soll ich dies Fenster auch schließen?« fragte ich, da er sich nicht rührte.

Das Licht meiner Kerze fiel voll auf seine Züge. O, Mr. Lockwood, ich kann gar nicht sagen, wie mich sein Anblick entsetzte! Diese tiefen schwarzen Augen! Dies gräßliche Lächeln, die gespenstisch bleiche Gesichtsfarbe! Ich meinte, einen fürchterlichen Dämon vor mir zu sehen, und vor Schreck hielt ich die Kerze schief, so daß sie an der Wand verlöschte.

»Ja, schließe es«, erwiderte er. »Warum hast du das Licht verlöscht? Geh und bring eine neue Kerze.«

Ich jagte in kindischem Entsetzen hinaus und sagte zu Josef: »Der Herr wünscht, daß Ihr ihm ein Licht bringt und das Feuer wieder anmacht«. Denn ich wagte mich nicht wieder zu ihm hinein. Josef füllte eine Kohlenschaufel mit Glut und ging; aber er kam gleich zurück und brachte auch Mr. Heathcliffs Abendessen unberührt in die Küche. Der Herr gehe zu Bett, sagte er, und wolle nichts mehr essen. Wir hörten ihn die Treppe hinaufgehen; er wandte sich nicht nach seinem Zimmer, sondern trat in das Gemach, in dem das Kutschbett stand. Wie ich früher schon sagte, hat dies Zimmer eine Fensteröffnung, die breit genug ist, um einen Menschen hindurchzulassen, und ich dachte sofort, er plane also wiederum einen nächtlichen Ausflug, den er aber diesmal vor uns geheimhalten wolle. »Ist er ein Teufel oder ein Vampyr?« grübelte ich. Von solchen fleischgewordenen Dämonen hatte ich nämlich gelesen. Und ich setzte mich und dachte darüber nach, wie ich seine Kindheit gehütet hatte, den Jüngling heranwachsen sah – und ich vergegenwärtigte mir seinen ganzen Lebenslauf, soweit ich ihn kannte. Welch toller Unsinn war es doch, mich so vor ihm zu entsetzen. »Wo aber kam es denn her, das kleine schwarze Ding, das der gute alte Mann zu seinem Verderben, zum Unglück seiner Kinder sogar, mitleidig in sein Haus genommen hatte?« raunte der Verdacht, als ich langsam in Schlaf nickte. Und so, halb träumend, versuchte ich, mir ein Bild seiner Eltern zu entwerfen. Wieder dachte ich seinem ganzen Leben nach und dachte es zu Ende, malte mir seinen Tod, sein Begräbnis. Bei letzterem war es besonders ein Umstand, der mich sehr beschäftigte und kränkte: ich mußte für seinen Grabstein eine Inschrift ersinnen und unterhandelte darüber mit dem Totengräber. Da wir aber sein Alter nicht kannten, und da er keinen Vaternamen besaß, mußten wir uns mit dem einen Wort »Heathcliff« begnügen. Und so geschah es auch in Wahrheit. Wenn Sie auf den Kirchhof gehen und sein Grab besuchen würden, so könnten Sie sich davon überzeugen. Der Grabstein trägt nur diesen Namen und das Datum seines Todes.

Die Morgendämmerung brachte mich wieder zur Vernunft. Ich erhob mich und ging in den Garten, sobald es hell genug war, um zu sehen, ob unter dem Fenster Fußtritte zu finden seien. Es waren keine da. Er ist also dageblieben, dachte ich, und wird heut wieder sein wie immer!

Ich richtete das Frühstück für uns alle, wie ich das immer tat, und rief dann Hareton und Catherine. Ich wünschte, sie sollten diesmal allein frühstücken, der Herr sollte sich einmal ausschlafen. Die jungen Leute wollten im Garten unter den Bäumen sitzen, ich trug ihnen also das Mahl hinaus.

Bei meinem Wiedereintritt fand ich Mr. Heathcliff bereits unten. Er besprach mit Josef irgend eine geschäftliche Angelegenheit. Er sprach klar und sachlich und gab allerlei Anweisungen. Aber er wandte den Kopf fortwährend hin und her und hatte denselben exaltierten Ausdruck wie Tags zuvor. Als Josef das Zimmer verlassen hatte, setzte er sich an seinen gewohnten Platz am Tisch, und ich stellte eine Tasse Kaffee vor ihn hin. Er zog sie näher zu sich, stützte die Arme auf den Tisch und vertiefte sich in die Betrachtung der gegenüberliegenden Wand. Seine unruhigen Augen schienen dort eine bestimmte Stelle zu beobachten, und er tat das mit so leidenschaftlichem Interesse, daß er halbe Minuten lang das Atmen vergaß.

»Kommen Sie«, sagte ich, ihm das Brot zuschiebend. »Sie müssen essen und trinken.«

Er beachtete mich nicht – und doch lächelte er. Ich hätte ihn lieber Zähneknirschen als so lächeln gesehen.

»Mr. Heathcliff! Herr!« schrie ich, »um Himmelswillen, was starren Sie denn so an? Sie blicken ja, als sähen Sie eine Geistererscheinung.«

»Du darfst ja nicht so laut rufen«, erwiderte er. »Sieh dich um; sind wir allein?«

»Natürlich«, war meine Antwort; »natürlich sind wir allein.«

Trotzdem gehorchte ich ihm unwillkürlich. Er schob Tasse und Brot wieder beiseite und beugte sich über den Tisch, um besser zu sehen. Jetzt sah ich, daß er nicht zur Wand blickte, sondern vielmehr auf irgend etwas, das kaum zwei Meter von ihm entfernt war. Was es auch sein mochte, es verursachte ihm offenbar sowohl unerhörte Freude wie namenlose Qual, das verriet der tief schmerzliche und doch verzückte Ausdruck seiner Mienen. Der Gegenstand seiner Betrachtung war nicht feststehend, denn seine Augen glitten unermüdlich hin und her; selbst wenn er mit mir sprach, sah er mich nicht an, sondern folgte mit den Blicken seinem Phantom. Ich erinnerte ihn wiederholt an sein unangebracht langes Fasten, ich ermahnte ihn, endlich etwas zu genießen. Wenn er jedoch nach der Tasse oder nach dem Brot greifen wollte, wenn er schon die Hand ausgestreckt hatte, so schlossen sich seine Finger, noch ehe sie etwas erfaßt hatten, und lagen müde auf dem Tisch – sie wußten nicht mehr, was ihre Absicht gewesen war.

Mit musterhafter Geduld versuchte ich stets von neuem, seine Aufmerksamkeit zu fesseln, bis er endlich ungeduldig wurde, aufstand und fragte, warum ich ihm nicht gestatte, die Mahlzeiten nach seinem eigenen Belieben zu halten. Ein andermal brauche ich nicht wartend dazusitzen, sagte er, sondern ich solle die Sachen hinstellen und mich entfernen. Nach diesen Worten verließ er das Haus, schlenderte langsam den Gartenweg hinunter und verschwand durch das Tor. Die Stunden krochen langsam, angstvoll, dahin. Ein neuer Abend kam. Erst spät begab ich mich zur Ruhe, und auch dann konnte ich nicht schlafen. Er kam erst nach Mitternacht zurück, und statt hinaufzugehen auf sein Zimmer, ging er unten ins Wohnzimmer. Ich horchte, warf mich hin und her, und schließlich zog ich mich an und ging hinunter. Es war zu qualvoll, im Bett zu liegen und mir das Hirn zu zermartern. Ich hörte ihn rastlos auf und ab gehen; ab und zu stieß er einen tiefen Seufzer aus – es klang wie grollendes Stöhnen. Auch einzelne Worte vernahm ich, verstand aber nur den Namen Catherine, verbunden mit Lauten der Liebkosung oder des Schmerzes. Er sprach wie mit einem lebendigen Menschen: leise und ernst und mit seelenvoller Innigkeit. Ich hatte nicht den Mut, einfach hineinzugehen zu ihm; aber ich hätte ihn gern aus seinen Träumen gerissen. Ich verfiel daher darauf, das Küchenfeuer wieder anzufachen, stöberte in der Asche herum und scharrte die glühenden Kohlen zu einem Haufen zusammen. Das lockte ihn früher heraus, als ich erwartet hatte. Er öffnete die Tür und sagte: »Nelly, komm her – ist es schon Morgen? Komm herein mit dem Licht.«

»Es schlägt gerade vier«, antwortete ich. »Sie brauchen ein Licht, um hinaufzugehen? Sie können sich hier am Feuer eine Kerze anzünden.«

»Nein, ich will nicht hinaufgehen«, sagte er. »Komm herein und mach *hier* ein Feuer und bring das Zimmer in Ordnung.«

»Ich muß zunächst die Kohlen in Glut bringen«, erwiderte ich und holte einen Blasebalg.

Er ging indessen hin und her, als wolle er sich zerstreuen, ermuntern. Seine schweren Seufzer folgten einander so rasch, wie es das Atemholen notwendig machte.

»Wenn es Tag ist, muß zum Notar geschickt werden«, sagte er. »Ich habe in Betreff meines Testamentes einiges mit ihm zu besprechen und

297

möchte das tun, solange ich mich noch zwingen kann, an dergleichen zu denken. Ich habe mein Testament noch nicht gemacht und kann zu keiner Entscheidung kommen. Ich wollte, ich könnte mein Hab und Gut von der Erde verschwinden lassen.«

»Sie sollten nicht so reden, Mr. Heathcliff', fiel ich ein. »Sie werden noch viel Zeit haben, manches, nein viel Unrecht zu bereuen. Ich hätte nie erwartet, daß Ihre Nerven in Unordnung geraten könnten, sie scheinen aber momentan sehr angegriffen zu sein, und das ganz durch Ihr eigenes Verschulden. Die Art und Weise, wie Sie diese letzten drei Tage verbracht haben könnte einen Titan umwerfen. Genießen Sie etwas und ruhen Sie sich aus. Blicken Sie in den Spiegel, und Sie werden sehen, wie nötig beides Ihnen ist. Ihre Wangen sind hohl, Ihre Augen blutunterlaufen, wie bei jemandem, der vor Hunger und Schlaflosigkeit nahe daran ist, zusammenzubrechen.«

»Es ist nicht meine Schuld«, erwiderte er, »daß ich weder essen noch schlafen kann. Sobald es mir möglich ist, will ich beides tun. Aber ebensogut könntest du einem Mann, der mit den Wogen ringt, schon um Armeslänge dem Ufer nahe ist, Ruhe gebieten! Zuerst muß ich ans Ufer kommen, dann will ich ruhen. Und was das Bereuen anbetrifft: ich bereue nichts. Ich bin zu glücklich – und dennoch nicht glücklich genug. Das Entzücken meiner Seele tötet meinen Leib, aber es findet kein Genüge.«

»Glücklich, Herr?« rief ich. »Ein seltsames Glück! Wenn Sie mich anhören wollten, ohne böse zu werden, könnte ich Ihnen wohl einen Rat zu wahrem Glücklichsein geben.«

»Welchen Rat?« fragte er. »Sprich nur.«

»Sie wissen selbst, Mr. Heathcliff«, sagte ich, »daß Sie seit Ihrem dreizehnten Lebensjahr ein selbstsüchtiges, unchristliches Leben geführt haben. Würde es Sie verletzen, wenn man – nach einem Geistlichen schickte – der Sie wieder mit den Worten der Bibel vertraut machen und Ihnen zeigen würde, wie weit Sie vom rechten Wege abgeirrt sind, und wie fern Sie dem himmlischen Glücke sind, es sei denn, daß Sie vor Ihrem Tode sich völlig änderten?«

»Ich bin dir eher dankbar, Nelly, als böse«, sagte er, »denn du erinnerst mich daran, wie ich begraben sein möchte. Ich will des abends zum Kirchhof getragen werden. Du und Hareton, ihr mögt mit mir gehen, wenn ihr wollt. Und achte wohl darauf, daß der Totengräber meinen Anordnungen in bezug auf die beiden Särge nachkommt. Ein Priester braucht nicht zu kommen; überhaupt brauchen keine Reden gehalten zu werden. – Ich sage dir, ich habe *meinen* Himmel fast erreicht; und der Himmel der anderen ist mir ganz wertlos und gleichgültig.«

»Und angenommen, Sie würden so weiterfasten und sich damit umbringen und man würde sich weigern, Sie in geweihte Erde zu betten?« sagte ich, von seiner Gottlosigkeit entsetzt. »Wie würde Ihnen das gefallen?«

»Das werden sie nicht tun«, erwiderte er. »Und wenn sie es täten, mußt du mich heimlich wieder ausgraben und an den gewünschten Ort bringen lassen. Und wenn du das nicht tust, so wirst du es an dir selbst erfahren, daß die Toten nicht umkommen können!«

Sobald er die anderen Hausbewohner kommen hörte, zog er sich in sein Zimmer zurück, und ich atmete freier. Am Nachmittag aber, als Josef und Hareton draußen an der Arbeit waren, kam er mit flackernden Augen zu mir in. die Küche und bat mich, mich zu ihm ins Wohnzimmer zu setzen: er brauche einen Menschen um sich. Ich weigerte mich, sagte ihm offen, daß sein seltsames Benehmen mich erschrecke und daß ich weder Nerven noch Lust hätte, ganz allein mit ihm zu sein.

»Ich glaube, du hältst mich für den Teufel selber«, sagte er mit bösem Lachen. Dann wandte er sich an Catherine, die sich hinter meinem Rücken zu verbergen suchte: »Willst du kommen, Kücken? Ich werde dir nichts tun. Nein, dir habe ich mich schlimmer als ein Teufel bewiesen. Nun, eine weiß ich, die mich nicht flieht! Bei Gott, sie ist unbarmherzig! O, verflucht! Es ist mehr, als Fleisch und Blut ertragen kann – mehr als selbst ich ertragen kann.«

Er verlangte nun nicht mehr nach Gesellschaft Bei Dunkelwerden ging er auf sein Zimmer. Die ganze Nacht durch hörten wir ihn grollen und murren. Hareton wollte zu ihm gehen, aber ich bat ihn, Mr. Kenneth zu holen, damit dieser nach ihm sehe. Als er kam und ich um Einlaß bat und die Tür öffnen wollte; fand ich sie verschlossen, und Heathcliff sagte, wir sollten uns zum Teufel scheren, es gehe ihm besser und er wolle allein gelassen sein. So ging der Arzt also wieder fort

Der folgende Abend war sehr naß. Es goß die Nacht über in Strömen. Als ich morgens meine Runde ums Haus machte, gewahrte ich, daß des Herrn Fenster weit offen stand und daß der Regen voll ins Zimmer peitschte. Er kann nicht im Bett sein, dachte ich, diese Schauer würden ihn ganz durchnässen. Entweder ist er schon aufgestanden oder überhaupt gar nicht mehr im Zimmer. Ich will mutig sein und nachsehen.«

Nachdem es mir gelungen war, die verschlossene Tür mit einem meiner Schlüssel zu öffnen, eilte ich, den Kutschenschlag zu öffnen, denn das Zimmer war leer. Ich riß ihn auf und spähte in das Wagenbett. Da lag Mr. Heathcliff – lang auf dem Rücken. Seine Augen blickten so hart und streng; ich fuhr zusammen. Und dann schien er zu lächeln. Ich konnte ihn nicht für tot halten, aber sein Gesicht, sein Hals waren vom Regen bespült. Die Leintücher trieften, und er rührte sich nicht. Die Fensterscheibe, die hin und her schwang, hatte seine Hand zerkratzt. Aus den Wunden sickerte kein Blut, und als ich die Hand berührte, konnte ich nicht länger zweifeln: er war steif und tot!

Ich schloß das Fenster. Ich kämmte ihm das lange Haar aus der Stirn. Ich versuchte, seine Augen zu schließen, wenn möglich den Blicken der anderen das gräßliche Frohlocken dieser dämonischen Augen zu verbergen. Sie gehorchten meinen Bemühungen nicht; sie schienen mich zu verhöhnen, zu grinsen. Und seine geöffneten Lippen und spitzen weißen Zähne grinsten ebenfalls. Wieder ergriff mich ein Anfall von Feigheit. Ich rief nach Josef. Er schlurfte herauf und schimpfte, weigerte sich aber, ihn anzurühren. Der alte Sünder grinste auch – vor höhnischer Befriedigung. Er sah aus, als wolle er vor Freude einen Bocksprung machen. Aber er besann sich schnell, fiel auf die Knie, hob die Hände und dankte dem Himmel, daß der rechtmäßige Gutsherr und dessen ehrwürdiges Geschlecht wieder in seine Rechte eingesetzt sei.

Das schreckliche Ereignis schmetterte mich ganz nieder, doch der arme Hareton, dem von Heathcliff am übelsten mitgespielt worden war, war der einzige, der wirklich litt. Er saß, bitterlich weinend, die ganze Nacht bei der Leiche, preßte die steife Hand, küßte das sarkastische, grausame Antlitz, vor dem jeder andere zurückschrak, und klagte in aufrichtigem Leid eines edelmütigen Herzens.

Mr. Kenneth war in Verlegenheit, welche Todesursache er angeben solle. Ich verbarg die Tatsache, daß der Tote vier Tage lang nichts zu sich genommen hatte; ich fürchtete, es könne zu Ungelegenheiten führen. Und dann – ich bin überzeugt, daß er nicht absichtlich fastete, ich hielt dies vielmehr für die Folge seiner merkwürdigen Krankheit, nicht für die Ursache.

Wir begruben ihn ganz nach seinem Wunsch – zum Entsetzen aller Nachbarn. Earnshaw und ich, der Totengräber und sechs Sargträger bildeten das Geleit. Die sechs Männer gingen, nachdem sie den Sarg in die Grube gelassen hatten. Wir blieben, bis diese geschlossen war. Hareton weinte heiß und stach grüne Rasenstücke ab, die er sorgsam auf die braune weiche Erde legte. Jetzt ist das Grab so sanft und grün wie die anderen beiden daneben, und ich hoffe, sein Insasse schläft ebenso friedlich. Die Landbevölkerung aber schwört, daß er » umgeht«. Es gibt Leute, die ihn nahe der Kirche und auf der Heide und sogar hier im Hause gesehen haben wollen. Dummes Geschwätz, werden Sie sagen, und so sage auch ich. Dennoch versichert der alte Mann, der da beim Feuer hockt, daß er aus Heathcliffs Fenster in jeder Regennacht zwei herauslugen sieht. Und mir selbst begegnete vor etwa einem Monat etwas Seltsames. Es war an einem dunklen gewitterschwülen Abend; ich befand mich auf dem Weg nach Drosselkreuz. Als ich hinter den Hügeln hervorkam, traf ich auf einen kleinen Jungen, der ein Schaf und zwei kleine Lämmchen bei sich hatte. Er weinte schrecklich, und ich nahm an, die Lämmchen seien störrisch und wollten nicht heimgehen.

»Was fehlt dir, kleiner Mann?« fragte ich.

»Da ist der Heathcliff und eine Frau, da drunten«, schluchzte er. »Ich habe so Angst, an ihnen vorbeizugehen.«

Ich sah nichts; aber weder die Schafe noch er wollten vorwärts. Ich führte ihn also auf einen anderen Weg. Wahrscheinlich waren ihm bei seinem einsamen Gang übers Moor all die abenteuerlichen Geschichten eingefallen, die unter den Bauern über Heathcliff geschwatzt werden. Dennoch – ich liebe es seitdem nicht, im Dunkeln draußen zu sein, und ich liebe es nicht, hier in diesem düsteren Haus allein zu sein. Ich werde froh sein, wenn wir wieder nach Drosselkreuz übersiedeln.«

»So; wird die Familie auf den Drosselkreuzhof ziehen?« fragte ich.

»Ja«, erwiderte Mrs. Dean, »sobald sie geheiratet haben, und die Trauung wird am Neujahrstag stattfinden.«

»Und wer wird dann hier wohnen?«

»Josef wird das Haus verwalten, und man wird ihm einen Buben zur Hilfe geben. Sie werden in der Küche hausen, und die anderen Räume wird man abschließen.«

»Zur gefälligen Benutzung der Gespenster«, bemerkte ich.

»Nein, Mr. Lockwood«, sagte Nelly, kopfschüttelnd, »ich glaube, die Toten ruhen in Frieden. Aber es ist nicht recht, leichtfertig über solche Dinge zu reden.«

In diesem Augenblick hörten wir das Gartentor zuschlagen; die Spaziergänger kamen zurück. »Die fürchten sich vor nichts«, sagte ich, als ich sie vom Fenster aus herankommen sah. »Ich glaube, sie würden Satan mitsamt all seinen Legionen trotzen, wenn sie nur beisammen sind.«

Als sie auf die Türschwelle traten und stehen blieben, um noch einen letzten Blick auf den Mond zu werfen – oder richtiger: um einander noch einmal ins Auge zu sehen – fühlte ich von neuem ein Verlangen, ihnen auszuweichen. Ich drückte Mrs. Dean ein Geldstück in die Hand und eilte, ihrer gekränkten Vorwürfe nicht achtend, hinaus. Und so wäre Josef wohl in seinem Glauben über den leichten Charakter seiner Dienstgenossin durch meine Flucht bestärkt worden, hätte nicht der süße Klang eines Silberstücks zu seinen Füßen ihn davon überzeugt, daß ich ein edler Mensch sei.

Auf dem Heimweg besuchte ich den Kirchhof. Ich suchte und fand bald die drei Grabsteine am Rand der Heide: der mittelste grau und halb im Heidekraut begraben. Auch an Edgar Lintons Hügel krochen schon Gras und Kraut hinauf; Heathcliffs lag fast noch kahl.

Ich stand und betrachtete diese Gräber lange Zeit. Kleine Motten flatterten von Glockenblume zu Heideblüte, ein sanfter Wind hauchte durchs Gras – es schien mir unfaßbar, daß die Schläfer, die hier in so gesegnet stiller Erde ruhten, rastlos, schlummerlos sein sollten.

Ende.

Pierre-Ambroise-François Choderlos de Laclos, Bd. 91 *Gegen den Strich*, Joris-Karl Huysmany, Bd. 92 *Geschichte des Fräuleins von Sternheim*, Sophie v. La Roche, Bd. 93 *Geschichte vom braven Kasperl und dem Annerl*, Clemens Brentano, Bd. 94 *Geschichten aus dem Wienerwald*, Ödön v. Horváth, Bd. 95 *Glanz und Elend der Kurtisanen*, Honore de Balzac, Bd. 96 *Glück und Unglück der berühmten Moll Flanders*, Daniel Defoe, Bd. 97 *Götz von Berlichingen*, Johann Wolfgang v. Goethe, Bd. 98 *Gullivers Reisen*, Jonathan Swift, Bd. 99 *Heidis Lehr und Wanderjahre*, Johann Spyri, Bd. 100 *Heinrich von Ofterdingen*, Novalis, Bd. 101 *Hiob Roman eines einfachen Mannes*, Joseph Roth, Bd. 102 *Immensee*, Theodor Storm, Bd. 103 *Iphigenie auf Tauris*, Johann Wolfgang v. Goethe, Bd. 104 *Italienische Märchen*, Clemens Brentano, Bd. 105 *Ivannhoe*, Walter Scott, Bd. 106 *Jahrmarkt der Eitelkeiten*, William Makepaece Thackeray, Bd. 107 *Jane Eyre*, Charlotte Brontë, Bd. 108 *Jugend ohne Gott*, Ödön v. Horvath, Bd. 109 *Jürg Jenatsch*, Conrad Ferdinand Meyer, Bd. 110 *Kabale und Liebe*, Friedrich v. Schiller, Bd. 111 *Kasimir und Karoline*, Ödön v. Horvath, Bd. 112 *Kinder- und Hausmärchen*, Gebrüder Grimm, Bd. 113 *Kleiner Mann, was nun*, Hans Fallada, Bd. 114 *König Alkohol*, Jack London, Bd. 115 *Krambambuli*, Marie Ebner-Eschenbach, Bd. 116 *Lausbubengeschichten*, Ludwig Thoma, Bd. 117 *Lavinia - Pauline - Kora*, George Sand, Bd. 118 *Leben und Lüge*, Detlev von Liliencron, Bd. 119 *Lebensansichten des Katers Murr*, ETA Hoffmann, Bd. 120 *Lenz. Der hessische Landbote*, Georg Büchner, Bd. 121 *Lieutenant Gustl*, Arthur Schnitzler, Bd. 122 *Lord Jim*, Joseph Conrad, Bd. 123 *Luise*, Johann Heinrich Voß, Bd. 124 *Madame Bovary*, Gustave Flaubert, Bd. 125 *Märchen*, Wilhelm Hauff, Bd. 126 *Maria Stuart*, Friedrich v. Schiller, Bd. 127 *Max Havelaar*, Multatuli, Bd. 128 *Meister Floh*, ETA Hoffmann, Bd. 129 *Michael Kohlhaas*, Heinrich v. Kleist, Bd. 130 *Minna von Barnhelm*, Gotthold Ephraim Lessing, Bd. 131 *Moby Dick*, Hermann Melville, Bd. 132 *Nathan, der Weise*, Gotthold Ephraim Lessing, Bd. 133-1 und 133-2 *Nils Holgersson wunderbare Reise*, Selma Lagerlöf, Bd. 134 *Niels Lyne*, Jens Peter Jacobsen, Bd. 135 *Nußknacker und Mausekönig*, ETA Hoffmann, Bd. 136 *Oliver Twist*, Charles Dickens, Bd. 137 *Onkel Toms Hütte*, Herriett Beecher Stowe, Bd. 138 *Peter Schlemihls wundersame Geschichte*, Adalbert v. Chamisso, Bd. 139 *Peterchens Mondfahrt*, Gerdt v. Bassewitz, Bd. 140 *Pinocchio*, Carlo Collodi, Bd. 141 *Reinecke Fuchs*, Johann Wolfgang v. Goethe, Bd. 142 *Rheinmärchen*, Clemens Brentano, Bd. 143 *Rinaldo Rinaldini*, Christian August Vulpius, Bd. 144 *Robinson Crusoe*; Daniel Defoe, Bd. 145 *Romeo und Julia*, William Shakespeare Bd. 146 *Schach von Wuthenow*, Theodor Fontane, Bd. 147 *Schachnovelle*, Stefan Zweig, Bd. 148 *Schatzkästlein des rheinischen Hausfreundes*, Johann Peter Hebel, Bd. 149 *Schelmuffskys Reisebeschreibung*, Christian Reuter, Bd. 150 *Schloss Gripsholm*, Kurt Tucholsky, Bd. 151 *Siebenkäs*, Jean Paul, Bd. 152 *Sternstunden der Menschheit*, Stefan Zweig, Bd. 153 *Tao te king*, Laotse, Bd. 154 *Till Eulenspiegel*, Hermann Bote, Bd. 155 *Tolldreiste Geschichten*, Honorè de Balzac, Bd. 156 *Tom Jones, Geschichte eines Findelkindes*, Henry Fielding, Bd. 157 *Tom Sawyers Abenteuer und Streiche*, Mark Twain, Bd. 158 *Troquato Tasso*, Johann Wolfgang v. Goethe, Bd. 159 *Traumnovelle*, Arthur Schnitzler, Bd. 160 *Trost der Philosophie*, Boethius, Bd. 161 *Über den Umgang mit Menschen*, Adolph Freiherr v. Knigge, Bd. 162 *Uli der Knecht*, Jeremias Gotthelf, Bd. 163 *Uli der Pächter*, Jeremias Gotthelf, Bd. 164 *Ungeduld des Herzens*, Stefan Zweig, Bd. 165 *Ut oler Welt*, Wilhelm Busch, Bd. 166 *Vater Goriot*, Honorè de Balzac, Bd. 167 *Väter und Söhne*, Ivan Sergejeviç Turgenev, Bd. 168 *Verlorene Illusionen*, Honorè de Balzac, Bd. 169 *Von der Freiheit eines Christenmenschen*, Martin Luther – Bd. 170 *Von der Ursache, dem Prinzip und dem Einen*, Bruno Giordano, Bd. 171 *Vor Sonnenuntergang*, Gerhard Hauptmann, Bd. 172 *Walden oder Leben in den Wäldern*, Henry D. Thoreau, Bd. 173 *Wilhelm Meisters Lehrjahre*, Johann Wolfgang v. Goethe, Bd. 174 *Wilhelm Meisters Wanderjahre*, Johann Wolfgang v. Goethe, Bd. 175 *Wilhelm Tell*, Friedrich v. Schiller

Von demselben Autor/Herausgeber sind bei BOD bereits erschienen:

Alle Tage Feiertage
ISBN 978-3-7386-0409-2, 280 S.
Allerlei Anlässe zum Aktionieren, Feiern und Gedenken

100 Kinderlieder
ISBN 978-3-7322-3024-2, 112 S.
100 Kinderlieder, altbekannt und immer wieder gern gesungen

Liederbuch (Deutsche Volkslieder)
ISBN 978-3-8423-6702-9, 312 S.
300 Volkslieder aus 8 Jahrhunderten und aller Herren Länder

Sagen und Erzählungen aus Marburg und Oberhessen
ISBN 978-3-7347-8909-0, 164 S.
Allerlei Schwänke und Geschichten aus dem Marburger Land

Tausenderlei über die Freiheit
ISBN 978-3-7322-9721-4, 140 S.
Mehr als 1000 Zitate, Bonmots und Aphorismen über die Freiheit

Tausenderlei über das Glück
ISBN 978-3-7322-5525-2, 160 S.
Mehr als 1000 Zitate, Bonmots und Aphorismen über das Glück

Tausenderlei über die Liebe
ISBN 978-3-8423-7474-4, 140 S.
Mehr als 1000 Zitate, Bonmots und Aphorismen zum Thema Nr. Eins

Weihnachtsgedichte– Verse, Reime und Gedichte zum Fest
ISBN 978-3-7347-6393-9, 352 S.
290 Werke bekannter und unbekannter Dichter zum Weihnachtsfest

Weihnachtsgeschichten - Erzählungen und Märchen
ISBN 978-3-7347-6404-2, 392 S.
85 kurze und lange Texte zur Weihnachtszeit

Weihnachtsgeschichten 2
ISBN 978-3-7481-7533-9, 360 S.
35 kürzere und längere Geschichten zur Weihnacht

100 Weihnachtslieder
ISBN 978-3-7322-3375-5, 112 S.
100 Weihnachtslieder aus der Heimat und der ganzen Welt

Lob und Tadel an tessitore@web.de